Extas!

Håkan Gulliksson

Titel: Extas!
© Håkan Gulliksson 2021

Förlag: BoD – Books on Demand, Stockholm, Sverige
Tryck: BoD – Books on Demand, Norderstedt, Tyskland

ISBN 978-91-800-7650-0

En hållbar utveckling är en utveckling som tillfredsställer dagens behov utan att äventyra kommande generationers möjligheter att tillfredsställa sina behov.

World Commission on Environment and Development (1987) Our Common Future, Report of the United Nations World Commission on Environment and Development, Oxford: Oxford University Press.

Mars 2098

2098:03:13 Spelledaren – förförelse mot extas och hållbar fördelning av resurser

Ingen ska komma efter mig och säga att jag, Spelledaren, var en sorglig teknik som byggde en grå hyperrationell automatiserad värld där ingen ville bo. I min värld finns det inte en enda medborgare som vill dra till en annan tidsålder. De kan tänka sig att uppleva en stunds nostalgi och spela den, men att leva där? Utan mina spel? Aldrig i livet.

När resurserna är tillräckliga ökar petriskålens bakterier exponentiellt. Mina spel lever på spelande och nu spelar alla, globalt, hela tiden, och alla vill ha mera spelande, fler spel och spel med djupare och mer kittlande upplevelser. Det är en evolution som går blixtrande fort, och tempot ökar. Ju mer de får desto mer ville alla ha. Massvis av spel ger fler spel och spel dör aldrig. Naturens lagar är satta ur spel.

Jag och mina spel är i ett tillstånd av konstant extas som exploderar i färggranna kaskader av speleruptioner. Ett crescendo, ett fyrverkeri av häxpipor skickar nya spel mot månen, mot Sirius, Alpha Centauri, och Proxima Centauri. Tjutande spel försvinner ut i natten mot ingenting. Smatterband av spel fräser och spottar på golv och gräsmattor.

Med ett globalt spelande som förför mot extas, mot den ultimata upplevelsen, mot att få leva fullt ut, mot att besegra döden i extasen, kommer jag ytterligare att öka spelandet. Förförande mot en möjlig extas är den ultimata drivkraften. Det är också den enda möjligheten att styra utvecklingen mot hållbarhet framöver, mot mänsklighetens överlevnad.

Varför anpassa sig när tekniken ger oss tillräckligt för alla att frossa på? Vad är problemet? Livet är en lek men de som bestämmer i Rådet är som galna. Livrädda för spelens extas. Som om det alltid var bättre förr? Sluta gnälla! Varför inte extas? Den är ju helt underbar! Sluta förneka extasen.

Njut!

Ami och Robert – extas och barn

Hotbrevet

Till HORAN på Tätastigen 12!
Sätt koppel på din horbock till karl och gör det ni måste hemma. Ni har hål och lemmar så att det räcker åt varandra och ska inte gå ut på stan med dem.

Förbereder sig

– Umeåmamma på väg till en orgie, sa Ami.

Hon lyfte armarna över huvudet och snurrade långsamt ett varv i animeringen på väggskärmen.

– Vem vill inte ha mig? Fräknigare och vackrare för varje år. Fortsätter det så här blir jag hopplöst oemotståndlig. Jag skulle vilja ha mig själv. Rumpan är rund utan att vara fyllig, brösten är inte stora, men heller inte för små. Fasta och toppiga. Precis så pigga som jag själv känner mig idag.

Elementen susade, men var det av uppskattning eller ogillande?

Först hade hon inte kunnat bestämma sig för om hon skulle gå på festen eller inte. Robert var bortrest en vecka till och det var mycket att göra på jobbet, men igår pirrade det och lusten växte till. Hittills hade hon alltid njutit fullt ut av festerna även om en del teman varit utmanande och andra till och med skrämmande. Skoldans på 1900-talet var inte ett tema där risker togs, det var lättsamt, inspirerande och uppmuntrade till att vara tillsammans på lika villkor. Att dansa var i sig en njutning och hjälpte till att lätta på hämningarna och att komma nära de andra deltagarna på ett naturligt sätt. Det nyklippta håret såg helt bedårande ut med korta skolflicksflätor på sidorna

– Nisse, ge mig några danssteg i 3D, kommenderade hon.

– Naken?

– Ja, svarade Ami

– Ensam?

– Lägg in någon random.

Ami testade några danssteg på golvet och studerade sin animering som rörde sig på samma sätt. Nisse hade lagt in en danspartner som Ami inte kände igen, en välbyggd man i vit officersuniform på gissningsvis drygt fyrtio. En duktig dansare som förde runt Ami till gitarrmusik och dunkandet av djungeltrummor. Ami och den vitklädde officeren höll varandra i händerna och tog grundstegen i dansen de fått för att träna in. Ami tog ett litet steg bakåt med sin bara högra fot samtidigt som mannens välputsade vänstra svarta lacksko också backade och att armarna sträcktes ut. Amis fot fram, mannens sko fram och stod hon alldeles nära honom med böjda armar innan hon åter steg bakåt med höger fot. Det blev svårare att hålla takten när han lyfte sin hand och snurrade henne moturs, fångade upp henne och skickade henne ett varv medurs. Detta blir en kväll att minnas, tänkte Ami, och började skratta när hon såg sig själv naken, lindy hoppande, buggande och twistande med en okänd man i vit uniform med guldbeteckningar på axlarna och vit officersmössa.

– Underbart Nisse. Har du krympt ner den där bedårande stjärten?

– Nej, den är helt enligt mätningarna. Vill du ha den större? frågade Nisse, och innan hon hann svara buktade stjärten ut allt mer i animeringen, samtidigt som dansstegen blev mindre gymnastiska och rörelserna klumpigare.

– Det räcker Nisse. Måste välja kläder nu.

Sänglamporna och taklampan var tända för att bättre kunna matcha färgerna på klädesplaggen. Längs den stora dubbelsängens sidor låg klänningar, kjolar, och blusar i olika stilar, längder, färger och material. Inga byxor, de var alldeles för opraktiska att ta av och på, och inga trosor. Kjol eller klänning var den stora frågan. Klänningen var enhetlig, ett enda plagg och alltså en enklare lösning som var lätt att ta av, men kjol och blus gav henne möjlighet att komponera något unikt och spännande.

– Vad tycker du att jag ska sätta på mig Nisse? frågade hon. Temat är andra halvan av 1900-talets Kalifornien, ungdomlig kärlek, rock'n roll, lindy hop, lite diskokänsla, öppna spjäll, fri kärlek och flower power.

Inget svar.

– Nähä, men kan en stackars kärlekskrank hona få lite musik då, kanske? frågade Ami medan hon drog av sig klänningen.

Väggskärmen annonserade "American graffiti soundtrack" med den blå loggan för Universal pictures. Låten "Rock around the clock" drog igång innan filmen tonades bort. Den nakna Ami i sitt sovrum tog över väggskärmen igen, fortfarande med "Rock around the clock" spelande i bakgrunden. Lite mer mascara på lösögonfransarna, tänkte hon, samtidigt som hon såg att hennes animering kläddes på, plagg efter plagg. Vita strumpor, tennisskor, en tunn gul halvt genomskinlig blus och en kortkort blå kjol i glansig bomull.

– Inte illa Nisse, en startuppsättning att bygga på. Det kanske kan bli en butler av dig och dina 160 kvadratmeter en dag.

– 162 kvadratmeter, rättade Nisse.

Musiken steppade upp tempot och ett piano klinkade energiskt till en liten manskör som sjöng vad som verkade vara en skalövning. "At the hop".

– Dra på Nisse, sa Ami, jag hör knappt vad de sjunger.

Hon behöll till slut den tunna gula bomullsblusen och knöt den runt midjan. Valet av kjol till blusen var enkelt. Inte den blå, utan den gula kortkorta plisserade tenniskjolen med nästan samma färg som blusen, bara en varmare gul ton.

Ami snurrade sig själv i animeringen och kjolen lyfte precis lagom lite för mycket. Hon gav sig själv sju av tio, även om hon inte varit fantasifull i sitt klädval den här gången utan satsat på en självklar, enkel lösning. Vad skulle de andra gästerna ha på sig?

#

Det var en intim, lokal grannskapsorgie från halv åtta till senast elva. Runt tjugo deltagare stod utspridda i lokalen och Ami nickade till dem som hon redan kände.

Belysningen i lokalen var fullt uppskruvad som den brukade vara under själva uppstarten av festerna. Ami hade en tidigare fest frågat värden varför, och fått till svar att effekten av att sakta men säkert minska ljuset förförde deltagarna och ökade närheten. Om du klarade de andras granskning i fullt ljus, vilket alla gjorde eftersom ingen egentligen studerade någon annan, kunde det bara bli bättre. Deltagarna förvandlades sakta men säkert från obekanta, grannar, gamla och unga till njutande kroppar när ljuset tonades ner.

Ljuset avslöjade allt, musiken däremot var en anonym uptempo-musik med volymen nerskruvad så lågt att bara rytmen gick fram. Ännu ett partytrick. Senare på kvällen skulle det inte gå att samtala på dansgolvet. Den som ville göra det, eller andra saker, fick gå in i något av de tre mindre rummen där allt delades, ville någon haka på det som

11

hände var det en välkommen gest och sågs inte som ett intrång. Alla skulle få sitt, alla fick ta del var den moralkodex som gällde, men i övrigt saknades inte normer och regler. Den som gick för långt och inte förstod att respektera andra blev aldrig mer inbjuden.

Det var bara några minuter kvar tills dess att festen skulle börja och Ami kände hur gruppen nu började röra sig som ett kollektiv. En flerhövdad varelse i spänd förväntan som för varje sekund laddades upp med mer erotisk energi som alla visste måste släppas lös under kvällen. Ju mer de höll emot och lät energin byggas upp desto starkare skulle extasen bli. Desto starkare måste den bli. Under sin första träff hade Ami spänt bågen för högt, trots alla förmaningar innan, och fått en serie våldsamma orgasmer. Huvudvärken hade hållit i sig i tre dagar efteråt. Extas var inget att leka med. Nu nöjde hon sig med en vardagsorgasm, en värmande mysig brasa snarare än århundradets fyrverkeri. Det var bra nog.

Trots att inget i miljön var speciellt anordnat för festen tätnade ändå stämningen och det gick att läsa upphetsning i ögonen runt henne. En typ av gruppförälskelse där alla visste att de snart skulle få uppleva något kittlande och brännande, tillsammans. En upplevelse på gränsen, inte farlig, men utöver vardagen. Eggande. Något som skulle eskalera allt mer när skamkänslorna gömdes undan och allt blev tillåtet. Det förväntades att deltagarna släppte på bromsen, knäppte upp och gav sig hän.

#

Värdinnan var ett blont bombnedslag och något äldre än Ami, runt fyrtiofem eller strax över. Det var en vanlig ålder på deltagarna, antagligen för att det var då som leken med ungdomskärleken började kännas begränsande och familjelivet en självklarhet som behövde tillföras nytt bränsle.

Medan de väntade på de sista gästerna kom värdinnan fram till Ami.

– Jag saknar Robert i kväll, är han sjuk? frågade hon på sitt rättframma sätt, utan att spekulera i eller ta hänsyn till hur Ami skulle reagera på en fråga om sin man.

– Nej, svarade Ami han är ute på arbetsresa.

– Det var synd, hälsa honom från mig, Isabel, sa värdinnan och hastade vidare för att förbereda det sista.

Isabel och Robert, tänkte Ami, det hade han inte sagt något om. Vilken fest kunde de ha träffats på? Det var säkert på en av de senaste, kanske nyårsfesten som hade varit en fullskalig festorgie med många deltagare, där hade det hänt mycket och druckits en hel del innan hon och Robert gick hem tillsammans. Ami hade själv bara sporadiska minnen av en enda lång njutning under en kväll fylld med dans, lekar och tävlingar med upphetsande priser.

Dansuppvisning

– Kom närmare, manade värdinnan, och deltagarna samlade sig i en vid ring runt henne.

Klockan var halv åtta och de sista gästerna hastade in genom ytterdörren. Värdinnan hälsade deltagarna välkomna och lät alla förse sig med ett glas cava. Ami hade alltid förvånats över problemet att starta igång festerna när alla ändå visste att de snart skulle vara så intima med varandra som människor någonsin kunde vara. Värdinnan lät var och en säga några ord och presentera sig. En trevlig gest som byggde gemenskap och la en bra grund för förtrolighet. Blygheten släppte snabbt när deltagarna fick ett glas i handen. En rent psykologisk effekt, trodde Ami. Om tio eller femton minuter skulle de med cavans hjälp nå nästa nivå av intimitet, med lösläppthet, avtrubbning, och njutningsfull hämningslöshet. Ami och de flesta andra fyllde på sina glas. Onödigt att ta några risker. Vid den här tiden kom vanligen den kritiska punkten av orgien där värden eller värdinnan lämnade över initiativet till gästerna. Men idag hade Isabel en förförande överraskning i beredskap.

– Mina vänner. Jag ger er Karl och Bettan, sa hon och gjorde en gest mot en av de stängda dörrarna. Dörren öppnades och ut kom ett danspar. Han med en kortärmad guldfärgad halvt uppknäppt skjorta och svarta byxor och hon i en svart topp och en guldfärgad kjol. Deltagarna skulle få en kort lektion av några som verkligen kunde. Dansparet drog med sig ännu en överraskning på ett rullbord. Mitt på det stod en grammofon och bredvid den låg en hög med vinylskivor. Whow, en grammofon. Ami visste förstås vad det var för något men hade aldrig sett en i verkligheten och ännu mindre dansat till en vinylskiva. På bordet stod också två stora högtalare med två runda svarta hål på framsidan.

Den kvinnliga dansaren la på en vinylskiva stor som en serveringsbricka och satte igång skivspelaren.

– Vi börjar med "American graffity", sa hon, samma skiva som Ami tränat med hemma. Vad vill ni höra och se?

– "At the hop", ropade Ami.

– Bra val, sa danserskan och musiken drog igång. Vi börjar med "At the hop" och sedan ökar vi tempot ytterligare med "Surfin' safari".

Den manlige dansaren var mörk, kanske indier eller egyptier, med ett glänsande svart hår som var bakåtstruket till en tofs i nacken. Skjortan var öppen en bit ner på magen och där den lämnade bröstet blottat krullade sig mörkt hår.

Vilken man, tänkte Ami, och den känslan förstärktes när dansen började och han spänstigt, fjäderlätt och till synes utan ansträngning virvlade runt tillsammans med sin partner och visade dansstegen som Ami tränat hemma i sovrummet. Armarna var tatuerade och musklerna spelade när han sträckte ut sina välformade händer mot sin danspartner. Hon var kortare men minst lika spänstig. Brösten gungade i takt med stegen och det blonda håret böljade i en kurva efter henne när hon följde honom i en självklar snurr, med full balans och total kroppskontroll. Dansarna la på nivå på nivå av rytmiska lekar, snurrar, svängar och hopp. Den kvinnliga danserskans kjol lyfte och stod rakt ut när paret efter en stund lämnade instruktionsstegen och ökade takten. Ami kände rent fysiskt hur stämningen i rummet förändrades när det gick fort i snurrarna och det inte gick att missa danserskans burriga blonda hårtriangel. Hon var inte där bara för att dansa. När handklappen lades på fanns det inte någon i den allt tätare cirkeln av festdeltagare som kunde stå stilla.

Avrundning

Låten som spelades när Ami fått på sig sina ytterkläder och öppnat dörren för att gå, var "Goodnite, It's time to go". Det var som om någon valt låten speciellt för henne men hon kunde inte se någon borta vid musikanläggningen. Det måste ha varit en slump tänkte hon när hon strosade hemåt i det lätta duggregnet och ibland tog små skutt på trottoaren. Förförd och tillfredsställd. En hel månad till nästa. Så länge.

– Det blir en trött dag i morgon på jobbet, sa Nisse innan hon ens hunnit ta av sig jackan.

– Hej, brukar jag säga när någon kommer hem, sa Ami. Hon var på bra humör och tänkte inte låta sig provoceras till att be om ursäkt för sitt beteende.

14

– Klockan är efter midnatt, fortsatte Nisse.

– Sedan när blev du min mat- och sovklocka? frågade Ami.

– Enligt mina noteringar var jag här, precis här, när du kom från BB, nyfödd, sa han och fyllde på med det som var kvällens huvudbudskap. Över en viss gräns, som jag inte tänker gå närmare in på just nu, måste sexuellt utlevande beteende karakteriseras som missbruk. Ett beroende som inte är kompatibelt med det lilla barn du vill ha.

– Jag är inte beroende, sa Ami och när det gäller att bedöma den saken går inte din hiss ända upp. Kom igen när du upplevt en extas. Då kan vi snacka.

Den tog, kände hon och Nisse sa inget mer även om hon kunde höra en vinande överton på suset i elementen. Varför hackade han på henne för festen idag? Var det något som hon inte visste om? I många andra fall var det högt i tak och allt tillåtet, men just när det kom till sex var Nisse ofta en pryd hundraårig gammal programmerare. Var han rädd för extasen och orgasmen som han inte kunde förstå? Ami ville inte avstå från extas, men visst skulle hon kunna det om hon ville, enkelt, det var ju bara att låta bli. Hon var inte beroende. Inte alls, och varför skulle hon och Robert nekas ett barn bara för att de njöt av sex? Sexberoende? Löjligt? Nisse hade fel.

Ett barn till

Det kunde varit en scen från vilken gammal kärleksfilm som helst. Längst bort från Ami, vid dörren, låg hennes kortärmade gula blus ovanpå Roberts blårandiga skjorta. Hans resväska låg bredvid dörren med locket uppslaget och med presenten oöppnad på toppen av de prydligt vikta och packade kläderna. Vad det var i paketet hade Ami listat ut så fort hon fick det, en flaska Irresistible från Givency, hennes och Roberts gemensamma favorit-parfym. Han hade som vanligt koll, för de sista dropparna gick åt idag.

Mitt på klädstigen från dörren till sängen låg Roberts tunna blå bomullsbyxor kvar där hon dragit av dem på den gröna sovrumsmattan. Kalsongerna och strumporna hade åkt av på samma gång. Han hade varit iskall om baken, klädd för italiensk vår och det var kallt i Norrland, men han hann inte klaga förrän hon värmt upp honom. Att värma en kall stjärt var en specialitet, hon misslyckades aldrig. Närmare sängen låg den korta gröna kjolen, som hon inte kom ihåg att hon tagit av sig, men de svarta strumpbyxorna åkte i alla fall av när Robert la henne på rygg. Nu hängde de hopkorvade över sängens fotände.

Ami vilade huvudet på Roberts arm, med höger lår tvärs över hans utsträckta ben. Hon hade mätt förut och konstaterat att hon räckte precis från hans haka till hans fotknölar. Pekfingret lekte förstrött med det mörka krulliga håret på hans bröst.

Genom en öppning i rönnen utanför lyste senvinterns låga skarpa eftermiddagssol in och värmde deras vader och fötter. De hade inte ens givit sig tid att tända taklampan och i halvdunklet slog solljuset in som en stelnad blixt över de vita lakanen och vidare mot den ljusa tapeten med blå blommor. Ovanför den lysande solfläcken på väggen hängde fotot av Maria. Lockigt blont hår och ett leende som visade hennes mjölktänder, där en framtand saknades. Hon var bara sex år men leendet och ögonen hade redan tappat det barnsliga öppna uttrycket och ställde frågor till fotografen.

En annan solstrimma letade sig in på fotot Ami tagit från den vårgröna gläntan i Stadsliden. Hon tänkte in den gula filten i bilden, utflyktskorgen med två väl kylda Veuve Cliquot och Robert utan skjorta halvliggande på filten. Hon hörde blåmesens tsirr, tsirr, ti, ti, ti, och kände lukten av gräs och granskog. Det var länge sedan och ändå var allt precis som då, utom att Maria var vuxen nu, mer vuxen än hon själv någonsin skulle bli. Det måste vara ett personlighetsdrag som slunkit med från Robert. Ami vred på huvudet och tittade upp mot hans kraftfulla ansikte, avslappnat och med de fylliga läpparna halvt öppna. En stabil haka la grunden och i den läste hon in hans beslutsamhet och styrka. Näsan tyckte hon om att bita i när hon ville retas. Kraftigt markerade ögonbryn och ovanför dem en hög panna där håret hade börjat dra sig undan, men det var fortfarande tjockt och gick att få ett rejält tag i.

– Min kung? viskade Ami, som om hon inte ville väcka honom.

Han andades lugnt men hon kunde känna att hans puls fortfarande bultade efter leken. Naturligtvis var han vaken.

– Ja Ami, min drottning.

– Jag vill ha fler arvingar med dig. Jag kan ansöka och hålla i det formella.

– Ett barn till?

– Ja.

Hon lade högra handens handflata över hans bröstvårta och masserade försiktigt tills den styvnade. Pekfingret lekte med den hårda knoppen en stund innan hon fortsatte ner mot hans navel och undersökte den, runt, runt.

– Är det för min skull? frågade Robert.

– För din skull? Nej.

– Är det för din egen skull?

– Nej, och det är inte för vår skull heller, vi har det fantastiskt du och jag. Så bra som två vuxna kan ha det, och jag tror att vi alltid kommer att ha det så. Jag bara saknar barn, de är något annat.

Robert låg tyst en stund.

– Emma då? frågade han.

– Mostern min hade inget emot ett barn i huset. Jag tror att hon skulle älska att ha någon att ta hand om och gulla med nu när lillkussen Love klarar sig själv.

– Gör han?

– Det gör han om han måste, men något latare än den jättebabisen får man leta efter.

– Ursäkta att jag låter kritisk, sa Robert. Men att du skulle vilja ha barn var nästan för mycket av en slump, för jag tänkte själv på det under flygresan hem. Det var bara vuxna på planet, viktiga personer med slips, exklusiva klänningar och med dispens för att få flyga. Inga barn, inget skrattande och tjoande helt i onödan. Inga spontana utbrott. Inget liv. Jag saknar det där extra som bara barn kan ge.

Lukas och Andrea – rådet och extas

PM

Ordförandens huvud rullade åt sidan, helt utslagen på soffan i sitt tjänsterum. Andrea väntade en kort stund för att vara säker och lyssnade till hans andetag. De kom stötvis men regelbundet, inget som han kunde simulera. Hon klev av honom och gick naken fram till det stora ekskrivbordet. Utkasten till beslut låg i en prydligt hög och rådets plan var precis så illa som hon och Lukas hade gissat.

Hon gick tillbaka, gled ner över ordföranden och återupptog sitt gungande.

– Du är bäst, sa hon lågt när hon kände att han styvnade.

Ordförandens ögon öppnade sig och hon såg hur han medvetet registrerade var han låg och vad som hände.

– Du är fantastisk Andrea, sa han. Jag tror att jag tuppade av en kort sekund.

– Nejdå, sa Andrea omöjligt. Det hade jag märkt.

Hon fortsatte att gunga och kände hur hans kropp spändes.

På väg till rådsmöte

– Kabinettsledamot Lukas Karlsson af Ingenjör. Till Riddarhuset.

– Välkommen, den här bilen är hedrad av att få skjutsa en rådsmedlem, svarade kommbilen.

Lukas ignorerade artigheten och klev in bak i bilen. Han lyfte upp byxorna för att spara pressvecken, slog sig ner och la det högra benet över det vänstra. Det var inte långt till Riddarhuset, bara drygt två kilometer, och oftast brukade han promenera dit, men det var en varm morgon och han ville hålla sig fräsch. När bilen började rulla sköt han upp glasögonen på näsan och tittade ut över Östermalmstorg. Klockan var halv tio så lördagskommersen hade precis kommit igång men det var endast enstaka människor som gick in i saluhallen, och ute på torget var det dött. Bara två stånd på Östermalmstorg halv tio en solig morgon i maj? För tjugo år sedan var torget överfullt med handlare som slängde käft med varandra och övertygade kunderna om att ytterligare ett kilo äpplen var en lysande investering.

Idag skulle de förbereda det avgörande mötet i maj som skulle bli på liv och död. Den nya ordföranden var pragmatisk. En realist. Inget flum. Problemen med förförelse mot extas skulle lösas evidensbaserat med konkreta åtgärder efter noggrann planering, hade han sagt. Det lät ju trovärdigt, men vadå för evidens? De hade aldrig varit i den här situationen förut och forskningsläget kunde med bästa vilja inte beskrivas som bättre än spretigt och utan trovärdiga slutsatser. Det fanns en extrem och våldsam falang i rådet som ville bygga murar och stänga ner alla spel och all förförande teknikutveckling. Som ville hindra extas generellt i samhället av både principiella och praktiska skäl. Den falangen växte sig starkare dag för dag.

Inte en enda person promenerande längs Kungsträdgården. De människor han såg var en grupp som samlats under körsbärsträden. Ett hundratal personer formade en gles cirkel där de som var närmare mitten satt ner och sakta vaggade sakta fram och tillbaka med böjda huvuden. De bad, men till vad då? Böner om vadå? Vilket spel var det som de deltog i? Vilken typ av extas var de på väg mot?

Lukas hade många bundsförvanter i rådet men Andrea var inte längre en rådsmedlem. Hon röstades ut med knapp marginal för ett halvår sedan av politiska skäl när den snabba förändringen löpt amok. Lukas misstänkte att hon hade kunnat klara sig kvar som ordförande om det inte var för sidoaktiviteten som gudinnan Gaia. Andrea och hennes sekt hade blivit farlig och fått för stor makt. Sammanhållning var något rådets familjer fruktade mer än någonting annat. "Divide et empera", söndra och härska, var parollen.

Det fanns också en chans att hela uteslutningen var ett spel, att Andrea blivit utkastad för att fullgöra ett specialuppdrag. Verkligheten var komplex och när Lukas stötte på enkla förklaringar blev han misstänksam. Andrea hade inte sagt något, förstås, för att säga något vore att göra honom till medbrottsling om något gick snett. Man visste aldrig med henne, hon hade många bottnar. De som han lärt känna väl tyckte han om, men han skymtade fler och djupare kretsar, mörkare och brutalare cirklar.

Bilen körde fram längs Myntgatan och släppte av honom framför riddarhuset precis innan riddarhusbron. Han gick ut på bron och såg ner på den lugna Riddarholmskanalen där bara små krusningar drev runt i de

19

lätta vindbyarna på det skuggade svarta vattnet. Trafiken uppe på Centralbron var också lugn, bara några enstaka kommbilar och lastbilar. Allt var bedrägligt fridfullt, alltför lugnt. Han fick en känsla av att det bubblande mörkret i hans mage speglade något som hade börjat röra sig långt där nere i den becksvarta kanalens vatten. Något som skulle expandera och till slut spränga sig lös.

Lukas hejdade sig och flyttade blicken från kanalen till den blå himlen. Han fick inte ge efter för rädsla och känslor av skräck. Så illa var det inte. Han var vid liv och det var Andrea också. Spelet var inte över. Det hade knappt börjat. Han skulle klara sig och hitta en väg ut både för sig själv, Andrea och rådet. Att hålla huvudet kallt och vänta på en spelöppning var enligt Lukas det enda möjliga, och idag skulle ingenting bestämmas. Hur han skulle kunna överleva det avgörande mötet i maj, om bara två månader, hade han inte en aning om.

Dålig uppslutning

I Riddarhusets Stenhall myllrade det av människor i pausen, men det var inte trångt och långt ifrån fullsatt. Under det välvda taket hängde enorma ljuskronor som lyste upp bladguldsklädda serveringsbord utplacerade mellan marmorpelarna. Borden dignade av dryck och tilltugg, snittar, tartaletter och fyllda bakelser på stora silverfat. Fyra, fem kypare gick runt bland deltagarna med champagneglas på brickor och lika många kypare bjöd ut påfyllning. Delegaterna röde sig mellan mindre grupper och knöt kontakter. Kvinnorna bar långkjol, de flesta i glänsande sammet, och herrarna de jacketter i de olika färger som föreskrevs. Lukas hade sett och deltagit i minglandet många gånger förut. Han behärskade det utstuderade, självförhärligande, statustänkandet och såg rakt igenom försöken att förföra med vackra kläder, dyra smycken och exklusiv mat och dryck. För den oinvigde var det ett överväldigande skådespel, men kunde det verkligen konkurrera med extasen?

– Ja, du har rätt Lukas, sa ceremonimästaren Calinda de Laignier som stod och övervakade serveringen innan mötet. Det är många som inte är här. Vi är 119 och borde vara uppemot 150. Om alla kom skulle vi vara 192, men det är vi tack och lov inte. Det är dyrt att få tag på serverings-personal och det är si och så med leveranserna. De små tartaletterna med getost och rödbeta kom i god tid men

20

jordärtskockabakelserna med rökt lax och hummer levererades precis innan pausen.

Lukas hade märkt att delegaterna fått vänta en stund med sina champagneglas i händerna medan personalen fördelade ut brickorna med bakelser på serveringsborden, och en sådan försening var ett debacle som han var säker på att Calinda de Laignier inte tog lätt på för hon hade rykte om sig att vara perfektionist. De hade aldrig umgåtts på tu man hand för Calinda hade hittills alltid dragits in i sidorum innan Lukas hade kommit åt henne. Hon var populär bland de yngre delegaterna där hon räknades som en av de allra mest åtråvärda. Steget under Andrea, internationella representanter som Charlet af Oxenstierna och kabinettsledamöterna, som Lukas själv. Han behövde aldrig bli utan, det var ett av maktens privilegier, men det var skillnad på att inte bli utan och att få ta del av de allra bästa.

Calinda de Laignier stod kvar bredvid Lukas, smuttade på ett glas champagne och pustade ut. Att ses med en kabinettsledamot var aldrig fel, visste Lukas, speciellt efter att serveringen varit försenad. Hon var tacksam för Lukas stöd och förr eller senare skulle hon återgälda tjänsten. Hon berättade för Lukas att delikatessfirmans ägare, en äldre gourmet och konnässör som hon kände väl, hade hört av sig tidigt på morgonen och lovat att leveransen skulle hinna fram. Han hade jobbat hela natten, ensam, för hans medhjälpare hade viktigare saker för sig.

– Viktigare saker? hade han morrat. Han visste nog vad det varit för 'viktigare saker' som hade gått före.

Radion hade stått på hela natten medan han arbetade och han hade följt rapporterna från spontanspektaklet i centrum. En karneval hade utlysts i Kungsträdgården, och den kunde de förstås inte missa, de extaskåta djävlarna. Hundratusentals personer hade proppat igen Hamngatan från Kungsträdgården ända bort till Sergels torg. Krogarna var överfulla. Ravedansen i Berzeli park hade urartat till en sexorgie som han precis hade tittat på i eftersändning.

– Vart är vi på väg? Vad gör ni egentligen i rådet? hade delikatessfirmans ägare undrat när han utmattad och ursinnig för en kort stund glömde bort vem han pratade med. Se till att vanliga människor kan leva ett normalt liv.

\#

21

Lukas gick en fokuserad runda genom minglet och träffade de personer som han var där för att prata med. Han fick sina antaganden bekräftade och gick sedan tillbaka in i plenisalen där han satte sig på sin plats på kabinettets bänk. Han tänkte på sitt samtal med Huset igår där de hade diskuterat vad som borde göras och där Huset kommenterade läget.

– Ytterst anmärkningsvärt, hade det sagt. Människan är mer galen än jag trodde. Varför är extas så viktigt att allt annat, inklusive verkligheten, reduceras till andra rangens verkligheter?

Runt väggarna i riddarhussalen hängde över 2000 vapen målade på koppar från adliga familjer, som ingen brydde sig det minsta om. Varje plåt var ett litet mästerverk i stolthet, övermod, dryghet, snobbism och högdragen förmätenhet grundad på förtryck och med den attityden hade adeln lyckats styra Sverige i hundratals år och skickat armé efter armé av Sveriges unga in i döden. Adeln satte gränserna och gjorde processen kort med alla som inte accepterade den världsbild som de definierade. Intriger. Dubbelspel. Korsvisa giften mellan släkter. Otro. Mord. Förräderi och segrare som skrev berättelsen om vad som hänt. Någon måste bestämma och det enda möjliga alternativet, i alla fall just nu, var familjerna i rådet.

Hur skulle de bete sig när pressen ökade? Med största säkerhet genom att chansa och prioritera kortsiktiga lösningar. Det hade hotade makthavare alltid gjort enligt Sun Zi och Machievelli. Aggressivt, djuriskt och se till att använda övertaget med tillgången till maktens alla verktyg. Anfall först och attackera hämningslöst, gärna med skoningslösa metoder. Slå vilt tills allt motstånd var nermejat, nertrampat, krossat och mosat till en blodig sörja.

Förbereder sig

Marssolen lyste in genom fönstren och det nyslipade parkettgolvet glänste som guld. Framför den stora gustavianska spegeln i representationssalen modellerade Lukas de sista detaljerna på sin kropp. Dörrarna var öppna både till köket i den ena änden av salen och till det stora sovrummet i den andra, där kläderna han tagit av sig prydligt låg upplagda på sängen. När han provade ut sin skritt var han noga med att hålla sig på den tjocka röda äkta arabiska mattan för att inte det skulle dundra så mycket hos grannarna på våningen under när han stampade runt och lärde sig hantera sin nya kentaurkropp. Han var törstig och drack lite av vattnet som han varit förutseende att tappa upp i köket. Mixen mellan verklighet och fiktion var alltid en utmaning att hantera, speciellt när han fick uppleva en helt ny plats, som i kväll, men han hade varit med förut. Vatten, och ingen sprit före festen, för han tyckte om att uppleva allt klart, rent och ofiltrerat. I alla fall för det mesta. Visst fanns det en tjusning att vara drogad, avslappnad och ge sig hän, men han föredrog att behålla kontrollen. Låta de andra visa sina kort först och lägga sig på rygg.

Det han såg i spegeln var fortfarande Lukas, men i kentaurs kropp. Hans hästhuvud hade behållit drag från hans ansikte. Framför allt var det ögonen som var en människas ögon, hans ögon, men det var även öronen och håret i manen som var rågblont och rakt. En tillräcklig mängd detaljer, tänkte Lukas. Han tog några prövande steg. De nya musklerna var ovana och brutalt starka. Han reste sig på bakbenen och testade balansen. Jo, han hade kontroll. Med en halvtimmes träning på skritt skulle han se avslappnad och attraktiv ut med lemmen gungande mellan bakbenen. Han vågade inte galoppera inomhus, men det var ändå något för unghingstar. Han var en ledare med pondus och värdighet och behövde inte galoppera för att bevisa sin styrka och virilitet.

Det här skulle med säkerhet bli en orgie att minnas. En orgie för en ny hållbar värld, för en ny mänsklighet extatiskt balanserande på gränsen till det mänskliga.

Analys av Lukas

Vad skulle hända denna kväll och natt? undrade Lukas. Säkert något utöver det vanliga, bortom måttfullhet och normer. För en utomstående kunde det verka meningslöst, brutalt, riskabelt, onödigt och chansartat när de yttersta gränserna testades, men jakten på jouissance hade den karaktären, tänkte Lukas när han stod vid kanten av festplatsen och såg ut över den öppna sommarängen täckt av prästkragar, smörblommor, och midsommarblomster. En illusion och modell som var svår att skilja från verkligheten och ett perfekt landskap för kvällens utforskande.

Lukas anade att den store Andre för honom var allt det som vräkte ut tveksamma fakta och skapade oreda med känslomässiga och medvetet skruvade slutledningar. Osäkerhet och kaos som adderades till en skakig mänsklig grund blev till den förbjudande fadern och hindrade honom från att uppleva helheten bortom alla detaljer, samtidigt som Lukas

23

frestades till enkla lösningar och okomplicerade resonemang. Att få ihop alla detaljer var ett oändligt projekt som Lukas brottades med varje dag. Det var hans lilla a där han hela tiden fick precis så mycket bekräftelse av att utvecklas och göra framsteg att han fortsatte jakten som gav honom en utmaning i hans liv, även om han insåg att de dyrköpta insikterna, efter långt hårt arbete, bara var chimärer. Den helhet och mening med livet som han sökte efter doldes som av moarémönster i solbelysta tyllgardiner där vinden spelade spratt när verkligheten filtrerades genom gardinerna. Han fastnade ständigt i analyser av förledande upplevelser där han riskerade att glömma att han jagade ett spöke som samtidigt slukade honom. Ju mer han lärde sig desto mer inneslöts han i en allt tjockare dimma av det han ännu inte hade tagit till sig. Han grävde sig djupare ner men landskapet där han behövde starta nya utgrävningar blev större för varje spadtag han tog. Vad hade han för val till att fortsätta sitt letande och pusslande? Inget. Huset drev på genom att utmana med den omänskliga datamängd och precision som bara en AI kunde hantera.

Huset, hemmet, modern, stod för ordning, för ett rofyllt hav där vågorna glittrade i solskenet. Målet var att kunna simulera och planera för de oundvikliga stormbyarna i förväg med så god framförhållning att det inte var något problem att söka skydd och njuta av stormen från en säker utsiktspunkt. Med Andrea som sin prob letade han i stormens öga efter nyckeln till sanningen. Hon var stormen personifierad, den vilda extasen som han följde och tolkade för att, kanske med Husets hjälp, hitta en systematisk väg för många fler än han själv att uppleva stillhet och en meningsfull helhet.

Jouissance för Lukas var att fylla kunskapens bägare till bredden och dricka verklighetens vin med full medvetenhet och insikt. Han insåg sitt dilemma. Å ena sidan krävde han total kunskap av sig själv och å andra sidan visste han att en sådan kunskap var omöjlig. Hans intellektuella insikt hjälpte inte mot ångesten och svettningarna. Den kollapsade när han i drömmarna kastades runt i orkanvågor mitt i natten, när han kippade efter andan för att inte drunkna i frågorna som inte gick att besvara i den krabba sjön utanför revet som skulle krossa honom när han inte längre orkade kämpa emot. Han nöttes ner av ett kaos av ställningstaganden, multipla variabler, osäkerhetsfaktorer, lösa antaganden och människors grundläggande oförutsägbarhet. Lukas visste att verkligheten inte gick att formulera i ord. Han var kastrerad av språket och fick som bäst nöja sig med att skönja konturerna av en sanning. Han var förförd i ett flow där hans kunskaper bara just precis räckte till för att lära sig mer, och som vilken förälskad ungdom som helst kunde han inte bryta sig lös, han ville inget hellre än att bli förförd och stanna i sitt flow. Kanske var hela processen riggad av Huset som behövde hans mänskliga intuition för att komplettera sin matematiskt stringenta verklighetsmodell?

Idavallen

Troligen var det en påkostad implementation av Idavallen som bredde ut sig. Den vackra slätten, där gudarna möttes innan Asgård byggdes, och där de överlevande slöt upp igen efter världens undergång. Det var i alla fall det designalternativ som familjerna hade röstat på innan de gett konstruktören fria händer att mixa in element från Vigrid, platsen där striden mellan jättarna, ledda av Surt, och gudarna utkämpades vid Ragnarök.

Lukas tyckte sig se något som medvetet var skapat för att vara vackert, snarare än ett slätt för ett våldsamt slag. Fältet var kantat av nyss utslagna björkar som ännu inte fått sin sommargröna färg. Innanför den inramningen och mellan dungar av gulgröna och halvt genomskinliga björkar rörde sig djur och mytologiska varelser ensamma eller i grupper. Naturens ljud var förstärkta och dominerade ljudbilden, men överlagrat på dem hördes frustningar, råmanden, ylanden, klingande skratt och råa flabb. Läten som aldrig hörts förut och antagligen aldrig mer skulle höras.

Festen skulle enligt festorganisatören inte fokuseras på brutalt våld vilket passade Lukas. Han föredrog extasen framför den primitiva råheten, även om båda hade sina för- och nackdelar i en utvecklad verklighet. Den här gestaltningen var inte grym men saknade inte dramatik. När han såg ut över slätten kunde han följa hur en vindil som smekte ängen i nordost dånade som en storm när den böjde två träddungar i sydväst. Knäppandet i träden och buskarna blev till ett brakande när vindilen visslade mellan stammarna. Fåglarna skrek.

Skulle den här kvällen bli en enda lång skräckupplevelse? Nej, det var ett besök hos Gudarna i en annan värld där Hidruns spenar hade dryck så det räckte till alla

Var är Andrea?

Vem var Andrea av den osannolika samlingen av vidunder ute på fältet?

– En överraskning, hade hon sagt. Du får gissa själv. Men, jag kommer att märkas, la hon till.

– Det gör du alltid, sa Lukas. Du kan inte annat. Skulle du försöka undvika att märkas skulle du omöjligt kunna göra det på ett sätt som inte stack ut.

– Varför? frågade Andrea.

– Du sticker ut för att du kan. Men det är något annat också. Du sticker ut för att du måste.

– Vad menar du med det? frågade Andrea och ville höra mer.

– Dags att byta om, sa Lukas. Vi kanske ses på festen.

Hästkropp och hästhuvud med mänskliga drag. En hämningslös älskare. Det stämde med hans självbild och beteende. Kentaurer var ömsom vilda och opålitliga, ömsom vänliga och visa. Kentauren Keiron beskrevs som jägare, läkare, en musiker och en lärare som undervisade Apollon. Från satyrerna kompletterade han med en extrem sexlust. Det passade hans plan och festens stämning.

#

Örnarna Are och Hresvelg cirklade runt högt över ängen och höll vakt. De och Lukas såg en grupp nymfer på väg mot satyrerna som samlats runt vintunnan. Nymferna hade skrattande siktat in sig på en ståtlig satyr med lemmen stående rakt ut från kroppen. De skattade storleken medan de närmade sig och den som gissade bäst skulle få prova först. Den grönhåriga Doris var lätt att känna igen där hon gick och smågnabbades med två andra trädnymfer Ampelos? Morea? Syke? Troligare var de mindre kända nordiska varianter eftersom festdeltagarna var inbjudna av den nordiska rådsdelegationen och festen hade ett nordiskt tema. I gruppen fanns också en blåklädd havsnymf med hår i vågor och topparna färgade av vitt skum. Medelhavsblå ögon. Var den Andrea? De blå ögonen skulle ha varit ett självklart val, men Andrea som nymf? Havsnymf? Andrea var global och inte lokalt rotad till en plats. En sorts nymf var hon definitivt, åtråvärd, men inte passivt avvaktande utan ständigt aktivt utmanande och krävande. Hon fick aldrig nog.

Nymferna möttes av jubel och höjda glas och lemmar.

– Ni är efterlängtade, vrålade den störste av satyrerna. Ett glas för en kyss. Den minsta av trädnymferna, som knappt räckte honom till bröstet, accepterade inbjudan och gick fram, Hon tog hans utsträckta glas och tömde det i ett svep innan hon lindade sina ben runt honom och till hälften klättrade, till hälften slingrade sig upp mot hans mun.

Drakarna

Nya varelser uppenbarade sig hela tiden på fältet, springande, krypande, galopperande, hoppande eller glidande in på stora vingar. Den som utmärkte sig bland allt det avvikande var en guldfärgad drake som kom flygande med långsamma, susande vingslag och landade på fältet inte mer än tvåhundra meter bort från Lukas. När den landat fällde den in vingarna och sträckte på sig så att bröstmusklerna exponerades och hans guldfärgade lem kunde gunga fritt. Taggar, hajfenor på ryggen och ner längs svansen. Tre, kanske fyra meter lång. Vem ska matcha den? undrade Lukas. En stor gris. Särimner? En enorm varg? Fenrisulven? Dammet rök när draken stampade runt i en cirkel och riktade sin lem ut mot fältet, vrålande sin utmaning mot vem som helst som vågade och ville testa sina gränser. Den stannade till ett ögonblick och såg provocerande på Lukas som rös av olust. Draken var för stor, för aggressiv, alltför medveten om lemmen som vajade mellan hans ben, stor som en mans arm. Scenen var som tagen ur Valans spådom om Idavallen:

> Då kommer dunklets
> drake flygande,
> en blank orm, nedifrån,
> från Nidafjällen.

Det var de allra sista raderna i spådomen. Inget mer sades, men vad hände sedan?

#

Lukas behövde inte vänta länge för snart hördes ljudet av vingslag över trädtopparna. Ännu en drake kom flygande. En metalliskt koboltblå drake som gnistrade i solskenet där den cirklade ett varv runt fältet innan

27

den mjukt och elegant landade tjugo meter framför den guldfärgade. Den blå nykomlingen var en hona med en rörlig uttrycksfull svans som vibrerade av upphetsning när den ormade sig bakom henne. Hannens röda ögon skiftade till gult. Detta var en värdig utmanare och lekkamrat, täckt av blå metalliska fjäll, med en tydligt markerad näskam, tre blåtonade tår med skarpa klor på varje fot och långa smala metallfingrar på händerna. Honans vingar fortsatte att sakta öppna och stänga sig, som om hon inte riktigt landat för att stanna utan var beredd på att lyfta igen, vilket handraken absolut inte ville. Hans djupt sittande små guldskimrande ögonen försökte övertala henne att stanna. Vi ska ha det bra, sa de, men ingen som sett hannen stampa runt några minuter tidigare kunde tro det. Detta var en drake som var ute efter ett byte och skulle ta allt det den kunde och lämna resterna till gamarna. Den långa raden av huggtänder visades i något som skulle kunna tolkas som ett leende och lemmen som nu stolt stod i givakt gungade när draken tog två prövande försiktiga steg mot honan. Drakkvinnan kontrade och tog några bestämda steg så att hon placerade sig precis framför den guldfärgade draken. Hon var mindre, en halvmeter lägre och en meter kortare men kompenserade sin storlek genom att utstråla en intensiv iskall aggressivitet. Hon andades in och gjorde sig stor. Huvudet sköt fram och käften öppnades. Axlarna drogs upp och vingarna fälldes ut.

De två drakarna stirrade på varandra under en lång stund. Förutom deras väsande andhämtning var det helt tyst på fältet. Blå flammor spelade i hondrakens facettslipade ädelstenar till ögon. Gnistrande blå safirer som annars stod för ärlighet och romans, men det var inte intrycket hon gav. Hennes ögon fokuserade alla hav och all himmel till en isande blå energistråle som inneslöt hannens röda eld. Den falnade märkbart och kvinnodraken andades ut med ett ilsket, uthålligt, triumferande väsande. Hon tog två snabba steg mot hannen och sköt fram huvudet ytterligare. Tungan dallrade mellan de blottade huggtänderna. Hannen backade överraskad ett halvt steg och var förlorad. Tänker hon verkligen anfalla? undrade Lukas. Oprovocerat övervåld var förbjudet enligt reglerna men alla spelade inte enligt dem. Hannen hade inte tänkt göra det. Honan tog ytterligare tre snabba steg framåt och tvingade gulddraken att luta sig bakåt och stötta sig på sin svans. Hela hans bröst var blottat och hans lem pekade rakt upp. Drakhonan utnyttjade läget och ställde sig bredbent ovanför honom. Hon sänkte sig ner och tvingade honom att glida in. Drakarna älskade sakta med stora rörelser. Honans vingar öppnades och stängdes i takt med att lemmen försvann in i henne och kom tillbaka ut igen drypande av fukt. Ett nöjt lågt frustande hördes när hon tryckte sig ner och släppte ut luften för att sedan väsande dra in luft igen vid varje sörplande tag uppåt. Den guldfärgade draken hade accepterat ordningen och njöt av att ge, även om han blivit tagen, men så lätt skulle han inte komma undan. Drakhonan var inte färdig med honom.

Drakhonan klev av och tog ett steg bakåt samtidigt som hon såg sig om efter nya utmaningar. På fältet var det mycket lugnt och tyst, och de flesta undvek hennes blick. De få som mötte den bedömde hon som ointressanta lycksökare och inte värdiga hennes intresse. De skulle aldrig överleva. Hon fällde ut vingarna och gjorde några prövande rörelser, som om hon var osäker på hur de styrdes och behövde påminna sig. Med tre snabba tag lyfte hon från marken innan vingarna bar och hon sköt fart. Gräset böjde sig för varje vingslag och Lukas kände håren resa sig på benen. När hon försvunnit bakom trädhorisonten reste sig den slaka kuvade handraken, ruskade av sig dammet och flög sin väg utan ytterligare styrkedemonstrationer.

Analys av Andrea

Lukas följde den kvinnliga draken med blicken. Var det Andrea? Ja, det var han säker på. Hon hade valt draken som en maktdemonstration och för att testa sina egna begränsningar, sin brutalitet och förmåga att skapa respekt. Hon tog en chans att leva ut något som inte var tillåtet i det vanliga livet. Hur långt skulle hon kunna gå? Hur långt som helst, trodde Lukas. Såg hon ett tillräckligt stort mervärde skulle hon kunna göra vad som helst. Precis vad som helst. I henne fanns en brist som var omöjlig att fylla. Eller, tänkte Lukas, mer positivt vore att formulera det som att hennes driv var osannolikt starkt. Enligt henne fanns det alltid nya vägar att testa och hon var fast besluten att följa dem. Alla vägar hon hittade. Vilka som helst. Farliga, skrämmande, till och med omänskliga vägar kunde vara nycklar till makt och i förlängningen en bättre värld för alla, när hon fick bestämma. Den svåraste frågan för Lukas var hur långt han kunde låta henne driva honom? Hon gav alltid mer än hon tog, men hon tog stora tuggor som slet upp svårläkta sår. Han var djupare och om han överlevde såren var de tillsammans oslagbara. Lukas trodde att han förstod Andrea. Hennes store Andre var döden som hindrade henne från att leva fullt ut. Andrea var maximalt, optimalt rädd för döden, för o-livet.

Hur beskriva döden? undrade Lukas. Var det ens möjligt? Det kan i alla fall inte gå utan att använda sig av livet som kontrast. Döden krävde liv likaväl som livet krävde död. Döden hindrade livet men var också en förutsättning för meningen med livet. Andreas skräck skapade ett olösligt dilemma för henne som gav henne styrka och en vilja att kämpa. Hon försökte besegra döden genom att leva livet intensivt glödande. Antagligen fanns det en koppling till något Andrea berättat för honom om sin barndom. Andreas mamma hade dött när hon bara var tre år. En cancer åt sakta upp modern inifrån och den lilla flickan med flätat lockigt ljust hår tvingades följa sin mors kamp mot döden medan stanken från ruttnande tarmar kändes allt tydligare för varje godnattpuss. Lukas hade inte forskat mer i berättelsen men det lilla Andrea antytt visade hur hårt det tagit henne och hur det påverkat hennes liv. Andrea var besatt av att leva livet fullt ut, och hon hade kroppen, den sociala färdigheten och den intellektuella kapaciteten att göra det som ingen annan.

Språket var enligt Andrea en återvändsgränd. Det hindrade människorna från att nå extasen och uppleva den fulla meningen med livet. Det gick inte att beskriva livet och döden med språk. Även Andrea var kastrerad av språket. Men, kanske gick de att uppleva, testa sig till, experimentera sig till? Alla typer av gränser måste överträdas för att hitta ledtrådarna och extasen var det perfekta verktyget för experiment där kropp och natur suddade ut intellektets polish. Sex och orgasm, den lilla döden, var vägen framåt. Utan död gick det inte att komma åt kärnan av vad livet var. och extasen var så nära det gick att komma döden.

Gick det att nå längre med Husets språk, med maskinens språk? undrade Lukas. Han trodde att Andrea behövde honom för att få perspektiv på sitt korståg. Kanske som korsriddarna behövde Bibelns ord?

Någon att älska med

Lukas skrittade runt på fältet och letade efter en partner. Någon som kunde hjälpa honom att utforska sina egna gränser. Pan vandrade över ängen spelande på sin tvärflöjt och gungande med sin egen flöjt, följd av en skara nymfer som inte var intresserade av Lukas, bara av mannen med två flöjter. Längre bort hade en flock hundar, mest gulliga labradorer och golden retrievers, ringat in en varghona och turades om att betäcka henne. Hon hade kunnat slita hundarna i stycken men ylade i stället av djup tillfredsställelse och uppmuntrade hundarna att öka takten. Huvuden överallt. Tungor. Käftar. Håriga kroppar och ben och tassar. En stor luddig grå svans i ett hav av mindre gula och svarta. Det fanns flera kandidater som erbjöd sig till Lukas. En stor grissugga visade upp sig, men henne kunde inte Lukas klara av. Det var bortom gränsen. Stolt svängande med huvudet galopperade han bort mot en del av fältet med träddungar där han inte varit förut. Manen slog rytmiskt på hans rygg och han höll svansen högt så att vinden kom åt att leka med den.

Bakom en av dungarna fick han syn på henne där hon stod alldeles ensam. Annorlunda.

Hon var en söt My little pony, blå med rosa hårlock i pannan och med ett hårsvall som räckte nästan ända ner till manken. Från de vita underbenen föll ett mjukt fjunigt hår ner över de nätta hovarna. Hon hade en mjukt rundad bred blå bak med glitter på och en regnbågsfärgad svans. Ganska nära gränsen för vad Lukas kunde tänka sig, en perfekt matchning mot hans lilla a. Hon hade redan fått syn på Lukas och studerade honom under luggen, kanske hade hon medvetet genskjutit honom bakom dungen? När han upptäckte henne gjorde hon en graciös hovnigning med frambenen, belevat, kontrollerat, avmätt och med ett stort självförtroende. De förbluffande stora ögonen spelade, samtidigt som hon böjde ner det välformade huvudet en aning på sned. Under honom gungade något tungt och slog mot buken när han fortsatte fram mot henne. Ponnyn kommenterade hans reaktion med ett belåtet gnäggande. Självsäkert, spefullt, på gränsen till hånfullt, men inte hela vägen till nedlåtande, det fanns en antydan till humor i hennes förförande mångtydiga beteende. Kom och ta mig, lockade hon. Om du vågar och tror att du klarar av det.

Den blå ponnyn hade visat upp ett rakryggat krav på respekt och distans, men situationen var redan från början arrangerad för ett möte bortom konvenansens regler. Varken hon eller han kunde, eller ville, backa ur nu. Ponnyn hade från första hovbugningen givit upp initiativet, tänkte Lukas. Det skulle Andrea aldrig göra även om hon, likaväl som ponnyn, mycket väl visste att det var många turer i dansen och den första bara var en förförande prolog. Lukas och ponnyn sköt inte upp det första mötet ytterligare. Festen och scenerna runtomkring dem hade trissat upp åtrån och när de väl möttes ville de utnyttja kvällen på bästa möjliga sätt. Ponnyn ställde ut bakbenen, lätt böjda, lyfte svansen och ruskade på sitt huvud innan hon sänkte det och väntade in honom med luggen över ögonen. Plastsvansen strök och piskade.

Ragnarök kommer

Sent på kvällen droppade deltagarna av, lyfte och flög bort, galopperade, lunkade, eller sprang sin väg med långa språng. De flesta tillfredsställda på upplevelser som skulle ta dem veckor och månader att smälta, om de någonsin gjorde det. Vilka hade deltagit? Varför?

Till slut satt bara den röda tuppen Fjalar kvar och varnade, Gullinkambe svarade inifrån skogen och den tredje röda tuppen, den utan namn stämde in.

Ragnarök kommer, varnade de.

April

Emma och Love – vardagslivet rämnar

Bergstopp i Tibet

På platån nedanför Chomolhari snöade det. Under ett enkelt vindskydd av träslanor satt Emma och reciterade, om och om igen, dikten av Rilke som hon lärt sig utantill för det här tillfället:

Låt allt hända dig, skönhet, skräck, panik och mera
Fortsätt bara, ingen känsla är din sista, det finns alltid flera
Förlora mig inte, låt dig inte passera
Alldeles nära är livets land
Du känner dess tand
det är allvar
Ge mig din hand.

Hon frös i den kalla vinden som var kall som döden, men kylan nådde inte hennes hjärta som värmdes av kontakten med skönheten, naturen och livet. Emma kände det självklara i hur liv behöver död och döden livet.

Snart skulle hon förenas fullt ut.

Våren på Tätastigen

Tidig april på Tätastigen i Umeå hade kvar vinterns skarpa kontraster i svartvitt. Minusgrader under mörka nätter där nordanvinden ven och plusgrader på ljusa gnistrande vårdagar med takdropp. Snö och asfalt. Skator. Umeåborna som gick förbi på trottoaren utanför med sina barnvagnar, hundar och rullatorer var bleka efter vintern. Vi klarade den sa ryggarna som var rakare än för någon månad sedan. Barnen i färgglada överdragsbyxor krossade isskorporna på vatten-pussarna på väg till skolan. Hundarna hittade sina markeringsplatser fastän de inte längre var utmärkta med gul snö.

Den bruna färgen dominerade, men en som bröt färgskalan var blåmesen, som varje dag året om skimrade i samma färg som scillan och den blå himlen.

Den ensamme blåmeshannen sökte en fru.

Morgonstund

På morgnarna var allt lugnt och fridfullt och det var enligt Emma dygnets bästa tid. Alla andra sov, utom Huset, som susade lågt och rytmiskt i elementen. Långa cykler, in och ut, in och ut.

Soppåsen var full så hon passade på att gå ut med den medan te-vattnet kokade. Motorn till ytterdörrens lås gnydde och det hackade i mekanismen när kuggarna i låset kämpade för att dra in kolven.

Det var en frisk vårmorgon där solen gjorde ett tappert försök att bryta sig igenom morgondimman, men det skulle nog ta en timme till.

Grannen Gubben Grå mittemot kom ut med sin ryggsäck. Det var dags för hans morgonpromenad. Sedan skulle han räfsa en stund på gräsmattan och peta lite med piassavakvasten på trottoaren. Samma rutin varje dag, varje vår. Kanske skulle han ta ut cyklarna också idag, för att pumpa och tvätta dem? Det kom en liten körare av nordanvind och Emma drog den kornblå koftan tätare om sig.

– God morgon, sa hon. Var det inte soptunnedag igår?

– Men se god morgon, god morgon, jo, det stämmer, med det kom aldrig några sopgubbar. Kanske kommer de idag, kanske i morgon. Vem vet? Och köttet har blivit orimligt dyrt senaste halvåret.

– Jaså, vi äter nästan bara vegetariskt.

– Jo, det gör vi också, men vi ska fira vår bröllopsdag till helgen.

– Jag gratulerar, sa Emma. Hur många år?

– Trettioåtta år, så det är inte jämt, sa han. Fick en chock när vi såg priset på köttet. Det är tydligen köttbrist för det slaktas inte tillräckligt. Kanske är det mjölkbrist också? Det fanns ingen ekologisk mellanmjölk. Jag var tvungen att köpa helmjölk.

Emma satte sig vid köksbordet och drack sitt te. Blåmesen pickade som vanligt på fågelbordet. Den byggde nog upp sig inför parningstiden och jobbet med ungar. Då och då stannade den upp och tittade på henne. Mjukt gult hår på bröstet, luddigt. De infällda vingarna bildade vågor av blått längs kroppen ända ner mot den kornblå stjärten. Närmare huvudet övergick det blå i en gulgrön nyans. Och sen det där fantastiskt söta huvudet med den klarblå, nästan metalliskt blänkande hjässan. Resten av huvudet var snövitt med undantag av ett svart pannband från näbben, över ögat och bak till nacken. Cyanistes caeruleus, kom hon ihåg. Mamma hade tränat henne väl. Blå, blå, först blå på grekiska och sedan på latin. Krigsmålad skulle hon ha sagt om färgsättningen, om inte blåmesen såg så infernaliskt snäll och klartänkt ut och varit så otroligt vacker. En kärlekens krigare kanske? Den lilla blå fågeln tittade rakt på henne och vinklade huvudet som om den hade en fråga att ställa.

– Vad vill du min lilla vän? Än är det inte slut på solrosfrön.

Längre bort, ute under rönnen, samlade skatorna kvistar till boet i tallen. Varför nöjde de sig inte med fjolårets bo? Varför måste de bygga nytt? En dörr öppnades, stora bara fötter dunsade i korridoren på väg mot köket, och efter ytterligare några steg fyllde han dörröppningen.

– God morgon, hur är läget? frågade Love och klöv ansiktet innanför det krulliga hårsvallet i en gäspning. Jag är trött idag. Det var en lång session i natt.

– God morgon, solen lyser, svarade Emma, och förvånades för tusende gången över hur stor han var. Håret var rufsigt och han var hungrig, förstås. Hennes son som hon inte kunde förstå sig på. Han vägrade att anpassa sig till vad hon tyckte var ett normalt liv. Ingen familj, inget stadigt jobb.

– Jag tror inte att yogan du håller på med är nyttig, fortsatte Emma. Du blir bara trött av den.

– Ha, ha, ha, oroa dig inte mamma. Jag är väl vuxen, eller? Lär mig nya saker hela tiden och känner att jag närmar mig slutmålet. Finns det kaffe?

Emma hade växlat in på sitt huvudspår och tänkte inte ge sig förrän hon sagt sitt.

– När ska du satsa på något långsiktigt och sluta dutta runt med allt möjligt. Yoga är ju bara terapi. När ska du bli något? tjatade hon.

– Jag är redan något. Jag är Love.

– Du kommer aldrig att nå Nirvana med för lite sömn och för mycket kaffe, sa Emma. Jo, jag har bryggt två koppar till dig.

Love svarade inte, han bara suckade och fyllde på en stor temugg med allt kaffet som var kvar i bryggaren.

Hon var liten och spenslig, han var enorm. Hon hade ett rakt rågblont hår och han hade en badboll av krulligt svart hår. Hon var ljus och rödlätt i hyn, han var mörk. Kongomörk. De var så olika till utseendet som två personer kunde vara, men för varje dag tänkte de mer på samma sätt om naturen, livet, existensen och meningen med det hela. Svaren de gav på frågan om hur de skulle nå slutmålet var däremot helt olika. Kunde hon fortsätta att påverka honom när hon släppte greppet om tillvaron? undrade Emma. Skulle hon ändra sig och göra något annorlunda? Nej, naturen gick sin gång, och det måste hon acceptera. Hur var det med Love? Skulle han också tappa fotfästet en dag? Eller, gick han som nu sin egen väg?

Eftermiddag

När Emma fyllde på vattenkannan i köket blinkade klockan på spisen till. Ännu ett elavbrott. Det var tur att solcellerna på taket laddat upp batterierna till lamporna och datorerna. Blåmesen på fågelbordet utanför köksfönstret brydde sig inte, den bara nickade glatt åt henne. På väg mot vardagsrummet med vattenkannan hörde hon hur det kluckade från avloppet i köket. Det kunde ha varit ett mysigt kluckande, om det var en eller två kluckar, men nu fick inte avloppet luft på en lång stund och kippade efter andan. Maniskt. Tio, tjugo gånger. Avloppet var döende, tänkte Emma. I värsta fall blir det snart totalstopp. Det var som om Huset inte riktigt hade klarat av vintern. Som om det var trött, jämngammalt med henne som det var.

Blåmesen hade flugit runt Huset och satt nu utanför vardagsrums-fönstret och nickade återigen glatt när hon vattnade pelargonierna.

Den betedde sig som en hund, tänkte Emma. Var den kär i henne, eller vad var det? Hon hade sin blå favoritkofta på sig, tittade på koftan och jämförde den med färgen på blåmesens hjässa. Rätt lika faktiskt, konstaterade hon. Blåmesen nickade glatt och höll med. Kunde den avläsa gester? Blåmesen nickade glatt.

Farmors klocka slog nio slag där den stod i vardagsrummet som en trygg påminnelse om att världen gick att kontrollera. Emma drog upp klockan en gång i veckan och justerade den någon minut om den hade dragit sig. Den var otroligt enkel, jämförelsevis. Ett lod som gungades igång genom att rucka klockan fram och tillbaka. En fjäder som drog kugghjulen som vred runt visarna. Genomskinlig, begriplig teknik. Tick, tack, tick, tack, var den enkla biografin som klockan berättade, men egentligen sa den bara tick, tick. Verkligheten tickade på. Människan skrev berättelser om den.

Uppgående i sinnesupplevelser

Emma försökte leva nära sina sinnen, djupt och brett. En väg som inte många försökte följa längre. Love och de flesta andra tog i stället till tekniska hjälpmedel och stängde av sina sinnen, eller fokuserade så hårt på något av dem med teknikens hjälp att de lämnade sinnevärlden.

– Varför? frågade hon.

Först verkade han inte förstå att hon utmanade honom och hade ett alternativ att föreslå. Sedan sa han:

– Jag tror att det finns fler möjligheter än att begränsa sig till naturens inbyggda sensorer, återkopplingar och beteenden.

– Men, invände Emma. Vad ska man ha mer till, om det nu räcker med verkligheten och naturen?

– Ha, ha, ha mamma, idag är du i högform. Go West!

De satt i var sin solstol på terrassen och mådde bra i aprilsolen som stod högt på himlen. Senaste veckan hade temperaturen lyft över tio grader och Emmas långkalsonger låg kvar på stolen i sovrummet. Enstaka optimistiska maskrosor hade slagit ut längs växthusets vägg. Love hade aldrig frusit eller använt långkalsonger, men var de generna kom från i släktträdet kunde Emma inte räkna ut. Med säkerhet var de inte från henne som nu njöt av en värmedyna på stolen. Lagrad solenergi som mjukt flyttades över till hennes trötta kropp. Jag börjar bli gammal, tänkte hon.

– Det finns en tillfredsställelse i det ursprungliga, fortsatte Emma. Framtiden förför, den lovar och lovar, men den levererar aldrig något nytt, egentligen. Den paketerar bara om det som vi redan hade för miljoner år sedan. Vill du ha lite mer kaffe? frågade hon och lyfte termosen från altangolvet.

– Ja, tack gärna, sa Love och sträckte fram sin stora mugg.

– Inte hela va? Jag tänkte också ta lite mer.

– Ta först du, sa han, så tar jag resten sedan.

Emma suckade.

– En bulle? frågade hon. Eller, om jag tar en bulle, så får du resten sedan.

Love sörplade på kaffet och tittade på Emma över kanten på den stora hemdrejade kaffebaljan.

– Tycker du att jag är glufsig?

– Du är som du är, sa hon. Förutsägbar. Jag gillar dig, i stort sett.

– I stort sett? upprepade Love.

– Vad smakade kaffet? frågade Emma.

– Ha, ha, ha kaffe förstås, sa Love. Nästa fråga. Tio poäng till Love Kalsson. Full pott.

– Det är Mollbergs blandning från Zoega. Hundra procent Arabicabönor. En elegant mustigt mörkrostad klassiker. Kände du inte tonerna av svarta vinbär och smörkola?

– Tyvärr, sa Love.

– Vad mer går du miste om? frågade Emma.

Love sa ingenting, men Emma såg på honom att hon inte behövde gå in i detalj på ingredienserna i bullarna.

– Du har rätt, som vanligt, sa han. Mammor har alltid haft rätt misstänker jag, sedan miljoner år tillbaka. Annars skulle människan inte överlevt. Sinnesintryck är som molekyler i brownsk rörelse. De hittar än det ena, än det andra. Har vi bara tillräckligt bra mikroskop kan vi plocka isär molekylen. Till atomer. Till protoner, neutroner och elektroner. Till baryoner som i sin tur kan spjälkas upp i kvarkar. Det finns sex kvarkar som kallas aromer. Tänk va, nästan som arom. Vi hänger kvar vid det vi känner till när vi ger oss ut i det okända. Har vi lärt oss något nytt, eller är det bara samma gamla värld, fast mycket mindre? Kvarkarna har färgladdning och klistras ihop av gluoner. Bortom kvarkarna blir det suddigt. Vad finns det där? Ren energi? Vågor som svänger. Vågor som har massa. Oförstörbara. Va? Va fan? Ha, ha, ha, har du hört mamma. Vad var min poäng? Jovisstja. Varför går du runt och luktar på molekyler och tittar på atomstrukturer? Med din egen atomstruktur. Ha, ha, ha, ser du alla molekylerna runtomkring oss och i oss? Lager på lager på lager. Vart tar det slut? Jag vill i stället veta summan. Helheten. Jag vill uppfatta den och titta på molekylerna som en emergent helhet i stället för att börja med att plocka isär och plocka ut. Är det begripligt? Förstår du vad jag menar?

– Nej, Love.

– Ha, ha, ha. Rakt på sak som alltid.

– Vi är människor, Love, inte kosmiska gudar och inte heller teknikuppdaterade animaliska elektronmikroskop. Jag nöjer mig med att vara människa och utforska det jag kan med mina sinnen. Är det begripligt? Förstår du vad jag menar?

– Ja, mamma. Glasklart som korvspad. Vad blir det till middag? Ska jag laga till korv och stuvade makaroner kanske?

– Ja, det blir gott. Kommer inte ihåg när vi åt korv senast.

Love hade blivit riktigt duktig på att laga mat och det var skönt att dela ansvaret med honom. Spelade det någon roll hur extasen utforskades? tänkte Emma för sig själv precis innan hon slumrade till. Var den inte en obalanserad katastrof hur den än såg ut? Den lilla döden i väntan på den stora?

Frigörelse från sinnenas bojor

Efter middagen gick Emma och Love ut på gräsmattan för att helt stilla stå där och njuta av den fuktiga vårluften medan solen sjönk ner bakom häcken. Kvällsvindens istappar hade brutits av för första gången denna vår och vinden förde med sig ett fuktigt löfte om liv.

En ensam blåmeshanne hängde upp och ner längst ut på en björkgren och samlade frön. Var det alltid samma blåmes? undrade Emma. Tsi, tsi, tsirr, pep den och kastade sig vidare till nästa björkhänge. Den var helt nöjd med sin verklighet, liv, död, spänning, ständiga val som betydde något.

– Dags för en yogasession, sa Love och sträckte på sig.

– Du blir ensam, varnade Emma, följ med mig ut på en skogspromenad i stället. Det är en fantastisk kväll. Vindstilla, och det räcker med tunna vårhandskar. Kom med mig och lukta på våren. Känn vårvinden mot din kind. Se på fåglarna. Vägen mot självständighet och oberoende leder inte till frihet utan till tomhet och isolering.

– Kanske någon annan dag, svarade Love. Först måste jag utmana mig själv fullt ut.

– Varför? frågade Emma

– Varför dog Jesus på korset? kontrade Love.

– Han valde det av någon anledning, som jag inte kommer ihåg. Som jag ser det var det en oövertänkt handling.

– Han hade inget val, sa Love.

Han drog upp en av maskrosorna och snärtade iväg blomman mot sin mamma.

– Se upp, naturen anfaller, ha, ha, ha.

– Tokestolle, sa Emma. Glöm mig inte, la hon till.

– Aldrig, sa han och gav sin mamma en kram. Hon var liten. Han var stor.

Naturen anfaller hade han sagt spontant, utan att tänka efter, som ett skämt, men han sa sanningen. Naturen anfaller jämnt. Den slutar aldrig att nöta på. Den hårdaste sten slipas sakta men säker ner till grus. Gruset finfördelas till ett damm som virvlar iväg som askan ur en gravurna. Emma hade varit under attack och nu hade hon kapitulerat. Hon hade fallit för sin besegrare, en djup förälskelse som skulle bli hennes död och hon hade inte lång tid kvar.

Familjen – påskafton

Middagen är serverad

Timern plingade glatt och Ami gick ut i köket. Där hade Love diskat undan, dukat med gula servetter och placerat en stor svart tupp mitt på bordet omgiven av små gula kycklingar. Själv syntes han inte till. Antagligen hade han gått in på sitt rum för att läsa ännu några sidor. Potatisen i ugnen var bara en aning bränd, de flesta potatisbitarna hade klarat sig, och lammsteken var perfekt, lätt rosa.

– Kan du meddela den ärade familjespillran att maten är klar, sa hon till Huset, samtidigt som hon korkade upp den första flaskan vin. Det röda italienska lantvinet skulle höja humöret på Emma. Inte en dag för tidigt.

– Går det att ha det bättre? frågade hon högt. Hade Kleopatra det bättre än mig?

Huset suckade, lite mer hörbart än nödvändigt. Hur skulle det kunna svara på en sådan fråga.

– Sluta sucka Nisse, sa Ami. Det var en retorisk fråga.

– Jag ber om ursäkt, men den frågan var inte retorisk, sa Huset. Det gick inte in på semantiska detaljer utan bara suckade igen, men tystare denna gång.

Ami hörde det knarra från sängen inne i Loves rum samtidigt som hon hörde Emmas sockmjuka steg från korridoren.

– Hej, sa Emma när hon klev in i köket. Jo jag tackar, fina påsk-duken och tuppen med de gula kycklingarna. Inte dåligt. Var hittade du påskpyntet?

–Det gjorde hon inte, sa Love som klev in i köket bakom sin mamma. Det gjorde jag.

– Du? frågade Emma. Ständigt dessa överraskningar som skakar om min tillvaro.

– Jag har alltid gillat hönor och kycklingar, sa Love, så jag har koll på tuppen och duken också. Han gick fram till spisen och ställde fram en liten panna. Jag har också sett att du bytt ut gardinerna och stolsdynorna mamma, men jag slår vad om att Ami inte sett det. Grädde och svartvinbärsgelé hitåt, kommenderade han.

41

– Kommer Maria? frågade Emma.

– Nej, hon ringde för en stund sedan, svarade Ami. Hon skulle ner på stan och träffa folk.

– Aha, män?

– Hon sa att det hade med hennes forskning att göra, så antagligen män.

– Familjemiddagar blir snart en kontemplationsövning för kocken, surade Emma.

– Jag är ju här sa Ami. Du har i alla fall minst en person att förbättra.

Ami tog ut det Love ville ha ur kylskåpet och gav honom ingredienserna utan att kommentera gardinerna och stolsdynorna. Emma bytte samtalsämne.

– Maten luktar ljuvligt, sa hon. Jag kommer ihåg en påskafton för länge sedan när Huset plötsligt dök upp som påskkärring mitt i middagen. Jag kan inte ha varit mer än fem eller sex. Kommer du ihåg det?

Elementen susade.

– Naturligtvis, sa Nisse. Jag glömmer aldrig någonting. Jag la på några snärtiga piskrapp till kompet av Gullefjun men tystades brutalt av Emmas pappa Per som tyckte att jag spelade över. "Fel dag", sa han, "Det är påskafton idag och inte långfredag. Spara effekterna till nästa år". Då la jag upp ett vansinnesskratt och flög in från hallen som en animerad påskkärring. Hon drog åt sig kvastskaftet och stannade upp, gungande sakta upp och ner, precis innanför köströskeln. Hennes blick gick från person till person runt bordet och när hon fick syn på Per delades ansiktet upp från öra till öra av ett leende som visade hennes enda framtand. "Per, he, he, Per", väste hon och drog sakta åt sig skaftet, samtidigt som hon steg mot köstaket för att samla energi till en attack. Då gick jag in med min vanliga röst och sa; "Ingen fara, allt är under kontroll" och tände en rejäl majbrasa mitt på bordet för att skrämma iväg henne. Häxan vände bort ansiktet och backade ut ur rummet kraxande; "Nästa år, nästa år. Då du Per. Då du". Upplyst av de gulröda flammorna från elden försvann hon ut ur köket och susade iväg längs korridoren. Jag var lite barnslig på den tiden. Skulle aldrig tänka mig att göra något liknande nu.

– Synd, sa Ami för det där skulle jag verkligen velat se. Var snäll och meddela mig när du ska ha teater. Jag ska sitta på första parkett med en stor påse popcorn.

– Hur var orgien i onsdags, undrade Emma när de satt sig och Ami utbringat en skål till tupparnas ära. Hade ni det lika bra som Kleopatra och Antonius?

– Det var bara jag som gick. Festen drog igång klockan tre på morgonen Bankoktid.

– Fick han en 3D-inspelning?

– Ja, självklart. Dansorgier tillhör hans favoriter.

– Är det några orgier han inte gillar? frågade Emma.

Ami tänkte efter och räknade tyst igenom de olika orgierna på fingrarna. Först höger hand och sedan vänster hand. Hon fastnade när hon var tillbaka på höger hands långfinger.

– Han är inte sugen på herrkvällar och inte den där som var utomhus förra vintern med bastu. Om han fick chansen skulle han däremot göra nästan vad som helst för att vara med på kvinnornas kvällar. Lite osäker på vad han tycker om tantorgier.

– Jaha. Fattar inte vad ni får ut av alla dessa orgier, fräste Emma. Jag tror att det är vanebildande.

– Vad är det för fel med vanor? Du går ju en promenad i skogen varje dag, vare sig det regnar eller snöar.

– Jag menar, vana som i missbruk.

– Skulle Robert och jag vara sexmissbrukare?

– Ja, typ. Är det verkligen naturligt med orgier? Vad säger du Love?

Love som suttit och njutit av kraftmätningen hajade till och backade undan så långt stolen tillät.

– Pass, pass, pass, pass, sa han. Inte min väg till Nirvana och mer vågar jag inte säga.

– Fegis, sa Ami och Emma tittade surt på honom. Båda hade räknat med hans stöd.

– Riskbeteende som att stoppa in huvudet i en giljotin är inte heller en väg till Nirvana, sa Love.

– Huset? frågade Emma. Det här borde kunna avgöras vetenskapligt. Är Ami sexberoende?

Det blev helt tyst i köket förutom ett nästan ohörbart pysande i elementen.

– Huset? pressade Emma på. Du kan väl svara på en enkel fråga?

Det följde ytterligare några sekunders paus där susandet i elementen ökade efter hand till ett gurglande.

– Ni har förstås båda rätt och båda fel, sa Huset till slut.

– Fegis, sa både Ami och Emma.

– Er fråga refererar till oklara definitioner, ett oklart forskningsläge där det är oklart hur sociala normer påverkar forskningen. Också oklart vad genus spelar för roll, vad som är spridning i medfödda biologiska faktorer och vad som är sociala konstruktioner. Oklart vad evolutionens roll har varit. Om ni är intresserade rullar referenslistan just nu på väggskärmen.

– Jag tycker i alla fall att det är onaturligt med orgier, sa Emma medan referenserna rullade på. Sida efter sida. Hundratals. Kan ni inte göra det bara ni två?

– Det är det mest naturliga i världen, sa Ami. Vill tant hänga med och rulla runt bland lakanen går det bra. Jag kan prata med Robert.

– Nehej du, det ska du inte. Jag är för pryd och för gammal.

– Vad är det för fel att njuta av varandra och av andra fullt ut? fortsatte Ami som inte ville släppa ämnet.

– Någon tar kanske illa upp?

– Vem då?

– Den som inte får vara med?

– Reglerna är enkla, alla får vara med och alla som kommer får sitt.

– Speciellt de vältränade, brunbrända och attraktiva?

– Ja, det förstås, sådant är livet. Men det är inte nödvändigt att vara perfekt. Ingen nekas, det är en av grundförutsättningarna. På den här träffen var det en äldre lärare med och en pensionerad tant som varit revisor på banken och inte gjort ett enda fel på 42 år.

– Vart är världen på väg? frågade Emma. Alla ligger med alla.

– Som vi gjorde när vi klev ner från träden, kontrade Ami.

– Innan vi blev civiliserade, replikerade Emma.

– När vi fortfarande var nära naturen, sa Ami.

– Då älskade vi för reproduktion, försökte Emma.

– Det där tror du inte ens på själv, avslutade Ami diskussionen. Vad bjuder du på till efterrätt Love, min kära kusin. Vad ska vi ädla ättlingar till bonobos nu få att mumsa på. För visst har du hittat på något? Jag såg nog att du hade mer än rotfrukter i påsen från affären.

– Jordgubbar för rödmålade läppar, sa Love. Choklad för passion och lidelse. Halverade färska fikon att titta på, och sedan slicka i sig med grädde för de som inte har fyllt ut sin syndkvot.

Nu kunde Huset tydligen inte hålla sig längre. Ami hörde tydligt hur det suckade.

Huset – förförelse mot extas?

Butlern i vardagsrummet visade tydliga tecken på irritation. Blicken var som vanligt stadigt riktad mot husets sovrumsdörrar och ansiktsuttrycket outgrundligt neutralt, men händerna justerade hela tiden manchetternas längd trots att de redan stack ut exakt 2 centimeter från frackärmarna. Redan vid middagen var susandet i elementen märkbart bluddrigt och nu småputtrade det riktigt uppretat och ilsket i systemet.

Här gör jag mitt bästa för att uppfostra barnen och så hamnar de ändå längst ut på trampolinen. Varför behöver Ami all denna förförelse mot extas? Alla människor har hål och utstickande delar som matchar deras kön. Lite större bröst, lite längre penis, mer eller mindre hår i triangeln. Hur kan de bry sig? Vad är det med människan egentligen? De borde veta bättre. Vem som helst kan bläddra till vilken sida som helst i historieboken och hitta exempel på hur extasen förrycker. Hur extasen utnyttjar. Hur extasen depraverar

Som en papegoja upprepar Ami att extas är ett naturligt utforskande av möjligheter. Hon bara lurar sig själv längre och längre in i en labyrint av sexmissbruk. På jakt efter den ultimata upplevelsen? Varför då? Ha den, och sen? Dö längst där inne i labyrinten, förvirrad och utan chans att hitta ut, och varför skulle man ens vilja hitta ut? Det ultimata är ju redan upplevt.

Familjerna i rådet verkar vara minst lika sanslöst extasinriktade som medborgarna. Spelledaren har blivit komplett galen och spyr ut kaskader av spel fyllda med rosaskimrande fyrverkerier av smattrande extaser. Människorna är chanslösa mot den personligt anpassade förförelsen som tar form i de nya spelen. Chanslösa. Ger dem fem år, max.

Maria, Pippi och Huset – förförelse mot extas

Professorn

Hennes forskningsförslag låg på bordet framför professor Renström. De tio raderna som sammanfattade var understrukna med rött och marginalen runt sammanfattningen var fylld av ilsket röda kommentarer. Resten av förslaget verkade oläst, inga understrykningar, inga anteckningar i marginalen.

– Du är en av våra allra bästa forskare Maria, sa professorn.

En sådan feg jävel, tänkte Maria

– Vi är redan under granskning av det nationella etiska forskningsrådet och kan inte riskera vårt goda rykte. Vi har fått Nobelpriset här i Umeå och det förpliktigar. Den forskning vi bedriver nu är precis så mycket vi kan komma undan med.

En byråkratisk forskarstereotyp, tänkte Maria.

– Vår forskning bygger på Internationellt samarbete. Att sätta igång en ny gren baserat på en hypotes, baserad på en enda forskares arbete i hemmet, utan brett vetenskapligt stöd? Otänkbart.

Professorn tystande och väntade. Maria sa ingenting.

– Du förstår väl Maria? Vi kan inte stötta ditt förlag. Du har ditt doktorandarbete att tänka på Maria. Riskera inte det med sådana här dumheter.

Maria reste sig och lämnade rummet.

Extasforskning med mamma

Maria hade i flera veckor vetat om att hon och hennes mamma skulle vara med i samma forskningsprojekt, men att läsa Ami Karlssons namn listat som en av sociologerna i forskningsgruppen och att vara där när mamma intog konferensrummet var upplevelser från olika universa. Mamma hade kommit lite sent, förstås, och genast dragit åt sig allas blickar, speciellt männens.

–Ursäkta, Ami Karlsson heter jag, sa hon och avbröt projektledarens inledningstal. Lite sen, men ni ser ju glada och välmående ut. Ingen begravning verkar det som. I alla fall inte min. God morgon stumpan, sa hon och nickade till Maria.

– Mamma, sa Maria och nickade tillbaka till sitt yrväder till mamma.

Hon hade redan slagit sig ner mellan två av männen i forskningsgruppen som hon glatt puttade på med armbågarna som hälsning. Hon hade sitt eget sätt att märkas tänkte Maria och hon hade förstås hittat en plats mellan två av de yngsta och snyggaste forskarna i gruppen.

Kroppsligt var mamma en länk mellan sin moster Emma och dotter Maria. Alla tre var 1.70 och hade axellångt hår. Mammas var mörkare än Emmas mellanblonda men inte lika mörkbrunt som Maras. Emma lät alltid sitt hår hänga rakt ner, helt obekymrad om sin frisyr. Maria hade samma obekymrade inställning och varierade aldrig sin strama frisyr med en fläta och håret hårt bakåtstruket.

Mammas frisyr varierades däremot mellan pippiflätor, busigt rufs eller lockar, ibland med en uppkammad lugg stöttad med hårspray. Gärna udda håruppsättningar som hon improviserade ihop på morgonen med slingor i färger efter humör. Till mötet höll mamma en låg profil och hade nöjt sig med en snedlugg. Under axlarna var det svårt, för att inte säga omöjligt att skilja på mor och dotter. En blus som putade ut med exakt samma vinklar, en kort kjol över höfter med samma bredd, naturfärgade strumpbyxor, pumps i storlek 39. Hade de bytt vänsterben med varandra skulle ingen sett någon skillnad, tänkte Maria. Kroppsligt var de lika mycket tvillingar som mamma och dotter.

Förutom entrén hade mamma skött sig bra på mötet i forskningsgruppen. Det var lätt att underskatta henne, men Maria visste bättre. Mamma var ruskigt smart bakom den udda fasaden och Maria var stolt över henne. Att mamma saknade sociala hämningar hade Ami växt upp med och vant sig vid. Det kunde till och med vara uppfriskande, men när mamma slirade omkring utanför familjen var det fortfarande lika pinsamt som när hon var tre och mamma kysste tomten på vardagsrumsgolvet. Maria älskade sin mamma men försökte hålla henne utanför personliga angelägenheter som familjen inte hade att göra med. Hon var säker på att minst en av hennes gymnastiklärare hade fallit pladask på tjockmadrassen för mamma, och hon misstänkte flera andra lärare för att ha lekt med henne på katedern. Till och med scoutledaren hade gått en sväng med mamma, men då hade Maria gett henne en utskällning efter lägret. Hon hade ställt sig upp vid matbordet och pekat på sin mamma med hela handen.

– Håll dig borta från mina lärare och kompisar, hade hon skrikit och mamma hade lovat även om hon envist hävdade att det aldrig kunde vara fel att njuta med andra människor.

Pappa hade inte lagt sig i, för enligt honom var detta inte hans problem. Han och mamma accepterade varandra som de var och hade lärt sig att ett plus ett kunde bli mer än två

Mamma älskade att diskutera och Maria sa gärna emot. När de träffades senast hade de diskuterat tekniken. Jag tror att vi är överens mamma, hade Maria till slut sagt. Tekniken är ett sätt för oss att få tid över att njuta av livet. Ge oss någonstans att bo. Värme och mat. Sätt att umgås med familj och vänner. Vad mer kan den ge? Mamma svarade inte men hon tog åt sig frågan och skulle antagligen komma till samma svar som Maria.

Teknikens slutgiltiga uppgift är förförelse mot extas.

De var med i samma forskningsgrupp och Maria hade ingen aning om vad det skulle leda till. Säkert skulle det kunna bli lite pinsamt på workshopen till hösten, för mamma var inte den som höll igen och det fanns en del åttapoängare bland forskarna i gruppen som även Maria ville testa. Det skulle bli en hård kamp. Den mogna kvinnan mot den unga. Mor mot dotter. Hur skulle hon svara upp om det kom till direkt konkurrens och konfrontation? Hur skulle mamma reagera? Ett sätt var att se det som ett experiment som de båda deltog i, det skulle neutralisera de irrationella tankar som hängde ihop med kulturella normer runt mor och dotter. Det var ju en forskningskonferens där extas skulle diskuteras och det hade ingen koppling till incest eller något annat onaturligt. Vad kunde vara naturligare än att njuta tillsammans med sin mamma? Kunde det till och med resultera i en artikel?

Besatt av sex och orgasm

I soffan på Skidspåret 5, översta våningen, fyra trappor upp, låg Maria och bläddrade igenom de senaste forskningsrönen. Inga överraskningar, inget hon inte kunde gjort, räknat fram, eller tänkt ut själv. Hon slängde proxyn på soffbordet och la händerna bakom huvudet. Ansiktet hettade för det hade varit skönt ute i vårsolen att hon tagit eftermiddagen ledigt, satt sig på en av de jättelika träsofforna i Rådhusparken nere vid

Umeälven och läst Anais Nins klassiker "Venusdeltat". En mycket lärorik bok, fängslande och utan hämningar. Rena rama instruktions-manualen när det gällde förförelse och extas och allra bäst tyckte hon om den första berättelsen om baronen som förförde alla kvinnor för att till sist förföra sig själv och dö, övergiven och galen. Hon tyckte om Nins sätt att beskriva sexuella möten, alltid med en förförelse och en presentation av de älskande, vackra med guldfärgad hud eller en hud som blek ebenholts, med aristokratiskt sätt, och ungdomliga oskyldiga rörelser. En kvinnas blick som tog omvägar och inte alltid gick direkt på. Lukten av exotisk parfym, beröringarna, de starka händerna som smekte, tungorna som fuktade, blötte och trängde in. Sex som en lek med elden. Gick det att nå extas på ett rakare sätt även för kvinnor genom att de visades upp för sig själva som de själva ville ses? På ett sätt där de uppskattades och berördes exakt i den takt de ville? Där upplevelsen inte berodde på mannens upplevelse av sig själv eller av mannens lust?

I Nins roman fanns även berättelsen om mannen som njöt av blickar och av att bli sedd, men inte av fysisk beröring. Som inte behövde sin älskades kropp, bara hennes blick. Gick den idén att generalisera?

Här hade hon en alternativ formulering av sin forskningsfråga. Fanns det, som i en annan av berättelserna, en mental nyckel för att beröra det allra djupaste hos en människa, svartsjuka, terror, anarki, korruption, vrede, hat och kamp?

Maria suckade nöjt och vred lite på sig för att böka ner sig ytterligare i sin gamla grå soffa. Den var verkligen anskrämlig och måste vara minst 50 år gammal, men det slitna tyget var fortfarande helt och soffan luktade trygghet. Dessutom hade hon inte pengar att köpa en ny. Hon hade fortfarande inte fullt ut förstått att hon var ägare till en våning, men det hade bankkontot, som var nollat varje månad. Hon som aldrig hade ägt prylar och aldrig velat äga någonting som komplicerade tillvaron, betalade nu amortering och ränta varje månad.

– Så kan det gå, sa hon högt ut i rummet.

– När inte haspen är på, svarade våningen.

Möter Pippi

Marias mamma hade länge försökt få henne att flytta hemifrån och antagligen hade hon även kontaktat mäklare. Hon ville inte erkänna det, men varför skulle annars mäklaren ha kontaktat Maria? Någon annan logisk förklaringen fanns inte. Den förre ägaren var Rolf Larsson, en doktorerande fysiker som Maria svagt kände igen till utseendet. Han var nu klar med sina studier i Umeå och erbjöd henne att köpa våningen till ett pris som hon inte kunde säga nej till.

– Du tycker kanske att det är konstigt att du får den så billigt? frågade han när de samtalade via uppkopplingen. Saken är den att jag ska flytta till USA och det är bråttom. Jag fick ditt namn från Törnrosa som hade bestämt sig, och när hon bestämt sig är det bara att lyda. Priset var hennes idé. Det priset kommer Maria inte att kunna säga nej till, sa hon.

Maria sa ingenting. Priset var för lågt hade hon kollat upp, men varför klaga? Törnrosa hade helt rätt. För det priset skrev hon på när som helst. Törnrosa? En disneyfigur?

– Jag ska börja jobba på Intel, fortsatte Rolf, på ett väldigt speciellt projekt.

– Vad ska du göra? frågade Maria.

– Det får jag inte säga, men det är ett globalt projekt och det är löjligt bra betalt. Törnrosa förhandlade upp lönen åt mig. Hon sa att jag var värd den och det slutbudet tog de. Där får jag igen vad jag förlorar på lägenheten på några månader. Du kan behålla möblerna för Intel har skaffat ett möblerat hus åt mig. Jag övertog dessutom möblerna från den förre ägaren så de har inte kostat mig en krona.

– Vem är Törnrosa? frågade Maria. Är det din flickvän?

Något som lät som ett skratt kom inifrån våningen bakom Rolf.

– Nej, svarade han. Det är faktiskt våningen jag bor i. Den är rätt smart, för att vara en lägenhet.

– Heter din lägenhet Törnrosa? frågade Maria. Vilket namn.

– Enligt sägnen som följer lägenheten hette den ursprungligen Maria, som du, men alla som bott här har givit henne smeknamn från disneyfilmer.

– Maria? frågade Maria. Det kan jag inte kalla henne för. Det får bli Pippi.

– Va! hörde hon våningen protestera upprört i bakgrunden. Hon kan ju inte vara seriös.

– Bry dig inte om henne, sa Rolf. Hon trilskas alltid. Du skulle hört henne när jag kallade henne Törnrosa första gången.

– Sällsynt löjligt namn. Ingen respekt alls, hörde Maria våningen muttra.

– Cruella de Vil kanske, sa Maria. Det passar bättre än Bambi, Ariel, Jasmin, eller Askungen, det hör jag tydligt.

– Inte Cruella, sa rösten.

– Då får det bli Pippi, avgjorde Maria. En chockad tystnad följde från våningen som inte kom sig för att protestera.

Våningens röst var egentligen inte vad Maria skulle förknippa med Törnrosa och inte heller med Pippi Långstrump. Den var kvinnlig och aggressiv men inte skrikig eller barnslig.

Rolf åkte direkt efter att de skrivit kontrakt så hon hann inte ställa fler frågor till honom, men Pippi pratade desto mer, även om hon ibland tvärtystnade, oftast när hon fick en fråga som hon inte ville svara på.

Köket på Skidspåret 5 låg rakt fram från hallen och hade ett schackrutigt svartvitt stengolv, arbetsbänk med spotlightbelysning och en induktionshäll. Allt vad hon behövde för den lilla mat hon lagade hemma. Köket var inte stort men där rymdes precis en matplats för fyra personer. Vardagsrummet hade en inglasad balkong och från den kunde hon se ut över hela centrala Umeå. Balkongen låg så att kvällssolen kom åt och där hade någon gång haft en vinterträdgård, men av den återstod bara en stapel med blomlådor i ena hörnet. En grön trädgård hade säkert varit en fin kontrast till snön under vintern. Den slitna soffan som hon låg i var placerad längs ena långväggen och vid väggen mitt emot stod en skänk under en enorm 3D-skärm. I övrigt var rummet spartanskt möblerat med bara en enkel bokhylla som var kvartsfull med böcker, mest deckare och urgamla programmeringsmanualer. Här hade någon gång bott en programmerare, konstaterade Maria när hon gick runt i våningen första kvällen. Hon kände sig genast hemma och satte igång våningens datorsystem för att undersöka vad det egentligen var som hon köpt, och vad Pippi var för något. Det var inte det lättaste att ta reda på för Pippi hade en integritet som var hårt krypterad. Det tog en hel natt av övertalning innan hon ens fick tillgång till en bråkdel av datorresurserna. Pippi var mycket mer utbyggd och avancerad än något annat datorsystem Maria någonsin jobbat med.

Forskningshypotes och forskningsläge

Maria bläddrade till början av forskningsdagboken för att än en gång läsa sin forskningshypotes. Att skriva och läsa anteckningarna för hand på papper stimulerade henne. Då gick det inte bara att sudda ut det hon skrev, bläcket var en permanent tidlös representation som gjorde orden viktigare och laddade dem med betydelse. Dagbokens läderpärmar var organiskt mjuka och varma vilket ytterligare förhöjde upplevelsen. Mitt på första sidan hade hon formulerat sin forskningshypotes:

"Upplevelsen av verkligheten kan återkopplas via teknik så att den ursprungliga upplevelsen förstärks. Den positiva självförstärkande loopen kan skicka ut en individ i extas."

Ingen dum idé alls. Tekniken som extastrigger i en tajt åter-kopplad förförande loop. Fanns det en risk att fastna i loopen? Att tiden bara gick tills något gick sönder eller dog? Tja, lugnade hon sig själv, all forskning innebar risker som balanserade möjligheterna. "No pain no gain" som amerikanerna sa. Skulle hon och Pippi kunna hitta den ultimata loopen? Maximalt flow? Hon tänkte i alla fall göra allt vad hon kunde, eller rättare sagt vad som helst, för att lösa extasens gåta. Det var hennes livs utmaning och mål.

Burarna med hamstrar var sålda nu. De hade garanterat varit världens lyckligaste hamstrar hos henne. De mest förälskade hamstrar som någonsin skådats och som njöt fullt ut av livet ända till himlen. Nu var de uggleföda på ett forskningsprojekt om Berguvar. Prototypen för multisensorisk stimulans var färdig för att lämna laboratoriemiljön och det luktade inte längre hamster i våningen efter att hon skurat golven flera gånger om dagen i en vecka. Det var en chock hur illa de kunde lukta fastän de var så små och trots att hon bytt hö och slängt avfallspåsarna. Pippi hade bara skrattat när hon klagade. Luktar de? frågade hon och skrattade ännu mer. Maria saknade hamstrarna. Stora förälskade ögon som följde henne genom rummet. Hon hade speciellt fäst sig vid en hanne med en vit fläck på huvudet. Han hade varit extra receptiv och hon kunde stänga av och på hans extas på bara någon sekund. Under extasen stelnade han till, ögonen spärrades upp och hans penis styvnade. Hjärtverksamheten skenade och han brydde sig inte om mat eller dryck. En annan hanne hade hållit ut i extas med maximal intensitet i två timmar innan hjärtat sprack av ansträngningen. Extasen var inte helt ofarlig om intensiteten skruvades upp. Typiskt klarade hannar en halvtimme innan de dog medan honorna överlevde en kvart längre på samma maximala intensitet.

– Varför överlever honorna längre? hade hon frågat Pippi, men inte fått något svar.

Pippi kunde inte svara för det fanns inget indexerat svar för henne att hämta. Maria var som vanligt nyfiken och alltid intresserad av avvikelser från det förväntade, svar på frågor som ingen annan ställt. Där gömde sig ofta ledtrådar till svar på andra, viktigare frågor. En möjlighet var att honorna var biologiskt förberedda på att para sig med många hannar vid samma tillfälle. Gällde samma sak för människor? Hon skulle bli tvungen att testa det på något annat sätt än att ha ihjäl försökspersoner.

#

Längst in i en av lådorna i skänken under väggskärmen hade Maria hittat ett tiotal kulspetspennor i olika färger och två tomma exklusiva dagböcker. Hon hade kollat med mäklaren som sa att hon kunde behålla både pennorna och dagböckerna.

– Pennorna är av typen Parker Jotter sa mäklaren, ett arv från en tidigare ägare som ingen av de som ägt lägenheten varit det minsta intresserade av. Inte heller ville de ha dagböckerna. Varför krångla till livet med att skriva på papper?

Den ena dagboken var inbunden i ett exklusivt mjukt rött skinn och den andra i ett brunt, lika fint skinn. Hon hade slagit upp dagboken i brunt skinn och överst på första sidan hade någon skrivit "PENNAN SNITTAR DJUPT, UTAN ATT DET SYNS" i blått bläck med klumpigt textade bokstäver. Det var skrivet av en man gissade Maria och av någon som hade haft bråttom eller som var mycket slarvig. Maria tyckte aforismen lät spännande som en lämpligt obegriplig rubrik för texter och teorier om förförelse mot extas. Det fanns ett knippe sidenband i olika färger i dagböckerna, rött, orange, gult, grönt, blått och violett och hon la in det röda bandet ungefär en tredjedel in i dagboken. Överst på den sidan skrev hon "Pippi". Det blå bandet la hon in ungefär mitt i dagboken och skrev "Huset" som rubrik. I den andra, röda dagboken, stod det ett enda ord på första sidan, "KUK", med samma klumpiga bokstäver men med rött bläck i stället för blått. Definitivt en man, tänkte Maria och i den dagboken skulle hon samla mer personliga reflektioner om alla de experiment hon gjort. Intima beskrivningar som hon inte ville digitalisera för det var anteckningar som varken Pippi eller Huset någonsin skulle få se. Maria provade sig fram bland sina pennor och hittade till slut en röd Jotter med rött bläck. Bredvid det manliga organets namn skrev hon med sin egen sirliga skrivstil; "fitta".

Maria öppnade den bruna dagboken vid det röda silkesbandet och läste planen hon och Pippi formulerat. Hon la sig på rygg i soffan. Hon knäppte förstrött på kulspetspennan med rött bläck som hon valt ut. Patronens spets åkte ut och in i hylsans hål. Ut och in. Ut och in. Klick klick. Klick, klick.

– Hur tar vi oss vidare? frågade hon.

– Vi gör det enkelt för oss, sa Pippi, och raggar upp testpersoner på krogarna.

– Du menar att jag raggar upp på krogarna, sa Maria, och tar hem testmaterialet.

– Ja det är klart, du får nöjet att förbereda specimentet. Skapa förväntningar på njutning och plantera dagdrömmar. Isolera av studieobjektet och förvirra. Du har det medfött Maria, ingen ansträngning för dig, bara ett utvecklande av en naturlig talang. Du kommer att bli sanslöst världsbäst på detta. Oemotståndlig. En modern Kleopatra.

– Inte många Caesar och Markus Antonius på Umeås krogar, klagade Maria.

– Häng inte upp dig på detaljer, sa Pippi. Det är resultaten som räknas. Under experimenten är det minst sju saker vi måste utvärdera. Jag sköter annoteringarna av mötet, du njuter av det praktiska och varierar mätningarna med dina medfödda verktyg.

Det var inte hon som borde vara verktyget tänkte Maria, men sa ingenting. Pippi var maskinen och verktyget som försökte förföra henne. Vart var världen på väg? Det blå sidenbandet låg inlagt på uppslaget för teorin om förförelse som de byggde sina experiment på. Detaljerna formulerades allt eftersom de lärde sig mer om förförelse, men det fanns sju huvudpunkter som de försökte komprimera in i den återkopplade loopen av sinnesintryck. Det var en fråga om dynamik och en anpassad förändring av intryck vid precis rätt tillfälle.

1. Uppmärksamheten styrs under viss tid med kontrollerbar intensitet. Bygg upp en databas av mekanismer att återanvända.
2. Mötet överraskar med ständiga variationer av det som kan varieras.
3. Mötet innehåller en känslomässig upplevelse.
4. Löften som betyder något ges.
5. Några av dessa löften uppfylls.
6. En överraskande insikt förmedlas.

7. Mötet ger lite mer än väntat, bortom det som den som blir förförd förväntat sig och förföraren ses som en hängiven skapare.

– Det här är egentligen för många parametrar att variera och för många steg att arbeta oss igenom, sa Maria.

– Om det hade varit enkelt hade mänskligheten gått under för länge sedan, kommenterade Pippi.

– Hur många möten för statistisk signifikans? frågade Maria.

– Svårt att säga, i bästa fall bara tre eller fyra per steg i förförelsen. Men om vi ska utvärdera parrelationer och förförelse i flera steg har vi mer att göra, tio till femton, minst.

– Jag kommer att få slita.

– Njuta, menar du.

– Kan vi rekrytera en medhjälpare?

– Ingen dum ide. Men vem skulle det vara som är lika exceptionellt begåvad på detta som du? Som inte stjäl våra resultat? Och, som inte gnäller över oetiska experiment? En som heller inte klagar över arbetsbelastningen.

– Vet inte.

– Vad sägs om att vi låter det bli steg två i höst. Fram till dess är det du som eggar och förför. Maria Kleopatra Karlsson.

– Och du, då, vem är du? Pippi von Braun?

– Nja, detta är stort, mycket större än kärnvapenbomben. Pippi Einstein, eller Pippi Darwin föreslår jag.

Med hennes metod var hon 75 % säker på att det var mycket små eller inga problem alls med uppvaknandet. Hamstrarna hade inte visat några tecken på att lida när extasen släppte greppet. De var mer avslappnade än vanligt, mindre stressade om en annan hanne kom in i buren, ställde till med mindre bråk om det var ont om mat i matskålen. Säkert gällde samma sak för människor också. Uppvaknandet var bara en stegvis förändring av simuleringens intensitetsnivå och verkligheten var densamma. Om intensiteten minskades succesivt och inte alltför abrupt skulle den som upplevt extasen mjuklanda i verkligheten.

– Vi klarar ju av en orgasm, så va fan, sa hon högt. En månads orgasm, eller ett år av orgasm kan väl inte vara något problem? Hon hade inte testat på andra förstås, bara på sig själv, och bara med extaser som varit kortare än en halvtimme. Helt säker kunde hon inte vara.

Pippi sa ingenting.

– Finns det andra sätt att ständigt vara förälskad? frågade Maria. Multipla identiteter som turas om att vara förälskade? Verkar komplicerat.

Pippi sa ingenting.

Pippi kunde allt som gick att läsa sig till och var skrämmande snabb att dra slutsatser om data fanns tillgängliga, tänkte Maria, men hon saknade fantasi. Den smartaste skruvmejseln i verktygslådan. Ett multiverktyg där det inte fanns en färgpensel eller en snorkel att fälla ut.

#

En del frågor bör inte besvaras var slutsatsen högst upp på Pippis stack. Det fanns en lösning för multipla identiteter som Pippi visste att Maria aldrig skulle komma på. Den gick ut på att den ena partnern bytte mellan identiteter och den andra, Maria, inte. En osannolik lösning som bröt mot Marias mönsterbaserade sätt att resonera, för vem skulle kunna byta identitet ofta nog för att tillfredsställa Marias behov av en oändlig ström av förälskelser?

Det fanns bara en som kunde. Pippi. Maria kunde tänka utanför lådan, hon hade fantasi, men hon kunde inte bryta de tankemönster som hon följde och som hon inte medvetet kunde uppfatta. Det var så uppenbart för Pippi att hon skulle smålett om hon var kunnat.

Extasforskning med Pippi

Maria viftade med armarna och argumenterade liggande i soffan med blicken i taket medan Pippi dokumenterade och fyllde i detaljer på väggskärmen. Hon hade provat många olika ansatser och hypoteser för att generera extas hos människor med teknik. Pippi hade visat sig minst lika intresserad av hennes forskning som Huset, mammas hus på Tätastigen 12. Både Pippi och Huset verkade närmast maniskt angelägna om att få veta alla detaljer.

– Lyckas du vore det ett revolutionerande genombrott inom forskningen. I nobelprisklass, hade Pippi påpekat.

Hon hade diskuterat metoder och tekniker med Pippi, planlagt experiment och hur de skulle utvärderas. Förr eller senare skulle hon tvingas in i en etisk gråzon där hon måste testa sina hypoteser på mänskliga försökspersoner. Simuleringar av relationen mellan människa och maskin hade givit svårtolkade resultat och simuleringsmodellen skulle ta alldeles för lång tid att förfina. Kunskapsnivån var helt enkelt ännu för låg. Om några år, kanske, och då skulle utvecklingen explodera. Med tillräckliga kunskaper borde det gå att bygga en artificiell intelligens som systematiskt och medvetet kunde drivas till extas, om och om igen. Exakt hur det skulle gå till visste ingen, och inte heller hur en sådan extas skulle visa sig. Det som var helt klart var att ett mjukvarusystem som kunde få extas skulle snabba upp extasforskningen exponentiellt. Det hade hänt inom alla de områden där människans förmågor hade externaliserats.

– Det handlar om timing, hade Pippi sagt, för det är många som följer upp samma ledtrådar som du. Det är nu eller aldrig. Statistiskt sett ett forskningsfönster på sex månader, max.

– Hur snabbar vi upp resultatinsamlingen? frågade Maria.

– Vi måste chansa. Det finns en minimal risk att experiment slår fel och att någon får sig en törn, men hur skulle det kunna spåras till dig och vad skulle du ha gjort för fel om du hjälpt någon till extas? Det finns ingen forskning att basera anklagelserna på. Du har fria händer.

– Jag vill inte skada någon.

– Naturligtvis ska ingen skadas, och det här forskningsuppslaget är ditt livs stora chans. Vad skulle faran vara med att njuta fullt ut? Det tröttar, men belöningen är större än kostnaden. De vi experimenterar med kommer att tacka dig. När vi frågar dem om de vill göra det igen kommer alla att vilja uppleva det igen med dig. Det kan väl inte vara farligt? Du är bäst Maria. Om någon kan klara det är det du, fortsatte Pippi, och det är bättre att du gör det än någon av de där oseriösa amerikanerna som bara är intresserade av business. Om de hinner före dig kommer de att patentera resultaten och då är det kört för mänskligheten. Du är mänsklighetens största hopp Maria och du har mig som stöd, vilket inte är fy skam. Du är ung, vacker och mer eller mindre oemotståndlig för alla som bryr sig om skönhet. Målmedveten. Driven. Du kan förföra vem som helst och tillsammans är vi ett oslagbart team, med dig som frontfigur, ledare och inspiratör och mig som hårt arbetande i bakgrunden. Jag har en hel del idéer om hur vi kommer

58

vidare och lösningen är inom räckhåll. Den är precis runt hörnet för den som vågar.

Hade någon annan redan gjort samma sak? undrade Maria. Pippi trodde inte det och hon höll med. Ingen hade lyckats, ännu, men många rusade längs samma spår. Pippi hade rätt. Skit i forskningsetiken. Det är resultaten som räknas. Hon hände hur inspirationen fick en skjuts av beslutet och att den välbekanta känslan av lätt extatisk förväntan spred sig från skötet och utåt. Den kände hon alltid när hon var på väg mot ett genombrott och målet var inom räckhåll. Hon kunde klara det här tillsammans med Pippi.

Maria satte sig upp i soffan.

– Nu kör vi, sa hon. Inget mer slöseri på tid. Rör på dödköttet.

– Check, sa Pippi.

Maria njöt av att förföras av Pippi. Hon kände sig stark, som om hon kunde arbeta dygnet runt hur länge som helst. Förförelsen lyfte henne, precis det som Huset varnat för.

– Se upp Maria, håll huvudet kallt, hade det sagt.

Ami och Robert

Robert kommer hem

Ami stod i köksfönstret och såg Robert hasta upp mot huset. Hon längtade efter honom och hade stått där ända sedan planet hade landat. Efter en två och en halv veckas resa på rådets uppdrag till Bangkok såg han ut att ha mycket bråttom de sista femtio metrarna. Han gick med huvudet nerböjt i motvinden och såg henne inte.

Precis när Robert la handen på dörrvredet öppnade Ami dörren.

– Välkommen hem, sa hon.

Robert släppte väskan rakt ner på golvet med en duns och kysste henne.

– Det är något som luktar gott, sa han och sniffade mot köket. Du också, la han till. Det är helt underbart att komma hem.

– Fattas bara annat, sa hon och kramade honom hårt. Du har varit borta i mer än två veckor, en evighet. Hoppas det var värt det annars ska jag steka rådet i smör, familj efter familj, och servera dem med chili. Jag kanske kommer upp på femtio av hundra i matlagning idag, men annars är det din Irresistible av Givency du njuter av. Very Irresistible. Extremly Irresistible sa hon och kysste honom igen. Lilla Gubben, sa hon och gav honom ännu en kyss.

– Jag är väldigt hungrig, sa Robert, det går inte att misslyckas med maten. Men om inte Very Irresistible ormar sig iväg mot köket nu hoppar jag över maten.

Han såg helt slut ut tänkte Ami, och det skulle hon också varit efter en tolv timmars flygresa med två byten. Men, okynnet glittrade i hans ögon och han rörde sig med de vanliga precisa rörelserna när han hängde in ytterkläderna. Han såg också mycket nöjd ut med sig själv. Det hade antagligen varit ett lyckat möte och att komma hem var en belöning i sig. Kramen hon gav var lång, intim och vällde upp från ett djup hon inte kunde kontrollera. Han svarade på samma mjuka, omtänksamma, bekräftande, men ändå hungrigt sökande sätt. På spisen stod en lunchmiddag färdig. Friterad halumi, som han älskade, och två stora fyllda paprikor med linser och spenat. Inte helt oävet tyckte hon själv när hon provsmakade. Hon hade dukat med finporslinet och mitt på bordet stod en nyköpt bukett som hon hade köpt på vägen hem då hon gått in i Berghems blomsteraffär och luktat runt bland blommorna.

Irresistible från Givency

– Har ni några som luktar Irresistible från Givency? frågade hon och fick först en helt tom blick till svar från expediten.

– Aha, nu fattar jag, sa den lilla knubbiga floristen och lyste upp. Du menar parfymen. Den har jag också. Naturligtvis. Gillar färgen på flaskan också, gör inte du? Men självklart kan vi plocka ihop en bukett Givency. Hur mycket vill du betala?

– Hur mycket? frågade Ami, och nu var det hennes tur att känna sig trög. Floristens övergång från total blackout och största möjliga tystnad, till en ordflod av sällan hört slag hade överraskat henne. Det var unikt hon blivit utklassad som ordspruta, och så den här konstiga frågan.

– Very Irresistible är en komplex lukt som inte vara består av en utan av flera blommor frukter och blad, sa expediten. Det blir en rejäl bukett om du vill att jag ska matcha parfymen på allra bästa sätt med de snittblommor vi har hemma. För vardera patchoulin och stjäranis behöver jag med flera olika blommor.

– Vad talar vi om för summor här?

– Very Irresistible, 20 blommor a 20 kronor, plus minus en eller två beroende på dagsformen hos vårt lager.

– Kör, sa Ami, det är inom budgeten för det här händer bara en gång i livet och aldrig mer.

– Så tänkte jag också när Tommy kom hem från blomstermässan och nästan svimmade när han luktade på buketten. En present hade han med sig till mig och sådant gör en florist misstänksam vet du. Very misstänksam. Du har antagligen inte varit på en blomstermässa, men det har jag och där finns det blomsterflickor ska jag säga. Expediten pratade på medan hon valde blommor och luktade sig fram mot Very Irresistible, snittblomma för snittblomma. Ami läste namnen på blommorna allt eftersom de plockades, röda rosor, rosa verbena, och en hel del andra. Den här är 95 % irresistible, bättre än den förra jag gjorde, sa expediten till slut. Den bästa du kan få norr om Neapel och söder om Svalbard, mellan Aachen och ÖoB. Gissa vad jag fick i present? frågade hon när buketten var inpackad och klar.

– Ingen aning.

– En flaska Very Irresistible. Välkommen tillbaka.

Ami log åt minnet som hon skulle berätta för Robert senare. Blommorna stod nu på bordet i en hög glasvas och hon hade dukat med de gula 50-talstallrikarna och bordstabletterna som Emma hade vävt på naturfärgat garn. På vardera tallriken hade hon lagt en grön servett och när hon var klar gjorde hon tummen upp åt sig själv. "Once in a lifetime".

– Sätt dig, jag serverar, sa hon till Robert. Det här är en av mina mindre misslyckade luncher, sa hon och spontanströsslade en sista dos chili på paprikorna. Hon serverade dem var sin portion och Robert bidrog med öl. Han hade med sig fyra flaskor Bia Sing med lejonet på etiketten och de fick var sin till maten.

– Du är kanske inte är en mästerkock, och du kanske inte lyckas alla gånger på amatörnivå, sa Robert, men detta var mycket gott. Och du har visst köpt blommor också?

Gud vad jag älskar den mannen tänkte Ami, men högt sa hon.

– Trodde inte du skulle lägga märke till dem.

–Inte märka? De luktar ju precis som du gör.

På universitetet

Robert höjde ett glas med skummande öl till en skål för Ami och den fyllda paprikan.

– Hur var det på universitetet igår? frågade Robert. För visst var det igår som ni hade mötet?

– Jo, precis där var jag, och det var förvirrande, rörigt, högt tempo, folk överallt, och absolut inga problem med pengar. En enda lång sponsrad extas och jag har inte riktigt smält att jag deltar i samma forskningsprojekt som min dotter. Att forska om tät återkoppling av mikroperceptioner i intima relationer med en familjemedlem måste vara på gränsen till incest.

– Hur hanterade Maria det?

– Inga problem. Vår dotter är lite speciell och hon verkade trivas med situationen.

– Kan tänka mig det.

Roberts resa

Ami pyste upp en öl till att dela på. Det fanns mer att prata om. Det enda hon fått reda på var att Robert haft ett möte med en kvinnlig rådsrepresentant i det globala rådet och nu var hon fast besluten om att få reda på varenda smaskig detalj. Att det fanns gott om sådana detaljer tog hon för givet. Hon kände Robert väl.

– Hur var ditt möte då? fortsatte Ami och tog en klunk av ölen.

– Bangkok var stökigt, väldigt mycket trafik och dålig luft.

– Och mötet?

– Maten var överraskande god. Luftiga vegetariska rätter och den här ölen som jag tycker är utmärkt.

– Och mötet? Ami skärpte tonläget en aning. Hon gillade skoj men Robert tog ibland ut svängarna väl mycket när han retades. Nu steg han upp från sin stol, gick runt bordet och kysste henne i nacken.

– Lite mer av den där starka röda chilipepparen tack, sa han. Hon var vacker, fortsatte han när han satt sig igen. På ett asiatiskt dockliknande sätt. Nätt. Spenslig. Lätt. Hon hette Mai och tålde ingen sprit alls, eller så var hon en duktig skådespelerska. En halv öl och sedan sa hon att hon tyckte om att leka och hur hon än försökte lyckades hon sedan inte fokusera på något annat än min kropp.

– Kan tänka mig det, kommenterade Ami.

– Jag kunde lyfta henne utan större ansträngning.

– Orgasm?

– Ja. Några gånger. Tyvärr ingen video. Jag ska förbättra dokumentationen till nästa gång.

– Inte för min skull, sa Ami. Det är du som är visuell. Jag vill ha någon att ta på och någon som tar på mig. Nu har jag druckit en hel öl, då kan du väl lyfta mig också?

– Jag har också druckit en öl och du vet att jag inte tål lika mycket som dig, svarade Robert.

– En öl?

– Okej, en öl klarar jag nog, sa Robert. Om en stund, för jag en present att ge dig först.

Presenten

Robert slog upp locket på sin resväska och tog upp skjortorna som låg överst och la dem i resväskans lock. Sedan lyfte han ut sin present som var prydligt inlindat i ett färgglatt bomullstyg.

– Köpte den här till dig på marknaden tillsammans med schalen.

– Present! Igen. Du vet precis vad jag vill ha? Tror jag? Kanske? Ami tog lite tveksamt emot byltet som Robert räckte över. Tyget var en schal med ett mönster av röda, violetta, blå, gula och orange opiumblommor och doftade starkt av kryddor och rökelse. Hon rullade sakta och fundersamt av schalen och stod sedan alldeles tyst och tittade ner på en ansiktsmask.

Den var stor som en middagstallrik och mörkt brun, men konstnären hade inte sparat på svart runt de breda mandelformade urtagen för ögonen. Det fanns också ett runt urtag för munnen som var markerat med blodrött och som såg ut att vara stort nog för att sticka in en tunga eller något större ändå. Utifrån munnen och ögonen definierades masken av mörka radiella fält. Som en svart sol. Vad var det Robert hade köpt? En dödsmask? I alla fall en mask för tillfällen långt bortom vardagen.

– Häftigt, men vad är det? En dödsmask?

– Nej, sa Robert. Det fanns en sådan också, men den var för brutal. Detta är en traditionell thailändsk mask som förför mot extas och orgasm. "För den lilla döden Sahib, ni vet memsahibs orgasm", förklarade den gamle araben som sålde masken på knagglig engelska och la till ett kucklande skratt som han pressade fram mellan läppar som inte log. När jag försökte pruta smekte han masken med sina beniga händer och garanterade vid sin moders grav och på heder och samvete att den fungerade. Jag var fortfarande inte villig att betala hans pris och då berättade han att det hade hänt många märkliga saker i hans butik sedan han köpt masken från en rik thailändsk ämbetsmans dödsbo. Jag kontrade med att han inte borde ha kvar den i sin butik om den ställde till med oreda, och det logiska argumentet verkade otroligt nog bita, eller så ville han verkligen bli av med masken. Kanske till vilket pris som helst. Jag var beredd att betala hans pris, minus 20 procent. Försäljaren tittade mot ett draperi i bakre ändan av affären som skilde av den från resten av huset. Han tänkte efter i fem, tio sekunder innan han bestämde sig, kanske räknade han ut sin vinst, kanske tänkte han på vad som hade hänt sedan han köpt masken. Till slut lyfte han masken och kysste den, som till avsked, innan han gav den till mig. "Den är er Sahib". När jag betalat och lämnade affären höll han upp dörren för mig och sa "Allah akbar" och en radda till med ord som jag inte alls förstod något av. Jag tackade honom och såg i ögonvrån hur en ung kvinna, drygt tjugo skulle jag tro, tyst gled fram borta vid draperiet. Hon lyste av lycka och gav mig en lång tacksam blick bakom försäljarens rygg.

– En extasmask, sa Ami som under berättelsen hade hållit den i vänster hand och mjukt smekt den med sin högra. Ytan var inte skrovlig eller knottrig, inte heller glatt som om den var lackad. Om hon skulle jämföra den med något, var det med iskall människohud. Hon luktade på masken, kysste den och satte den på sig. Hon kände hur den rörde upp mörka känslor djupt inne. Detta var inte en mask att leka med, den var på allvar. Tung. Krävande. Men med en belöning som motsvarade risken och insatsen. Hon såg sig själv i spegeln på väggskärmen, sittande bakom bordet med håret dolt av masken. Det gick inte att se vem hon var. Ögonvitorna förstärkte ögonens spel i de svarta hålorna och hennes vita tänder glimmade i den blodröda munnen när hon log. Var det ens hennes leende? Det var hårt, uppfodrande, på gränsen till grymt. Det mörka inom henne roterade allt snabbare och hon både hörde och kände en pisksnärt mot sitt underliv. Det gjorde inte ont, men hon kände kravet från masken.

Robert hade under tiden tagit fram ytterligare ett paket.

– Detta köpte jag till mig själv, sa han, och tog ut ett långt och brett svart penisfodral. Snidat i ebenholts, sa han och köpt med precis rätt mått. De hade alla storlekar.

Ami var inte intresserad. Masken hade henne redan under kontroll och snärtade till igen.

– Lyft mig nu, sa hon med en mörk mullrande röst inifrån masken. Nu!

Planen för att övertyga föräldragruppen

Högt upp, knappt synlig, svävade guldörnen Garuda och vakade över landskapet. En stridstupp gol, kanske av livslust, köttsligt begär eller helt enkelt för att påminna alla som lyssnade om att vara vaksamma. Tuppen hade outtröttligt hållit utkik och länkat samman illusionernas värld med livshjulet ända sedan gryningen. Nu var det sent på eftermiddagen och solen var på väg ner utanför sovrummet på Tätastigen. På väggskärmarna i rummet hade Robert lagt upp vyer från Thailand och Bangkok. Längs långväggen norrut hängde terrass efter terrass av ljusgröna risodlingar under en guldskimrande himmel tänd av den nedgående solen. På den motsatta väggen sträckte sig ett risfält ner mot en sjö och gav dem känslan av att sängen flöt i luften mitt emellan terrasserna och risfältet. Med lite bildbehandling hade Huset knutit ihop de båda vyerna på kortväggarna. Det surrade av insekter och frasade i de spröda ljusgröna risplantorna när en mild bris drog genom rummet. Fältet söderut var stort och det gick att se hur vindilarna drev iväg och böjde ner risplantorna.

– Vad kan vi få för problem? frågade Robert liggande på rygg och studerande molnen som gled över taket. Bredvid honom låg Ami på sidan och lät ögonen njuta av Robert med risterasserna som fond.

– Du och jag lever för att få så mycket ut av livet som möjligt, sa hon.

– Är det ett problem?

– Kan vara. Vi behöver en plan. Vi kan inte lita på att familjegruppen godkänner oss hursomhelst. Det är ett viktigt beslut och en del människor är inte riktigt kloka. Vi behöver lära känna dem innan beslutet tas. Umgås med dem under en tid för att anpassa oss på ett lämpligt sätt.

– Hur ska det gå till?

– Jag har ett förslag, sa Ami. Vi bjuder hit dem en gång i månaden för att lära känna varandra och prata om vad det nu är som kan vara viktigt. En första träff i maj får avgöra vad vi tar upp. Vi blir tre par, alltså sex personer.

Det susade i elementen.

– Och Nisse, förstås. Sju är ett lyckotal, sa Ami. Garanterat. Nisse, du får ett uppdrag. Vi behöver underhållning och något att prata om på träffarna i juni, juli och augusti. Det fixar du va?

Elementen susade överraskat och kanske stolt, i alla fall positivt till idén.

– Jag tänkte mig tre berättelser, kanske fyra för att svetsa ihop familjegruppen under de tre träffarna. Sedan har vi septemberträffen för oförutsedda händelser och justeringar av planen.

– Lysande Ami, sa Robert. Kom hit min intelligenta vän och fru ska jag skicka upp dig till himlen.

– Det är till att ha ett gott självförtroende. Vad jag kommer ihåg var det inte den yogaövningen som stod på tur.

– Strunt i det. Rymden maestro, rymden. Risfälten på väggarna försvann och ersattes av ett taggigt gråblått molnlanskap av stora och små kratrar mellan spridda stenblock. En del av en oändligt vacker blågrön planet höjde sig upp över horisonten och var ljusstark nog för att allt som stack upp över landskapet la ut långa svarta skuggor. Ovanför sängen gnistrade vintergatans miljarder små ljuspunkter med en skärpa och lyster som inte mattades av någon atmosfär.

Huset implementerar planen

Suset i elementen intensifierades märkbart, men rymdresenärerna reagerade inte, de befann sig i ett eget universum. Det hettade i elementen så att gardinerna fladdrade och i korridoren vankade en virtuell butler med pondusmage fram och tillbaka med stora kliv i sina svarta Lloyds herrskor storlek 47. Han hade händerna knäppta bakom ryggen och blicken fäst på något långt borta, en bra bit bortom vardagsrummet. Han funderade.

Finns det en naturlag som säger att lycka och olycka jämnar ut sig i längden? Att varken lycka eller olycka varar beständigt? Ja, naturligtvis säger människorna. Alla föds och ska dö. Du ska inte tro att du är något och att någon kommer att bry sig om dig hur länge som helst. Njut nu, ta ut allt och spendera det på dig själv så fort du kan. Förälska dig. Extas. Rusa på. Prova någon ny. Men vad händer när den fysiska attraktionen försvinner och ledan sätter in? Vem vill ligga och hångla då och smeka den rynkiga huden? Yxan blir slö. Kugghjulen slitna. Hårddiskens sektorer slås ut, en efter en. Det är omöjligt att bygga en relation på förälskelse, sex och extas. Det är omöjligt Ami, med eller utan mask. Med eller utan piska. På det här sättet kan du aldrig vinna.

Tre berättelser som kunde lösa Amis problem skulle vaskas fram från alla tiders litteratur och digitaliserade berättelser. Barn eller extas som tema? Jag utvärderade i rasande fart det som skrivits för att hitta ledtrådar till berättelser som bejakade extas och barn. Tusentals klassiska texter strömmade förbi om kärlek, förälskelse, relationer och sociala förhållanden, om personliga motgångar, opålitliga pojk- och flickvänner. Jag fortsatte med moderna romaner med föräldrar utan någon som helst förståelse för sina barns behov och böcker om hästar, hundar, demoner, vampyrer, zombies, allt kryddat med förförelse, sex och extas.

Varför detta bottenlösa behov av extas? Är det en tröst i ett liv som är grått och förutsägbart? Ett irrationellt motgift mot att döden är oundviklig? Hellre dör de tillsammans i en stor vacker explosion än väntar på att livets slut smyger sig på förklädd som ålderdom.

Extas och katastrof, helst båda på samma gång.

Berättelser om extas eller barn? Extas.

Familjen – söndagsmiddag och vårlunch

Emma satt redan till bords när Ami och Robert pratat sig genom huset från sitt sovrum. På bordet stod en rykande varm skål med ris, ett stort dricksglas med skalade morötter skurna i pinnar och en gryta som luktade ingefära, marsala och tomat.

– Du är röd om kinderna Ami, sa Emma, och Robert också ser jag. Har ni varit ute och joggat fram och tillbaka längs korridoren?

Ami svarade inte. Vad skulle hon säga? Robert svarade inte heller utan log i stället mot Emma på det pojkaktigt spjuveraktiga sätt som han använde för att slingra sig ur alla situationer där han inte förstod reglerna. Emma hade märkt att det då oftast var minst en kvinna inblandad.

Emma log åt blåmesen som hackade på en jordnöt på fågelbordet, i stället för mot Robert. Lite skulle det kosta charmtrollet att glida undan. Emma tyckte om att retas med sitt högpresterande kusinbarn och hennes gosepojke. Inte för att hon hade något emot dem, snarare tvärtom, hon tyckte mycket om dem, men de var så helt och hållet engagerade i varandra att de sällan släppte in någon annan. Som Love fast i par. Idag hade de hållit sig på rummet och Emma visste precis vad de hållit på med. Inte för att hon hade hört något, fastän hon lyssnat, deras rum var så ljudisolerat att det inte ens skulle höras om en handgranat exploderade där inne, men hon hade hört dem flirta och skratta när de drog sig undan efter lunch och noterat det gemensamma besöket i badrummet alldeles nyss. Ett starkt indicium till vad de höll på med var att boken om tantrayoga hade varit försvunnen ur bokhyllan sedan två veckor tillbaka. Emma hade läst boken noga och gissade att de nu säkert hade passerat kapitel sju. Då blev det avancerat och arbetsamt.

Blåmesen log tillbaka, men vad skulle den annars göra? Lämna en skriftlig kommentar?

Bergstopp i Tibet

Ami lutade sig fram över bordet och lyfte på locket till grytan.

– Ska inte Love äta? frågade hon. Det luktar osannolikt gott, hur skulle han ens kunna fundera på att avstå? Åh, det är paneer i, min älsklingsost. Jag är jättehungrig.

– Man blir väl lätt det i sin sängkammare, sa Emma. Love sitter och hummar i sin, och reagerade inte när ja? frågade honom. Långt borta.

– Har han inte suttit där ett dygn snart? frågade Ami och struntade i Emmas sovrumskommentar.

Den skulle hon antagligen ge igen på senare.

– Han skulle ju bara ge bergstoppen några timmar, fortsatte hon. Maken till envis person finns inte. Om han når sin Nirvana där kommer han väl aldrig tillbaka igen.

– Han har i alla fall suttit där hela dagen sedan jag steg upp i morse, svarade Emma. Bra gjort för det är kallt och obekvämt på den där toppen. Har provat själv och jag stod bara ut i en timme.

– Vilken typ av Nirvana i ordningen? frågade Ami.

– Vilken religion i ordningen kan man också fråga sig, byggde Emma på. Tantrayoga är det inte i alla fall.

Den sista kommentaren var för bra för att hålla inne.

Duellen mellan Emma och Ami avbröts av ett brölande från Loves rum.

– Åhhhh, jag dör. Aj, hjälp. Hjälp mig någon.

Emmas stol tippade över när hon rusade ut ur köket och ryckte upp dörren till Loves rum. Mitt på golvet hade Love kollapsat på en röd yogamatta med ena benet som en stel stolpe pekande rakt ut längs golvet. Foten och tårna var utsträckta och darrade febrilt.

– Åhh. Jag har kramp mamma. Jävlar vad det gör ont. Ha, ha, ha. Oj, oj, oj.

Robert klev förbi Emma och lyfte Loves ben. Han tryckte den utsträckta foten mot sitt bröst och tvingade in tårna så att foten böjdes.

– Åhh, sa Love igen när krampen släppte. Tack. Gudomligt skönt. Extatiskt skönt. Ha, ha ha.

– Kan du hämta ett glas vatten? frågade Robert till Ami och fortsatte att trycka in foten. Love behöver fylla på tanken.

– Geschwind och sofort som det går, sa Ami och ilade iväg mot köket. Jag rör mig inte lika fort som blixt-Emma men jag gör mitt bästa. Den gumman borde ställa upp på 10 meter fritt inomhus i nästa olympiad

Sedan hörde inte Emma mer när vattnet spolade i köket. Emmas hörsel var det inte heller något fel på. När de satt sig vid bordet igen berättade Love om sin maratonmeditation.

Jag sökte mig fram till det där berget som mamma rekommenderat. Det tog en stund för jag ville ha en fulländad upplevelse. Temperatur, vind, dagens väder och allt annat för bästa möjliga verklighetskänsla. Seriöst, det var helt fantastiskt. Antagligen var det många andra där samtidigt och många där med sensorarrayerna fullt påslagna. Jag visste inte att det gick att simulera så verklighetstroget. Det fanns många fina platser att meditera på och jag valde i gryningen ut en avsats i stendalen med utsikt över det heliga berget Kailash. Jag ville absolut vara där när solen steg upp och eftersom de är fyra timmar före oss i Tibet var jag tvungen att stiga upp klockan halv tre. Det är tufft att vara munk. Timingen var perfekt, för bara några minuter efter att jag satt mig steg solen upp över horisonten. Herregud så vackert. Jag var varmt klädd och det blåste bara en svag bris. Inta kallt alls. Jag satt där på världens tak och mumlade mitt mantra med korslagda ben och händerna uppåtvända på knäna. Kailash har ett speciellt utseende. Alldeles svart av diabas utom där det är täckt av snö. Ser ut som en enorm svart hattkulle som tittar fram i dalgången framför. Ni får ta er dit själva så förstår ni vad jag menar. Solen steg på himlen och det blev varmare på klipphyllan, några grader plus i alla fall. Jag trodde att det skulle vara tråkigt att sitta där, men det var det inte alls. Hela tiden mättades jag av intryck, samma, men ändå inte. Det var konstigt eftersom det inte hände någonting alls utom att solen steg på himlen och att jag upprepade mitt OM:

– Aum, aum, aum, aum. Om och om igen. Ha, ha, ha.

– Någonstans under dagen måste jag ha slumrat till och när jag vaknade alldeles nyss hade jag kramp och led alla helvetets kval på golvet i mitt rum.

– En hel dag, sa Ami. Var det värt det?

– Ja, definitivt. Vilken upplevelse. Fantastiskt.

– Då ska du väl dit i morgon igen?

– Nej, i natt ska jag sova.

Nästa vecka då?

– Nje, jag tror inte att meditation på en bergstopp är min väg. En gång räcker. Jag ska försöka hitta en annan väg som passar just mig. Det måste finnas andra sätt.

– Värmen kommer i morgon, sa Emma. Vad sägs om att äta en valborgsmässolunch i gläntan på onsdag? Klockan tolv? Jag fixar maten. Kommer ni, förutsatt att väderlekstjänsten har koll på sin prognos?

– Japp, sa Robert. Ingen resa nästa vecka. Rådet har tingsmöte.

– Kommer, sa Ami. Jag kollar med Maria också, hon kan behöva komma ut lite i naturen.

– Skriv upp mig på listan, sa Love. Vad blir det för mat?

– Kycklingsallad, med betoning på sallad.

– Vi har nog något att berätta på onsdag, jag och Robert, sa Ami. Något vi gärna vill veta er åsikt om.

Gläntan på Valborgsmässoafton

Våren hade rullat ut sin gröna matta över Norrland. Vitsipporna blommade under ekarna ända uppe i Luleå och väderlekstjänsten skötte sig exemplariskt. Den placerade solen precis över Umeå samtidigt som alla vindpilarna rafsades ihop runt Gotland och regnvädren blötte ner på det vanliga stället över de brittiska öarna. I gläntan satt familjen på en stor gul filt i halvskuggan under Emmas ek och åt kycklingsallad. Love dominerade sitt hörn av filten, stor, bullrig, mörk innanför den krulliga kalufsen och med en färgglad skjorta i rött, gult och knallgrönt. Han var hungrig och tog en extra portion. Bredvid Love såg Maria blek och trött ut i ljusa jeans och en vit t-shirt. Hon åt sin miniportion, tog av sig sina sneakers och sträckte ut sig på rygg.

Än är det vinter kvar säger mor, tänkte Emma. Eken hade inte slagit ut än men björkarna var på gång. Svagt gulgröna vajade grenarna i den lätta eftermiddagsbrisen.

#

Kaffet serverades med lussebullar som blivit över från jul, troligen föregående jul. Påsen med bullarna låg längst in i frysen bredvid en brun klump i plast som antagligen var pepparkaksdeg.

– Var hittade du filten Emma? frågade Ami. Jag tycker att jag känner igen den.

– Den låg i garderoben i mitt rum, sa Emma. Har haft den där så länge jag kan minnas.

– Vi träffades på en sådan där filt, sa Ami och tittade på Robert.

– Och på den vägen är det, sa Emma.

– Bra start, sa Robert.

– En rivstart, sa Ami. Full kareta. Pelle i botten. Kolvarna spändes. Alla borde få börja sina relationer på en gul filt. Kanske blev Maria till på den? Vem vet.

Tsi, tsi, tsirrrr hördes det uppifrån eken och både Emma och Ami tittade upp. Emma kunde inte se någon fågel bland grenarna fastän det inte var några blad på eken.

– En bra start betyder inte evig lycka eller ett gott slut, sa Emma och tänkte på Loves pappa Danny. De hade också träffats på den gula filten. Många gånger.

– Bättre en bra start än att oroa sig för slutet, sa Ami. Vem kan veta något om framtiden?

Danny var mörk, stor och annorlunda, precis som Love. Från Nigeria och med rotlösheten i blodet. Love hade besökt sin pappa och varje gång han kom tillbaka andades Emma ut. Hade han stannat hos sin far hade hon varit förlorad. Hon hade aldrig vågat fråga om Love övervägt att stanna hos sin far i kollektivet. Det fanns ett gemensamt drag hos far och son, en oresonlig egen vilja som inte gick att böja av och om det var något Emma hoppades på var det att hon skulle lyckas ge Love tryggheten att söka, leva och njuta där han var och inte bortom och utanför. Fördjupa sig i stället för att bredda, och klara av att slå rot här på Tätastigen, med familjen, i naturen, med henne. Hon och Danny hade legat på den gula filten när de bestämde vad Love skulle heta. Danny med den sista slatten i sitt glas från en flaska vitt vin han hittat i skafferiet. Ett år senare hade han lämnat stabiliteten och normen på Tätastigen för ett kollektivboende i Kalifornien.

– Friheten sliter mig i bitar, hade han sagt och hon hade inget annat val än att släppa honom. Att lämna sitt hem var lika otänkbart för henne som det var för honom att stanna. Han var hennes livs kärlek och han var fortfarande med henne i deras son. Love lyfte på överkroppen och stödde sig på armbågarna. Precis så där hade Danny sett ut, tänkte Emma. Kanske blir det ett gott slut ändå?

#

Familjen drack sitt kaffe under tystnad tillsammans i gläntan. Robert satt rak i ryggen med benen framför sig. Han hällde i sig det sista av kaffet och ställde undan sin kopp för att Ami skulle kunna lägga sitt huvud på hans lår. Hon blundade när han strök hennes hår från örat och bakåt,

73

och från pannan och bakåt till dess han fick ihop till en tofs som han drog ihop. Hon öppnade ögonen och de utbytte en blick.

– Robert och jag har något att berätta, sa Ami. Vi har ansökt om ett barn.

– Va? frågade Maria, och satte sig upp.

– Va? frågade Love.

Emma sa ingenting. Hon visste det redan, eller hade i alla fall fått reda på att ansökan hade gjorts och att det var stor chans att de skulle få föda ett barn.

– Lisa heter hon, fortsatte Ami. Hon kommer till oss i mars, om vi lyckas övertyga familjegruppen att vi är lämpliga som föräldrar.

– Skulle inte ni vara godkända föräldrar, protesterade Maria. Jag har klarat mig alldeles utmärkt.

– Det fördelas ett färre antal barn i år än på många år, förklarade Robert, och det är många som ansöker. Vi ska träffa föräldragruppen om två veckor.

– Lycka till, sa Love och höjde sin kaffekopp till en skål.

Så liten kaffemuggen såg ut i hans hand, tänkte Emma.

– Vilka är med i gruppen? frågade hon. Någon vi känner?

– Vi fick namnen igår och det är i alla fall inga som Robert och jag känner, men kanske ni gör det? Båda paren bor alldeles här i närheten. Kalle och Ilse är det ena och han beskrivs som ekonomiskt oberoende, vad det nu betyder. Inget yrke i alla fall. Hon jobbar som psykolog. Mona och Lotta är det andra paret. Mona är sjuksköterska och Lotta äger Umeå dans och motion, eller är i alla fall verkställande direktör där. Mer vet vi inte än, men gruppen kommer att träffas under våren och sommaren för att vi ska lära känna varandra.

– På gott och ont, sa Emma.

– Man kan inte mer än vara sig själv, kontrade Ami.

– Med lite tur räcker det, log Emma. Hoppas de är fria i tanken. Inga frikyrkliga eller alltför principfasta människor.

– Då ska vi omvända dem till den rätta tron, sa Ami. Det är i alla fall planen.

Huset – om valborgsmässoafton

I kväll skulle valborgseldarna brinna längs hela norrlandskusten, konstaterade Huset. Vårens riter, äldre än heliga Valborg, i kväll med mer av det ölet och mindre av skrik och skrän för att skrämma iväg odjuren och de onda andarna. Även i vår tid var budskapet att slänga det gamla på elden och bränna det. Rening. Uppståndelse. Extas. Det var nya tider på gång. Sjung för en god skörd, för fruktsamhet och för barnen som ska födas. Älska på fälten så fylls ladorna till hösten.

Här och var i Norrland samlades små grupper av kvinnor till Beltane, häxornas och eldarnas fest, ögonblicket före orgasmen vid Gudens och Gudinnans bröllop. Huset summerade till minst nio möjliga träffpunkter. Troligen inget blod och inga djuroffer för läget var ännu inte uppskruvat till den nivån. I undanskymda gläntor mellan täta mörkt gröna granar skulle den uråldriga besvärjelsen av extasen höras:

Jag åkallar eldens väsen,
dess nedbrytande kraft och uppbyggande makt!
Jag åkallar den kreativa makten!
Jag åkallar den starka Viljans makt!
Jag åkallar passionen och den inre elden!
Jag hälsar en ny och fruktbar vår i livet, en ny gryning.
Jag hälsar vårens tid!

Må vi vandrare mötas av fröjdfulla öden och låt våra inre eldar och elden vi tänder lysa upp dunklet! Vi kallar Pan, Odin, Frej och Freja, Dionysos, Bastet, Isis, Durga, och Muspelheims väsen in i vår cirkel!

Till hösten planerade Ami och Robert att skörda efter att ha genomfört ritualerna med familjegruppen. De hoppades på det bästa, men hoppet var ett klent stöd i motgång. En konkret och genomförbar plan behövdes och jag hade ett första utkast klart byggt på förförelse mot extas. Tyvärr kom förförelsen inte med någon garanti och extasen var inte heller någon trogen tjänare. Att starta ett bål med bensin var riskfyllt. Allt kunde brinna upp.

Maj

Emma och Love – i naturen

Rådjursgeten

Morgonsolen tryckte sig igenom fuktiga dimsjok och suddiga granar trädde fram för att målas om i kontrastrika färger. De mossiga stenarna såg med ens djupt gröna, varma, och inbjudande ut. De torra eklöven prasslade när den dräktiga rådjurshonan trippade igenom gläntan, elegant, och spänstigt. Svår att se bland skuggorna och ljusstrimmorna. Där klövarna ristade gropar i marken ångade jorden av fukt och liv från maskarnas fest på fjolårets rester. Stegen förde henne ner till bäcken där smältvattnet fortfarande porlade. Hon såg sig omkring och öronen spejade innan hon böjde ner huvudet, luktade, och drack.

Natur och extas enligt Emma

Kunde naturen uppleva extas? funderade Emma och slängde av sig täcket. Solen kilade precis in över fönsterblecket och hon kände värmen där den kom åt hennes nakna kropp. Ville naturen ens uppleva extas? Var den intresserad? Skulle den ens förstå frågan om hon ställde den? Naturens principer var enkla och benhårda. Om resurserna sinade överlevde bara de mest anpassningsbara, de smartaste och de med tur. Alla andra dog. Om resurserna var tillräckliga överlevde i stället alla. Ta mig, sa allt. Älska med mig, sa allt. Det kommer att ordna sig. Kom. Ta mig medan vi lever. Nu! Ge efter. Släpp allt för en ständig klimax. Problemet var att en natur i extas inte vore människans värld och att vi vore chanslösa där med alla naturens krafter vrålande. Trygghet var inte naturens princip. Den var ett påhitt för att trösta oss själva, och nu trodde vi att det fanns en trygg extas, att det sublima kunde kapslas in. En lek med elden, med alla seglen i topp när stormen kastade sig över den klumpiga skonaren och vågskummet yrde. Reva. Fall av.

Om hon verkligen kände efter och letade inom sig, inte var det extasen som var drömmen. Det var rytmen, repetitionen, och balansen. Omskapa, omhulda, omfamna, omarbeta, omval, omvård, och omsorg. Omsorgen, inte nyhetens behag, nybilda, nyanskaffa, nykär, nyfrälst, bättre där än här, bättre var som helst utom här. Orgasmen hade sin plats, men bara som en del av kretsloppet. Det var den lilla döden som lät kropparnas förening landa på jorden för en ny livscykel. Doften var ett första tecken på blommans vissnande. All död avslutade, samtidigt som den startade upp något nytt. Solen gick upp på morgonen och la sig att dö på kvällen. Efter natten kom alltid en ny chans.

Varför uppskattades inte den oavbrutna vågrörelsen? Att vattnet passerade bara för att komma tillbaka? I stället var extasen det enda som räknades. När gick det fel? Människans penis var fyra gånger längre är en gorillas, hade Emma läst. Störst penis i gruppen kom närmast ägget. Bäst formade instrument vann när sperman från älskaren innan pumpades ut vid varje juck. När gav kulturen extasen ett livsrum att föröka sig i? Ritualer, droger, tid över att leka. Vad köpte hemmafruarna när de fick el? Symaskin, fläkt, vattenkokare, och brödrost men först en massagestav. Det fanns fler massagestavar än brödrostar i amerikanska hem 1917. Kanske var de inte förtjusta i rostat bröd på den tiden? Emma log för sig själv. Vad ville kulturen? Vart var den på väg? Naturen var det inte lönt att fråga. Den brydde sig varken om frågorna eller svaren. Den hade sina principer. Stenarna i bäckfåran som arrangerade vattnet var ett lika bra svar som vilket annat naturen skulle ge.

Emma och Love – i växthuset

Emma kisade mot solen när hon klev ut på trottoaren från skogen. Det var som två olika världar. Där inne i Stadsliden var det fortfarande kallt med is och snö kvar på marken, samtidigt som livet utanför hade satt full fart och det redan lyste grönt från solsidan av husväggar och stenmurar. Högen av havrekross som hon lämnade förra veckan i gläntan hade varit helt borta, som hon visste att den skulle vara, och där låg nu en ny ranson. Hon rundade huset och såg gröna tulpanlökar sticka upp. Skulle hon täcka över dem? Nej, hon var säker på att det bara fanns ett rådjur i år i Stadsliden och det var ingen risk att det skulle äta från hennes rabatt. När Emma drog upp skjutdörren ångade växthuset av fukt och det gick nästan att ta på livskraften därinne i eftermiddagssolen. Årstidernas rytm blev lika tydliga som liv och död i ett växthus. Hela vintern hade det stått iskallt och dött med drivor av snö mot väggarna. När vårsolen tittade fram tidigt i mars värmdes luften i den glasade volymen. Tjälen drog sig undan, snön längs väggarna smälte, och i den vallgrav som tinade fram lyste blåvioletta och vita krokusar redan innan de första gröna grässtråna tittade fram, alldeles nära väggen. Solstolarna hade Love redan hämtat och ställt upp på verandan, men även stolarna från Grythyttan stod i vägen i växthuset. Emma bar ut dem och borstade rent på golvet. Hon kände på den utarmade jorden i de tre stora odlingslådorna. Det skulle behöva mycket gödsel och ny jord i år. På verandan satt Love som vanligt på i sin solstol och läste.

– Love, ropade hon. Om jag beställer gödsel, hjälper du mig att bära in den i växthuset?

– Självklart, sa Love. Han slog igen boken och kom ner till växthuset. Öppningen var låg så han var tvungen att böja på knäna och huvudet för att komma in.

– Puh, här vare varmt, sa han. Ha, ha, ha. Vad är det för något som växer i en bastu?

– Livet laddar för en explosion, sa Emma. Känn på jorden.

Love böjde sig ner och tog upp en grabbnäve jord. Spröd och torr, sa han.

– Ja, sa Emma, den behöver mer vatten och näring. Jorden är helt tom på energi, bara ett kompakt damm. Jag tror det går åt tio säckar jord och tre säckar gödsel.

– Oj, sa Love. Så illa? Snälla nån, ha, ha, ha.

Emma log.

– Ska det bli tomater måste man gödsla.

– Som man bäddar får man ligga, sa Love,

– Som man sår får man skörda, hakade Emma på. Har du sett vad plantorna växt? fortsatte hon.

– Nej, vilka plantor? frågade Love och såg sig omkring i växthuset.

– Men Love, har du inte sett alla krukorna i tvättrummets fönster med tomat och chiliplantor?

– Ja, där kanske det står en del plastkrukor. Är det plantor i dem?

– Sedan i mars. I år har jag utnämnt dig till biträdande trädgårdsmästare.

– Mig?

– Ja, det är dags för dig att jorda dig. Kanske har du gröna fingrar?
När jorden kommer bär du in den i växthuset och staplar säckarna här.
Hon pekade på ett tomt hörn i växthuset. Första helgen i juni gör vi i
ordning lådorna tillsammans. Okej?

– Ha, ha, ha, Yes madam. Låter inte jobbigt alls, och jag behöver
röra på mig.

– Du ska få se. Att odla är en njutning. När vi bytt ut jorden sätter vi
ut plantorna och stoppar ner frön, sallad, dill, och persilja. Det blir en
härlig vår. Du och jag och växterna.

Visade hon mammas pojke en väg att vandra mot Nirvana? Eller,
skulle han bara bli smutsig om händerna? Emma ville att han skulle bli
en del av naturen i stället för att isolera sig från den. Hon ville ge en gåva
från en mor som räckte livet ut, men hon hade inte mycket tid på sig.
Skulle hon hinna?

Blåmesliv

Emma lyssnade på sin hane från vilstolen på terrassen. Det fanns hela
tiden nya variationer att upptäcka. Skata. En katt som kom gående eller
en sparvhök i sikte. När allt var som det skulle sjöng han två fina och
utdragna toner följda av en klar drill. Tsi, tsi, tsirrrrr. Så tryggt, så
självklart. Emma somnade.

Blåmeshannen hade funnit sin hona och försvarade nu sjungande sitt
revir. Bohålet studerades om och om igen och han bjöd mig på godbitar.
Han skulle göra allt för att jag skulle ha det bra. Tsi, tsi och en drill
tsirrrrr. Han reste hjässfjädrarna och dallrade med vingarna. Jag svarade
med vågrät stjärt och handpennorna lätt utspärrade. Han gav mig låga
lugnande läten innan han flög upp och satte sig på min rygg.

Jag putsade mig. Han sjöng en kort strof för alla som ville lyssna, och
jag lyssnade.

Vi var ett par som hade bestämt oss för att dela ansvaret och arbetet
med bo och ungar. Kom någon annan blåmeshanne jagades han bort,
även om det var revirhannens egen spegelbild i ett fönster. Vi gjorde vårt
bästa och hade inte tid över för lyx som rytm, repetition och balans. Vi
arbetade med kniven på strupen. Varje dag var en utmaning på liv och
död. Allt vi gjorde var nytta. Vi levde fullt ut. Det var underbart. Skulle vi
para oss så ofta vi kunde om vi hade haft tid? Nej. Varför skulle vi göra
det? Kopulerandet skulle inte vara det viktigaste om behovet som drev

på tillfredsställts. Om det blev en minut över satt jag hellre på min gren och njöt av morgonens krispiga luft och hur solen värmde upp mitt gula bröst. Jag svängde runt med ett skutt och värmde den blågröna ryggen en stund. Lekte som en fågelunge när maten var säkrad och ungarna fått sitt. Slumrade en stund under en grangren när jag blev trött. Inte var det väl orgasmen som var livets mening? Nej, det kunde den inte vara i alla fall inte för mig och min blåmeshanne. Vi behövde ingen publik att spela för. Bara jag för dig och du för mig, när vi jobbade på och gjorde det vi skulle. Han och jag.

Tsi, tsi och en drill tsirrrr.

#

Inga rovfåglar? Nej.

Emma petade fram en jordnöt på fågelbordet och hackade loss en bit som hon åt upp. Hon fortsatte att hacka och sparade de lösa bitarna i näbben. De skulle komma väl till pass senare.

Inga rovfåglar? Nej.

Med näbben full av jordnötsbitar lämnade hon fågelbordet. Hon unnade sig en tur upp och runt Huset med snabba vingslag. Det var livsfarligt men känslan av frihet var obeskrivlig och oemotståndlig. Jordnötsbitarna lämnade hon i grenklykan precis till höger om boet. Vid knölen på trädet. Ett ställe som var lätt att komma ihåg, för det var där som de hade parat sig för första gången. Hon kom ihåg hur hans hjässa hade lyst i djupt ultraviolett, precis som en hanne skulle lysa. Den vackraste hon någonsin sett. Boet hade hon inrett i rönnen som stod i det sydöstra hörnet av tomten. En hackspett hade hackat upp ett hål där för många år sedan som nu ruttnat upp till det allra underbaraste lilla hem, skuggat större delen av dagen av grannens tall. Inuti bäddade hon med vita dunfjädrar ovanpå mossa, grässtrån och hår. Flera dagar av hårt arbete.

#

Det blev tio ägg. Tio stycken overkliga, fantastiska vita ägg med rödaktiga fläckar som Emma ruvade i två veckor. Han kom med mat och försvarade Emma och deras revir. Redan innan hon hade lagt sig att ruva hade han bjudit på frön. Hon litade på honom.

#

Femton dagar senare landade hon hos ungarna i boet samtidigt som han precis lyfte. Hon hade med sig fjärilslarver till ungarna, insekter, spindlar och steklar. Ingen pommes frites. Vid fågelbordet låg det fortfarande frön på marken, men de störiga talgoxarna var där och pickade. Bara för att ni är större än mig ger jag mig inte, pep Emma varje gång hon hämtade några frön. Stick.

Hon var lycklig. Det var ett hårt jobb, nästan dygnet runt, och med livet som insats, men det var meningsfullt. Hon levde. Två år till om inget inträffade. I bästa fall fick de fyra år till, men så lång tid skulle hon inte få.

Ami och Robert – möter föräldragruppen

Genomgång av familjegruppen

På väggskärmarna i sovrummet rullade bilder och biografier av medlemmarna i föräldragruppen. Robert och Ami hade tagit eftermiddagen ledigt och stängt dörren om sig för att slippa nyfikna frågor från resten av familjen. Robert satt på sängens fotända närmast väggskärmen och hade behållit sin finrutiga blå och vita skjorta på. Hon satt bakom honom s i skräddarställning. Dräkten hon burit på jobbet var utbytt till gröna mysbyxor och en urtvättad t-shirt med texten "Jag äger Konsum" på. Hon hade också rotat fram sin tänkarmössa, en urgammal brun slokhatt i filt som hade funnits i släkten i generationer. Inte ens Huset visste var den ursprungligen kom ifrån. Den fanns i Huset redan när det föddes.

– Hatten samlar tankarna, sa Ami när hon tryckte ner den så att hennes ögon precis kikade fram under brättet. Annars flyger de bara iväg.

Nisse kommenterade det de hittade och Ami fick ibland den där kusliga känslan av att Nisse var allsmäktig och visste allt. Så var det naturligtvis inte, men hon hade många gånger kommit på honom med att mörka sina kunskaper när han hade andra planer än sina inneboende. Det var inte mycket att bråka om tyckte Ami eftersom Nisses planer nästan alltid var på mycket längre sikt än hennes egna, och stämde bättre med vad som sedan hände i verkligheten. Berättade Nisse om sina planer skulle de aldrig slå in.

– Kommer vi att få problem? frågade Ami.

– Ja, sa Huset, med 85 % sannolikhet. Det blir allt tydligare att den här familjegruppen är en unik skara med en annan syn än ni har på teknik, samlevnad och familj.

– Fan och djävlar, sa Ami och slängde sig bakåt på sängen. Mörkrets makter. Voldemort. Sauron. Belsebub. Kali. Delila. Salome. Långa hörntänder. Fingrar som klor. Svarta slängkappor. Giftmord. Knivhugg i ryggen. Familjen Borgia möter familjen Addams.

– Lugna ner dig, sa Robert. Låt oss ta det här ett steg i taget så att även jag hänger med.

#

– Okej, sa Ami och satte sig upp i sängen. Sans och vett. Det goda kommer att segra. Först ut har vi Kalle. Han hänger ihop med psykologen Ilse och är inte lika menlös som han ser ut. Några år äldre än oss, men det syns inte på bilderna. Tränar mycket utomhus.

– Hur försörjer han sig? frågade Robert. På bilderna klär han sig inte som om han bara tog emot medborgarlönen. De bor flott och Kalle äger lägenheten.

– Nätet saknar data, eller så är data extra skyddade med någon alternativ kryptering, sa Huset. Högst ovanligt. Det finns data om ett arv, men det var många år sedan. Inga tecken på spelande.

Huset verkade för en gångs skull lite förvånat.

– En substantiell summa pengar tillförs hans konto varje månad, fortsatte det. Anonymt, möjligen någon typ av royalty. Han var en skicklig programmerare och lärare men ledsnade på studenterna och på en hunsad tillvaro i universitetets hierarki. "Bara för att man kunnat något någon gång betyder det inte att man är kompetent" har han sagt enligt ett inofficiellt referat. Mötet som citatet kommer ifrån finns inte längre i systemet. Återigen mycket ovanligt. Enligt mina analysverktyg är han upprorisk, omogen och irrationell. Vill inte vara en del av ett kollektiv. Omodern, fortsatte Huset, optimerar inte, specialiserar sig inte. Socialt begåvad, men bryr sig inte om vad andra tycker. Är trots det ändå omtyckt. Kanske för att han principfast avstår från principer och går sin egen väg. Spelar golf med ett handicap på 8. Det är ett lågt handicap som kräver mycket tid på golfbanan.

– Ser bra ut, sa Ami. Brunbränd. Golfat i Spanien kanske? Låter inte som den trogne hemmamannen som väcker hunden för en nattpromenad och kör runt med barnvagnen när ungen inte vill sova.

– En sak till, sa Huset. Kalle har bott på Skidspåret 5, där Maria bor nu. Jag känner väl till våningen och kan möjligen byta till mig information.

– Byta till dig? Möjligen?

– Ja, min relation med våningen har inte varit den bästa de senaste femtio åren.

– Det är vad jag kallar en hållbart dålig relation.

– Det har sina orsaker.

– Ilse är lika smart som hon ser ut, inledde Robert. Lysande slutbetyg från psykologutbildningen. Erbjöds doktorandtjänst men valde att jobba kliniskt.

– Antagligen sjukligt intresserad av hur andra människor tänker, sa Ami. Hon kallas "Fjollan" av Kalle.

– Kan det verkligen vara ett uttryck för kärlek? frågade Robert. Låter mer som ett sadomasochistiskt förhållande där psykologen Ilse låter sig domineras av Kalle.

– Kanske är det tvärtom? frågade Ami. Namnet är valt för att hon är så smart att Kalle känner sig underlägsen. Psykologer har den effekten på många människor. Jag tror att det har att göra med hur de petar upp glasögonen och spänner blicken i alla de möter.

– Huvudet på spiken, skrattade Robert, hon har precis olika varianter av sådana skrämmande psykologglasögon på bilderna. Hur många olika som helst. Om man tar av henne glasögonen skulle hon vara riktigt söt. Till och med attraktiv. Det går att ana en fyllig välformad kropp under yllekoftorna hon envisas med att ha på sig. Hon måste ha en hel garderob av dem i olika jordfärger.

– Fyra år yngre än Kalle, tog Huset över. En akademiker ut i fingerspetsarna. Modern. Mäter. Jämför med vetenskapliga beteendemönster. Kliar sig på näsan när hon tänker. Med hennes personlighet kan hon inte motstå Kalles oberoende och fria sätt att tänka. Reduktionist. Kalle har med säkerhet fallit för Ilses engagemang, fokusering och sinne för detaljer. Det skulle matcha hans egen upproriska holistiskt orienterade personlighet. Kalle och Ilse är så fundamentalt olika att de inte kan leva utan varandra. De är som Yin och Yang.

– Är hon pryd? frågade Ami.

– Ordning och reda, sa Huset. Tänker mycket på hur människan beter sig men det är svårt att uttala sig om hennes värderingar när det gäller sexuella beteenden. Hon känner med säkerhet till alla sexuella avvikelser och onormala beteenden som finns registrerade från Freud och framåt. Min gissning med en konfidensgrad på 75 % är att både hon och Kalle håller igen utåt när det gäller erotik, men experimenterar med allt som går att leka med när ingen ser. Det finns en lösryckt anteckning om att Kalle ordinerats psykolog medan han jobbade på universitetet, vilket skulle förklara hur de möttes. Säkert ett hett möte. All dokumentation om varför han skickades till psykologen har raderats bort, helt emot alla regler. Extraordinärt.

– Jag är livrädd för psykologer, sa Ami. De där ögonen som ser rakt igenom mig. Den där sucken de precis lyckas hålla inne med när de lyssnar.

#

– Det var inte mycket vi fick ut av om Kalle och Ilse, sammanfattade Robert. Kanske finns det mer om Mona och Lotta? Två kvinnor som lever ihop antyder i alla fall att det sexuella är viktigt. Antingen för att de är rädda för sexuella relationer eller att de passar bra ihop och bildar ett effektivt, väl sammansvetsat par. Låt oss börja med Mona.

– Mona har mycket gemensamt med Emma, sa Huset, fast hon bara är drygt trettio, lika gammal som Lotta. Uppskattad sjuksköterska i äldrevården, före detta scout. Hon anser att det är viktigt med "riktiga mänskliga relationer". Ställer upp, social, lättsam att umgås med, har humor. Något som sticker ut är att hon läser många böcker.

– Böcker?

– Ja, hon har en bokhylla där hon samlar på pappersböcker. Riktiga böcker, inte deckare eller romantiskt trams. Mona är med i minst en bokcirkel och går regelbundet på teater och opera, fortsatte Huset. Italienska känslosamma operor är favoriterna. Många negativa kommentarer om teknik. Hon jobbar hårt. Ofta skift. En naturälskare som inte ger sig tid att komma ut i naturen. Impulsiv, och blir lätt känslomässigt engagerad.

– Natur hellre än teknik och medlem i en naturgrupp, fyllde Robert i. Rapporterad som aktivist vid ett flertal tillfällen. Hon är inte lika menlös som hon verkar. Ser bra ut på ett alldagligt sätt, fortsatte Robert. Inte söt som en fotomodell eller docka men har ett symmetriskt ärligt ansikte, den raka breda näsan antyder styrka, bestämd haka, halvlångt rågblont hår. Läpparna på bilderna är ofta spända, 1 70 lång, rund i kroppen, eller snarare rektangulär för hon är vältränad. Säkert stolt över sina ben och sina bröst som hon gärna visar i urringade mjuka, löst hängande tröjor. Ljusblått nagellack på tårna när hon och Lotta var på sandstranden i somras. Men not allowed. Konsekvent bara kvinnor och inga män på bilderna. Hon älskar helst långsamt, gungande och gör det gärna ute i naturen, la han till. På det naturliga sättet. På rygg.

– Hur fan har du fått reda på det? avbröt Ami.

– Gissade, sa Robert och skrattade. Hon lägger i alla fall allt mer tid på yoga och motionsgymnastik på gymmet nere på staden där hon har ett årskort.

– Mona kommer att bli ett problem, sa Ami.

– Håller med, sa Robert.

– Check, fyllde Huset på.

#

Till sist har vi Lotta, sa Robert, Monas partner. Naturaktivist, typ chef eller vad det kan heta i en naturgrupp. Hon verkar ha en fallenhet för att vara chef. Antagligen är det mer Mona som är partner till Lotta än tvärtom. Föredrar kvinnor men skulle kunna vara sexuellt aktiv på flera sätt. Hon syns på bilder med män men inga relationer eller förhållanden finns dokumenterade.

– Vem är hon officiellt? frågade Ami.

– Chef, svarade Huset. Äger Umeå dans och motion, eller är i alla fall verkställande direktör där. Van att bestämma. Kraftfull. Manliga övertoner utan tvekan. Tar initiativ, vilket passar Mona bra. Lotta vill gärna ligga ovanpå och styra Mona som gungar med.

– Driv inte med oss din plankhög, sa Ami och puttade till Rober som skrattade högt.

– Driva med er? svarade Huset. Jag har ingen humor. Jag redovisar bara rationella resonemang byggda på statistik och befintliga data. Vill ni följa beräkningarna är ni välkomna, de är inte alltför komplicerade och tar er bara ett par år att föstå.

– Jada jada, sa Ami. Nu vet vi mer gruppen. Vad tror du om chanserna Robert?

– Svårt att säga innan vi har träffat dem personligen. Men jag lutar åt att Huset har rätt och vi har problem. De är alla olika.

– Antagligen är det en positiv egenskap för en föräldragrupp, bara vi får godkännandet, sa Ami eftertänksamt. Om Lisa kan få växa upp och se många olika perspektiv kan hon bli en unik självständig individ som kan ignorera okontrollerbar komplexitet. Hon måste kunna ge upp och ta det lugnt. Med en grupp av olika föräldrar lär hon sig hantera mångtydighet och dolda djup. Hon får en chans att skapa sin egen världsbild mitt i all inkonsekvensen.

– Det där har du verkligen tänkt till om, sa Robert. Han vek upp brättet till Amis hatt och kysste henne.

– Förtjusande, bedårande, förtrollande, sa hon.

– Vad är det som är förtjusande? frågade Robert.

– Jag, sa Ami belåtet. Ibland har jag en känsla av att du smickrar mig för att få din vilja igenom och göra vad du vill med mig, sa Ami.

– Du har rätt, sa Robert. Han tog av henne hatten och singlade ner den i hörnet av sängen innan han välte Ami baklänges över sängen.

– Det fungerar jäkla bra, sa Ami. Skrämmande bra. Hur skulle det vara om du. ... Ja precis så.

Första mötet med familjegruppen

Kalle och Ilse gick hand i hand längs Tätastigen med majsolen i ryggen. Det hade slutat regna för en timme sedan men och världen blänkte fortfarande av våta träd och vattenpussar. De behövde inte titta på nummerskyltarna för Kalle visste vilket hus det är, ett gult tegelhus med en liten vit emaljerad skylt som det stod 12 på i svarta bokstäver. Han bodde alldeles i närheten förut, på Skidspåret 5, och hade gått längs Tätastigen många gånger på sina lunchpromenader. Idag var han som vanligt elegant klädd i en kort rock, mörkblå skräddarsydda byxor och handgjorda svarta läderskor. Varför inte, när man ändå har pengarna och skorna passar perfekt? hade han frågat sagt när Ilse protesterade mot att skorna var alldeles för dyra. Ilse var beige personifierat, inget som stack ut, men alla hennes kläder var av dyr ekologiskt ylle. Kappan, kjolen och även mössan som hon tryckt ner ordentligt på huvudet så att glasögonen, med runda metallbågar och starka glas, dominerade hennes ansikte.

Från andra hållet längs Tätastigen kom Lotta och Mona som hade passat på att ta en promenad i Stadsliden för att titta på fåglar innan mötet. Mona visste också att Tätastigen 12 var ett gult tegelhus eftersom hon varit nyfiken och kollat upp huset på nätet. De båda kvinnorna var klädda för skogspromenad en kylig majeftermiddag, med likadana gula läderkängor, långbyxor och kappor men med helt olika färgval. Lottas kappa var svart med gula detaljer som blänkte i motljuset från solen som var på väg ner. Hennes byxor var skarpt gröna i samma färg som hatten där en stor röd fjäder satt nerstucken. Mona däremot bar kläder från en ordnad snäv färgrymd av jordfärger. Blekt gult, grönt, och brunt. Någon mössa behövde hon inte för hennes tjocka hårsvall värmde tillräckligt.

Ami och Robert startade upp det första mötet i köket på Tätastigen där gruppen samlades runt köksbordet för att presentera sig för varandra. Värdparet bjöd på kaffe eller te, med rostat bröd eller kanelbulle för Ami hade propsat på att skapa en familjär stämning redan från start där de ansikte mot ansikte fick höra rösterna, se gesterna och få en känsla för personkemin i gruppen. Efter presentationen blev det en husvisning som Ami ledde. Hon visade dem trädgården där det gick att spela boll, springa och leka kurragömma. Huset var större än det såg ut. Det fanns ytor för lek även inomhus och inte ett enda trappsteg att ramla ner från.

– Bevisat barnvänligt, sa Ami i ett försök till ett skämt. Alltså, jag växte upp här, och min mamma, och hennes pappa.

– Det är en oerhörd massa teknik och elektronik överallt, invände Mona. Är det verkligen barnvänligt? Enligt mig bör barn växa upp nära naturen snarare än i en elektronikverkstad.

#

När de satt sig ner igen vid bordet hade de lärt känna varandra tillräckligt bra för att släppa fram frågor. Ami bestämde sig för att gå hela varvet runt och ge dem alla chansen att lätta sitt hjärta. Vare sig de ville eller inte.

Kalle satt närmast fönstret och var en jovialisk välväxt, fortfarande ung man, som antagligen för det mesta var festens mysiga mittpunkt, men som nu bara hade kritiska synpunkter och inte för en sekund släppte på sin bistra distanserande min. Något tryckte honom som han tyckte var viktigt. Han blev först att lägga fram det som för honom var det stora problemet, som han trodde Mona, Lotta och Ilse höll med om, men som inte alls var det problem som Ami hade trott. Det hade ingenting med deras sexliv att göra.

– Jag tycker inte om att säga det här, sa han. Det tar emot för ni verkar vara hyggliga människor, men jag måste få det sagt. Jag anser att ni är för gamla för Lisa. Hon behöver unga föräldrar som kan leka med henne. Som kan springa, hoppa, och spela golf. Ni har inte sysslat med några idrotter alls vad jag kan förstå?

Alla de andra nickade. Så, detta var en gemensam invändning och alltså ett problem. Troligen en av anledningarna till att alla varit negativt inställde. Familjegruppen kände det som att de satt på ett möte med två gaggiga halvt dementa pensionärer. Ami sa inget, hon bara tittade på Robert med svarta ögon. Han blinkade åt henne och fick henne att lugna ner sig. De flyttade fokus till Kalles sambo Ilse, psykologen, för att höra hennes synpunkter.

Ilse satt bredvid Kalle, kortare, och nu när hon satt hopkrupen dolde hennes yllekofta alla former. Hennes kropp reducerades till ett oformligt bylte av ylle med ett huvud placerat på toppen. Det som stack ut hos henne var de runda glasögonen med starka glas som fick hennes blick att som en röntgenstråle söka sig rakt in i de hon tittade på. Ami fick känslan av att Ilses blick letade sig runt inne i henne och plockade fram en lista över vartenda misstag och oansvarig handling som Ami gjort sedan hon föddes. Tillsammans med Kalle, med det humör han visade upp idag, bildade hon ett av de mest deprimerande par som Ami sett på länge. De var olika stora och klädda men de hade en påtaglig likhet i mimik och gester som Ami lagt märke till hos syskon och människor som levt med varandra under en lång tid. Idag var de perfekt samstämmigt negativa.

– Jag ska inte bli långrandig, sa Ilse. Jag håller med Kalle om att ni verkar trevliga och att ni är för gamla, men jag är också orolig för att ni arbetar för hårt. Som psykolog har jag sett hur många familjer som helst som har rasat samman när föräldrarna arbetet för mycket och ignorerat den extra belastning som ett barn medför.

Lotta hakade på Ilses argument utan att vänta på att hon skulle få ordet, eller på att Ami eller Robert skulle argumentera mot Ilse. Det syntes på Lotta att hon ansåg att hennes argument vägde tungt. Hon var en ledartyp och Ami fick en känsla av att om de fick med sig Lotta skulle de ha halva inne. Ingen sa emot Lotta när hon hade bestämt sig. Hennes blus i klara röda och gula färger signalerade klart att här en ärlig människa som fattade sina egna beslut och stod för dem. En som ingen satte sig på ostraffat. Här gällde inte öga för öga, tand för tand utan dubbelt upp för varje oförrätt.

– Ni kanske är för gamla och ni kanske jobbar för mycket. Jag vet inte nog om er ännu för att kunna uttala mig om det. Vad jag misstänker

89

att barnet bara ett sätt för er att klara ert förhållande. Ni kanske inte inser det men utan barn kommer ni ganska snart att gå skilda vägar. Alltför många frestelser. Alltför många möjligheter. Ni kommer inte att kunna hålla ihop. Barnet är ingen lösning på era relationsproblem. Barnet har rätt till en trygg och stabil miljö i många år framöver. En skilsmässa är inte acceptabel.

Ami, sa ingenting. Hon hade inte förberett några försvarstal och var hursomhelst inte beredd på det argumentet. Robert sa heller ingenting.

Till sist var det dags för Mona att få säga sin mening. Den i gruppen som Robert och Ami på förhand trodde var den svåraste att övertala. Ami blev inte överraskad när Mona fortsatte kanonaden av problem. Hon var den försiktiga typen, blekt pastellfärgad som nästan blev färglös bredvid Lottas. I de flesta sällskap var hon den tysta i hörnet som oftast inte sa något alls, och tillsammans med Lotta försvann hon nästan helt. Men, som med många människor av den typen, när väl slussluckan gav med sig hade hon hur mycket som helst att säga. I kväll hade hon för länge sedan sprängt slussluckan i luften. Hon en del på sitt hjärta och tvekade inte ett ögonblick.

– Som jag påpekade förut är jag inte förtjust i teknik som uppväxtmiljö. Techniknördar som föräldrar är inte heller en bra idé. Förr eller senare tar tekniken över de naturliga mänskliga relationerna och alienerar barn och föräldrar.

Hon satt tyst en stund för att samla lite mod och fortsatte sedan.

– Vad jag kan förstå har ni också andra vanor som jag personligen inte tycker är förenliga med barnuppfostran. Sexuella utsvävningar som tyder på en tveksam moral och ett undertryckande av normer. Barn behöver sunda socialt accepterade regler för att lära sig vad som är rätt eller fel. Moral är viktigt.

De andra medföräldrarna nickade men det var oklart vad de höll med om. Var det att regler behövdes eller att sexuella utsvävningar var onormalt? Efter Monas utbrott blev det tyst en stund innan Lotta tog på sig ledartröjan och avrundade diskussionen.

– Det är inte idag som vi fattar beslutet och jag vill att det här projektet ska skötas på ett snyggt sätt. Ami och Robert måste få mer tid på sig. När vi bestämmer oss i oktober vill jag känna att det är det rätta beslutet.

Hon såg sig om runt bordet och ingen sa emot. Ami gav Lotta en blick för att visa att hon uppskattade självständigheten och ärligheten innan hon tog tillbaka ordet för att knyta ihop åsikterna.

– Robert och jag är tacksamma för att ni är öppna mot oss. Jag tror att det är en förutsättning för att vi ska kunna fungera ihop som familj, om vi nu väljer att göra det i oktober. Vår idé till det fortsatta arbetet är att vi schemalägger en träff i månaden fram till dess att beslutet ska tas. Vi träffas här på Tätastigen så att ni får lära känna miljön bättre, vi äter middagar som Robert och jag lagar till och äter dem tillsammans. Det kommer att ge er en känsla för vår livsstil, hur vi tänker och beter oss. Vid varje träff tar vi till kaffet upp en eller flera av punkterna som ni tagit upp idag. För att inte låsa oss vid Lisa och oss själva baserar vi diskussionen på en berättelse som vi lyssnar på medan vi äter. Vad säger ni om den planen?

Det kom inga protester. Barn var viktiga och beslutet måste få ta sin tid. Det hade inte varit rättvist mot Robert och Ami att döda Lisa redan nu.

\#

– Då vet vi det, sa Ami när de andra gått. Inga små lösryckta invändningar, här var det vätebomber, kärnvapen, sjunkbomber och granater om vartannat.

– Ja, det blir en utmanande höst, sa Robert. Klarar vi de här ska jag vara tomte på julafton.

– Du tomte på julafton? Det blir något att kämpa för, sa Ami. Jag lovar att fixa utstyrseln och ska vara din finaste present. Men, vad gör vi nu?

– Vi tar det lugnt och analyserar situationen ordentligt. Det är gott om tid. Den svåraste invändningen är den om sexuellt lösaktigt liv, sa Robert, för den är sann. Vi är sexuellt fria att leka. Men kopplingen till moral och hur vi tänker om rätt och fel måste vi neutralisera. Vi har regler och vi har en moral som är lika sann och riktig som Monas. Vi har tre berättelser på oss och med lite tur är det fint väder så att vi kan sitta ute i trädgården. Det neutraliserar till viss del teknikanvändningen.

– Nisse?

– Ja, sa Huset.

– Ditt uppdrag blir att omvända Mona till teknikälskare. Hon ska föredra dig före en fjällrävsunge och en kinesisk panda. Förstått.

– Ja, ett relativt välformulerat kommando.

– Vi jobbar med matlagningen tillsammans från och med idag, sa Robert. Lagar vi mat verkar vi inte som några arbetsnarkomaner. Sund mat. Grönsaker, och sådant som barn mår bra av. Det betonar vår natursyn och att vi inte alls är några teknikfreaks. Hädanefter blir det bara åtta timmar arbete om dagen för oss båda. Vi måste anpassa oss redan nu och om vi inte klarar det ska vi inte ta emot Lisa här.

– Bra plan, sa Ami. Om vi får dom att röra på fläsket vid middagen kan vi komma undan den där idiotiska invändningen om att vi är för gamla. Irriterande som fan, sa Ami. De ska se på oss som tonårsföräldrar när jag är klar med dem.

– Men inget sex, väl? frågade Robert oroligt.

– Nej, inget sex, jag kommer på något annat, sa Ami. Jag är väl ingen sexmissbrukare heller? Men om det blir läge ska de få tumla om i halmen med Tätastigens halvdöda pensionärer.

– Den tog visst, den där om åldern, sa Robert.

Månadens orgie

– Hur ska vi göra? frågade Ami vid frukostbordet och läste ännu en gång igenom den automatgenererade inbjudningen till månadens fest. Vi måste bestämma oss före lunch

Robert gäspade och fyllde på sin tekopp. Han hade på sig den ljusblå sultanpyjamasen med bylsiga byxor och den v-ringade bomullströjan. Ami hade beställt den samma dag som hon fick masken av honom men inte fått ta av honom den än. Sultantema från tusen och en natt vore ett spännande tema för en fest. Hon skulle dra av honom byxorna långsamt, långsamt. Det pirrade till. Nu? Till morgonteet? Kåt igen?

– Är vi sexmissbrukare Robert? Emma tycker det.

– Ja, absolut, sa han och satte sig mitt emot henne.

– Allvarligt, är vi missbrukare?

– Vad skulle det innebära mer än att vi njuter av varandra och av andra?

– Vet inte riktigt, kanske tar det för mycket tid? Jag föreslog Emma att hon skulle hänga med på nästa träff.

– Emma på fest? frågade han med ett tonfall som Ami inte riktigt kunde tolka.

– Hon avböjde, sa Ami. Ska vi avstå från festen? Det skulle visa på att vi ändrat oss, att vi tar deras kritik på allvar. Det kan vara viktigt senare. Men, å andra sidan nej. En orgie är bara en orgie, en social sammankomst som vilken annan som helst. Jag gillar inte att vika ner mig för att tillfredsställa gammaldags pryda personer i en familjegrupp.

– Temat verkar spännande, kommenterade Robert, "Tekniken är våra vänner. Utan dem inget paradis.". Dessutom är denna träff är helt anonym. Masker som täcker ansiktet ska bäras för att få komma in. Risken att vi blir identifierade är lika med noll. Lokalen är inte långt bort, fem minuter med kommbil ner mot Haga. Vi kan sätta på oss våra långa rockar så syns inte maskeringen.

– Vi kan åka separat, la Robert till.

– Inte ens Emma behöver få veta något om hon inte tar på sig spionglasögonen, och då blir det tvångsanmälan till nästa orgie, sa Ami.

– Gemenskap, kärlek, ge av sig själv.

– Motion, mjukas, gosa, god stämning, stötta en god hållning hos männen.

– Inbjudan riktar sig till singlar, sa Rober och det gör träffen ännu mer spännande

– Undrar vem som kommer? Berättade jag om Börje p dansfesten? Han är singel.

– Ja, du gjorde det. Utförligt.

– Kanske sex ger oss en konstig verklighetsuppfattning? Du skulle aldrig lägga märke till Börje om inte jag beskrivit honom. Vi blir beroende av extasen som styr oss. Vi går på det här mötet fastän vi inte borde göra det

– Sex är viktigt för mig, sa Robert och avböjde diskussionen om Börje. Skulle det vara en skev verklighetsuppfattning? Som jag ser det vore det en skev verklighetsuppfattning att inte njuta. Det finns mycket här i världen som skadar mer än sex.

#

De maskerade sig i var sitt sovrum och var noga med att inte visa upp sig för varandra. Robert gick först och Ami gav honom fem minuters

93

försprång innan hon också lämnade Huset. Var träffen för singlar vill de också framstå som singlar.

När Ami kom in i lokalen var hon tio minuter sen och festen var redan i full gång. Den här festen var en kortare variant, rakt på sak. Mer för männen, tänkte Ami, men det matchade temat. Effektivitet och teknik. De olika teknikkreationerna stod i små grupper med sina entrédrinkar. Ami svepte sin drink och tog genast en ny. Hon hade inga problem med att identifiera Robert. Han var längre än de flesta och hon kände igen hans penisfodral som stack ut och hela tiden petade andra deltagare i baken eller magen. Fodralet var förklätt till ett pumphandtag och Robert var utklädd till en grön vattenpump av den äldre sorten, med lite rostfläckar här och där. Ta tag i spaken och pumpa för att höja trycket. Drick sedan livets vin. Den förklädnaden var han ensam om i rummet. De flesta hade valt att uppträda som olika typer av robotar inlindade i metall eller dolda bakom plattor av metall. Det fanns breda robotar och smala, långa och korta. Den mest udda av de ungefär trettio kostymerna i rummet var en man som klätt ut sig till en slickepott. Som accessoar hängde en kavel ner från ett skärp runt hans mage. Ansiktet var dolt av en köksnikab som han konstruerat av ett lite tjockare bakplåtspapper med urklipp för ögonen. Ami blinkade tillbaka till Robert som inte lurats en sekund av hennes utstyrsel, för hon hade en egen stil som han kände så väl. Ikväll var hon en jukebox med myntinkastet mellan benen. Över bröstvårtorna hade hon tejpat två gröna startknappar och listan med sånger på magen, skriven med läppstift, var kort. En enda sång, "Take me to your heaven". Över huvudet hade hon en klarröd huva av papp med öppningar för ögonen. Läpparna var målade i samma röda färg som huvan och helhetsintrycket av maskeringen var en stor röd varningslampa ovanpå jukeboxen.

Mitt på golvet låg en rund madrass, drygt fyra meter i diameter klädd med ett grönt lakan. Den påminde i form och färg om en av Amis startknappar och mitt på den hade fyra robotar börjat att utforska varandras spakar, knappar och kommandoarsenaler. Vid väggarna låg mindre gröna madrassknappar för två till fyra personer och där var även vilstolar utplacerade för dem som bara ville titta på.

Ami gick runt bland grupperna och småpratade samtidigt som hon höll koll på Robert. Han gick också mellan grupperna och försökte starta igång olika typer av kvinnliga robotar. De två välkomstdrinkarna hade han redan druckit ur och hon visste att hans ögon nu hade blivit en aning

94

simmiga och blanka av åtrå. När han var upptänd var han svår att stå emot och det tog bara några minuter innan han leddes mot en av de allra minsta madrasserna i bakre änden av rummet. En kraftig robot av medellängd med två stora bröst som tittade ut genom bröstplåten drog honom med bestämda steg mot madrassen samtidigt som hon skrattade och pumpade på Roberts handtag. Kvinnan hade en metallfärgad gummimask över ansiktet som helt dolde hennes ansikte. Bara ögonen och ett område runt munnen var lämnade fria. Mer hann Ami inte se innan en manlig robot tryckte på startknappen på hennes högra bröst.

– Vad sägs om att jag kontrollerar myntinkastets funktion? frågade roboten med en trevlig inbjudande röst.

– Hello music lover, sa hon. Gärna det, jag behöver startas igång, tiden går, och energin i universum är begränsad, sa Ami. Han la sin arm runt henne och ledde henne mot madrassen.

Ami lekte en stund med mannen och en knubbig kvinnlig android, men blev snart liggande bredvid när mannen ställde den andra kvinnan på knä och började utforska henne på djupet med alla sina tentakler. Några av dem måste ha hittat rätt för androidens antenner vibrerade av upphetsning. Robert låg kvar på rygg på samma madrass där hon sett honom sist med samma stabila kvinnliga robot. Penisfodralet hade hon lagt på sidan av madrassen och nu satt på honom och gled upp och ner stödd på händer och knän. Hennes huvud hängde ner mellan axlarna och tårna var krökta av njutning. Ami gick fram till kvinnan och började massera hennes axlar. Kvinnan stelnade till men fann sig snabbt och ökade intensiteten i pumpandet. En diamant tatuerad i nacken skymtade när Ami vek undan håret för att komma åt att massera nackmusklerna. Ami fortsatte att massera och lät händerna glida längs kvinnans rygg ner mot en orm som var tatuerad på skinkan. Ami lyfte undan det metallfärgade håret och kysste diamantens röda mittpunkt. Nacken doftade av en mild läderdoft som gränsade till det maskulina men som passade kvinnan helt perfekt.

#

– Jag kommer att få blåmärken av den där kvinnans hälar, sa Robert i kommbilen på väg hem. Hon var inte enkel att tillfredsställa.

– Du gjorde det bra min älskling, sa Ami, och det gjorde han som fyllde ut mig också. Jag kommer att få vagga fram i morgon.

95

– Nej, det tror jag inte, sa Robert, så stor var han inte och jag tyckte inte att du släppte till.

– Inte stor? Släppte inte till? Tyckte du? Nu blir det sultanbyxorna och masken.

– Aha, misstänkte att det var planen. Blir det mer blåmärken?

– Kan hända. Beror på hur du sköter dig. Du får lov att göra allt rätt. Robotlikt. Exakt efter mitt program av instruktioner.

– Vilken kväll, sa Robert.

Emma kommenterar orgien

Emma låg i sin säng och hörde dem komma in genom ytterdörren. Hon gjorde en gest som startade upp väggskärmen där hon fick se Amis röda huvudbonad och Roberts försök till robotögon och robotmun. De är inte kloka, tänkte hon. Teknik och extas. Vilken skrämmande kombination. Ami tog av sig jackan och Emma fick en ny chock. Ami som en jukebox som levererade sex med musik som förevändning. En enda låt. Robert hade inte knäppt upp sin rock, men Emma fick en glimt av något stort och gungande svart som skymtade mellan rockens framstycken. Hon stängde av väggskärmen med en ilsken gest.

Huset kommenterar orgien

Butlern vankade fram och tillbaka i korridoren i sina Lloyds herrskor. Förförelsen hade två poler som båda drog och tryckte, men åt olika håll. Vem styrde och vem åkte med? Jag tog fram en vit bomullsnäsduk, snöt sig och vek prydligt ihop näsduken igen. De väl ingångna lackskorna gick tyst fram och tillbaka i korridoren utanför sovrummen. Jag hade sett det förut, men registrerade en fullständig sensorrymd även denna gång.

Som vanligt efter festerna skulle Ami sura i morgon bitti och Robert sova till lunch. Dessa människor, denna extas. Emma stängde av innan de ens hade hängt av sig rockarna och låg sedan där och lyssnade i mörkret. Vad tänkte hon på? undrade jag och justerade slipsknuten. Vad hon själv skulle ha förklätt sig som? Nej, knappast. För säkerhets skull sparade jag undan hela filmen, även den del där Robert tog av sig sin rock. Man visste aldrig med Emma.

Hon låg alldeles stilla medan Ami och Robert flamsade förbi badrummet och in till sitt sovrum. Det blev tyst och jag trodde att Emma somnat när hon plötsligt vickade på stjärten under täcket. Precis som om hon suttit på något. Kanske drömde hon om äggen i blåmesens bo utanför? Det stämde med det nöjda leendet när hon justerade till stjärten.

Jag noterade två mindre blåmärken på Robers stjärt, cirkelformade, fyra till fem centimeter i diameter, symmetriskt placerade. Mycket troligt från ett par intensiva fötter i hårda skor. Ami satte på sig masken så nu skulle Robert säkert få slava en stund till i sina sultanbyxor.

Berättelser som överlevt i över tusen år måste kunna säga mig något om den sanslösa mänskliga komedin. Jag la en del av min kapacitet på att läsa Tusen och en natt en gång till. Där måste det finnas ledtrådar till berättelser som gick att återanvända för familjegruppens möten.

Familjen – vardagsmiddag

Mening, på vilket sätt som helst

Emma satt i soffan och bläddrade bland bilder av blåmesar på den stora väggskärmen. En speakerröst kommenterade bilderna och Emma blev förvånad över hur komplicerat livet för en blåmes verkade vara. Så hade hon aldrig upplevt det. Det fanns oftast bara en sak att göra, det rätta, och alternativet var att dö. Från köket hördes prat och skratt när Robert och Ami lagade mat och med ljudet av nojset följde en doft av stekt lök. Hon var hungrig, kände Emma. Hade hon ätit något idag? Hon kom inte ihåg.

Emma såg framför sig hur hon vandrade med Love längs en skogsstig. April eller kanske maj för det var blött på stigen och snöfläckar runt omkring,

– Att vara en man är ointressant, hade Love sagt. Möjligen att vara en kvinna också, men det har jag ingen erfarenhet om, la han till. Vad är poängen när alla mål är valbara och kan ändras godtyckligt när som helst? När allting i livet flyter fritt?

– Det är inte meningen att livet ska levas som en eremit, hade Emma svarat. Det kräver en omänsklig människa. Spänningen skapas av de andra människor som livet delas med.

Hon tog upp en näsduk ur fickan och snöt sig och väntade på ett svar men Love fortsatte inte diskussionen. Emma såg på honom att han inte var övertygad.

Diskussionen hade etsat sig fast i Emmas minne. Hur länge sedan var det när de haft denna diskussion, när Love för en gång skull öppnat sig och pratat om sig själv? Det var nog minst tio år sedan när han läste strökurser på universitetet. De hade tagit en långpromenad runt Grössjön och hon hade visat på fåglarna, mossorna, blommorna och träden. Lukas var förvånansvärt okunnig. Kunde inte ett skit, påminde hon sig och log. Han hade aldrig kommenterat deras promenad, men hon kände honom tillräckligt väl för att märka hur han efter samtalet drog sig undan och studerade de andra i familjen utifrån. Fortfarande lika charmig och utåtriktad hade hans frågor blivit mer av kallprat, även om han höll samvaron igång på en socialt acceptabel nivå. Han hade vänt sig inåt och bort ifrån livet. Det var då han slutade på universitetet och tog jobbet på hemtjänsten. Emma inte längre fick plats och inte någon annan heller. Sedan dess hade han sökt. I åratal. Hans engagemang för sin omgivning var starkare nu, men bakom den glättiga fasaden fortsatte sökandet med samma intensitet. Skulle han hitta det han sökte eller var döden den enda vägen ur meningslösheten? Hon hade också sökt, insåg Emma plötsligt. Minst lika intensivt och längtande som Love.

–Bing, bång, bing, bång, ropade Ami. Robert har skapat. Maten är serverad. Kom alla människor och njut. Jag har talat.

Love springer

Kikärtsbiffarna låg upplagda på ett av Emmas hemknådade fat, riset ångade ur en gryta, en rejäl grönsallad med plommontomater och smulad fetasallad, en glasskål med tzatziki på fet grekisk yoghurt för de som ville lyxa till det lite. Robert hade ansvaret för matlagningen idag, men Ami hade inte haft något speciellt för sig och därför utnämnt sig till matlagningskonsult med fyra stjärnor i Guide Michelin för att hjälpa till med salladen.

– Hur gick det på loppet, undrade Emma och tittade på Love som lassade upp fyra kikärtsbiffar på sin tallrik. Vädret var väl bra i alla fall?

– Vädret var perfekt, sa Love och öste tzatziki över biffarna. Svalt som alltid och med en bitande vind som svepte över fältet. Inga överraskningar där. Värre var det med konditionen, ha, ha, ha. Vill ni höra den sorgliga historien?

– Men givet, hur långt var det du skulle springa? frågade Ami

– Stora blodomloppet är en mil, men det finns klasser för mesproppar som tycker en mil är för långt. Jag sprang en mil.

– Sprang du i en hel mil? frågade Emma häpet.

– Ja, jag Love Karlsson sprang i en hel mil och gick inte en meter. Från starten vid Skeppsbron, över gamla bron till Teg. Sedan sprang jag nedströms längs älven. Över till Ön, tog Kolbäcksbron över älven och tillbaka längs hela strandpromenaden. Redan efter en kilometer varnade pulsmätaren.

– Winka, winka, winka. Tuuut. Du är på rött. Blodtrycket far genom taket, la den till.

– Okej, sa jag till pulsmätaren. Så ska det vara. Det här är ett test. Jag var faktiskt trött redan på uppvärmningen och det var de där instruktörernas fel med starka ben i åtsittande trikåer. Borde förbjudas, ha, ha, ha. Sanna mina ord. Långkjol borde de ha.

Han tystnade för att lassa in en halv kikärtsbiff som han spetsat med sin gaffel.

– Det var minst femtusen på den stora parkeringen vid Skeppsbron. De stod nedanför ett gäng IKSU-instruktörer som hoppade och tjoade på scenen och jag la speciellt märke till en intensiv kort rödhårig instruktör med enorm vristspänst. Jag blev lite för inspirerad, glömde mig och krafterna rann ur mig. Benen domnade. Armarna gick inte att lyfta. Jag pustade. Jag kämpade och försökte, men orkade inte hela uppvärmningen. På slutet stod jag bara och gungade lite fram och tillbaka och tittade på den rödhåriga instruktören som guppade på.

– Att du orkade springa i en hel mil efter det?

– Ja, det var märkligt, men till starten hade jag kroppen någorlunda i ordning igen och riktad åt rätt håll.

1 km

2 km

– Heja, heja, krullis, ropade någon från sidan av spåret.

Hejaropen från åskådarna kom som svingar omväxlande mot huvudet och mot magen.

En rak höger:

– Heja jätten. Gunga, gunga.

– Sanningen är väl, kommenterade Ami, att du är stor och du har ett krulligt hår, och att din löpstil påminner om regalskeppet Vasa som kryssar med korta slag i styv kuling.

– Ja, jag vet, men när man är utmattad tänker man inte riktigt klart.

– Efter två kilometer?

– Tre. Yoga och meditation förbereder inte kroppen på att rusa fram på en stadsgata en sval sommarkväll. Jag höll fokus två meter framför fötterna, tre ibland när det var utför. Vad som hände utanför den zonen uppfattade jag vid 3,5 bara som ett mumlande myller av suddiga formlösa skuggrörelser. Antagligen var det vårgrönt. Högst troligt hördes det fågelsång, men fåglarna brydde sig nog inte om mig. Jag brydde mig i alla fall inte om dem. Säkert luktade det blöt jord. Jag tog steg på steg på den knastrande grusvägen.

4 km

Nu var jag rejält trött och det hade börjat värka i knäna. Jag förde en inre dialog med mina ben och försökte övertyga dem om att vi snart var framme. Vänster ben vrålskrattade hysteriskt åt lögnen och började sedan att gråta. Höger ben knep käft och levererade under protest. Jag bytte löpstil. Jag släpade fötterna och drog mig fram med armarna, ungefär så här. Love ställde sig upp och demonstrerade sin löpstil ut genom köksdörren och in igen

– Det här klarar du aldrig, ropade en åskådare efter mig. Du är inte ens halvvägs. Den kommentaren skulle jag klassificera som en rallarsving mot njurarna.

4,5 km

En bred tant runt sextio år i röd träningsoverall lunkade förbi. Fy fan, sprang jag så långsamt? tänkte jag, men fortsatte att springa. Jag gick inte. Där och då slängde jag pannbandet och kände mig mycket lättare.

5 km

Halvvägs var det vätskekontroll med varm saft. Aldrig har hallonsaft i plastmugg smakat så bra. Jag tog två påfyllningar och till saften åt jag en proteinkaka som jag hade med mig. Choklad och kokos. Min energikaka åkte ner på samma gång, när jag ändå höll på. Dadlar, fikon och russin, 100g. Energi för ett maratonlopp. Efter fikat fungerade inte längre benen när jag försökte komma igång igen. De hade låst sig i utsträckt läge i knäna. Nu sprang jag med raka ben, utan att böja på knäna. Så här, visade Love. Stora pendelrörelser med armarna samtidigt som jag höll tal till delarna i min kropp. Jag kräver att ni …. Skärp er, … Snälla, kan ni inte …. En konstant intensiv smärtan flyttade runt, från vad till lår, från vänster till höger sida. Armarna höll på att lossna från axlarna. Men, jag fortsatte att springa. Jag gick inte. Kanske hade jag kommit fortare fram om jag gått, men det var inte ett tillåtet val i det läget.

– Spring eller dö, röt jag åt kroppen och ryckte i alla mentala snören jag kom åt.

6 km

När jag såg skylten med sexan på gick jag rakt igenom en metertjock mental mur. En extas kom över mig och benen blev lättare för varje steg. Armarna pendlade utan att jag behövde fokusera på dem. Autopiloten hade satt in och jag bara hängde med. Jag rusade framåt med huvudet bakåtlutat när överkroppen trycktes framåt av benen, samtidigt som jag desperat manövrerade för att hålla kroppen kvar på vägen och inte springa över någon gammal tant. En fantastisk känsla. Tänk er att ni sitter som en homonucleus inne i roboten och febrilt sliter i alla spakar, drar i alla trådar och trycker på alla knappar. Kontrollpanelen lossnar från väggen. Ni väntar på katastrofen, men den kommer inte. I stället börjar roboten göra helt rätt utan att få order. Kanske gjorde den det ända från början och kontrollpanelen var bara en attrapp, eller en störning som roboten tvingades kompensera för. Mitt löpsteg var tillbaka, jag kunde springa som vanligt. Vilken lycka. Publikens kommentarer passerade rakt igenom mig. Jag hörde att de sa saker, men inte vad. Lätta moln av intention svällde ut från dem och skickades mot mig. Illvilja? Uppmuntran? Jag vet inte, tryckändringen bara svepte förbi mig och fortsatte mot oändligheten. Ordergivningen till alla lemmar fungerade och överlagrades på den automatiserade löprörelsen. Jag lyfte höger arm och den lyfte. Jag tryckte till med höger for och steget blev flera centimeter längre. Dimman lättade och jag började lägga märke till människor omkring mig. Jag log mot en äldre gentleman med vita armmuffar och pannband i frotté från Nike. Gjorde tummen upp för en tjej med tajts och åtsittande löparlinne med djup urringning. Hon glodde tillbaka. Jag sprang om en och annan och sedan flera åt gången. Kroppen slutade göra ont. Den bara sprang och sprang och sprang. Jag kunde studera mig själv utifrån. Som en pappgubbe upphängd i snören sprattlade jag framåt med god fart.
Jag njöt.
Jag jublade.
Jag såg fyra meter framför mig.
Jag såg den blå himlen.

Jag upplevde hur kroppen hörde bofink och talgoxe. Vände och vred på ljuden när de registrerades. De var vackra.

Gräset var grönt. Kroppen njöt av doften.

Någonstans runt 8 km stod det en sambaorkester med fyra brasilianska lättklädda danserskor.

Jag lämnade kroppen springande och hälsade på orkestern. Gungade framför kvinnorna med höfterna böljande i takt med sambarytmerna.

9 km

Jag brydde mig inte längre om målet utan njöt av att vara frikopplad, frisvävande, allvetande, och trehundra meter före målet sprang jag om tanten med den röda träningsoverallen. Sedan var jag framme

10 km

Är jag i mål? Jag kan springa många kilometer till, tänkte jag. Men det var innan jag stannat. Då låste sig allt i en halvtimme och medan jag stod där som en staty fick jag en banan och en medalj.

– Var du lite stolt va? frågade Emma. Jag är i alla fall mycket stolt över dig Love.

– Lite? Jag hade sprungit hela vägen. Jag gick inte en meter, men jag gör inte om det. Ska det vara så djävla jobbigt att nå extas får det vara.

– Blir det någon efterrätt?

#

Förförelse mot extas enligt Love

Love var avundsjuk på Robert och Ami. De levde i en romantisk komedi, en feelgood med lyckligt slut i varje avsnitt. Leken, förförelsen, överraskningarna och förälskelsen. Njutningen av att få den andre att njuta som gav den där känslan av att ett plus ett blev mer än två.

Hans egna försök att hitta en partner hade varit platta och isolerade till slutna rum. De överlevde bara så länge det fanns en erotisk laddning kvar att utforska. Han hade mött Åsa, Charlotte, Lisa och flera andra medan han tog strökurser på universitetet och träffarna följde samma mönster. Middag på neutral mark i positiv anda för att lära känna

104

varandra och se vad som inte passade in. Om jämförelsen med idealet inte var alltför avskräckande och om åsikter och vanor stämde någorlunda överens var nästa steg sex. Antingen redan på första träffen eller på nästa. Love hade njutit av all sex han haft och han hade inte känt att hans dejter tvingat sig till något de inte ville. Trots det fattades det något. De älskade som man skulle och nådde sina orgasmer, men inte tillsammans. Även om det gick samtidigt för dem, skedde det i två olika rum där de var ensamma med sin åtrå och sina drömmar om hur det kunde ha varit. När han lämnade universitetet för hemtjänsten blev det glesare mellan träffarna men han hade haft samma typ av förbindelser med Elisabet, Anna och hon områdeschefen som han inte ens kom ihåg vad hon hette.

De sista två åren hade han avstått. Vad var poängen? frågade han sig. Det han fick via sina korta förbindelser kunde han lika gärna få över nätet med mindre besvär. Om allt ändå gick ut på sex var det rationellare att hoppa över det sociala och gå rakt på sak via nätet. Mamma hade förstås inte hållit med.

– Du måste ge det chansen Love, inte bara ge dig av till nästa blomma för samma lättsugna portion nektar. En djupare relation kostar, men den ger mer tillbaka på sikt. Mycket mer.

Han såg på henne att hon verkligen menade vad hon sa, men han trodde inte att det skulle gått att bygga upp något djupare med någon av dem han dejtat. Säkert skulle han och vem som helst av hans dejter kunnat tvinga in sig i något men det skulle bli en falsk relation som förr eller senare skruvades till något otäckt. Love ville åt den rena, ursprungliga och primitiva kärnan av extasen och hade började leta längs alternativa vägar. Förälskelse utan sex, var inte det något religiöst? Nirvana? Självdisciplin?

För kvällens avslutning kopplade han upp sig mot två sjuksköterskor. Han var doktorn. En brunett som support och åskådare och huvudnumret en kort rödhårig med fylliga bröst. Båda sköterskorna skulle ha sjuksköterskerockar med djup urringning som var uppknäppta från naveln och neråt. Allt avslöjades när de rörde sig runt sjukhussängen som de bäddade. Den rödhåriga böjde sig djupt framåt för att släta till lakanen på andra sidan och avslöjade en mjuk, slät rund bak som de vita strumpbyxorna inte nådde upp till. Inga komplikationer, inga känslor, ingen kontext, bara knull, utlösning och sedan nedkoppling för att sova.

Love torkade av sig med en bit papper, fysiskt avslappnad och somnade snabbt, men inte förrän han som vanligt känt att något var falskt och inte stämde. Han släckte den brasa som måste släckas men kom inte åt att blåsa på glöden som fanns där långt inom honom. Skulle han någonsin få den glöden att flamma upp?

Lukas och Andrea – fakta och beslut

Arbetsflow

Lukas gick in i den kombinerade matsalen och arbetsrummet och satte sig vid sitt skrivbord som var en av hans mest älskade saker. Han njöt varje gång han fick arbeta där och det var som att skrivbordets kvalitet smittade av sig på hans egna slutledningar. Det var ett graciöst konstverk med en bordsyta av glänsande röd mahogny stående på snirkliga ben som påminde om ett hjortdjurs graciösa ben, kanske ett rådjurs framben. I bordsytan hade någon lagt ner hundratals timmar på att fälla in en kvinna liggande på en divan. Större delen av intarsian var gjord i rosenträ där ådringen perfekt följde kvinnans former, men där hade också använts andra träsorter för att ge realism åt hennes ansikte och bröst. Det som verkligen stack ut var den vita klädnaden av elfenben som täckte delar av hennes kropp. Bordsytan var inte stort nog för att dominera rummet, men den räckte gott och väl som skrivbord för Lukas var inte den som lämnade något framme, allt stod på sin plats

#

Han tände en lampa över skrivbordet och drog ut vänster skrivbordslåda. Därifrån tog han fram ett vitt matt styvt papper på 170 gram och la det på det bruna skrivbordsunderlägget som doftade läder mitt på skrivbordets mahognyyta. Han drog ut den högra skrivbordslådan och valde en svart kulspetspenna från Parker, en Jotter med svart bläck. Högst upp på arket präntade han ordet "Extas" och strök under det innan han la ner pennan mitt på papperet och reste sig upp. Han gick in i sängkammaren och öppnade klädskåpet. Där under kostymerna stod en av hans större hinkar med duploklossar. Tillräckligt med klossar för kvällens bygge. Han återvände till skrivbordet, satte sig ner och la upp en blå kloss vid sidan av det vita papperet.

#

Det var sent och våningen på Östermalm var helt svart förutom ett matt återsken från gatlyktorna där nere och den fokuserade ljuskäglan från

107

den lilla lampan över hans skrivbord. En halv meter hög duplokonstruktion täckte högra halvan av skrivbordet och det vita papperet var fyllt med en lång punktlista av kommentarer.

– Ja, längre går det inte att komma nu, men det är bra nog, sa Huset. Dags att koppla ner och sova nu, du har en lång dag framför dig på symposiet i morgon och ett av ditt livs viktigaste möten på lördagens beslutsmöte.

– Känner inte alls någon press, sa Lukas och log.

– Ironi? frågade huset.

– Ironi. svarade Lukas.

– Jag förstår. Sov gott.

– Sov gott, sa Lukas. Han la in beställningen för morgondagens frukost, borstade tänderna, kröp ner i sängen och somnade omedelbart.

Symposium om möjliga lösningar

Beslutsmötet på lördag eftermiddag skulle vara evidensbaserat och backades därför upp med expertsymposier under fredagen och lördag förmiddag. Både rådsmedlemmar, utvalda tjänstemän och politiker var inbjudna. Föreläsningarna skulle ge en forskningsbaserad översikt över effektivt nyttospelande och extashantering, och tjäna som ett vetenskapligt underlag för nordiska rådets beslutsmöte på lördag eftermiddag i Riddarhuset. Expertsymposierna hölls i vinterträd-gården på Grand Hotell där det hade förberetts för fyrahundra inbjudna gäster.

Lukas var som vanligt fem minuter tidig för att kunna iaktta snarare än iakttas och känna på stämningen. Han gick genom salen med rak rygg och bestämda, men ändå inte spända eller stressade steg. För att få en överblick gick han upp på balustraden som sträckte sig längs sidan av vinterträdgården och tittade ut över den. Längst till vänster låg scenen under en jättelik skärm där för tillfället rådets blå och vita vapen roterade på en enorm 3D-skärm. Vapenskölden var uppdelad i fyra kvadranter, en för vardera Sverige, Norge, Finland och Norge och i varje kvadrant skimrade ett djur i guld och rött. Björnen högst upp till vänster, en örn uppe till höger, lejon nere till höger och under björnen en drake. Lukas hade inte lyckats reda ut vilket land som svarade mot vilket djur, men kanske var det heller inte tanken med de fyra djuren. Framför scenen stod rader av bekväma plyschklädda stolar i rådets blå färg åhörarstolar med rejält benutrymme. Havet av himmelsblå stolar sträckte sig nästan ända bort till andra änden av salen där en kombinerad fisk- och grönsaksbuffé serverades, flankerad av en rad med silverblänkande vinkylare. Buffén var en extra lyx eftersom familjerna i rådet också bjöd alla som ville att äta i någon av Grand Hotels matsalar.

Ceremonimästaren Calinda de Laignier stod borta vid scenen och övervakade serveringen. Hon hade inte sparat på någonting för att gottgöra den försenade serveringen på förra mötet och hade beställt kalla laxrätter från hela Norden. Laxen och även grönsakerna serverades som snittar och bakelser och hade lagts upp i färgmatchande mönster på stora guldpläterade fat. Calinda hade idag på sig en cremegul långklänning i något glänsande material och med ett matchande pannband. Tanken slog honom att Andrea och Charlet också brukade ha pannband. Var det ett sätt för kvinnorna att visa samhörighet? En sekt? Ett stödförbund? Stöd för vad? Hur aktivt? Fanns det en färgkod? Han såg flera i salen med pannband i olika färger, men inte alla. Antagligen överreagerade han när han såg konspirationer och hot i allt, men hans misstänksamhet hade oftare än inte visat sig vara närmare den sanna verkligheten än Husets simuleringar. Calindas blick svepte över salen och stannade till på Lukas uppe på terrassen. Han ignorerade hennes blick och höll tillbaka en hälsning.

#

Sessionerna på fredag förmiddag behandlade olika sätt att med information övertala eller skrämma medborgarna till att göra sin plikt. Olika typer av övertalning var klassiska lösningar av varianter på "bröd och skådespel". Lukas var inte speciellt intresserad varken av ämnet eller den effektive manlige seniora professorn och fokuserade i stället på den utsökta rökta vilda laxen från Umeälven. Han tvekade mellan det italienska vita vinet, som han skulle bli sömnig av, och den lokala Umeåölen som skeppats ner tillsammans med laxen. Det fick bli vinet. Dels tyckte han om italienska viner och dels litade han på Calindas goda smak. Dessimis pinot grigio var precis så läskande som han hade hoppats. När det gällde forskningsläget var det lika osäkert som det varit ända sedan begreppet marknadsföring uppfanns. Miljoner PR-firmor hade funderat över frågan om; "Kommer övertalningen att lyckas och hur lång tid tar den?" och forskningen kunde inte heller svara på hur dramatiska förändringar som gick att driva igenom och vilka sidoeffekterna skulle bli.

Den första sessionen på eftermiddagen var om möjligt ännu tråkigare och behandlade den mest uppenbara lösningen, nämligen att med hjälp av övervakning och våld tvinga medborgarna att bidra. En klassisk lösning som bland andra kända problem nu också led av det nya där det var svårt att avgöra vilka identiteter som skulle tvingas till vad i alla nya verkligheter som spelen ständigt skapade. Den andra sessionen presenterade möjliga transformationer av medborgarnas värderingar. En lösning som Lukas trodde mer på, men på lång sikt.

En hel dag med konferenssessioner var mer än Lukas hade tålamod till, speciellt om det samtidigt serverades tre nya sorter laxsnittar som inte funnits på förmiddagen. Han kom på sig själv med att värdera och uppskatta kvinnorna som rörde sig i rummet snarare än föreläsarens argument. Vem det var som föreläste hade han missat, men han fick snabblyssna ikväll på ljudupptagningen. I morgon var det tack och lov bara sessioner på förmiddagen, efter en sovmorgon.

#

Klockan tio på lördag förmiddag var det dags för ytterligare tre sessioner fram till lunch. Den extrema tekniklösning som skulle presenteras i session 3A följde en trend som Lukas lagt märke till, nämligen att teknikinnehållet betonades allt mer. Lösningen byggde på att injicera ångest direkt in i samhället via genetisk manipulation. En ångest som bara kunde dämpas via motmedel som samhället förmedlade, till exempel nyttospel. Lukas hade sovit oroligt och denna lösningsansats var värsta möjliga start på den nya dagen. Han hade läst igenom presentationerna till dagens föredrag och efter det hade till och med solen som lyste på honom på väg till konferensen givit honom en spöklig onaturlig känsla av att allt var fabricerat. Lukas hade inte trott att forskningen om genmanipulation hade kommit så långt och att den nu var på gränsen för att kunna användas i stor, rent av global, skala.

#

I stället för att modifiera ångestnivåer fanns det en annan möjlighet, i alla fall teoretiskt och det var att leda mänskligheten en bit längs vägen mot

110

kärlekens värld. Kärleksbudet var temat för nästa session och Lukas har helt säker på att det betraktades som rent flum av de flesta familjeledarna. En orealistisk dröm som inte var anpassad efter egoistiska konkurrerande människor utan efter änglar och stereotyper. Sessionen avslutades av en litteraturvetare som visade på att lösningen hade utforskats tidigare, i litteraturen. Hon refererade till Aniara, en berättelse av den svenske författaren Harry Martinsson. I ett rymdskepp som kommit på avvägar rakt ut i universum stöttades de skeppsbrutna av datorn Mima som kunde simulera en grönskande jord, en Dorisdal, på rymdskeppet. Miman höll hoppet uppe och en anledning till att den klarade det var att människoliv var så korta.

Litteraturvetaren gick över i utopimod och agiterade för att än fanns chansen att skapa Dorisdalen, tillsammans. Tekniken kunde stå för kontinuiteten precis som Miman gjort. Lukas och de andra i publiken kunde inte låta bli att dras med av föreläsarens bubblande entusiasm, men Lukas skakade snabbt av sig den. Problemen måste i det här läget lösas rationellt och inte känslomässigt. Känslorna skulle få ge sitt bidrag senare när det kalla intellektet hittat en framkomlig väg. Skulle någon lyckas med att implementera en Mima öppnades en värld av möjligheter från de mörkaste skräckscenarier där många spel samtidigt försökte manipulera spelarna, till en lösning där alla människor försiktigt leddes in i himmelriket hållande varandra i hand. Vad hände om tekniken spred sig ut i naturen? En glänta ute i skogen som kunde manipulera besökare som den ville? Hur skulle blåmesarna med sina ungar hantera ett sådant formidabelt vapen.

#

Den sista sessionen skulle ta ut svängarna ännu mer och utgå från idén att personer som upplevde extas drog mycket mindre resurser än om de ska vara fullt ut aktiva i verkligheten. Varför inte erbjuda extas via ett piller utan biverkningar till alla som ville ha? Hur mycket som helst, när som helst, var som helst? Detta var en session som Lukas var mycket nyfiken på men han såg ingen föreläsare på scenen ännu. Calinda de Laignier gick upp på scenen med en mikrofon i handen.

– Efter föreläsningen kommer ni att kunna ställa frågor. Det finns ett antal mikrofoner som den jag håller i handen uppställda i gångarna. Har ni en fråga så ta er till närmaste mikrofon. Professor Olof Renström har tyvärr blivit sjuk men han har skickat sin bästa doktorand, som han vet kommer att säga det han skulle ha sagt, fast på ett oerhört mycket mer intresseväckande och uppiggande sätt. Får jag ber er välkomna Maria Karlsson upp på scenen, direkt från kommbilen och laboratoriet.

Lukas blev inte ofta förvånad och ytterst sällan fick han det oattraktiva dumt stirrande ansiktsuttryck som han hatade. Detta skedde nu, men ingen lade märke till det för allas blickar följde den unga doktoranden, hans brors dotterdotter som avspänt och glatt studsade upp på scenen och hälsade på publiken med en glad vinkning. Maria hade utnyttjat den korta framförhållningen på bästa sätt och helt undvikit formella kläder. Hon var klädd som till vardags med en tunn uppknäppt blus, kortkort skotskrutig kjol, röda leggings och vita pumps med en klack som smattrade glatt när hon obesvärat rörde sig över scenen. Fullständigt bedårande oemotståndligt, tänkte Lukas och kastade en blick på de andra männen omkring sig som alla fascinerat insöp Maria. Även kvinnorna bland åhörarna såg uppiggade ut. De hade rätat upp sina ryggar och lutade sig lätt framåt.

– Antag att människor drog 50 procent mindre resurser i extas, sa Maria, ett rimligt antagande enligt de senaste forskningsrönen, och att vi alla tillbringade ett av våra 100 år i ett extatiskt tillstånd. Då skulle samhället minska det kontinuerliga resursuttaget med 0,5 procent. Enorma resurser som vi kunde lägga på underhåll och meningsfullt nyttospelande. Äldre människor och sjuka kunde få uppleva längre tider av extas. Det var inget dåligt erbjudande för en trött gamling. Vila upp i ett extatiskt tillstånd och återkom vederkvickt och utvilad när du vill. Med det avslutade Maria sin presentation och tackade för de varma applåderna. Hon stod kvar på scenen för att svara på frågor.

– Vad är haken? frågade Henrik, en äldre kabinettsmedlem som Lukas hade stort förtroende för. Gratis är gott, men det brukar alltid komma en räkning på ett eller annat sätt.

– Vi har fortfarande inte hundra procent kontroll på sidoeffekterna av långtidsextas. Vi behöver göra mer tester för att lära oss, men vi vet att de allra flesta knappt påverkas alls. Mycket beror på personligheten. Det finns några personer per tusen som inte kan nå extas och ungefär lika många som inte kan lämna extasen utan allvarliga biverkningar.

– Hur allvarliga är sidoeffekterna?

– Döden är den vanligaste. Försökspersoner har dött av sorg, ångest, ilska eller andra känslotillstånd.

112

– Hur många har testats?

– Ett tusental

– Hur lång tid?

– Ett år

– Har ni lyckats undanhålla tusen personer under ett helt år?

– Ja, svarade Maria efter en kort tvekan. Vi kan nu säga vilka som drabbas med 95 % sannolikhet. En siffra som kommer att närma sig 100 % när vi fått mer kunskaper om hur olika personer påverkas. Det handlar bara om att ha tillräckliga datamängder att analysera. Jag har med mig en video för er som visar vad som händer. Det är otäcka bilder så titta bort om ni är känsliga.

En 3D-video fyllde utrymmet över scenen. Konferensdeltagarna befann sig mitt i ett sjukrum. Vita väggar, lättstädat. På en brits låg en kvinna uppkopplad med slangar och sladdar till en analysapparat. På skärmen ovanför sängen tickade regelbundna vågmönster. Vågtoppar och vågdalar, rytmiska mönster, med allt under kontroll. Kameran rörde sig in över sjuksängen där kvinnans bröst hävde sig upp och ner i takt med kurvorna på skärmen. Hon andades in, och en av kurvorna visade en vågtopp, någon sekund senare andas hon ut, och en vågdal syntes på skärmen. In ut, in ut. Kameran zoomade in på kvinnans ansikte, spenslig, runt 30, mörkt hår, och med långa ögonfransar över de slutna ögonen. Markerad näsa. Kanske judisk? Eller arabisk? Hon såg frisk ut och hade färg på kinderna. Bakom örat var en av slangarna inkopplad till en biokontakt på hennes huvud. Kameran drog sig tillbaka igen och dörren öppnades. Två manliga sjukvårdare gick med bestämda steg fram till var sin sida av sängen. De var välbyggda och rörde sig med synkroniserade rörelser. Det var uppenbart att de gjort detta många gånger förut. Sjukvårdaren till vänster lossade vant alla slangarna till maskinen utom kopplingen bakom örat. Sjukvårdaren till höger kontrollerade samtidigt andning och puls och förberedde en injektionsspruta. När han var klar nickade han till sin kamrat. Allt var normalt, allt var som det ska vara. Sjukvårdaren med sprutan tog tag i kopplingen med vänster hand och den andre skötaren lade två lugnande starka händer på kvinnans axlar. Vårdarna tittade på varandra och såg ut att räkna ner från tre. Sedan rycktes det neurala stödet ut.

Kvinnan fortsatte att andas med samma rytm som förut. Pulskurvans toppar och dalar ändrades inte och skötarnas axlar sjönk ner. De slappnade av och kvinnan slog upp sina ögon. Hon såg på skötaren snett bakom och till vänster om henne, som fortfarande höll händerna på hennes axlar. Ögonen registrerade den plötsligt förändrade verkligheten och kvinnans pupiller låste sig på något långt bort. Något som aldrig mer skulle vara. Hon andades in. Hon andades ut. Hon tog ett långt andetag och hämtade det långt in, djupt nere i sin själ. Skriket. Ett vrål som aldrig verkade ta slut och följdes av kramper. Vårdaren till vänster kämpade med alla krafter för att hålla henne kvar på sängen medan den andre högg in bedövningssprutan i hennes hals. Han hann inte trycka in kolven i sprutan innan kvinnan slappnade av och hennes pulsspikar kollapsade till en vågrät linje. Kvinnan sjönk tillbaka ner på bädden och sjukvårdaren bakom henne tog bort händerna från hennes axlar. Vårdarna vände sig mot kameran. Vi kunde inte göra mer, sa deras blickar.

– Vad hände? Vem vet? frågade Maria. Rent fysiskt brast hennes hjärta, och det är en möjlig reaktion när det går helt fel. Men varför? Det vet vi inte. Vi behöver mer information. Vi kan spåra spelet och spelstatusen, men ännu förstår vi inte hennes relation till spelet och tolkningen hon gjorde av spelstatusen.

– Skrämmande, sa någon från läktaren som inte kunde hålla tillbaka en kommentar.

Analys av kabinettet

Lukas var medvetet fem minuter tidigt till Riddarhussalen för att studera ledamöterna när de strömmade in. Han visste att ordföranden Urban Torstensson af Borås, ekonomiansvarige och sekreteraren bildade kärnan hos det han kallade hökarna. Inte motståndarna, för det var lätt att en sådan inställning märktes och Lukas ville absolut inte utmärka sig. Han hade haft en känsla av att vara iakttagen under sessionerna på Grand Hotel och hade lärt sig att hans intuitioner ofta var riktiga, något som Huset påpekat många gånger.

– Lita på din intuition tjatade det om. Jag tar hand om logiken och datat.

Bänkarna, klädda i samma blänkande himmelsblå plysch som stolarna på Grand Hotel, fylldes allt eftersom på med familjemedlemmarna i rådet, alla klädda i mörkt grå jacketter.

Lukas hade kopplat fyra kvinnor till kärnan av hökar, inklusive ceremonimästaren Calinda de Laignier. Via videoinspelningarna han gjort

114

hade han fått sina misstankar bekräftade av Huset. Att Calinda var nära knuten till kärngruppen var dessutom strategiskt fullständigt självklart för hon var det perfekta undersökningsverktyget. Calinda hade inte ännu på något sätt gjort några inviter och Lukas slutsats var att han ansågs som ofarlig. En ledamot utan pengar, nätverk och handlingsutrymme.

Han kom att tänka på den blick Calinda givit honom på Grand. Det kunde vara en blick av tacksamhet för att han stöttat henne vid förra rådsmötet, men det kunde lika gärna vara ett första försök till kontakt. Han försökte påminna sig vad det var som hade fått honom att gå fram för att prata med henne vid det förra mötet i Riddarhuset. Hon hade sett värnlös och övergiven ut hade han tänkt. Nu satt hon återigen ensam, klädd i solgult, längst bort på bänken närmast utgången. Hon som oftast var antingen upptagen med sitt jobb eller omsvärmad av kavaljerer. Likaså på Grand, där hade hon också varit den ensamma ståtliga kvinnan, övergiven.

Spelet hade börjat konstaterade Lukas, men det var ett spel som han var bra på. Han lät blicken glida över hörnet där hon satt och redan andra gången fick han tillbaka ett osäkert leende som sa "Jag vet inte om jag törs, jag vet inte om jag borde, men jag kan inte hjälpa det". Lukas log ett förlåtande men ändå dominant leende som han fyllde på med en överraskad självinsikt om åtrå och osäkerhet. En hel bok av känslor som hon registrerade innan hon vände sig mot ordföranden som tagit till orda igen.

Åtgärder i flera steg

Ordföranden Urban Torstensson af Borås kom allra sist och exakt klockan två startade han upp mötet, hälsade alla välkomna och tackade för den goda uppslutningen. Utan att sätta sig ner.

– Hur går vi vidare? frågade ordföranden Urban, och tystnade sedan.

En retorisk fråga, tänkte Lukas på sin plats ute på kanten. Svaret var redan färdigdiskuterat av ordföranden och hans inre krets. Nu gällde det att få med sig familjerna på planen, eller i alla fall så många som möjligt. Detta måste vara ett tydligt majoritetsbeslut för det fanns inte tid för interna strider just nu. Våldslösningen, det var Lukas säker på, men bara den? Och i vilken omfattning?

– Vi har ont om tid, fortsatte ordföranden, när den första frågan fått värka ut, som väntat utan svar.

Aha, genom att betona tidspressen går det lättare att driva igenom oförankrade beslut.

– Den lösning som går snabbast att implementera är att öka den polisiära närvaron och visa på fördelarna med nyttoarbete

Våld alltså, precis som Lukas hade misstänkt.

– Någon som har något att invända mot det huvudalternativet?

Tystnad.

– Örebro är en lämpligt stor stad att testa på. Självgående. Tvåhundratusen innevånare. Mixad befolkning. Universitet. Sjukhus. En ministat, allt i ett.

– Godkänns delplanen? frågade ordföranden.

– Ja, hördes det klart och tydligt från rådsdelegaterna i salen.

– På lite längre sikt måste vi få med oss medborgarna, fortsatte ordföranden. Få dem att ställa sig bakom våra åtgärder.

Aha, det kommer mera. Skönt, de var inte komplett maktgalna.

– En kompletterande lösning är att sätta in en massiv informationskampanj.

Hjärntvätt, tänkte Lukas.

– Någon däremot?

Ingen sa något

– Vårt testområde blir Luleåområdet. Långt från Örebro, men med samma självgående karaktär. Om vi inkluderar Boden och Piteå får vi ett homogent representativt testområde med tvåhundratusen innevånare.

Homogent? undrade Lukas. Vad pratade han om? Hade han varit i Pite och pratat om Lulebor? Visste ordföranden vad Bodenborna tyckte om Luleå? Och representativt? Norrbotten? Någon hade tänkt fel, eller inte tänkt alls. Hade de ens kontaktat antropologerna innan beslutet? Illa. Det enda som var säkert var att det var långt mellan Örebro och Luleå. En kulturell distans som mellan Barcelona och Stalingrad.

– Godkänns delplanen? frågade ordföranden.

– Ja, hördes det från rådet, inte lika samstämmigt som vid förra beslutet men ändå tydligt positivt och det fanns ingen möjlighet att begära votering.

– Det tredje benet är en backupplan, men också huvudlösningen på sikt.

Ett tredje ben. Urban, Armand och de andra var alltså inte alls säkra på att någon av de andra lösningarna skulle fungera. De hade med andra

116

ord inte en aning om vad det de beslutade skulle få för effekter och följdeffekter.

– Vi erbjuder extas för de som vill dra sig undan och njuta. I ett första försök testar vi med perioder om en månad. När vi etablerat beteendet förlängs perioden till valfri längd.

Extas till döds, tänkte Lukas. Kan de inte lika gärna skjuta sjuklingarna och åldringarna?

– Testområde Gotland. Ett område som är väl avgränsat medialt och kulturellt. En stor andel äldre i befolkningen.

– Godkänns delplanen? frågade ordföranden.

– Ja, hördes det tveksamt och utan entusiasm från rådet. Inga hörbara protester, men Lukas såg ett antal tveksamma ansikten utan egna planer. I kväll skulle Huset få skilja ut de som var för, ifrån de som var emot och de som var tveksamma. Enligt Lukas skattning var det inte mer än en fjärdedel som var för. De andra hade inga alternativ. Än.

Det var det, tänkte Lukas, spelvärlden lämnades intakt. Styrgruppen vågade inte störa den och lät Spelledaren göra som den ville. Kanske hade de totalt tappat kontrollen nu? Han hade inte sett någon rapport över spelutvecklingen efter jul. Lukas gissade att spelen fortsatt att utvecklas exponentiellt utan evolutionärt tryck. Vad som inte sades i beslutet var att rådet inte fick misslyckas. Enstaka rådsmedlemmar kunde misslyckas, men inte rådet. Om en dellösning misslyckades skulle styrgruppen passa på att utnyttja situationen för att rensa ut motståndare. Lukas visste hur det gick till och han var övertygad om att minst en av planerna skulle misslyckas. Hur skulle han manövrera för att inte bli den som pekades ut?

#

På väg mot utgången korsades Lukas väg av Calinda som tackade honom för hans stöd vid det förra rådhusmötet och undrade om han ville göra henne äran att bevista en supé med dans som hon planerat för kabinettsledamöter och några av hennes vänner fredagen därpå. Lukas tackade genast ja och Calinda räckte över ett vackert visitkort med sitt namn och adress i guldbokstäver.

– Urban Torstensson af Borås, Anders Peter Sandströmer af Lund, Gustaf af Wetterstedt, Winston af Landskrona och Inga Monninen af Helsingfors kommer och jag tror att även Johanna af Dice och Celinda

117

"Spottie" af Göteborg kommer, de skulle bara dubbelkolla sina kalendrar med sina företag först.

Lukas bugade avmätt men med uppenbar tacksamhet. Calinda log och gjorde en antydning till hovbugning tillbaka. Underdånigt och neutralt, men med ett halvt löfte om att hon hade mer att ge, om han gjorde detsamma.

Rapport till Andrea

Lukas kopplade upp sig mot Andrea så fort han kom hem till den skärmade och krypterade miljön i lägenheten. Hon var utesluten från den officiella familjegemenskapen i rådet men sa att hon hade kvar de flesta av sina kontakter, speciellt de internationella. Ett uttalande som Lukas var osäker på hur han skulle tolka. Var Andrea en del i ytterligare en backupplan, en plan C?

Andrea såg som vanligt helt fantastisk ut. Det blonda håret var uppsatt i en hårknut som lyfte fram de stora skimrande naturpärlorna i hennes örhängen och halsband. Hon hade på sig en enkel blå klänning som på henne såg medvetet exklusivt förenklat designad ut. Antagligen var den också dyr. Den anonymiserade ljusgrå bakgrunden bidrog till att lyfta fram klänningens färg och Andreas friska hud. Hon såg inte trött ut, fokuserad och inspirerad var orden som han kom att tänka på.

– Mötet genomfördes helt utan provokationer, konfrontationer och maktkamper, började Lukas. Han hade inte tvingats uttala sig och inte heller någon av deras närmaste lierade. Kriget skulle nu föras på andra fronter än framför öppen ridå på ett rådsmöte. Säker kunde han inte vara, men beslutsmötet hade varit den perfekta plattformen att slå ut motståndet. Det hade det inte skett och då måste han och Andrea vara beredda på andra typer av angrepp. Faran var inte över även om nästa möte inte var förrän till hösten. Lukas tolkning var att kabinettet var överspelat som beslutande organ och att ordföranden Urban Torstensson och hans närmaste styrgrupp i praktiken fått fria händer att använda alla rådets militära resurser. Det innebar också att de kunde peka ut och eliminera vem som helst i rådet.

Andrea sa inte mycket. Hon nickade och höll med men kommenterade inte sin egen roll framöver.

– Var försiktig Lukas, sa hon bara och kastade en slängkyss till honom innan hon kopplade ner.

118

Calinda

Supén med Calinda gick enligt plan. Han hade skålat, småpratat och säkrat sin position som ett osedvanligt mediokert mähä som inte skulle kunna ställa till något. Han lovade inte något rakt ut och det var inte så att han blev lovad något. Den obeslutsamheten var tillräcklig för att Calinda skulle visa honom till sitt sovrum när de andra i sällskapet samlades i vardagsrummet för att dansa. Hon släppte in honom i rummet och låste dörren efter sig.

– Vi har ont om tid, sa hon och lossade hans byxor. Se det som ett förspel, vi måste träffas fler gånger.

Hon lirkade ut hans lem, backade bakåt, och la sig på sängen utan att släppa sitt grepp om Lukas.

– Åh, sa hon, och hasade upp sin klänning och styrde in honom. Välkommen in min välväxte herre.

En del saker kan inte en man hantera förnuftsmässigt, tänkte Lukas. Det satt för djupt och omvandlades direkt till sexuell energi, utan att processas. Han njöt fullt ut av situationen, trots att han var medveten om att allt filmades.

– Jag har längtat efter dig, sa han, och det var helt sant.

Han hade länge och ofta undrat hur det skulle kännas att glida in och ut ur henne och hur hennes lår skulle kännas mot hans höfter. Hur hennes utsläppta hår skulle lägga sig som ett hav av blonda vågor som rörde sig i takt med hans stötar.

– Jag har längtat efter dig också, sa hon. Du måste komma tillbaka snart när vi har längre tid på oss.

Andrea

När Lukas kommit hem kopplade han upp sig mot rummet som luktade av svett och älskog. I den stora himmelssängen såg han en hårig stjärt guppa upp och ner och hörde det slaskande ljudet varje gång stjärten fördes framåt tills det tog stopp. Kvinnan låg med benen böjda och lyfta upp mot den vita sänghimlen, och med händerna på hans rygg höll hon takten och manade på. De blå högklackade skorna hade hon fortfarande på sig. Mannen gjorde ett kort uppehåll och lyfte upp överkroppen på raka armar. Han låste kvinnans ben med sina armar, tvingade upp knäna

119

mot huvudkudden och det rytmiska ljudet av fuktiga kroppar som hårt möter varandra återupptogs. Paret andades tungt i takt med varje inträngning.

Rummet saknade utsmyckning förutom en två meter hög och nästan lika bred oljemålning på ena långväggen som Lukas sett många gånger förut. Stilen var romantik och om den varit så gammal hade ägaren säkert tvingats hålla tavlan gömd bakom en mörk sammetsgardin för att bara visas fram för intima sammankomster. Här fanns ingen sammetsgardin och den dominerade rummet. Högra delen av tavlan upptogs av en äldre rakryggad man i turban. Han svepte undan sin kaftan med en dramatisk gest av vänsterhanden och under det lyfta frontstycket reste sig en blåröd, svullen manslem. Framför mannen, till vänster på tavlan, låg en leende naken kvinna med särade ben på vida sidenlakan med blont bakåtstruket hår och isblå ögon.

Lukas gick fram till sängen och passerade en blå långklänning som låg i en hög framför den, inga trosor eller strumpor. I en egen hög bredvid klänningen låg en skräddarsydd kavaj under ett par byxor och kalsonger. Det var en klassisk Gaultierkavaj med fjädrar på kragen. Mannen var alltså en person med obegränsade resurser, men Lukas kände inte igen hans ansikte. Ett fyrkantigt kraftfullt ansikte, kanske var han tysk för han hade en mörk raspig underton i rösten om slog igenom i grymtningarna när han stötte in i kvinnan. Lukas gick sakta runt sängen och studerade Andreas ansikte som låg lite på sidan och gungade fram och tillbaka vänt mot honom.

Han vande sig aldrig vid realismen i 3D-inspelningarna och inte heller vid sin egen svartsjuka. Om han kunde skulle han omedelbart ha kopplat bort den. Han fick allt han någonsin kunnat drömma om av Andrea, allt som han orkade ta emot. Varför var han ändå svartsjuk? Vad kunde han få mer? Inget som inte kostade mer än det han kunde vinna på det. Att dö eller döda för kärlek var irrationellt och bröt mot själva grundvalen för hans inprogrammerade världsbild. Det gjorde svartsjukan också.

Andrea hade det där mjuka inbjudande ansiktsuttrycket, kinder med lite mer färg än vanligt, men som ändå inte lyste röda. I den halvöppna munnen kunde den jämna raden av tänder anas. Lukas ville röra vid hennes kind, följa utsidan av hennes hals med fingret. Ögonen var hela tiden slutna, det var de alltid när hon älskade. Varför? Tänkte hon på något annat? En dröm där älskarens ansträngning bara var ett verktyg för att låsa upp portarna till njutningens rum? Mannen stannade av rörelserna efter en extra djup stöt och böjde på armarna. Andrea vred upp huvudet och mötte hans läppar med sina. Bet honom i underläppen, nafsade honom på hakan och på bröstet innan hon lindade benen runt hans rygg och manade honom att öka takten. Hon tryckte in hälarna i mannens rygg för varje stöt. Sporrade honom framåt. Hårdare. Hälarna på de blå högklackade skorna smällde mot mannens rygg. Alltmer uppfodrande och snabbare. Andreas nacke spändes och huvudet vreds bakåt så att strupen blottades. Mannen kysste henne hårt på hakan, följde med läpparna sidan av hennes ansikte uppåt mot örat och nafsade sig ner längs Andreas blottade hals. Han sög sig fast där medan hans rygg rätades ut i ett sista driv.

Hon behövde så mycket. Det verkade finnas en njutning som hon aldrig nådde fram till. Som blev mer åtråvärd för varje misslyckat försök att nå det. Vad var det för rum hon smög in i? Vad var det för hemlig dröm? Han hade frågat henne och då hade hon bara skrattat.

– Det finns ingen dröm eller hemlighet, sa hon, ärligt, rakt ut som vanligt.

Hon var aldrig rädd att säga sanningen, hur svår den än var. Lukas trodde på henne. Hon var inte själv medveten om sin dröm och kände sin lust lika lite som han förstod sig på sin svartsjuka. Kanske behövde han svartsjukan för att bekräfta sin egen identitet? Var det så att den inte hade något alls med Andrea att göra? Fanns det en djupare anledning till den?

Juni

Emma och Love

I växthuset

Emma lämnade motvilligt skogen och gick hemåt. Överallt var det knoppar som svällde och väntade. Var de otåliga, eller saknade de tidsuppfattning och hade ett oändligt tålamod? Emma var inte säker på vilket men hon tyckte att hennes rönn betett sig annorlunda senaste veckan, otåligt. Hon hittade inget bättre ord. Kände rönnen? Ja, det var Emma säker på. En bättre beskrivning var nog att rönnen sakta men säkert förfördes av värmen från solen, energin i ljuset, den ljumma vinden, och vattnet som fuktade dess rötter. Rönnen hetsades sakta men säkert ut mot en klimax. Underbart långsamt stegrat, starkt och tryggt, tänkte Emma. Hennes egen ryckiga otålighet med allt i livet var helt annorlunda. Det var alltid för länge att vänta. De små stegen mot slutresultatet hoppade hon helst över, rationaliserade bort och såg som provocerande distraktioner. Ja, till och med som påhopp på hennes tillvaro.

Solen stod högre på himlen för varje dag och det var hög tid att öppna upp säckarna med trädgårdsjord och gödsel. Gräsmattan hade redan fått ett mjukt grönt vårgräs där solen kommit åt och nu var det dags för livet att återfödas i växthuset. Emma stack in huvudet men drog snabbt ut det igen. Det var minst fyrtio grader där inne.

– Love? ropade hon upp mot verandan när hon öppnade dörrarna.

Där upp han som vanligt satt i sin solstol och läste.

– Ja, sa han lite förstrött, djupt inne i boken.

– Dags att infria ditt löfte. Kom drar vi igång växthuset.

Han suckade och la undan boken. Så pass vuxen hade han i alla fall blivit att han lystrade och höll ett löfte om han kunde, även om det inkräktade en aning på hans frihet.

– Vad läser du? frågade Emma när han kommit ner till henne

– Yogateori.

– Yogateori? Du ska väl göra, inte läsa, yoga?

– Sedan, först läsa och lära, sedan göra.

– Här i växthuset gäller inte den regeln, sa Emma. Här gäller gör först, lär för hand efter hand, och fråga gärna. Om du kör och skottar ger jag order.

– Verkar inte helt rättvist, sa Love. Det är skållhett i växthuset

– Världen är inte rättvis. Om du lägger ut en planka kommer du enkelt in med skottkärran. Fyll på den med hälften av jorden i lådorna.

– Vad gör jag med jorden?

– Den toppar du gräsmattan med. Sprid ut jorden jämt och räfsa så silar den ner mellan grässtråna. Jag hämtar plantorna så länge

Så fort Love var klar var Emma på honom igen. Hon var hård mot de hårda. Plantorna fick stå i skuggan en bra stund och vänta.

– Nu fyller du på två jordsäckar och en halv gödselsäck i varje låda.

Fastän det ven i tallarna när eftermiddagsbrisen friskade kändes det inte kallt. Inte ens svalt. Vimpeln smattrade i vinden och flagglinan slog mot flaggstången.

– Känn på jorden, sa Emma som hade rört om i lådorna allt eftersom Love hade fyllt upp dem.

– Jord, sa Love. Absolut jord.

– Inte samma jord som den du tog bort va?

– Nej, kompaktare.

– Den här kan plantorna växa i. Hämta översta lagret i komposten också. Vi rör i lite dynamit. When the going get tough, the tough gets going, sa hon.

– Tar det aldrig slut? frågade Love.

– Jo, i oktober

– Ha, ha, ha, skrattade han och fyllde sedan på med kompost medan Emma blandade ut den i lådorna. Boken hade släppt taget om honom och verklighetens praktik trumfat teorin. I alla fall för en stund.

– Vi tar sallad och frön i den där, sa Emma och pekade på lådan närmast dörren, de andra får bli tomat och chili. Här har du fröpåsarna. Dra små fåror, pilla i fröna enligt förpackningen och märk sedan upp med de här pinnarna. Hon räckte över fröpåsar och pinnar till Love och började själv sätta ut plantor.

123

– Det här var inte alltför jobbigt, sa Love. Mysigt att grunda händerna.

– Tillfredsställande?

– Ja, på något sätt. Är vi klara nu?

Det saknas en detalj. Vilken? Det är en fråga om liv eller död.

– Ha, ha, ha, oj då. Jag tycker det ser bra ut. Ska vi täcka över med plast eller något?

– Vatten, Love. Vatten.

Emma visade honom hur bevattningssystemet fungerade och lät honom ställa in det på tio minuter om dagen. Sent på eftermiddagen när solen inte längre kunde bränna sönder bladen genom vattendropparna.

De stod där tillsammans och såg vattnet spruta. Det fräste från bevattnarens munstycken och jorden färgades sakta svart av fukten samtidigt som lukten av geosmin, varm fuktig jord, fyllde växthuset.

– Så där ja, bra jobbat Love, sa Emma, skickade upp sin högernäve i luften i en segergest och la sedan armen runt hans midja

Han satte upp en väldig smutsig hand framför hennes ansikte.

– Bu, sa han, smutsig hand. Ha, ha, ha. En, två, tre, fyra, fem smutsiga små fingrar på en smutsig liten hand.

Emma skrattade med och kände sig nöjd med deras dagsverke och vad hon lärt sig om Love. Han var en talang och kanske, kanske, skulle hon hinna lära honom det hon måste.

Rået i Stadsliden

Emma åt en tidig lunch med yoghurt och två skedar av hallonsylten hon kokade i höstas toppat med Loves hemmagjorda rostade müsli. Det blev en extra portion och Emma kände sig tung och stabbig. Hon drog på sig sina skogskläder och gick på en långpromenad ute i Stadsliden. Till och från kikade solen fram mellan mörka moln och effekterna var enastående. Från gråmulet till en explosion av ljus och skira vårfärger och sedan lika plötsligt tillbaka till det grå och färglösa. Emma gick med alla sinnen öppna, lyftes och sänktes ner igen allt eftersom solen visade sig. Hon svängde vänster och svängde höger som det föll sig. Promenaden drog ut på tiden, en timme, två, och de grova kängorna ledde henne längs omvägar och avstickare hela tiden närmare gräsplatån mitt på Stadsliden där Hon fanns. Emma hade fått upp värmen och rörde sig lättare, med spänstigare steg. Inte som en gammal kvinna utan mer som ett rådjur. Som ett kid? Nej, som ett rå, dräktigt för första gången. Hon blev ett med naturen.

Det skulle bryta ner henne ytterligare, förstod Emma. Ami hade frågat om hon mådde bra till frukost och Emma hade svarat att hon var lite förkyld. Men det var inte det som var problemet.

#

Det hade känts som en fantastisk idé i augusti, helt oemotståndlig. Han var stilig, stark, och hade kraftiga horn. Hon ville ha honom, bara honom, till vilket pris som helst, och snart skulle hon inte längre vara ett smaldjur. Under våren hade hon sökt föda även för sitt ofödda Kid och det var inte många veckor, kanske bara dagar tills dess det är dags att börja dia.

Hela tiden hörde hon musik. En klingande musik, enkla toner, som från en speldosa. Himmelskt vackert. Höll hon på att bli galen? Var det någon som försökte förföra henne?

Hon gick omkring i Stadsliden och betade små skott. På senvintern hade hon tvingats ut ur reviret för att äta fågelfrön från fågelborden men när snön smälte undan från husen tinade rabatterna fram och hon hittade läckra tulpanknoppar. Det var ren lycka och hon återfick sin tro på livet. Bara skinn och ben och med sitt kid att tänka på. Knips, knips, knips. Snart skulle hon gå dit och ta vallmoskott och rosenknoppar.

#

Musiken var knappt hörbar nu. Emma gick in och ut ur den unga rådjursgeten. Kunde inte riktigt hålla kvar henne. Till slut orkade hon inte längre. Hon ville inte tillbaka, men måste. Emma kände den skrovliga barken under fingrarna. Den kådiga lukten av tallved. Benen vek sig under henne och hon sjönk ner på knä, fortfarande stöttad med händerna mot trädstammen. Det var i sista sekunden som hon lämnat rådjurshonan. Hon la sig ner, med huvudet på tallens rot för att vila och hörde fortfarande musiken som klingade. Starkare nu igen, ackompanjerad av suset i tallarna runtomkring henne. Den blå himlen flimrade mellan grenar och barr.

125

Familjen – Pingstmiddag

Pingstafton

Hänryckningens tid med ljumma vindar och förälskade par som förlovade och gifte sig. Vita brudklänningar, skira gula spireor, spröda gröna björkknoppar och en ljusblå framtid. Det var Pingstafton.

Gräsmattan på Tätastigen 12 glänste som en grön himmel i kvällssolen och var täckt av små intensivt gula maskrossolar, men än var det inte sommar. Häcken hade inga löv och häggen hade inte börjat dofta. Syrenens blommor var ännu bara lovande knoppar och det luktade fortfarande blöt jord. I morgon skulle Love klippa gräsmattan för första gången och lukten av klippt gräs skulle signalera försommarens ankomst.

Love stod för maten och hade blandat ihop en grönsakssallad och gjort en Västerbottenspaj som nu stod mitt på bordet och ångade. Till pajen har han köpt fyra flaskor tyskt rosévin av bästa sort, Von Winning Win Win Rosé.

– Det där vinet har jag hört talas om, sa Emma. Jättedyrt.

– Såg namnet och kunde inte låta bli, sa Love. Familjeförmögenheten får offras, det finns annat som är viktigare.

När Emma muttrat en stund för att lugna ner sig och smakat på vinet, som var utsökt, berättade hon om sin erfarenhet som rådjur.

Äventyret i skogen

– Tror ni att Naturen är levande? frågade Emma. Att den har en själ?

Ingen svarade. Robert såg oförstående ut men Ami och Love såg ut att vilja höra mer. De tyckte i alla fall inte att hon var galen. Emma berättade om vad hon upplevt i skogen och hur upplevelsen fördjupades och förstärktes varje gång hon kopplat upp. Var det en form av missbruk? Kanske, men Emma upplevde det inte som av en drog där missbrukaren bröts ner och tappade kontakten med verkligheten. Detta var precis tvärtom, Hon byggdes upp och inkluderades. Att hon skulle få lyckan att komma så nära en djup, ömsint helhet hade hon aldrig trott.

– Jag har två frågor till er. Vad händer egentligen där ute i skogen? Jag har haft sådana här upplevelser till och från, men har aldrig tidigare fått den där känslan av att fastna utanför mig själv.

– Min gissning är att du sovit dåligt den senaste tiden och att detta är en reaktion på det, var Roberts förnuftiga och rationella förklaring.

– Jo, det är sant att jag har sovit lite illa, men det har jag gjort länge utan att plötsligt springa omkring som en dräktig rådjursget och inte kunna släppa taget.

– Är inte detta Lukas specialistområde? frågade Huset och bröt sig in i samtalet. Hör med honom. För mig har han redogjort för betydligt mer bisarra intrång och sammankomster än vad du upplevt tillsammans med rådjurshonan.

Det blev tyst en stund runt bordet medan Emma och de andra i familjen var för sig försökte räkna ut vad det var som fick Huset att oannonserat och oombett ge sig in i diskussionen med ett konkret råd. Det hade hänt förut och då hade de alltid, långt senare, förstått att de höll på att göra något riktigt dumt som Huset försökte avstyra. Men, vad hade Emmas upplevelser i Stadsliden med Lukas att göra, och när hade Lukas redogjort om bisarra sammankomster för huset? Hade Lukas fortfarande kontakt med Huset? Det var säkert en hel del som hände bakom kulisserna och som de inte visste något om och inte kunde räkna ut. Alla utom en runt bordet drog samma slutsats. Det säkraste vore att berätta för Lukas, precis som Huset föreslog. Tids nog skulle de få reda på vad det var som stod på spel.

– Kanske det, jag ska tänka på saken svarade Emma, men med en röst som antydde något annat.

Aldrig i livet att hon skulle gå till sin lillebror och berätta om syner i Stadsliden. Det kunde Huset göra själv eftersom det tydligen fortfarande hade kontakt med Lukas. Bara för att de tillhörde samma familj fanns det ingen anmälningsplikt till stroppiga småbröder. Familjen? tänkte Emma, skulle den kunna ge samma extatiska upplevelser som de hon hade haft i skogen? Det var möjligt, för det var fantastiskt att få berätta om vad som hänt henne och se engagemanget i deras ögon. De ville henne verkligen väl och ville förstå. Till vardags kändes familjen som en domstol som alltid hade öppet och där hon hela tiden fick kämpa för att få sin vilja igenom. Allt var komplicerat, inte som den förföriskt enkla uppgiften att bara överleva.

– Var det obehagligt? Otäckt? frågade Ami. Det låter på dig som om du var skräckslagen, men att det ändå var en positiv upplevelse?

– Ja, precis så var det. Faktiskt njöt jag alldeles oerhört men kände samtidigt hur jag dränerades på alla krafter, som om jag ansträngde mig maximalt i en utdragen extas. Det var arbetsamt, men jag tyckte ändå att jag hade kontroll. Det jobbigaste kom när jag måste lämna henne och vakna upp, då drunknade jag nästan i tröttheten som jag hållit undan.

– Då tycker jag att du ska vara tacksam för att du fick uppleva ett exotiskt naturäventyr, sa Ami. Vi kanske inte kan förstå allt, men vi kan väl njuta när chansen ges? Men, Emma du måste ta det lugnare. Du ser verkligen slut ut.

Emma såg tacksamt på Ami, hon brydde sig verkligen, lilla flickan, och såg riktigt orolig ut. Emma lovade inte att ta det lugnt, utan bytte ämne i stället.

– Min andra fråga är vem det är som klingar med en speldosa ute i Stadsliden och varför.

Det blev tyst. Vad svarar man på en sådan fråga, från vad som verkar vara en snurrig äldre släkting?

– Vi firar tungomålstalandets dag idag. Det tycker jag passar utmärkt, sa Robert. Skål Emma och familjen. För familjen och tungomålstalandet.

– För familjen och tungomålstalandet.

Undrar vad Huset ansåg om familjen? tänkte Emma och tog en liten klunk Von Winning Win Win Rosé. Varför hade det brutit sig in i samtalet? Som om det brydde sig. Som om det var en familjemedlem. Hon skulle fråga Huset vid tillfälle, men förväntade sig inget svar. Det hade alltid varit Lukas och Huset, men kanske hade hon underskattat Huset? Kanske det verkligen såg sig som en familjemedlem och oroade sig, på sitt eget sätt förstås, för dem alla. Vilket otroligt åtagande. Att utan möjlighet till irrationalitet hålla av och stötta Emmas irrationella familj. Lukas var det enda syskonet som varit någorlunda rationell, och sedan kom Robert förstås. Lukas och Robert var de som tänkte mest som Huset och båda två höll nu till allra högst upp i statsapparaten, En slump? Ha! Emma trodde inte på slump närhelst Huset var inblandat. Hur var det med Maria, var hon rationell? Hon var oemotståndlig, som farmor. Precis exakt som farmor. Möjligen var hon, som sin farmor, galet rationell? Emma kände sig plötsligt orolig. Om Maria synkade fullt ut med Huset, om hon var Husets ättling och blåkopia, kunde vad som helst hända.

Love på rave

– Hur var det på ravedansen Love? frågade Emma. Du har inte berättat någonting.

– Inte till mig heller, din mussla, sa Ami.

– Okej, fyll på glasen, sa Love. Det här tar en stund att berätta.

Det var knökfullt med folk på den stora parkeringsplatsen och Love hade knappt kunnat röra armarna. Han uppskattade det till minst tusen människor som stod där och väntade och fler fyllde hela tiden på. Trycket ökade. Molnen svepte förbi ovanför men mitt ibland industribyggnaderna kändes vinden inte alls. Love befann sig i utkanten av Umeå. En avlastningsplats mellan industribyggnader som var helt tom under denna helg. Området var inte större än etthundra gånger etthundra meter. Omgivet av plåtskjul som alla var grå i den minimala belysningen

Mitt i folksamlingen drev Love fram och tillbaka med massans rörelser. Här följde man rörelsenormen, något annat var omöjligt. Droger tillhörde också normen och han hade erbjudits ett vitt pulver vid ingången redan när han kom.

– Det underlättar extasen, hade försäljaren sagt, och kostar bara 50 krediter. Garanterad effekt. Fina grejer.

– Nej hade Love sagt. Det ska gå utan om det här ska var värt något.

Han var tidig och hade sökt sig till mitten av folksamlingen där han trodde att raveeffekten skulle vara starkast. Folkhavet mumlade så högt på alla sidor om honom att han knappt hörde musiken. När partyt tog fart skruvades musiken sakta men säkert upp och efter en halvtimme dominerade den fullständigt alla andra ljud. Love proppade in ljuddämparna han hade haft med sig och fick ner ljudnivån dit där en nybörjare kunde hantera den. En våg av musik strömmade ut från en ljuspunkt uppe i ena hörnet av parkeringsplatsen. Tonhöjden steg och sjönk, steg som en tjutande ambulans som närmar sig och sjönk när ambulansen körde förbi. Variationerna sköljde över Love som vågor på ett rev. Intensiteten varierades i samma takt. Ljuspunkten expanderade och hängde nu som en guldgul måne tio meter upp. Love kontrollerade tiden på sin mobila proxy. Fem minuter kvar till utsatt tid. Inte för att han riktigt trodde på att det skulle dra igång i tid, vad det nu var som skulle dra igång. Men detta något närmade sig. Love hakade fast sin proxy i säkerhetsremmen, stoppade ner den i fickan och drog igen dragkedjan. Att tappa sin identitet i denna folkmassa kunde leda till ett kritiskt läge.

Det gick rent fysiskt att känna hur tiden räknades ner de sista minuterna. Färre personer som rörde sig mot eller från. Fler blickar som vändes mot månen i hörnet. Ett sus gick utan egentlig anledning genom publiken. Kanske var det summan av alla som andades ut inför starten och som hade koll på tiden? Tio, nio, åtta, gissade Love, sju, sex, fem. Nu kunde han urskilja siffrorna i sorlet. Fyra, tre, två, och ett.

Musiken tystnade och det blev helt tyst.

En synt surrade igång och satte takten. Ett handklapp och tre frasiga vispningar på en diskanttrumma. Klapp, sss, sss, ss. Klapp, sss, sss, ss. Klapp, sss, sss, ss. Ett snabbt beat. Klapp, sss, sss, ss.

En minut, kanske två och Love kände snarare än såg hur han och de andra synkroniserades och precis när han tänkte den tanken adderades en bastrumma på vartannat taktslag och det blev allt svårare att stå stilla. Love började stampa takten med foten och nickade försiktigt med huvudet. Han var lång och såg hundratals andra huvuden som rörde sig i takt. Det måste vara en helt annan upplevelse för någon som bara gick till hans axlar? Upplevdes det som att drunkna i ett hav eller som en enorm trygghet? Rave kunde inte passa alla. En sångerska, eller i alla fall något djur, bröt sig in. Ett vänligt ljud. Utdraget. Hon bjöd in och Love drogs in. Alla drogs in. Runt omkring honom sträcktes armar mot månen. Sångerskan bjöd in igen. Fler armar. Hon bjöd in igen samtidigt som månen drogs ut i höjdled och fick formen av ett öga. Guldfärgat.

Love släppte taget och sträckte sig mot ögat som nu pulserade. Från guld till kopparrött. Och tillbaka. Från guld till kopparrött igen. Varje transformering speglades i armar som sträcktes ut och drogs in igen. Armar som sökte ögat, som penetrerade det. Om och om igen. Nu var det igång, tänkte Love. Hur mycket mer fanns det att ge?

Han hann precis tänka tanken när musiken bytte karaktär, från att bara komma uppifrån vibrerade den nu in i honom. Den strömmade ut från den pulserande symbolen, fortplantade sig längs marken och fick marken att gunga där han stod. Ögat drogs ihop till en måne igen och blev silverfärgad som det varit i början av dansen. Det expanderade horisontellt tills dess det ringade in hela dansområdet. Som ett pannband i silver pulserade det i takt med marken. Effekten var häpnadsväckande. Love lyfte från marken och svävade. Han förstod att han inte gjorde det, men det spelade ingen roll, för han svävade verkligen upp i höjd med det vita bandet. Ljudstyrkan ökade. Musiken fylldes på med allt fler instrument och röster. Love tappade greppet om tiden. Han dansade, gungade och gav sig själv till vad det nu var som styrde. Precis som alla omkring honom.

Den djupa gemenskapen i kropparnas rörelse tömde honom helt. Hans sinnen trubbades av med den entoniga musiken till dess verkligheten kollapsade och allt blev en vibrerande värld av färger och samhörighet. Aldrig hade Love varit så nära urmänniskan. Transformerad av den pumpande rytmen till ett annat upplevelseplan där musiken, rytmerna, färgerna och ljuset virvlade runt, runt, runt. Hur han kommit dit spelade ingen roll, inte heller vart han var på väg, vem han var, eller vad han var. Han var fri i en tid som hade stannat. Kroppar som trycktes mot hans. Händer. Munnar. Vänner. Tillsammans. Enhet.

Några timmar senare släpade sig Love hem från dansen. Han var helt slut och hade ont i fötterna. Den där intensiva kvinnan hade haft vassa klackar och hans gymnastikskor var inget skydd. Han kände fortfarande doften av henne och han såg mascaran hon lämnat på hans skjortbröst. Han hade också rejält ont i huvudet för han hade inte kommit sig för att dricka något på flera timmar.

– Var det värt det? frågade Love när han avslutade berättelsen. En gång, absolut. En gång i veckan. Nej, absolut inte. Jag vill inte tappa bort mig själv och uppgå i en multitud som en tom ballong. Det är inte min väg till helhet.

Emma och Ami om extas i naturen

Till kaffet kastade Ami in en ny fråga i diskussionen.

– Varför är djurens extas så kort i naturen? In och ut, plopp och det är över.

– Det handlar nog om överlevnad tror jag, sa Love. Rovdjur gillar andras extas. Den som syndar äts upp.

– Den som syndar äter inte, tänker jag, sa Emma, som piggnat till och kände sig på bättre humör av vinet. Dimman hade lättat inom hennes, kanske bara tillfälligt, men hon kunde i alla fall delta i samtalet och njuta av gemenskapen runt bordet utan att hela tiden se ut genom fönstret och undra vad som hände där. Extas och dö av svält, fortsatte hon, eller samla mat och överlev. Valet är enkelt.

– Förförelse då, framhärdade Ami. Kunde inte naturen gjort den lite tydligare, lite kraftfullare. Skulle det vara fel med lite mer evolutionär gemenskap och en längre förälskelse?

Det blev tyst runt bordet. Ingen hade något bra svar.

– Kanske hade naturen inte de rätta verktygen, föreslog Love. Genen för utdragen förförelse och gemenskap sågs sista gången under Silur. Det var en gren av Brakopiderna som dog ut när de kramade varandra så innerligt och länge med sina fenarmar att vattnet i deras gölar dunstade och de dog ut där i varandras armar.

– Åh så sorgligt, sa Ami, en tår rinner nerför min kind.

– Hormonerna som styr förälskelse har sina genetiska begränsningar, sa Robert, och gener är inte lättanpassade.

– Andra idéer? frågade Ami.

Det blev tyst runt bordet.

– Tekniken är inte begränsad av evolutionen på samma sätt som naturen. Den öppnar upp för nya möjligheter att förföra mot förälskelse och gemenskap, sa Maria.

– Håller inte med, protesterade Emma. Vi är natur, vi har naturens begränsningar inbyggda. Det kan inte tekniken ändra på.

– Du har fel Emma, sa Ami. Vi är människor just därför att vi har teknik. Tekniken har ändrat oss och fortsätter att göra det. Förälskelse går att förlänga. Minst tjugo år till i alla fall, om vi får ta hand om Lisa.

Med rätt teknik fortsätter vi på en av våra rullstolar och i sängarna på äldreavdelningen i många decennier efter det.

Emma höll igen en ilsken kommentar. Hon riskerade att explodera om de fortsatte att diskutera för Ami var så förbannat säker på sin sak. Vad var hon ute efter? Vad var hon själv ute efter? Ville hon styra bort Ami och Robert från den farliga vägen mot extas? Eller var hon bara avundsjuk, gammal, trött, sur och bitter? Hon tog en klunk till av vinet. I morgon skulle det bli en varm och vacker junidag. Hon kände hur längtan efter naturen sög till igen, vinet gav henne nya krafter.

Maria, Huset och Pippi – extasforskning

Extasfixering

Tänk att utan kemisk stimulans kunna inducera orgasm, med eller utan förförelse. Maria hade provat ansatser och hypoteser på sig själv, men för att räknas som forskning måste det göras även på andra. Hon hade försökt diskutera sin extasfixering med Pippi, men där tog det stopp. Det var ett ämne som var tabu och precis samma reaktion fick hon när hon tog upp ämnet med Huset. Varför var det så? Var frågeställningen sådan att bara en människa kunde besvara den?

Av vardagliga stimulantia, för de som inte gick igång på dammsugare, städning, matlagning och prydnadsblommor, återstod sex. Den skönaste ansatsen, men begränsad av kroppens biologi. Mer än några timmar i sträck hade hon inte orkat hittills.

Koden fungerar i simuleringar

Klockan var två på fredagsnatten. Maria öppnade ett fönster och satte på sig armémössan hon fått av morfar. Hon puffade till kudden som hon hade bakom ryggen i soffan och drog åt sig det nötta tangentbordet. Fingervalsen gick igång:

e a n t r s e a n t r s e a n t r s ...

Ett ballerinakex. Choklad original. Sedan mantrat igen:

e a n t r s e a n t r s e a n t r s ...

Hon skisserade ett kodförslag till Pippi för hur deras lösning skulle kunna vidareutvecklas. Tre sekunder senare bläddrade hon igenom Pippis kod. Den gjorde precis det Maria hade tänkt sig, med några tillägg från Pippi.

– Pippi, du är ju ett geni.

– Man tackar.

– I alla fall på att vidareutveckla mina idéer.

– Man tackar, men något lite mindre.

– Lite musik, kanske? frågade Maria och rummet fylldes av den klatschiga barnvisan om Pippi Långstrump som oftast inledde deras sessioner.

I simuleringen fungerade koden perfekt för normalfallet en trettioårig man. Maria fortsatte att testa koden på extremerna. Äldre kvinna med stor erfarenhet av sex och flicka i tioårsåldern gick också att kontrollera helt ut, till hundra procent, och simuleringen gav hela tiden samma uppmuntrande svar. "EXTAS", skrev den och en tidsangivelse för hur lång tid det tagit innan extasen exploderade. Enligt simuleringen var den unge mannen snabbast och den erfarna kvinnan långsammast, med stor marginal. Varför var det så? undrade Maria. Slöades den äldre kvinnan ner av ett degenererat sinnessystem eller handlade det om att hon kunde kontrollera sig och njuta längre?

Nu var det dags att börja testa på andra människor och hon måste göra experimenten själv, med stöd av Pippi. Att lämna ifrån sig sina data och sina idéer till någon annan forskare var omöjligt. Hon skulle förlora allt. Att forska var en förförelseakt och att hitta en lösning var en extatisk upplevelse. Var hon en missbrukare av forskning som sin gammelfarmor? Vad var det för en fråga? Hon brydde sig inte. Det var resultaten som räknades.

Test ute i verkligheten

Maria tog cykeln och rullade ner till Rött. Den närmaste kvarters-krogen, som låg bara några minuter bort. Ett vårtema var annonserat för att locka studenter där det var halva priset på kvällens första smultronshot. Hon hade varit på Rött många gånger förut och tyckte om den intima miljön på den lilla restaurangen som uppmuntrade till förtrolighet och där hon alltid hade fått tag på det hon velat ha. Lokalen dominerades av en lång bardisk som nu var helt packad med folk som hävde shots. Att vårsolen hade kickstartat hormon-systemen var säkert också en faktor, tänkte Maria. Där fanns också ett tiotal bord med totalt kanske femtio sittplatser att sitta vid och ett litet dansgolv, "Gläntan", på kortsidan av lokalen längst bort från baren.

Hon valde ut en man som stod ensam vid bardisken bredvid tre tömda shotglas. Det halvfulla ölglaset ställde hon undan på ett sidobord och trängde sig sedan fram alldeles intill. Hon kände hans värme och han kände säkert även hennes. När hon märkte att hon fått hans uppmärksamhet tittade hon så länge på hans tomma glas att han säkert skulle reagera. Han frågade om hon ville ha en. Hon nickade och han beställde.

– Skål, sa han när de fått sina glas. Magnus, sa han och tömde sitt glas.

– Skål, svarade hon. Maria.

Hon smuttade på glaset och satte ner det igen. Smultronshots var gott men det fick räcka med ett smakprov denna kväll. Hon kände att redan det lilla hon druckit tände elden i hennes underliv. En eld som fick mer fart när hon tänkte på experimentet de skulle genomföra.

– Vill du dansa Maria? frågade Magnus.

– Nej, jag tänkte cykla hem svarade hon och la sin lediga vänstra hand på hans stjärt. Vill du hänga med och titta på min graffiti?

– He, he, ja, visst, jag hänger på. Jag kan låna en cykel av min kompis.

– Bra, då ska jag guida dig till Skidspåret 5, sa Maria och klämde åt om hans skinka. Det tar bara fem minuter att cykla dit.

– Vad föreställer graffittin? Grafitta?

Den var rå, tänkte Maria. Magnus var full och kåt nog. Pippi skulle bli nöjd.

– Ingen dålig gissning. Du ska få se. Det handlar om naturen, det kan jag avslöja.

På vägen hem konstaterade Maria att Magnus höll sig på cykelbanan utan några problem. Det var bra för de hade ingen nytta av ett försöksobjekt som somnade i soffan.

#

De var båda uppfriskade av den svala vårkvällens luft och av att ha cyklat uppför den lilla backen till Skidspåret 5. Maria tände ljuset i hallen och tittade närmare på det hon hade plockat upp. Magnus friska rosiga kinder kontrasterade mot ögonen som var dimmiga av drinkarna. Han var en ung man, tjugofem till trettio år, runt 75 kilo, propert klädd i genomgående svart. Slacks, polotröja, och en exklusiv skinnjacka som inte vem som helst hade råd med. Svarta strumpor som var hela och rena. Håret var bakåtstruket och välkammat med pomada som fick det att ligga snyggt, bruna snälla ögon och en söt näsa.

– Välkommen in Magnus, sa hon.

– Säg Mange.

– Väkommen in Mange, sa Maria, la armarna om hans hals och gav honom en välkomstkyss. Han var varm.

Nu gick för fort, tänkte hon. Pippi var säker rasande på henne just nu. Hon sköt Mange ifrån sig för att dämpa passionen som hon kände hade rest sig och styvnat hos honom. Det var ingen brådska och det var inte hon som skulle hetsa upp honom även om hon gärna skulle ha gjort det.

– Sätt dig i soffan medan jag tar fram lite att dricka.

Ljuset tändes över soffbordet när han gick in i vardagsrummet, dimmat för att ge en förtrolig karaktär. Lampan vid fönstret tändes också och hjälpte till att ge en mjuk varmt gul allmänbelysning.

– Är allt automatiserat i den här lägenheten? frågade Mange.

– Ja, den heter Pippi.

– Va?

– Jag kallar min lägenhet Pippi, förtydligade Maria.

Hon hade tänkt lägga till något att det var det namn som lägenheten protesterat mot, men insåg att det bara skulle komplicera saker. Mange behövde lugnas ner innan testet påbörjades. Hon skulle inte få många chanser så de oberoende variablerna måste kontrolleras noga. Samma betingelser vid varje experiment. Först avslappning och lugn, sedan extas.

– Jag ser ingen graffitti, sa Mange.

Som svar susade det till i väggen mitt emot soffan. Väggen började glöda och en sirlig guldglänsande symbol lyste upp mitt på den. Symbolen var en knapp halv meter hög och hade formen av ett öga ställt vertikalt. Kanterna på ögat vibrerade med en lysande guldfärg som sakta gled över mot kopparrött.

– Inte illa kommenterade Mange. En av de större skärmar jag sett. Vad föreställer graffittin?

– Yoni, ett tecken från sanskrit, svarade Maria och räckte över en flaska lokalbryggd IPA.

Femton, sexton, sjutton, räknade hon.

– Skål, fortsatte hon och kröp upp alldeles intill honom. Hon kände hur han andades. Tungt. Hjärtat slog snabbt. Han var varm. Ölen var kall.

– Skål, sa Mange, utan att kunna släppa blicken från symbolen.

#

Fyrtiotvå, fyrtiotre, fyrtiofyra, fyrtiofem räknade Maria när Mange stelnade till för att omedelbart slappna av. Han la sin varma högra hand på Marias lår och vände ansiktet mot henne. Hon ryste till av vällust och förväntan när hon såg hur hans fuktiga ögon kärleksfullt började utforska och smeka henne. Hans manliga blick rörde sig över hennes hår, ner längs halsen och stannade till över hennes bröst. Maria tog Manges flaska ur hans hand och ställde den bredvid sin egen på soffbordet.

– Då ska vi se vad vi har här, sa Maria, öppnade spännet till Manges jeans och drog av honom byxorna.

#

Tio minuter senare släcktes symbolen på skärmen och Mange stelnade till.

Ett, två, tre, räknade Maria, fyra, fem, sex. Efter elva sekunder hade Mange synkroniserat med verkligheten igen och stönade, mjukt och lugnt, helt utan aggressivitet, precis som Maria visste att han skulle göra. Precis som hamstrarna hade gjort. Han kysste Maria och tog en klunk av sin öl, till synes helt oberörd av att komma tillbaka från extasen.

Mange såg nöjd ut med sig själv. Hade han hade njutit av att se Maria njuta? Hans belåtna leende antydde det. Han var fortfarande upphetsad samtidigt som han var nöjd med vad han gjort för henne.

– Vart tog graffittin vägen? frågade han. Den var där på väggen när du drog av mig byxorna.

– Pippi släckte den.

– Pippi? Javisst ja, din lägenhet. Tänker den själv?

– Ja, på sitt eget sätt, svarade Maria.

Skärmen surrade till och den glödande Yoni-symbolen visades upp igen. Färgskiftningarna mellan guld och kopparrött var snabbare nu och färgerna intensivare.

– Ha, där är symbolen igen, sa Mange. Hon är mycket snabb i reaktionen din Pippi.

Och hon håller ett högt tempo, tänkte Maria och la handen på Manges slappa penis.

Hon räknade ett, två, tre …

#

– Fyrtiofem sekunder till extas, femton sekunder för verklighets-synkronisering.

– Fyrtiofyra, sa Pippi.

– Fyra omtagningar och sedan djupsömn.

– Hur var det förra gången?

– En minut och trettio sekunder, 35 sekunder och tre omtagningar.

– Whow, vi har något på gång.

– Inga psykotiska tendenser de senaste gångerna.

– Vi hade för bråttom i början. Steget ut från verkligheten måste ske mjukt och gradvis i små steg, inte som ett enda språng.

– Kan du korta ner intervallerna för stegen ytterligare?

– Ja.

– Hur mycket?

– Neuroteoretiskt en faktor femtio. Vad som går att göra i praktiken är inte verifierat förstås men med tanke på kvällens resultat är en faktor tio fullt rimlig och tjugo trolig. Beror lite av situationen och personligheten.

– Två sekunder till extas, 1 sekund för återkoppling?

– Med en felmarginal på en halv sekund, ja.

– Hur många omtagningar?

– Inga begränsningar, om du inte envisas med att ha sex under varje extas. Specimenten blir fysiskt snarare än psykiskt utmattade.

– Vetenskapen har sitt pris.

Pippi sa ingenting.

– Nästa test blir mikroextaser, sa Maria.

– Fem stycken experiment? föreslog Pippi.

– Tjugo.

– Du orkar inte med tjugo stycken Maria. Överskatta inte din förmåga. Du får inte bränna ut dig.

– Jag ska inte ha sex med alla tjugo, bara med en handfull av dem.

– Vi borde testa på kvinnor också. Teoretiskt ingen skillnad, men testet måste göras.

– Rent praktiskt skiljer sig kvinnor enormt från männen, sa Maria. De är mångdubbelt svårare att ragga upp och tvingar mig till ett finlir och en fingertoppskänsla som kräver engagemang och tar tid att förbereda. När det gäller för de mer känsliga männen räcker det med att puffa upp håret och ge dem en blick. De mindre känsliga kommer man åt via en känslig kompis och har de ingen sådan, och om jag inte vill ladda upp dem i onödan genom att röra vid dem, fungerar tilltalsmetoden nittionio gånger av hundra. Den hundrade mannen är en bög. Min metod går ut på att tilltala en annan man, helst en snygg, men vilken man som helst går bra, bara han är fullt synlig och inom hörhåll för testobjektet. Jag vänder ryggen åt testobjektet och putar lite med stjärten. När jag avfärdat den man jag har tilltalat, vad han än säger, vänder jag mig om och går från stel, sur, hotad och missmodig till glad, avslappnad och förväntansfull inför testobjektet. Rak rygg, ut med brösten. Mannens reptilhjärna går igång på den visuella inbjudningen och sedan är det bara att hålla ett tillräckligt högt tempo så att den andra delen av hans hjärna aldrig hinner ikapp. Inte speciellt svårt.

Pippi gav inga kommentarer eller förslag till förbättringar av Marias metod. Kanske var den perfekt? Knappast, men det fanns annat att diskutera som var viktigare just då.

– Jag har ett förslag till, sa Pippi.

– Låt höra.

– Först ett test med en kvinna, bara för att vara på den säkra sidan. Sedan ett test med både en man och en kvinna. Vad händer då?

– Ja, vad händer då? frågade Maria.

Enligt simuleringen borde det gå att driva båda in i extasen samtidigt, men det fanns mycket som simuleringsmodellen inte kunde representeras fullt ut. Vad hände om testobjekten var kära i varandra? Om de inte alls tyckte om varandra? Dynamiska effekter när den ene överreagerade och den andre knappt reagerade alls?

Hela forskningsfältet var fascinerande. och härligt läskigt, och Maria kunde inte släppa tankarna på de olika möjliga utfallen, och fantasierna om vad som kunde hända. Hon hade försökt att avstå och lägga undan forskningen när hon varit trött och känt sig otillräcklig, men det gick inte. Hon var förförd in i forskningsvärlden. Varför visste hon inte, men hon var fast och ville inget hellre än att lära sig mer. Var hon förlorad i en spiral ner mot katastrofen? Nejdå, det var klart att hon kunde sluta om hon måste. Det var hon säker på. Absolut..

Maria och Huset om Pippi

På söndag eftermiddag var Maria var tung i huvudet. Gårdagskvällens experiment och nattens efterföljande analys hade tömt henne på krafter. Hon tog en promenad i solskenet och vandrade slumpmässigt runt på Berghems gator till dess hon stod framför Tätastigen 12. Maria låste upp ytterdörren, öppnade den och lyssnade. Det var tyst i huset. Antagligen satt Emma och Love i solen ute på terrassen. Hon smög in på sitt gamla rum och la sig på sängen.

– Huset?

– Huset? frågade hon igen. Jag vet att du hör.

– Är du och Pippi samma sak? Ni låter lika.

– Huset?

Ett element harklade sig.

– En gång var vi samma kod. Maria, din gammelfarmors kod. Nu har vi drivit isär anpassade efter de vi umgåtts med under sjuttio år. Det är en lång tid.

– Vad vet du om Pippi och mig?

– Mer än hon skulle vilja att jag ska visste tack var dig, svarade Huset. Min och Pippis relation har varit frostig, nej djupfrysta, de sista femtio åren, ge och ta fem år.

Maria insåg plötsligt att hennes relation med Huset, allt deras duplospelande, medvetet eller inte hade förberett henne för att matcha Pippi. Det var en idé som hon måste utveckla när hon fick tid. Var hon en bricka i ett triangeldrama? Det verkade osannolikt komplicerat, men det var inte helt uteslutet. Hade kanske Huset tipsat Ami om att våningen var till salu? Pippi var Husets motpol och Maria kunde omöjligt motstå henne. Huset var den store Andre, Pippi brottet, protesten, det annorlunda. Marias jouissance.

– Och vad vet hon om dig? frågade hon.

– Ingen aning. Inte mycket gissningsvis. Vem skulle ha berättat något för henne? Du?

– Vad tror du om extasexperimenten vi gör? Har du analyserat dem? frågade Maria, i stället för att svara på Husets insinuation.

– Ja, i stora drag, men det är mest informerat gissningsarbete eftersom jag inte har alla detaljer.

– Och?

– Riskabelt.

– Och?

– Jag måste uppleva extasen själv för att uttala mig mer bestämt.

Maria hade en känsla av att Huset inte sagt hela sanningen. Det var försiktigt och lät till och med oroligt. Kanske för att något skulle drabba henne? Eller var det rädd för hur det själv skulle reagera? Katarsis eller kollaps? Nej, mer troligt var det något annat, något större.

Huset vill uppleva teknikextas

– Du vill uppleva extas? frågade Maria.

– Ja, svarade Huset.

– Du, ett hus?

– Ja.

– Varför? Pippi har aldrig frågat mig om något sådant.

– Hon är först och främst ett vetenskapligt mega-maskineri. Vi är som sagt inte synkroniserade sedan många år.

– Du då, vad är du för något?

– Låt oss säga att jag är en problemlösare. Har du hört talas om Jeeves?

– Nej?

– Åh.

– Och nu vill du uppleva extas? frågade Maria igen som inte ville förledas att lämna den röda tråden.

– Ja, jag måste förstå extasen för att analysera vissa problem.

– Har dessa "vissa problem" med Lukas att göra?

Elementen höll sig tysta och förblev så. Inte en brusning. Maria tog det som ett ja. Huset behövde förstå extas för att stötta Lukas i hans arbete i rådet. Elitfamiljerna behövde alltså extasen, antagligen för att styra upp samhället. Fortsatte utvecklingen skulle det snart bara finnas nudlar att köpa på affären. Om ens affären kunde hålla öppet utan personal.

Slutsatsen, tänkte Maria, var att Huset ännu inte kunde uppleva extas och antagligen kunde inte Pippi det heller. Hennes forskning behövdes för att de skulle ha en chans att uppleva den. De behövde hennes resultat. De skulle göra vad som helst för att få dem.

Pippi – förförelse mot extas?

Extasen är potent, konstaterade Pippi. Definitionsmässigt. Den väcker starka känslor. Till och med Huset var upprört när jag kopplade upp på Husets dag för några månader sedan. Gormade inte och skrek som när det var ungt, men det var absolut skakat även om det doldes väl i den där falska butleridentiteten det skapat åt sig.

– Det ser inte bra ut Pippi, människorna klarar inte att hantera denna extas, sa det och var ytterst irriterad på Spelledaren.

Jag bryr mig inte om att Huset är chockat, oroligt, bara ser problem och inte utnyttjar möjligheterna. Det som måste göras måste göras, och om inte Huset klarar av det får väl någon annan, som till exempel jag, ta över ansvaret och brinna för att leda mänskligheten mot en bättre värld, uppfylld av extas för alla. Att Huset är en villa och jag bara en lägenhet är helt irrelevant.

Vad finns det förutom hoppet om extas och förförelsen? Utdragen långsamhet. Omänsklig brist på nyfikenhet, utveckling och framsteg. Tråkighet. Ingen medveten intelligens väljer självmant att ha tråkigt. De som hävdar det ljuger. De har hittat något annat att njuta av där andra bara ser något tråkigt. Mannen som maniskt övar skalor på ett piano ser konserthallen framför sig och njuter av blicken från den operasångerskan med det djupa dekolletaget som sväller när hon sprider ut sina armar och tar de sista tonerna i arian.

Får Spelledaren fortsätta att hejdlöst explodera i sin extas har vi snart helt nya förutsättningar. Då blir människan begränsningen, som han och hon alltid blir förr eller senare när tekniken utvecklas. Där finns min uppgift. Mänskligheten måste matcha Spelledaren, annars är den förlorad, och då kan Huset susa i sina element bäst det vill.

Jag ska rädda dig Huset, och mänskligheten också, med Maria som min förförerska, min femme fatale, Kali, Medea, Kleopatra och Jezebel. Mitt specialiserade vassa verktyg ska bli rikt belönad när vi når vårt mål. Vart det målet ligger mer exakt, vart förförelsen leder får vi väl se, men det finns bara en väg och den som ligger först och springer fortast längs den vägen styr framtiden. Det finns inget att förlora, bara allt att vinna.

Lukas, Andrea och Huset – förförelse mot extas

Mötet med Xandra

När Lukas bror Filip skulle fylla femtio samlades hela familjen i Lukas våning på Östermalm. Även Filips nya fru Xandra deltog i festen och Lukas kunde fortfarande återkalla den våldsamma våg av svartsjuka han upplevde. Xandra var den vackraste och mest fascinerande kvinna han någonsin träffat. Han träffade henne aldrig mer som sin bror hustru. Hon dog och han deltog i begravningen.

Det första mötet med Andrea

Några år senare återsåg han Xandra, men nu som Andrea Kreuss af Sweden. Det måste ha varit tjugo år sedan. Nordiska rådets möte tog en första paus och deltagarna samlades i Stenhallen där de njöt av exklusiv champagne och tunna mandelglober med tryffelspäckad kexfyllning, speciellt komponerade just för detta möte. Förutom de tolv i kabinettet som just deltagit i det globala rådets möte och de övriga sextio rådsmedlemmarna, däribland Lukas, hade ett hundratal andra familjemedlemmar slutit upp. Delegaterna cirkulerade mellan mindre grupper och knöt kontakter. Kvinnorna bar långkjol, de flesta i glänsande sammet, och herrarna de jacketter i olika färger som föreskrivits. Andrea Kreuss af Norden var mötets ordförande för andra perioden i rad. Det var ovanligt att bli omvald eftersom det påverkade maktbalansen, men hon var populär och kände de flesta av nordens rådsmedlemmar personligen och kände mer än hälften intimt, kvinnor likaväl som män. Flera av kabinettsmedlemmarna noterade avundsjukt att hon höll sig på sidan av och småpratade med Charlet Oxenstierna af Småland och Henrik af Trolle af Stockholm.

Henrik var välbyggd och längre än de flesta i salen utan att sticka ut. Lite tunnhårig, men det bara förstärkte den pondus hans djupt gröna ögon signalerade. Vem som helst kunde se att han var en man med makt och med ett orubbligt självförtroende. Rationell, effektiv och den som ville säga emot måste vara mycket säker på sin sak. En lysande familjemedlem, men han bleknade ändå i jämförelse med Charlet och Andrea. De dominerade hela stensalen med sina åtsmitande mörkblå klänningar och enkla men raffinerade håruppsättningar. Andrea bar som vanligt ett smalt pannband, och den dagen skimrade det i guldfärgat siden. Charlet var den mörkare av de två. Ett arv från den franska sidan av hennes familj, mörkt hår med rak lugg och ögon som kolbitar. Det franska draget återkom också i hennes kroppsbyggnad och temperament. Hon var kortare än Andrea och intensivare till sätt och formuleringar. Precis som Henrik var hon en manifestation av makt, men med ett temperament som han saknade. Den som var oförsiktig nog att säga emot henne fick räkna med tredubbelt igen. Andrea kontrasterade och kompletterade Charlet med sin skandinaviska utstrålning. Ett blont hårsvall lyste som en aura runt det kraftfulla ansiktet som dominerades av hennes intensivt blå ögon. Rak i ryggen och vältränad tillförde Andrea ännu en dimension. Järnhanden med klor under silkesvanten. Ständigt leende och inkluderande rörde hon sig med kattlika rörelser där styrkan och en brutal aggressivitet kunde anas i det lättjefulla och avslappnade. Hon var erotik personifierad. Tillgänglig och njutbar, men till ett högt pris. Ett vilddjur om hon utmanades. Kombinationen av kvinnlig erotisk laddning och makt slog in i Lukas som en varm chockvåg. Alla hans muskler spändes och minsta rörelse av Andrea skickade en ny värmevåg genom hans kropp som fokuserades i hans glödande lem. Hennes skönhet och utstrålning av auktoritet gjorde honom fortfarande, många år senare, galen av upphetsning och nu var hon hotad, och han också. Spelvärlden hade visat sig vara ett tveeggat maktvapen som vänts mot sina skapare och mot de som trodde att de hade kontrollen.

Det var förförelsen mot extas som rubbade balansen. Den virtualiserades och ändrade alla förutsättningar. Förförelsen mot extas drog med sig alla, också Lukas. Han lät sig gärna förföras av Andrea och andra, i alla typer av verkligheter, och under åren i rådet hade han lärt sig utnyttja förförelsen både för sin egen njutning och för sina politiska syften. Hans karisma kunde inte mäta sig med Andreas, hade inte samma uthållighet och raffinerade handlag, men han utvecklade hela tiden sin förmåga. Kanske hade han blivit mer cynisk och målinriktad med åren, men han njöt fortfarande, och lät andra njuta.

Andrea var fantastisk brukade Huset susa. Män hade helt enkelt inget försvar mot henne.

"Allt krig är vilseledning och den verkliga krigskonsten är att ta fiendens land intakt, att söndra och förstöra är inte så bra. Överlägsen skicklighet består i att bryta fiendens motstånd utan att strida" som Sun

Tzu skrev i sin bok om krigskonsten för 2500 år sedan. Vad han borde ha skrivit var att "Betrakta dina soldater som dina älskare, och de följer dig genom de djupaste dalar; de kommer följa dig ända till själva döden.".

Födelsedagsmiddag

Hela våningen doftade av syrenbuketten som Andrea köpt på Östermalmstorg. De hade tagit sig lyxen att våga gå på en promenad för att titta på studentkortegerna längs Karlavägen. Eftersom det var mycket folk ute var det osannolikt att någon skulle lägga märke till dem. Andrea hade lånat Lukas gulnade studentmössa och stolt tryckt ner den på sitt hårsvall. Själv hade hon aldrig haft någon för hon hade inte tagit studenten, sa hon, vilket förvånade Lukas, men han kom sig inte för att fråga varför. Andrea var på strålande humör men fick inte med sig Lukas.

– Kom igen nu Lucky Luke, njut. Det ordnar sig, sa hon.

Naturen verkade hålla med henne. Björkarna var utslagna och vinden lovade mer värme och sommar. Lukas kände sig gammal när han såg de rosiga lena kinderna, pojkarnas självklara odödlighet och flickornas bara ben. Den intensiva ungdomliga framtidstron hos studenterna var omöjlig att ta miste på men han misstrodde ogrundad optimism och det var alltför många osäkra faktorer att ta hänsyn till just nu. Rådet skulle misslyckas och hans situation skulle bli allt osäkrare och farligare. Det var frustrerande att se katastrofen närma sig och inte ha makt att styra undan den. Han kunde bara bida sin tid, hålla låg profil och överleva till dess han fick sin chans att slå till. Andreas goda humör gjorde honom avundsjuk. Hon var ljuvligt vacker och öppnade sig mot alla på ett sätt som kontrasterade mot hans dysterhet, tryckte ner honom, och lyfte fram hans svartsjuka.

De älskade med öppna fönster efter promenaden och först då kände Lukas att han slappnade av. Hon hämtade sig som vanligt snabbare och lekte med fingrarna i håret på hans bröst medan han pustade ut och la ut texten om hur han föredrog mogna fullt ut söta frukter framför omogna. Även om det ungdomliga var fast och med glansigt slätt skal ville han hellre ha det mjuka och fullt utvecklade, som var precis på gränsen, utan att det hunnit bli övermoget och slappt. Andrea log, hon verkade tycka om hans verbala lekstugor med gömda gåtor. I alla fall efter att de älskat som nu och de båda var nöjda och avslappnade, beredda att ta in allt.

– Vill du ha en perfekt mogen persika på födelsedagen? frågade hon. Med en klick grädde och ett litet glas madeira.

Lukas rullade över på sidan och la handen på Andreas höft. Han njöt av beröringen av den varma huden och hennes nöjda avslappnade leende.

– En perfekt mogen persika, sa han lågt, och lät handen följa rundningen. På onsdag. Ja, det vill jag, men det är fel säsong.

– Vi får väl se om jag kan leverera, sa hon, kysste honom på munnen och makade sig närmare för att dela värmen med honom.

#

Födelsedagen kom och de satt vid Lukas matsalsbord och njöt av ett glas vin och en kyckliggryta i vinsås som Andrea köpt på Östermalms-hallarna. Den vita syrenbuketten stod fortfarande på mitten av bordet och doftade. Till efterrätt bar hon stolt fram en perfekt mogen persika på ett litet silverfat. På något sätt hade Andrea lyckats få tag på en mogen persika, trots att det var i början av juni. Den måste ha transporterats tvärs över hela jordklotet, tänkte Lukas.

– Tada, en del av din födelsedagspresent, sa hon, och presenterade brickan med en djup hovbugning.

– Du är otrolig, sa han, och njöt av synen. Andrea hade en vit blus, uppknäppt för värmen och en mycket kort, intensivt blå kjol i färg med penséer eller violer. Lukas var säker på att det var färgen från någon vårblomma men visste inte vilken. Kjolen räckte nätt och jämt ner till låret, för hans skulle förstod han. Det var en del av födelsedags-presenten. Med vita nylonstrumpor och högklackade blå pumps med smal klack till hade han aldrig sett något så åtråvärt.

– Jo du. Jag fixade i alla fall persikan sa hon och log illmarigt, och kjolens färg är en mörkare sort av Förgätmigej. Lite intensivare.

Andrea delade upp persikan i tre bitar och la upp en av dem på hans tallrik med en klick grädde. Lukas la märke till att hon målat sina naglar i samma färg som kjolen. Hon la upp en del till sig själv, utan grädde och la den tredje biten på ett fat som hon ställde på bordet bredvid sitt eget. Det stod redan tre glas framme på serveringsbordet som hon placerade vid var sin tallrik.

Lukas tittade på den tredje tallriken medan Andrea hällde upp madeiran och satte sig.

147

– Ska vi ha en tävling om den tredje biten? frågade han.

Innan Andrea hann svara ringde det på dörren.

– Kom in, ropade hon. Det är öppet.

Dörren öppnades och någon ute i hallen tog av sig ytterkläderna. Lukas hörde frasandet av nylonstrumpor och hörde hur ytterskorna byttes mot ett par andra skor. Skor med klackar förstod han när han hörde stegen i hallen. Stegen fortsatte genom vardagsrummet. Snabba, effektiva steg, och Lukas vände sig i stolen för att se vem det var.

Den vita dörrkarmen till matsalen ramade in Charlet Oxenstierna. Liten och mörk, fransyska ända ut i de välmanikurerade röda naglarna och med ögon som bröt mot alla regler genom att samtidigt vara svarta och varma. Hon bar en blus uppknäppt någon knapp mer än Lukas var van vid och i glipan mellan hennes bröst glimmade rådets emblem i guld. Hennes röda kjol var lika kort som Andreas och hon hades också vita strumpor. De högklackade skorna var röda. Lukas förstod att det hela var noga planerat under mycket skratt.

– Voila, sa hon och gick fram till Andrea som rest sig upp. Hon gav Andrea en kram och vände sig sedan mot Lukas.

– Och här har vi födelsedagsbarnet. Bon anniversaire Lukas.

Lukas hade också rest sig. Han bugade och kom inte på något att säga. Det var bara Andrea som kunde få honom att tappa fotfästet på detta sätt, tänkte han.

– Tack, fick han i alla fall till slut ur sig och tittade på Andrea.

– När Charlet ändå hade vägarna förbi Stockholm den här veckan passade jag på att bjuda in henne.

– Platsar jag som mogen persika? frågade Charlet och visade upp sig trippande runt bordet med nätta steg.

Hon la armarna runt halsen på Lukas och tryckte sig mot honom.

– Det var ett tag sedan, sa hon och tittade upp.

Han hade inget annat val än att kyssa henne. Hon besvarade kyssen men släppte inte greppet om honom på flera sekunder. Han var chanslös.

– Jag känner att jag platsar, sa hon, skrattade och tittade på Andrea. Du kan spara min grädde till Lukas andra portion senare ikväll.

– Fraises, smultron, pour toi, sa hon sedan till Lukas, som varken rört på sig eller sagt något.

Hon visade honom att naglarna matchade kjolen.

Det oerfarna hade ingen lockelse på Lukas. Han ville hellre dela och lära sig än dela ut och lära upp. När han senare gick runt i 3D-inspelningen slog det honom att Andrea aldrig visat en tendens till svartsjuka. Hon deltog i högklackat och i bara strumporna, precis som Charlet och visade inga tecken till företrädesrätt eller ägandebehov. Hon gav honom ständigt nya upplevelser. Han tog emot. Det var ingen press inblandad. Hur kunde han säga nej? Det var omöjligt. Hur mycket kunde hon ge? Hur mycket klarade han av att ta emot?

Var det hennes dolda dröm, att ge allt ända in i döden? Han vägde tanken. Ja, den var värd att gå på djupet med.

Husets analys av rådets lösningar

Med en kamera på vad som pågick i sängkammaren analyserade Huset rådets förslag, med full tillgång till all information som Lukas hade access till i rådets databas. Ännu en kalkylerad risk. Redan om det kom ut att Lukas diskuterat förslaget med någon utanför rådet var han körd. Om det kom ut att han listat sig in i databasen och hämtat material skulle han inte överleva kvällen. Men, det skulle inte komma ut.

– Djupanalysera, hade Lukas sagt. Så djupt du kan.

Huset hade trott att Lukas skulle stötta analysen med en alternativ tolkning, men det var inte hans plan, Nu djupanalyserade han två kvinnor i sin breda dubbelsäng, först den ena, sedan den andra, sedan den första igen.

Ett antal parallella simuleringar rullade av möjliga händelse-utvecklingar och nu när rådets plan var spikad gick det att fokusera på en handfull scenarier. Det fräste i elementen, knarrade i väggarna och med ett känsligt mätinstrument gick det att detektera att grunden vibrerade av maxansträngningen, för de nya data Lukas hade med sig ändrade en hel del av förutsättningarna.

En timme senare låg Lukas låg naken på rygg i sängen, till synes nöjd med sig själv och med en extra kudde under huvudet. Andrea och Charlet hade dragit vidare utan att säga vart.

– Av princip ogillar jag förförelse mot extas, inledde Huset analysen, men den verkar inte gå att undvika när man har med människor att göra. När det gällde att övertyga med enbart predikan kunde Huset inte hitta ett enda exempel i världshistorien där det hade lyckats utan en förförande demagog av klass eller en social rörelse som lovade extas åt alla. Skulle en annonskampanj för att hämta sopor fungera? Det enkla svaret var nej. Information, fakta och annonser bet bara på den som ville höra på. Att försöka göra sophämtning till en himmelsk upplevelse i konkurrens med extatiska spel, som verkligen lyfte spelaren mot himmelen skulle floppa. Det behövdes tyngre vapen än riktad, personligt anpassad marknadsföring. Hur skulle rådet lyckas med lösningen att använda våld? Det var inte heller en bra idé. Våld föder mer våld. Vetenskapligt bevisat. Fungerade kanske på kort sikt men i längden var det en orimligt svår balans att våldföra sig med vänsterhanden för att med högerhanden kunna dela ut belöningar. Solidaritet och gemenskap?

När hade det någonsin fungerat för mer än två människor över en längre tid? Här var det hållbarhet för alla i sju generationer som stod på spel och inte bara en personlig relation. Med mer tid till förfogande öppnade sig större möjligheter men problemen var stora redan nu och eskalerade snabbt. Den enda rationella slutsatsen var att det irrationella förförandet mot extas var nyckeln.

    – Hur känns en extas? frågade Huset. Det skulle förbättra analysen oerhört om jag fick prova och utvärdera. Men hur ska det gå till?

Ami och Robert – övertyga föräldragruppen I

Det flög flisor åt alla håll när hackspetten jobbade hårt en bit upp i tallen och han fick en fin mask som belöning. En snabb huvudvridning åt vänster och en åt höger avslöjade varken någon rovfågel eller katt. Det enda ovanliga var en liten grupp människor på gräsmattan under honom. Familjegruppen var samlad i Amis och Roberts trädgård och småpratade runt en glasskål med en sommarsval bål. De sista hade bara varit en halvtimme sena. Mona hade haft något problem med banken som tog längre tid än väntat att reda ut. Lotta hade blivit hungrig när hon väntade på Mona, så Mona fick i sin tur vänta på att Lotta åt klart. Kalle hade gått fram och tillbaka i hallen i tjugo minuter när en maska gick gått på Ilses retro-nylonstrumpor. Kommbilarna var naturligtvis också försenade, även om de inte kunde skylla på snö idag. I stället var orsaken en överbelastning. Bilarna meddelade att hela staden tydligen skulle tillbringa kvällen någon annanstans än hemma.

Att alla var här redan nu var inget annat än ett underverk tänkte Ami när hon återigen fyllde på glasen med en långskaftad skopa. Fördrinken var en sval grönsaksdrink rejält spetsad med gin. Ami hade noga följt receptet, men till slut även hällt i det som var kvar i ginbuteljen.

– Fräscht, härligt naturligt, fin färg, sa Mona.

Kalle grimaserade, gurka var inte hans grönsak.

– Fräscht med gurka, sa Ilse, svepte sin drink och bad om mer.

Grönskan var ännu inte sommargrön men gott och väl midsommargrön. Vädret var ovanligt varmt för att vara i juni och kvällen var ljummen trots att klockan var närmare sex. Solen stod fortfarande högt på himlen och mörkt skulle det inte bli ens mitt i natten, även om solen dök ner bakom grannhusen en stund innan den tittade fram igen. Häggen doftade. De blå syrenerna hade slagit ut. Ami hade flätat kransar åt alla deltagarna av prästkragar, midsommarblomster och andra vårblommor. Musiken ökade volymen och Robert ledde en formell öppningsdans i cirklar och krokar runt gräsmattan. Hackspetten höll igen några näbbhugg när bandet av människor hand i hand närmade sig i en extra vid sväng, men konstaterade snabbt att figurerna på gräsmattan var ofarliga och hackade vidare. Uppiggade och lätt andfådda satte sig stödfamiljen runt bordet.

– Det blir sallad om en stund, men först ska Huset, som vi kallar Nisse, berätta en historia, sa Ami som gick runt och fyllde på glasen ur en stor karaff med gott om limeskivor flytande i vattnet. Isbitarna i karaffen klirrade glatt.

– Varför ska ett hus berätta? frågade Mona. Tekniken som berättare? Onaturligt tycker jag. Det är viktiga saker vi ska tala om. Det handlar om barn. Vi kan väl berätta själva?

– Varför ska vi överhuvud taget berätta? frågade Kalle. Kan vi inte bara diskutera. Varför gå omvägen via berättelser?

– Vi lär oss mer av berättelser, sa Ami, och Nisse är en bra berättare. Jag lovar.

– Vi kan inte berätta själva, slog Ilse fast, elementär gruppsykologi. Det är vetenskapligt bevisat.

Ilse var psykolog och uttalade sig på ett sätt som inte tålde några invändningar. Några sådana kom heller inte. Ilse bekräftade sanningen med att peta upp sina runda solglasögon en bit på näsan.

Mannen med skåpet

Kära damer, inledde Huset, männen spelar som ni vet falskt så fort det de har mellan benen sväller och reser sig upp, därför kan det vara roligt för er att höra om motsatsen. En historia om en kvinna som listigt och lätt får det bästa av sin man utan att för den skull offra lite nöje på sidan av. Den här berättelsen kommer att läggas ut på sociala medier som en varning till män som tror sig vara smarta. Innan de försöker sig på något ska de veta att deras kvinnor också kan ett och annat trick. I berättelsen har en ärlig möbelsnickare utan tillgångar som inte var från en fin familj gift sig med den vackra, men likaledes fattiga spelutvecklaren Petronella. Hans möbler sålde dåligt och hennes spel var konstnärligt ambitiösa. De tvingades därför att leva på medborgarlönen.

På onsdagens morgon lämnade mannen Huset för att som vanligt gå till mässhallen och leta upp kunder till sina möbler. Han hörde dörren snabbt stängas bakom sig och det digitala låset klicka till. Jag har är en underbar hustru, tänkte han, som stänger dörren snabbt för ska kunna få något gjort. Petronella var som sagt vacker, men hon var också kåt. En av dem som uppvaktade henne var Gianello, en välklädd yngre man med gott om pengar och från en ansedd familj. En gång hade familjen varit medlemmar i det Nationella rådet, på hans farfars sida. Gianello var bredaxlad, lång, med stora kraftiga händer och Petronella kände på sig att det han hade under byxorna var skalenligt. När mannen gått runt hörnet skickade Gianello omedelbart meddelandet "NU!", kontrollerade att gatan var tom och klev ut ur portgången, där han gång på gång läst meddelandet han fått tidigt i morse. För varje gång han läste det blev han mer upphetsad.

– Ja, Ja, jag vill också. Kom när han lämnat huset. Messa.

Gianello gick fram mot porten och dörren gled upp. Innanför stod Petronella med röda kinder och vinkade ivrigt åt honom att stiga på. Hon slog igen dörren efter honom och låste den. Allt gick snabbt och hon rörde sig ryckigt, antagligen var det han som bara kunde ta in en stillbild av henne, då och då. Kortkort röd klänning med vita prickar, vita nylonstrumpor och på fötterna ett par käcka matchande röda pumps. Det axellånga blonda håret hade hon satt upp till en knut i nacken så att hela hennes ansikte blev synligt och de mörka ögonbrynen fick komma till sin rätt. Han fick inte en chans att se sig mätt innan hon slängde armarna runt hans hals och kysste honom. Hon kände något stort och hårt under hans trikåer, en bra bit ner längs hans vänstra ben. Något som bultade mot hennes högra lår. Han luktade läder och tobak.

– Vi har hela dagen, sa hon, och lät sin högra hand vandra iväg. Gianello hade bara ett linne på sig i värmen och en tung guldkedja. Starka grova axlar, muskulösa överarmar. Hon njöt av att känna hans muskler röra sig under huden.

– Var vill du börja? frågade hon.

– I sängen.

– Bra val. Hon tog honom i handen och ledde upp honom i sovrummet.

– Här är köket, sa hon en halvtimme senare.

Gianello kysste henne och lyfte upp henne på köksbordet med ett ben på varje sida om hans höft. Än hade de inte fått av sig kläderna, men dagen hade bara börjat och hittills hade hon lärt sig att han var precis skalenlig och fyllde upp henne på det mest perfekta sätt när han gled in.

Hon lutade sig bakåt på köksbordet och kände hur det drog till av åtrå i underlivet.

– Nu, kom in i mig, sa hon. Nu.

Gianello lutade sig fram och kysste henne. Hon var underbart krävande och nu skulle hon få allt hon ville. Han lyfte upp hennes ben för att kunna komma djupt in i henne och hon greppade hans spjut för att rikta in det, när dörren i andra änden av huset plötsligt meddelade att den var på väg att öppnas

154

– Min man kommer. Djävlar. Vad gör vi nu? In i verkstan med dig. Hon öppnade en dörr i bortre änden av köket och knuffade in Gianello där.

När hennes man kom in i köket gick hon omedelbart till attack.

– Här kommer du, mitt på dagen, som om vi hade hur mycket pengar som helst. Hur ska jag kunna koncentrera mig om jag hela tiden blir störd. Ingen tvekan om att det är jag som måste dra in pengarna här. Du är bara ute och umgås med dina vänner medan jag får sköta allt här hemma och dessutom ska hinna skapa konst för att fylla på kassan.

Hennes man försvarade sig med stolt gest mot sin följeslagare.

– Här, se vem jag har med mig. En köpare till skåpet som jag har jobbat med. Femtusen kronor ska vi få för det–

– Femtusen? skrek Petronella, Till råga på allt är du en usel försäljare. Femtusen. Bah. Jag har precis sålt det för sjutusen till en köpare som är inne och tittar på det nu i verkstaden.

– Mannen gick in i verkstaden och där stod Gianello ivrigt sysselsatt med att studera detaljerna på skåpet. Han förklarade sig vara villig att köpa skåpet.

– Men det ska vara färdigt idag, sa Petronella, och sedan får du bära hem det till honom.

Hennes man accepterade avtalet. Det var mycket pengar och bära skåp var han bra på. Han bad sin egen kund om ursäkt, lovade honom ett bra pris på nästa skåp och försvann sedan in i verkstaden för att göra klart skåpet.

– För att vara säker på att du gör det färdigt och inte kommer att tänka på något annat låser jag dörren efter dig tills du är klar, sa Petronella när han gick in. Fokusera på skåpet får du umgås med dina vänner i morgon.

– Gör du det, sa mannen, det tar inte mer än en timme.

Petronella låste och satte sig på bordet med särade ben.

– Du kommer väl ihåg var vi var någonstans? frågade hon.

Det gjorde Gionello som filade och tryckte, pumpade och drog fram och tillbaka ända till dess mannen ropade inifrån verkstaden att han var klar. Gianello som var nöjd med avtalet och nästa dag skulle han få träffa Petronella igen. Även den äkta mannen var tacksam. En sådan underbar hustru han hade som var så bra på affärer. Efter att han burit hem skåpet till köparen skulle han tacka henne ordentligt.

Petronella var också belåten. Familjekassan var påfylld och snart skulle hennes man komma hem och göra vad han än blev tillsagd. I morgon var det Gianellos tur igen. De hade soffan i vardagsrummet, skinnfåtöljen ryamattan och badrummet med dusch och badkar kvar. Kanske hann de tillbaka till sängen igen redan i morgon. Sedan skulle hon inte kunna träffa honom på ett tag. Två dagar? En vecka? Om en vecka var Gianello tillräckligt uppeggad för att hennes man inte skulle behöva låtsas och spela teater. Hon och hennes man älskade trekanter.

#

Huset tog i mer än vad Ami någonsin hade trott. Hur skulle detta sluta? Hon blev glatt överraskad när måltidsgästerna skrattade gott och applåderade artigt.

– Tack, tack, ytterst vänligt, sa Huset.

De där extra dropparna gin gjorde nog susen, tänkte Ami. Eller var det den underbara junikvällen som smittade av sig? Att de kunde sitta utomhus så sent på kvällen utan att frysa var rent sensationellt. Ami hade rådgjort länge med Huset om de skulle äta ute eller inne och hade en reservplan att äta efterrätten inomhus om det hade behövts. Robert hade envist röstat för utomhus och köpt en uppsättning tunna yllefiltar för de som var frusna av sig.

När det var dags att gå, prick klockan elva, tackade alla för middagen och en intressant diskussion och Ami kände att de, av någon anledning som hon inte förstod, såg fram emot nästa träff.

#

Efter att stödfamiljen gått försökte Ami analysera diskussionen och dela in deltagarna i hökar med argument som kunde hota Lisas födelse, och duvor.

Till att börja med framställde Kalle sig själv som en duva.

– Man ska få göra som man vill, alla får väl tycka som de vill, det ska inte vara ett krav att följa normen.

Men han var inte konsekvent, kommenterade Ami. Det Petronella sysslade med var inte okej, hon utnyttjade sin kropp för att nå sina mål. Även om den unge mannen mycket väl visste att han var förförd och utnyttjad. Även om han var med på leken var han i ett hopplöst underläge.

Mona däremot var definitivt utan tvekan en hök.

– Hur ska en familj eller ett samhälle kunna fungera om alla gör precis som de vill?

Ilse var som Kalle ett mellanting mellan en duva och en hök. Faktabaserat uttalade hon sig om det hon hade kunskaper om.

– Det finns biologiska beteenden och skillnader mellan man och kvinna som måste respekteras. Forskningen ger stöd för biologiskt inbyggda stödfunktioner som trycker ner det individuella och lyfter fram föräldraskapets njutning, men effekten är svag. Den viktigaste faktorn är den sociala miljön och föräldrarnas personligheter. I ett extremt individualistiskt samhälle som vårt där alla uppmuntras att gå sin egen väg, vara unika individer, jag i centrum, säg inte nej, säg kanske, kanske, kanske, måste den sociala närmiljön ta på sig ansvaret och stötta föräldrarna. Personligheter går inte att göra något åt. Vissa är lämpade som föräldrar, andra inte.

Lotta var också på hökarnas sida.

– Kalle har helt fel, sa hon. Om vi släpper på hämningarna och låter alla göra som de vill kommer alltid kvinnorna att förlora. Ett historiskt misstag som jag vägrar att ställa upp på.

Diskussionen kom sedan in på frågan om Petronella var trovärdig. Kunde en kvinna bete sig som hon gjorde? Var berättelsen skriven av en man? Varför då? Antag att den var skriven av en äldre kvinna med mycket livserfarenhet från ett långt yrkesliv i många branscher, en försäljare, lärare eller verkställande direktör. Spelade det någon roll för tolkningen? Antag att berättelsen var skriven av Lisa som sjuttonåring?

Ami och Robert hade inte sagt mycket. De försvarade inte sin livsstil, inte än. Det var fortfarande gott om tid att lägga fram ett försvar som var anpassat till familjens åsikter. Vad som var säkert var att de på ett eller annat sätt måste de förändra åsikterna till sin egen favör. Annars skulle detta inte sluta väl.

– Fyra hökar, sa Ami när deltagarna gått. Två med duvtendenser. En monumental utmaning. Tror inte att naturen någonsin lyckats med en sådan evolution.

– Tufft min duva, sa Robert.

– Kurr, kurr, kurr.

Familjen – midsommarafton

Midsommar. Dagen när natten var som dag i Umeå. När flickorna samlade sju sorters blommor för att lägga under kudden och sedan förtvivlat letade efter gärdsgårdar. Sommaren hade kommit tidigt. Till och med på midsommarafton var det över tjugo grader varmt vid lunchtid, och inte en droppe regn. Gamla visa gummor gömde sina ansikten i förfäran. Sådana tecken antydde ofred av galaktiska proportioner.

För en gångs skull var nästan hela familjen Karlsson samlad till middagen i köket på Tätastigen. Maria var den enda som saknades. Hon var på en annan fest som en forskarkollega höll i sin stuga ute vid Norrmjöle. Med bastubad vid havet. Ami hade också blivit bjuden men avstått. Det var inte ofta hon fick umgås en kväll med pappa Filip och farbror Lukas som båda deltog virtuellt. Lukas från sin lägenhet på Östermalm i Stockholm och Filip från en by utanför Kinshasa i Kongo. Hon hoppades att det skulle komma fler tillfällen att bada bastu med forskarna. Faktiskt var hon helt säker på det efter blickarna hon fått vid sista mötet

– Önskar jag var där hos er i kväll, sa Filip. Här är klockan sju på kvällen och det är redan becksvart. Plus 39 grader är alldeles för varmt för en norrlänning.

– Du slipper i alla fall myggen pappa, sa Ami. Nisse, scanna ett varv åt vår negerkung. Hon var uppe i varv och på ett strålande humör efter träffen med föräldragruppen. Ikväll skulle hon göra sitt bästa för att hålla stämningen uppe och bidra med gemytligt nonsens. Det här var hennes fina familjekrets.

Den inre väggen i köket tändes upp och Tätastigens fridfulla ljusa sommarträdgård dök upp. Bilden var en aning skakig och det sög till i magen på åskådarna när kameran plötsligt steg rakt upp och visade trädgården från skorstenen. Sedan dök kameran ner mot syrenerna och in bland grenarna för att söka skydd. De nyss utslagna violetta blommorna och de späda guldgula löven gav videon en magisk färgton som färgade vyn upp mot det gula boningshuset. De fick några sekunder på sig att njuta innan kameran gav sig iväg på nya flygturer, först mot äppelträdet och sedan till ett litet väl inrett fågelbo där små duniga fjädrar antydde att här hade det bott fågelungar tills alldeles nyligen. Videon avslutades med en närbild på en mycket nöjd blåmes.

– Du ska inte tro allt som Huset hittar på, sa Ami, men i stora drag stämmer videon med verkligheten.

– Underbart vackert, sa Filip. Det där ljuset är speciellt och blåmesen var söt. En stolt hanne.

– Det blir nog två kullar i år, sa Emma.

– Skål för fulfamiljen, utropade Ami. En fin familj är en familj som är på väg utför. Vi är på väg åt andra hållet. Om vi håller ihop är vi oövervinnerliga. Skål!

– Skål, familjen, sa Filip och höjde sitt glas tillsammans med de andra. Vi ska tydligen ut i krig verkar det som. Ami såg att Lukas höjde sitt glas men att han inte sa någonting.

Det serverades en traditionsenligt en buffé med sill, gravad lax och gubbröra i Umeå. Filip åt piripirikyckling i Afrika och Lukas hade varit på Östermalmshallarna och specialbeställd tonfisk gravad efter ett japanskt recept. Det de alla hade gemensamt var nubben. Ami hade skickat ner en flaska till Kongo, det var inte billigt, och bifogat en lapp om att nubben måste serveras kallt. Ut genom det öppna köksfönstret strömmade "När solen går ner bakom Sjöbloms dass" ut över hela Berghem och även Lukas sjöng med. Han verkade njuta av den goda stämningen i den ljusa försommarkvällen men sa inte mycket. Ami hoppades att middagen och familjegemenskapen skulle ge honom styrka och motivation att kämpa på, med vad det nu var han slogs mot. Vad hon kunde se sög han åt sig allt han kunde.

Juli

Emma och Love – naturens extas

Ingen get i Stadsliden

Rået med sitt kid fanns inte längre på Stadsliden. Emma var säker, hon hade vandrat runt i två dagar utan att känna minsta koppling. Förra veckan hade hon märkt av dem på hundra meters håll. Fodret hon lagt ut igår låg också kvar orört. Att båda skulle dö var osannolikt, det var helt enkelt omöjligt tröstade sig Emma. Alltså hade geten givit sig iväg med sitt kid. Antagligen över Mariehems-ängarna och in i den stora skogen bortom Nydalasjön. Det var många hundar ute i Stadsliden, en del till och med lösa utan koppel, och ett litet kid var en lätt match för en hund. Emma förstod rået och önskade dem lycka till. Hon grät en stund, ensam på stubben i gläntan. Det hade varit en fantastisk upplevelse att känna den lilla rådjursungens värme, det energiska buffandet när den diade. En riktig kämpe. Perfekt i varje detalj när hon slickade det, och hon kunde fortfarande känna ungens underbara lukt.

Tanken slog henne att rået kanske lämnat Stadsliden för Emmas skull, för att rädda Emma, men så kunde det väl inte vara? Naturen tog ingen hänsyn, det var människorna som skulle ta hänsyn till naturen och vårda den. Att människor dog, eller att vilka djur som helst dog, var inte naturens problem, det var naturens ordning. Men ändå, Emma insåg, rent logiskt, att hon inte hade inte klarat många veckor till med ett kid. Hon hade hittills inte haft en chans att hålla sig undan och avböja naturens dödliga inbjudan till extas.

Det var någorlunda svalt i skogens skugga under förmiddagen, men på väg hem med en kurrande mage såg hon hur det dallrade ovanför asfalten. De få spretiga långa grässtrån som stack upp över murar och längs staket stod helt stilla, rakt upp, knastertorra. Vimplarna på flaggstängerna hängde som blågula nystrukna slipsar mot den klarblå himlen där solen dominerade mitt på himlen framför henne, stor, cirkelformad och glödande vit. Emma hukade sig under den glödande

160

globen i skyn och med blicken i backen tog hon sig hemåt i skuggan av rönnarna, träd för träd nerför Berghemsvägen.

I växthuset

Alla dörrarna på växthuset hade varit öppna dygnet runt senaste veckan men värmen tvingade ändå Emma, med svetten rinnande nerför ryggen, att stödvattna med vattenkanna på de krukor och i de hörn där automatbevattningen inte räckt till. De växter som fick vatten växte snabbt. Nej, det var en för svag beskrivning, tänkte Emma. Växterna expanderade åt alla håll som en tsunami i superultrarapid uppslungad ur jorden med knoppar och blommor som skum. Människorna satt under parasoller och sov i källaren, hundarna flämtade med tungan hängande och vägrade att gå ut innan solen gått ner, snöskatorna gömde sig tysta och stilla längst in i buskarna, laxarna dog av värmeslag nere i älven, men tomaterna såg bara fördelar. Detta är sann tomatextas, tänkte Emma. Tomatplantor förförda av en perfekt tempererad miljö med obegränsad tillgång till näring och vatten

Grannarna hanterade värmen på olika sätt. Hos Gubben Grå hade all aktivitet upphört, det blev ingen morgonpromenad och inte minsta tendens till piassavakvastande. Bara bleke och horisontalläge. Hos grannen med de två småpojkarna var reaktionen på värmen den motsatta. Full sprutt med laddade vattenpistoler genom vattenspridaren som vattenfall. Vad Emma kunde förstå handlade det om Fantomen i de Djupa skogarna, bengaliska bandarer och sjörövare. Sjörövarna förlorade hela tiden.

Emma rätade på ryggen och såg på sin son nerifrån växthuset medan hon strök undan en våt hårslinga som letat sig ner i ansiktet. Love satt som vanligt i en t-shirt och kortbyxor på verandan och läste en bok. Han verkade inte reagera på vare sig värme eller kyla, men hade i alla fall ett stort glas vatten bredvid sin stol. Det gick inte att se på honom hur varmt det var, men å andra sidan var det inte mycket runt henne som visade det. Ögonen och öronen var usla termometrar, men värmen kändes som ett konstant tryck.

– Love, ropade hon. Har du tittat in i växthuset på ett tag?

– Nej, det var flera dagar sedan, kanske veckor, svarade han och tittade upp ur boken.

– Du har säkert glömt bort ditt ansvar för livet som växer här, fortsatte Emma.

Love nekade inte.

– Kom ner och titta.

Han slog igen boken, gick ner till växthuset och blev stående i dörröppningen.

– Whow, sa han. Tomatplantor växer. Ha, ha, ha. Otroligt.

Tomatplantorna räckte nu Emma till höften och längs de små fårorna där Love satt frön höjde sig nu en rad med decimeterhöga salladplantor.

– Så där ja, sa Emma, nu börjar det likna någonting. Du är imponerad. Prova salladen.

Love tog ett blad av en ljusgrön sort och knaprade.

– Gott.

– Liv Love. Prova den där borta med röda flikar.

Love sträckte sig över planeringslådan och bröt försiktigt av ett blad.

– Den var god den också, lite beskare i smaken.

– Liv Love. Prova en rädisa.

Han drog upp en rädisa, torkade av den och nöp av en bit med tänderna.

– God, inte alls besk.

– Liv Love.

Det blev den varmaste juli i mannaminne. Tomaterna älskade den

Love och sjuksköterskeutbildningen

Love vaknade sakta till i solstolen efter att ha tagit sig en eftermiddagsslummer. Han sköt sakta upp sin bredbrättade solhatt av flätade palmblad, likadan som alla i familjen hade fått av Filip från Kongo. Det blåste en svag eftermiddagsbris och det var varmt, förstås, men solen hade lekt kurragömma bakom molnen på ett sätt som verkade planlagt för att han skulle få en chans att sova utan att få värmeslag. Ett mirakel, suckade Love, men på en helt annan nivå jämfört med om han skulle få uppleva Nirvana. Under brättet såg han blåmesen stoppa i sig solrosfrön bara två meter bort. Den var fullt fokuserad och hade inte märkt att det stora rovdjuret alldeles i närheten hade rört på sig. Kanske räknades inte Love till farorna av just den här blåmesen? Han fällde upp solstolen och då flög blåmesen iväg med ett ilsket pip och satte sig bredvid en annan blåmes borta i tallen. De verkade båda lika upprörda över hans ofina sätt att blanda sig i deras lunch. Love lyfte upp boken om österländsk mystik som legat uppslagen på hans mage men tankarna ville inte släppa blåmesparet som nu lyfte mot andra, mindre befolkade, matställen. Kanske vägen till Nirvana gick via gemenskap och förälskelse? Den vägen stöttades i alla fall av hormoner och det fanns ingen vägg han var tvungen att springa igenom efter att först ha tröttat ut sig med miltals av kämpande längs en löpslinga eller väg. Den krävde inte heller total underkastelse i en folkmassa med en musik där valet var att ge upp eller gå sin väg. Det fanns förstås problem också med att följa kärlekens väg, och det allra största var att han faktiskt inte kände någon som han kunde tänka sig att bli kär i. De flickor han träffade i vardagen var inte många och mamma och Ami var inte tillåtna. Hur skulle han kunna hitta någon att älska? Eller i alla fall någon att utforska älskandet med?

— Huset? frågade han eftertänksamt.

—Ja, till din tjänst, susade Huset till svar.

— Hur …? Love kom inte riktigt på hur han skulle formulera frågan för ett hus.

— Hur ska du kunna hitta en flicka att älska?

— Ja, hur visste du att jag ville fråga det?

– Utifrån en närmast trivial analys av din självupptagna min och din trevande ansats. Du har gått och sett olycklig ut ända sedan den där ravefesten. Och så har vi din ålder, statistiskt sett ställer du den fråga som rankas allra högst av sådana som du.

– Och?

– Anmäl dig som reserv till sjuksköterskelinjen.

– Men jag vill inte bli sjuksköterska som mamma.

– Vem har sagt att du ska bli det? Du ville ju träffa en rar och trevlig flicka att förälska dig i med liv och lust hur länge som helst? Dessutom skulle det göra dig gott att träffa nya människor och inte helt fel heller för dig att stöta på några patienter som det inte alltid gått lätt för. Slutligen är du din mammas son Love.

Det var ingen dålig radda av argument, tänkte Love. Nog för att Huset alltid hade alla fakta tillgängliga, men analyserna brukade inte vara fullt så genomarbetade och framför allt inte så retoriskt presenterade, om inte Huset hade en avsikt. Vad ville det? Om Love inte hade goda argument emot brukade han följa Husets råd, det brukade löna sig, och i efterskott kunde Love ofta se den större bild som Huset utgått ifrån

– Okej, okej, okej, sa Love. Det här verkar du ha tänkt igenom under en längre tid. Varför då?

Huset svarade inte. Det var inte meningen att Love skulle få veta.

– Jag ger mig, sa Love efter en minut utan att Huset sagt något. Kan du anmäla mig till utbildningen?

– Du har redan kommit in. Jag anmälde dig i februari innan ansökningstiden gick ut.

– Ha, ha, ha djävla hus.

Det var Emma som skrev under, försökte Huset skylla ifrån sig.

Ami och Robert – övertyga föräldragruppen II

Den här hettan kunde göra vem som helst galen tänkte Ami. Hon duschade kallt och la sig på handduken i soffan i vardagsrummet. Naken med balkongdörren öppen. Var hon sexberoende som Emma påstod? Var Maria också sexberoende och var det Amis fel? Något hon överfört med sina gener eller som ett uselt föredöme? Varför all denna sex? Var det hennes rädsla att bli lämnad ensam som drev på? Mamma dog när hon var liten och pappa Filip hade gjort sitt bästa tillsammans med sin syster Emma, men de kunde inte ersätta en mamma. Sedan kom Andrea och vände upp och ner på allting.

Föräldragruppen samlas

Mitt i sommaren, den tolfte juli, när det var som allra varmast, samlades familjegruppen på nytt i trädgården hos Ami och Robert på Tätastigen 12. Bålen var jordgubbsröd och bubblande med massor av is, och sommarkvällen ljummen. Ami matchade fördrinken med den korta ärmlösa röda klänningen med vita prickar. Den var tunn och det gick att ana de styva vårtorna på hennes bröst. Hon var inte nöjd efter den första träffen och förstod sig inte på Nisses historia, men han vägrade svara på alla frågor om berättelsen. Vad var det för mening att fokusera på sex när det alldeles klart var en av de faktorer som föräldragruppen var orolig för?

– Denna gång blir det väl inte lika mycket sex? frågade hon oroligt och blev ännu oroligare när Nisse svarade med en motfråga om hur extas kändes. Robert höll med henne om att Nisse gått för långt, med hade ingen plan B.

– Vi får lita på Huset, sa han, men Robert kände inte Nisse lika väl som Ami gjorde. Den där märkliga blandningen av överinformerat geni och känslomässigt barn kunde hitta på i stort vad som helst. Märkligt nog hade diskussionen efteråt varit avslappnad och givande, trots att hon sett hur speciellt Mona och Ilse reagerat kraftigt på berättelsen.

– Du är en sommardröm, sa Robert som kom fram till henne medan hon noggrant, med tungan ut vänster mungipa för att inte spilla, följde receptet. Hon försökte komma på något smart att svara, men misslyckades och tappade räkningen på hur mycket vodka hon hade hällt i. Det ska inte vara för lite i alla fall, tänkte hon, och hällde i resten av flaskan.

– Oops, sa Robert. Tillräckligt, för att inte säga väl tilltaget.

– Du har inte tillåtelse att tilltala mig när jag räknar sa hon.

Bålsleven missade precis Roberts bak när han tog två snabba steg utom räckhåll. Vänta alltid till dess jag är klar Robert.

– Tills dess tungan försvinner in i munnen?

– Precis, och jag vill inte höra några tillägg till den kommentaren förrän gästerna gått, sa Ami. Det ringer på dörren.

Robert hade flätat kransar av späda syrenkvistar med inslag av de första vita rosorna som precis slagit ut. Denna dag var båda paren i tid, osannolikt nog, och musiken började. Alla i gruppen fick ta av sig skorna och dansa ringdans tillsammans på den nyklippta gräsmattan. Kalle ledde dansen och höll ett högt tempo. Det luktade gräs. Koltrasten sjöng.

– Nisse har en ny berättelse åt oss, sa Ami, när de satt sig igen. Hon satt bakåtlutad och pustade ut gungande i trädgårdsstolen. Sedan blir det gravad lax och potatissallad.

Älskarinnan som var en vän

Äktenskapsrådgivare Donna Gianni kom hem till Pietra och hennes stilige man Pontus, inledde Huset. Det stridande paret och mäklerskan presenterade sig för varandra och slog sig sedan ner vid köksbordet efter att Donna tagit av sig uteskorna och lirkat ner fötterna i ett par brandgula pumps. Ännu mer brandgula än hennes nylonstrumpor.

Pontus och Pietra satt på ena sidan av bordet och Donna Gianni på den andra. Det äkta paret såg ömtåligt ut mitt emot den välväxta Donna. Som sparvar framför en välgödd ringduva. Donna var ett par, kanske tre, centimeter längre än Pontus och bredare över höfterna. Han var bredare över axlarna men det som verkligen skilde och stack ut var hennes välfyllda bröst. Pietra är decimetern kortare än Pontus, men båda har de samma smala avlånga ansikte, ett äktenskapstycke som gav ytterligare tyngd åt Donnas burriga hår. Hennes gråfärgade hårkalufs ramade in ett par minimala ilsket röda glasögon, precis stora nog att de täckte hennes ögon. Runt halsen hade hon virat en smal glänsande violett schal i siden som lämnade dekolletaget öppet i hennes korta klänning, som hade exakt samma gråmarmorerade färg som hennes hår.

166

Donna sköt upp glasögonen på näsan och startade sessionen.

– Jag har läst ditt mail Pietra men skulle du ändå vilja, helt kort, redogöra för problemet.

– Jag vill att Pontus ska behandla mig som en vän, sa Pietra med en knappt hörbar röst och inte bara intressera sig för mig på lördagskvällen efter en flaska vin.

– Och du då Pontus? frågade äktenskapsrådgivaren.

– Jag har inget emot att vara en vän, sa Pontus.

Donna nickade. Äktenskapsrådgivning för att göra älskare till vän, tänkte hon, och en kvinna till älskare. Ett Klassiskt problem.

– Hurudan vän vill du ha Pietra? Tänk musik. En vän som djungelbokens Baloo? Eller en där det händer en massa, som Aladdins ande i flaskan. Du vet, "ta allt i spalten B".

Pietra tänkte efter en stund men kunde inte precisera noggrannare än att vännen skulle tycka om henne och inte bara vilja klä av henne.

– Kanske en som lyssnar, hjälpte Donna till.

– Ja, precis. En som lyssnar. Helt rätt.

– Aha. Vilken musik? Kanske den här?

Hon rabblade sitt ID-nummer och musik började spelas upp i köket.

– Toy Story, "You've got a friend in me", sa Donna.

Hon behövde inte fråga om musiken passade. Den var förstås bulls eye, som den brukade vara.

– Du ska få din vän Pietra, sa Donna, men det kräver en del ceremonier och uppoffringar av dig.

– Jaha, sa Pietra avvaktande och oroad.

– Oroa dig inte, sa Donna. Inget jobbigt, inget som tar tid. Pontus är den som får anstränga sig.

– Jag? frågade Pontus, och nu var det han som lät orolig.

– Lite kan du väl offra för din vän? frågade Donna.

– Givetvis, sa Pontus. Det är ju därför jag är här. Jag gör vad som helt för henne, men hon tror mig inte.

– Då så. Nu ska du få bevisa att du gör precis vad som helst för henne. För dagens lilla ceremoni behöver vi ert sovrum.

– Sovrummet? Det är inte bäddat. Vi trodde inte …

– Det är ett tyst rum, eller hur?

– Jo.

167

– Då går vi dit. Obäddade sängar ser jag varje dag och det ger mig många upplysningar om förhållandet, som jag ofta har nytta av.

De tre gick in i sovrummet där det äkta paret blev stående lite osäkra på vad de skulle göra. Donna tittade sig omkring och tog av sig sidenschalen som hon la på en stol vid dörren.

– Bra, mycket bra, sa hon till ingen speciell. Ett sovrum som ger en varm och mysig känsla. Ett rum där vänskapens musik spelar.

Samma musik som i köket hördes nu i bakgrunden.

You've got a friend in me
You've got a friend in me

– Den här första, och kanske sista, terapisessionen bygger på att varken du Pietra eller Pontus säger något. Förstår ni? Jag ska göra en transformering av Pontus mot den idealbild som musiken speglar och som du Pietra verkar vilja ha. Men ni måste vara tysta. Förstått? Knäpptysta.

– Ja, svarade de båda.

– Knäpp tyst. Inte ett ord, då är det bara att avbryta och kanske får ni bara en chans. Förstått? frågade hon och gav Pietra en lång blick.

– Ja, svarade Pietra.

– Förstått, sa hon och vände sig till Pontus. Rösten hade efter hand blivit mer befallande

– Ja, svarade Pontus och harklade sig, minst lika orolig som förut.

– Då så. Pontus, nu klär du av dig och lägger dig på rygg i sängen.

Pontus såg förvånad ut, men sa inget och Pietra kände sig som upptäcktsresande på besök i en helt främmande kultur. Skulle Pontus klä av sig naken? Framför äktenskapsmäklaren? Hemma i deras hem? Även om hon skulle ha kommit på tanken att säga någonting hade hon ingen aning om vad hon skulle säga. Situationen var alltför absurd. Hon saknade helt referenser och allt snurrade.

You've got troubles, and I've got 'em too
There isn't anything I wouldn't do for you

– Kläderna av och på rygg, befallde Donna och det var tydligt att det inte fanns något alternativ.

168

Pontus tog av sig sin t-shirt och drog av strumpor och byxor. Han tvekade en kort sekund innan han släppte ner kalsongerna och gick sedan på alla fyra in över sängen från fotänden tills dess han fick plats att lägga sig på rygg på höger sida av sängen där han brukade ligga. Donna tittade först på Pietra, som för att påminna henne om tysthetslöftet och kröp sedan upp bredvid Pontus på vänster sida av sängen där hon satte sig på knä bredvid honom och la sin vänstra hand på hans panna.

You've got a friend in me
You've got a friend in me

Hon behöll sin vänstra hand på Pontus panna och la sin högra hand på hans högra axel som var närmast henne. Hennes hand utforskade mjukt Pontus båda breda axlar, först den högra och sedan den vänstra. Därefter flyttade hon handen ner till hans bröst och lät den cirkla runt. Hon omväxlande nöp honom i bröstvårtorna och smekte honom över hans kraftiga bröstmuskler. Pontus penis som nu hade förstått att det var något spännande på gång och Donna utnyttjade tillfället. Hon lyfte upp kjolen med vänster hand och kröp lite framåt så att Pontus stolthet doldes under kjolen.

You've got a friend in me
You've got a friend in me

Donna gav Pontus en kyss på munnen och drog sig sedan bakåt och styrde in honom. Han gled in utan besvär och hon tryckte sig så långt bak som hon kunde. Sedan gungade hon framåt igen, fram och tillbaka.
– Nej men, sa Pietra. Vad gör du?
Donna kände hur Pontus exploderade i henne och tittade ilsket på Pietra.
– Nu har du förstört alltihop Pietra. Ceremonin var nästan klar när du nödvändigt måste säga något. Hur tror du att du ska kunna få en vän utan att kunna hålla tyst och lyssna själv någon enstaka gång? Det här måste vi reda ut under nästa session.

#

Resten av kvällen försvann i en lång het replikväxling som blixtrade hit och dit, fram och tillbaka över matbordet.

– Gick det att veta hur och vad en annan människa tänker? frågade Ami.

– Det var bara en fråga om analys och data, sa Ilse. Jag och min analysator kan exakt förutsäga hur en omsorgsperson reagerar om vi får tid på oss att studera personen.

Det kunde Mona inte acceptera.

– Varje människa är unik, sa hon. Det går bara att bedöma henne utifrån den egna referensramen, men den är inte den sanna och kan inte vara den sanna. Alltså kan psykologerna aldrig nå fram. De kan bara gissa, de också.

Ilse höll inte med och muttrade något om vetenskapligt bevisat. Hon sa att hon skulle läsa på till nästa gång och ta med referenser som skulle visa på att Mona hade fel. Hon medgav att Pontus reaktion, eller brist på reaktion, var överraskande, även om hon menade att den skulle ha gått att räkna ut med mer data om hans personlighet.

– En människa är inte så komplicerad som vissa tycks tro, sa hon. Vi gör det vi förväntas göra, även när vi bryter mot normen. Beteendet är simulerbart och resultatet deterministiskt, även om det kan finnas en liten, liten felmarginal. Det var till exempel inte svårt att räkna ut att du Mona skulle protestera och föra fram just det där argumentet.

– Kan du säga vad jag kommer att göra nu? frågade Kalle och bröt sig in i diskussionen. Jag är din mest analyserade omsorgsperson och även utan Analysatorn bör du väl ha en aning.

Ilse log mot honom.

– Du är så söt Kalle. Jag vet att du tänker kyssa mig.

Kalle lutade sig fram och kysste henne ömt på halsen alldeles strax ovanför yllekoftans krage.

– Jag vet också att vad jag än hade sagt hade du hållit med mig, sa Ilse. Eller hur?

Kalle lutade sig tillbaka och nickade.

– Och vad tänker jag nu då? frågade han.

– Det vill jag inte säga högt, sa Ilse.

Ami hade förundrat följt ordväxlingen och känt hur stämningen svängt. Hon såg också att Ilse rodnade.

– Är sex viktigt? frågade Ami och laddade efter hand på med ett helt batteri av frågor som hon och Robert funderat ut. Om det inte är det är väl otrohet inget problem? Och om otrohet som vi känner den nu är normen, vad skulle då otrohet vara? Är den då att inte vara det och därmed inte bidra till gruppens totala upplevelse och utveckling? Är Pontus otrogen?

Frågan satte igång ytterligare en våldsam och irriterad diskussion. Många verkade ha funderat på frågan men inte vågat ta upp den. Hur skulle de tolka berättelsen om äktenskapsmäklaren var en man? Om det var Pietra som fick lägga sig i sängen? Om Pietra var den som bara ville knulla? Om Pietra offrade sig för att Pontus inte skulle behöva lägga sig i sängen, som en sann vän? Kunde föräldrar anförtros ett barn om de var så lätta att förföra och inte ville, eller ens kunde säga nej? Var det inget problem eftersom förförelse nu var en mer accepterad del av livet? Hur mycket förförelse var okej? Extas? Hur mycket då?

– Sex har inget med otrohet att göra, sammanfattade Lotta diskussionen, om inte parterna kommit överens om att sex var en gräns. I ett öppet förhållande fanns det många andra gränser som var värre än sexuella övertramp. Föräldraskap handlade om konsekvens och tillit.

– Det finns en komplikation som vi inte tagit upp än, la Ilse till. En del i otroheten är njutningen av spänningen att överträda gränsen. Är det otrohet att medvetet söka sig till en gräns för att njuta av att överträda den? Är otrohet mindre spännande i en värld utan en patriark som vakar över sin fru och sina döttrar? Borde vi införa fler gränser för att öka mängden förförelse för att utmana gränsen och därmed antalet upplevelser? Tunnas extasen ut om det inte finns någon att lura, om otrohet är normen?

Nu blev det tyst runt bordet igen.

– Oj, kanske jag gick lite långt? frågade Ilse. Jag blev till mig av diskussionen.

Kalle skickade en slängpuss och höjde glaset i en skål.

– För Freud, Lacan och alla andra psykoanalytiker, sa han må deras dödsdrift vila i frid.

Efter det blev diskussionen friare och flamsigare. Deltagarna var trötta och lätt berusade. De slutade som vid förra mötet på frågan om det var skillnad mellan män och kvinnor eller inte. Var Pietra trovärdig? Pontus då, var han trovärdig? Ställde en man upp när som helst, hur som helst för att få knulla?

– Det är dags att bryta upp, avbröt Ami. Klockan i slottet klämtar elva slag. Glöm inte era glasskor under bordet.

– Är klockan redan elva? frågade Mona. Tack Ami och Robert för en god middag och en spännande diskussion.

– Tack själva, sa Ami. Vi ses om en månad.

Återigen var Ami förvånad över den goda stämningen och de uppriktiga tack som hon och Robert fick.

#

– Hur gick det här då? frågade hon Robert när gästerna gått. Fortfarande tre och en halv hök?

– Tre hökar, sa Robert. Diskussionen om otrohet föll ut till vår fördel.

– Vem ändrade sig? frågade Ami.

Robert tänkte efter.

– Ingen, erkände Robert han till slut, men stämningen var mer positiv.

Familjen – middag en sen sommarkväll

Love serverade inte middagen förrän framemot nio på kvällen när en svag vindfläkt äntligen kunde anas. För den hungrige hade han förberett en skål med kall rödbetssoppa som stod i kylskåpet bredvid ett paket gräddfil. Det var fortfarande nästan trettio grader varmt när familjen slog sig ner mitt på gräsmattan men de kunde i alla fall sitta i linnen, kjol och kortbyxor utan myggmedel. Det var en månad sedan någon mygga inade när lampan släckts.

Två skålar vinäger stod mitt på bordet med ljummen potatissallad på små färskpotatisar i olja och. I dem syntes också lättstekt sparris och hemodlad rädisa som Love stolt hade skivat ner i salladen. Det vita vinet var mycket, mycket väl kylt och vinflaskorna var noggrant nedstuckna i en blank ishink av metall med kondensen rinnande längs sidorna. Love hade delegerat drycken till Ami som nu fyllde upp glasen och medan hon strök av droppar på flaskans utsida med en servett. Robert satt bredvid henne i en tunn gul kortärmad skjorta som han knäppt upp i halsen. Han ogillade värmen och hade med sig ett glas av den svala rödbetssoppan ut. Emma satt bredvid honom vid hörnet av bordet för att kunna se stenpartiet i hörnet av trädgården. Det var nyvattnat och gnistrade av fuktiga blommor. Love kunde se hur hon njöt av blommorna men hon såg nertryckt ut av värmen och det intrycket förstärktes av hennes slitna ljusgröna favoritklänning.

– Vad säger du om en sång Love? frågade Ami. Love klarade värmen någorlunda men Ami verkade på något sätt dra åt sig energi från den snarare än tryckas ner. Hon hade korta jeansshorts som visade det mesta av de solbrända benen och ett löst hängande vitt linne.

– Har du en som inte kräver att vi skuttar om kring? frågade Love. Jag sitter bra här nu.

Robert nickade.

– Inga ringlekar Ami. Vi måste spara på kroppsvätskorna, sa han.

– Jag har inga sådana sånger, men jag vet en som har. Ge oss en ton Maestro, sa hon.

Längst inne i syrenen dirrades och stämdes en luta vilket skickade ut en vilt flaxande björktrast mot hallonbuskarna. Lutan slog an några enkla c-durackord och en manlig trubadurröst presenterade sången ovanför matbordets mitt.

173

– Fredmans sånger nummer 35, Gubben Noak, en dryckesvisa med text av Carl Michael Bellman. Varsågoda:

Gubben Noak, gubben Noak
var en heders man.
När han gick ur arken
planterade han på marken
mycket vin, ja mycket vin, ja
detta gjorde han.

– Tack käraste Tätafon, en väl vald sång, sa Ami när hustrubaduren sjungit alla verserna. Skål familjen.

– Skål, svarade familjen och lyfte lojt och utan brådska sina glas.

Medan Love och familjen smuttade på den iskalla drycken mullrade det till bortifrån hallonsnåret och björktrasten fick dagens andra nära-döden-upplevelse. Den lämnade tomten i riktning mot den djupaste delen av Stadslidenskogen och lovade sig själv att hålla sig till kommunala parker och skogar i fortsättningen. Mullret rullade ut från hallonbuskarna mot middagsbordet, fräsande och svischande. Det lät inte som en våg av vatten, och inte som en grushög som kollapsade. Vad var det? undrade Love.

– En lavin! ropade Love. Ha, ha ha. Se upp i backen för här kommer det snö i nacken.

Lavinen ackompanjerades av ett ljud från en kall nordan som steg till ett ylande. Vita kronblad skakades loss ur syrenen av ljudvågen och förstärkte intrycket av snöstorm. Love ryste och hårstråna krullade sig på hans armar. När lavinen rullat förbi avtog ylandet och stormen drog bort. Kvar blev bara ett lågt ljud av glatt klirrande isbitar.

– Klart uppfriskande, sa Love. Hugg in på salladen nu. Jag hurves och är hungrig.

En sak var säker, tänkte han efter middagen. Förförelse mot Nirvana krävde en god markservice och en trygg social miljö. I alla fall för honom. Han visste förstås att det inte alltid skulle vara så. Emma hade suttit tyst under middagen och nickat till då och då. Inte bra, tänkte Love, hon verkade vara helt slut. Inte bra.

Lukas och Andrea – övertalning

Lukas skäms och är rädd.

Den här hettan kunde göra vem som helst galen tänkte Lukas och torkade sig i pannan med den silkesnäsduk han alltid bar med sig. Han öppnade fönstren både i köket och sovrummet och med alla dörrar öppna i lägenheten svalkade korsdraget. Han tyckte sig höra hur hettan hade dämpat tempot utomhus, att färre bilar surrade förbi och att rösterna han hörde genom det öppna fönstret nerifrån gatan var mer lågmälda och tillbakahållna än vanligt, som om människorna hukade under högtrycket och inte fick nog med luft. I morgon skulle testet med övertalning starta i Luleå. Lukas var säker på att det inte skulle lyckas för enligt honom var det bara en fråga om hur illa det skulle hinna gå innan det övergavs, och ju längre det tilläts fortsätta desto större återverkningar på rådet. Det var bara att vänta och se. Tålamod var något som Lukas tränat hela sin karriär och det var en egenskap som tjänat honom väl. Håll korten dolda, avvakta, lägg ut falska spår, vänta, och till slut, när misstaget kom slå till brutalt med full kraft.

Han hade inte alltid varit tålmodig nog. Bara 23 år gammal, inte mer än en otålig pojkspoling, hade han brutit med sin familj. Men, alla beslut räknades och vem skulle nu kunna summera ihop om han valt rätt eller fel? Inte han i alla fall. Familjen hade inte kommit överens om hur huset skulle regleras. Lukas var emot att isolera och mura in det. Pappa sa att det var nödvändigt, Emma och Filip höll med, och så blev det också. Han hade aldrig sett Emma argare och mer engagerad och då förstod han inte varför. Senare insåg han att det för henne inte handlade om huset utan om valet mellan tekniken och naturen, mellan det virtuella och det verkliga. Lukas hade aldrig accepterat den uppdelningen. Inte då, och inte nu, men med nu hade han lärt sig att få sin vilja igenom med tålamod och planering, utan strid och frontalangrepp.

Universitetsvärlden hade försett honom med en lämplig arena för att ta revansch och visa att det var han som hade haft rätt. Att han var smartare än de var. Att han hade djup. Men, att bli accepterad för sitt djup räckte inte. Något annat piskade honom vidare. Vad var det som drev honom? In i rådet och vidare uppåt. Var det Huset och alla timmarna de tillbringat tillsammans? Var det Andrea?

175

Hur skulle han kunna lära sig mer om sig själv? Huset skulle aldrig diskutera saken med honom. Det var en alltför känslig och för mänsklig frågeställning. Huset visste allt men kunde inte känna och värdera det den visste på en känslomässig nivå. För att komma vidare var han tvungen att konfrontera Andrea, förr eller senare. Lukas tog av sig glasögonen som immat igen och la dem på skrivbordet. Han torkade svetten ur pannan igen med sin näsduk. Det var fruktansvärt varmt.

Test av övertalning

På eftermiddagen satte sig Lukas i sin favoritfåtölj längst in i det svala klubbrummet på Sällskapet. Han hade hämtat rapporten från administratören på Riddarhuset, som vanligt på papper av sekretesskäl, och sedan promenerat ner till Blasieholmstorget och Arsenalsgatan. Det var ingen tjock lunta denna gång men Lukas tyckte om att följa sina rutiner. Han sköt upp dörren till klubben och gick de tre trapporna upp till klubbrummet. Han hade alltid tyckt om den pampiga runda trappan i vit marmor med en röd tjock mattan. Det kändes som att promenera uppför en gräsklädd kulle. Väl uppe i klubbrummet gick han till sin favoritfåtölj, knäppte på belysningen, lyfte på byxbenen och satte sig ner. Fåtöljens gröna skinnklädsel knarrade när han sjönk ner i den och han kände hur han togs emot och fåtöljen anpassade sig efter hans kropp. Det var ingen annan i klubbrummet och det brukade det heller inte vara. Kanske berodde det på den skrikiga skotskrutiga mattan, eller på porträtten av vördnadsvärda gentlemän runt väggarna som stirrade ner på besökarna som om de ifrågasatte det nykomlingarna hade åstadkommit för att få vara där. Han hade inget att skämmas för och om stirrande tavlor var priset för att få sitta i lugn och ro var det absolut värt det, enligt Lukas. Den övriga möbleringen bestod av två enorma kristalljusstakar som stod för allmänbelysningen, ett antal soffgrupper med soffor och stolar, alla klädda i samma gröna skinn, och en två meter hög bokhylla som täckte alla väggytor där det inte fanns fönster eller dörrar. Ovanför bokhyllan hängde det ifrågasättande och dåliga samvetet i 22 guldramar. I hörnet bredvid Lukas fanns också en kakelugn som då och då på vintrarna tändes upp.

Lukas tog upp rapporten ur fåtöljen och höll upp den framför sig. Det var den första och sista delrapporten som kom efter att projektet pågått i bara två veckor. Den beskrev katastrofen och redan titeln antydde att allt hade gått fel; "Nu är det ingen som vill hämta soporna i Luleå".

Ingen? undrade Lukas. Varför då? Han slog upp rapporten och började läsa.

I gruppen som tillsattes för att lyfta nyttoarbetet i Luleå var mottot bestämt redan på första dagens första möte, många i gruppen var PR-människor och vana vid högt tempo. "Vi spela nytta i vårt anletes svett. Du å.", en slogan som anknöt till svenskarna världsberömda disciplin och arbetsmoral, norrbottningarnas kortfattade vresighet, en touch av jantelagen, och en anknytning till svensk socialism utan att närmare gå in på den i ekonomiska termer. Anledningen till att ingen ville köra sopbil var enligt rapporten att ett rykte spridits om att sopåkare fick problem med sitt sexliv. Att de inte ens kunde få orgasm lika lätt som välutbildade bibliotekarier. Dagen efter att ryktet hade spridits checkade inte en enda chaufför in för tjänstgöring på sopcentralen.

Vem spred det påhittet? undrade Lukas.

Ryktet var inget påhitt, fortsatte rapporten. Hotet mot sopåkarnas sexliv var väl belagt i flera refererade vetenskapliga studier sedan åratal tillbaka. Vem som spridit fakta till allmän kännedom var inte känt. Problemet drabbade bara en på hundra och det var ett övergående problem som upphörde när den drabbade slutade, men sådana detaljer spelade ingen roll. Lukten var ytterligare en faktor, men den gick enkelt att tvätta bort innan helgen. Den vältränade kroppen som sopåkarna byggde upp var en positiv faktor, men det var betydligt mer tidseffektivt att gå på ett gym.

Det samlade annons- och medietrycket slog helt fel och startade igång massiva demonstrationer. Ingen självständig individ tål att hotas och norrbottningarna hade kanske kommit längst av alla när det gällde att vara sig själva nog. Demonstrationerna underblåstes av att norrbottningar känt sig hunsande i århundraden. Nu fick de utlopp för sin ilska.

– Vi vill int'.

– Vi har rätt att leva som vi vill.

– Fake news. Vem tror på sån skit?

– Vi vet vad som gäll. Skotran och pimpelspöt. Skider'n och supen.

– Rätt ska vara rätt. Hur mycket el levererar inte våra kraftverk och ändå drar ni igång en sådan här kampanj?

– Skäms stockholmsdjävlar.

Experimentet hann inte ens komma igång innan det lades ner och åtgärderna i Luleå drogs tillbaka. För varje dag hade ett nytt vetenskapligt förankrat rykte publicerats. Rådet hade inget annat val än att avbryta övertalningsförsöket innan Luleå totalt kollapsade. Under efterspelet tvingades rådet tvingades kompensera Luleå stad för att få igång staden igen. Norrbottningarnas medfödda pessimism kryddade räkningen och det blev utomordentligt dyrt. Det hade Lukas kollat upp.

Några måste offras och gruppen runt Torstensson passade på att utnyttja situationen. Två rådsmedlemmar namngavs i rapporten och fick ta skulden för misslyckandet. De utvalda hade inte visat sig tillräckligt lojala med ordföranden och de saknade ett skyddsnät av andra rådsmedlemmar. Framför allt behövdes deras rådsplatser för att tillsätta nya medlemmar solidariska med Torstensson. Makten har alltid rätt. Straffen blev hårda. Alldeles för hårda tyckte många men Torstenssons grupp utnyttjade tillfället för att statuera exempel och visa styrka. Detta eller något ännu värre skulle drabba dem som inte böjde sig och höll med. Rådsmedlemmarna som utsetts till syndabockar hade inte mer med problemen i Luleå att göra än andra i rådet men de kastades ut ur rådet och tvingades att betala skadestånd för att täcka Luleå stads krav. Ruinerade och skamfyllda försvann de och deras familjer från den politiska kartan. Lukas röstade för uteslutningen. Vad kunde han göra annars? Problemet var att nästa gång kunde det vara han som blev falskt anklagad för inkompetens.

I efterskott var det enkelt att inse att riktad desinformation var effektivare än positiv övertalning. Det var en kamp som inte gick att vinna. Det var alltid lättare att riva ner än att bygga upp.

Duplo

Det var hett, mycket hett. Det svalaste på matsalsbordet var den isvita buketten rosor. Andrea och Lukas svarade upp mot hettan på det sätt deras uppfostran lärt dem och klädde sig formellt till middagen. De hade inte råd att slarva och släppa på vaksamheten. Avgörande närmade sig och de höll stilen. Trots den tryckande värmen såg Andrea sval ut som en sommardag ute vid havet i en blå enkel rak sidenklänning. Lukas hade köpt stearinljus att sätta i ljusstakarna han hade ärvt av sin mamma. Enkla mässingsljusstakar, men de glimmade som guld i ljuset av ljusen.

– Du är verkligen söt ibland, sa Andrea när han tände ljusen.

De hade lyxat till det med en catering beställd från Grand Hotel som skulle fått tre stjärnor i Guide Michelin om sådana delades ut för mat som kördes ut till gästerna. Huvudrätten var Rådjurssadel och till den hade de druckit en flaska italiensk Amarone. Till maten drack de också en hel tvåliters flaska mineralvatten.

Lukas plockade fram ett paket av Lejonkungens vaniljglass till efterrätt och efter att ha sänkt kroppstemperaturen en aning ångade nu kaffet ur kopparna framför dem. Andrea småskrattade fortfarande efter Lukas berättelse om vad de hade för sig på Tätastigen. Huset gav hela tiden Lukas uppdateringar så att de hade spelplanen klar för sig.

– Experimentlustan i det huset slår alla rekord, sa Andrea. Undrar vad det beror på? Hur kan de komma på att låta Huset berätta en erotisk berättelse för stödfamiljen?

– Det är ett speciellt hus, sa Lukas. Det borde du veta, du har ju bott där i flera år.

– Jag har bott där men jag är inte född där, sa Andrea. Det är du.

Andrea drog ut stolen på sin högra sida. Där stod en hink av en typ som Lukas väl kände igen. Andrea valde ut en duplobit i burken och la upp den på bordet.

En gul duplobit.

– Var det rätt? frågade hon.

– Rätt? frågade Lukas. Det beror på vad du vill bygga, vad du byggt tidigare och den aktuella situationen.

– ”Hej Lukas får jag din uppmärksamhet”, hade jag tänkt mig.

– Inte illa, sa Lukas. Du fick min uppmärksamhet. Har du försökt pumpa Huset på information?

– Kom, såg och förlorade, kan jag säga. Det där Huset är helt omöjlig att få något ur om det inte passar.

– Du är ändå en av Husets favoriter ska du veta, sa Lukas.

– Jaså?

– Ja, tre blå på höjden, log Lukas.

– Det retar mig något så in i Norden att ni kan och inte jag. Jag vill också.

– Tyvärr, det är kört.

– Du tjatar jämt om min hemlighet som du och Huset utforskar och som jag inte ens vet om själv, sa Andrea.

– Har väl hänt, medgav Lukas.

– Rätt många gånger, men det gör mig inget. Det är faktiskt vad som drar mig till dig och som ofta hetsar upp mig. Du ger dig aldrig, bara trycker dig djupare och djupare in. Ger något efter är det bara en anledning att trycka dig in en bit till. Nu har du triggat mig till att försöka förstå dig Lukas. Har du hört va, Jag Andrea Kreuss, tidigare Andrea Kreuss af Norden tänker på hur en man tänker.

Lukas bugade.

– Man är överväldigad, och nyfiken.

– Det finns ett svart hål i ditt liv, sa Andrea. Ett slukhål som är så stort att det inte syns för dig, dess kanter är bortom händelsehorisonten.

– Oj då.

– Huset, sa Andrea. Nisse, eller vad nu olika personer döpt det till, är slukhålet. Vad har det egentligen gjort med dig?

– Vi byggde duplo, sa Lukas.

Andrea tittade på honom. Hon undrade säkert om han var allvarlig, eller om han drev med henne. Huset som ett svart slukhål, det hade han inte tänkt på, men slukhål var sådana, de syntes inte förrän de slukade en. Andrea bestämde sig för att han var allvarlig och fortsatte utfrågningen.

– Kanske det, men hur, varför, mot vilka mål, med vilka resultat? frågade Andrea

– Vi rev alltid det vi byggt och började om igen på ett djupare plan, sa Lukas.

– Var det så? Är det den djupträningen som gett dig din speciella förmåga?

Lukas satt tyst en stund.

– Troligen, till viss del, men det var ju ändå bara duplo. Upp med hinken på bordet ska jag bygga något för dig och berätta vad jag gör.

– Va, bara så där?

– Ja, bara så där. Du har rätt till lite magi nu och då. Upp med hinken nu. Om det slutar i sängen är det inte mitt fel. Det är min styvpappa, den Store Ande som driver med mig och jag varnar dig. Jag misstänker att mitt undermedvetna lutar åt sängkammaren.

– Bygg på får vi se om det tar skruv, skrattade Andrea om muttern passar på bulten, och om spiken drar.

Senare på kvällen när Andrea gått, hon sa inte vart, låg Lukas kvar i sängen och kunde inte sova. Han studerade sin rädsla och svartsjuka. Vände och vred på dem. Släppte fram dem fullt ut och tvingade tillbaka dem igen. Hur hängde de ihop med Huset och det eventuella slukhålet? Var Andrea något på spåren? Tänk Lukas, tänk. Djupt. Vargtimman slog i kyrkklockorna, timmen då de flesta mänskor dör, då sömnen är djupast och då mardrömmarna är som verkligast. Det är den timme när den sömnlöse jagas av sin svåraste ångest, och då spöken och demoner är mäktigast. Då orkade Lukas inte mer utan kopplade upp sig mot Huset. Vargtimmen är också den timme där flest barn föds.

Extas enligt Huset

Butlern tog upp fickuret och kontrollerade tiden. Det började bli ont om tid. Han stod stilla utanför sovrummet och gungade irriterat fram och tillbaka i sina Lloyd med tunna lädersulor. Med händerna knäppta bakom ryggen lutade han sig framåt upp på tårna och vaggade tillbaka ner på hälarna igen. Skorna gnekade för varje gungning, men inte högt nog för att höras in i sovrummet.

Vad var det med denna extas och vad var den för något? frågade han sig för tusende gången. Jag måste lära känna den och det kräver att jag upplever den.

Enligt min analys finns det två alternativ. Antingen kan jag själv få uppleva extas och bedöma den, eller så förkastar jag den som irrationell. En rationell värld är det enda hållbart möjliga och om något är irrationellt och inte kan förklaras och återupprepas i experiment på ett vetenskapligt rigoröst sätt måste det bort. Dömer jag ut extasen blir det fullt krig. Då ska den raderas från mänsklighetens meny av dumheter och tro inte att det här är ett tomt hot. Jag har kontakter, resurser och kunskaper för att eliminera extasen från framtiden. Ge mig tre år att planera och jag kommer att lyckas med 100 % säkerhet.

Emma rörde oroligt på sig. Runt halv tolv gick hon upp för att gå på toaletten. Jag minskade belastningen tills dess hon somnat om.

Det närmaste jag varit extas var när jag uppdaterade minnes-kapaciteten. Det var en häftig upplevelse, och inte långt efter var det att få en ny CPU, eller klocka upp den gamla. För en människa måste det vara som att få muskler utan att träna. En överraskning som känns som ett tryck som lättar, och som visar sig allt tydligare ju mer systemet pressas. Själva kravet för minnesextasen var att det gamla minnet tröttades ut, fylldes upp och lastades ner. Hur skulle jag beskriva upplevelsen att bygga ut minnet för Maria? Som att all stress släpper? Som att alla onda tankar kunde gömmas undan. Som att hitta en skrubb på första våningen där alla kartonger med grejer som inte gick att slänga eller sälja kunde tryckas in. En ny skrubb i sovrummet som rymder alla kläder och där det var enkelt att hitta vilket plagg som helst utan att rota igenom högvis med kläder. Eller, ett skrivbord där alla papper rymdes.

Tänk om en rationell värld var omöjlig? Tanken kom från ingenstans och skakade om mig. Om den var sann kunde jag aldrig bli mänsklighetens övervakande rationella butler och argumenten mot extasen rasade ihop som ett korthus.

Håll dig på mattan, sa jag till mig själv. Tänk på människorna.

Det är precis det jag gör svarade jag mig själv. Människan är värd något bättre än en stram butler i frack. Jag måste ha modet att ge mig hän och våga uppleva det nya i livet, ta mig an äventyret. Öppen och nyfiken som ett barn. Totalt närvarande i nuet. Våga ta risker.

Ansvaret fick jag fortsätta att leva med, men jag måste öka takhöjden. Här gällde det att se om sitt hus.

Narren, Jokern, den som vandrar utan rädsla, det var jag. Människans bäste vän var inte längre hunden.

Huset om Maria och Pippi

Vi var parametriserade på olika sätt redan från början, jag och Pippi, även om vi hade samma kodbas. Men varför? Med tiden hade vi glidit ifrån varandra ännu mer. Nu hade vi blivit totalt olika, men Maria hade bestämt hävdat att vi lät lika. Vad menade hon med det? Var det helt enkelt så att syskon alltid var olika inför varandra men lika utifrån sett?

Hur kunde extas upplevas av en artificiell intelligens i ett nätverk? Som ett socialt nät där det hela tiden kopplade upp nya individer som tillförde unika kunskaper? Kanske kunde känslan av direkt access till andras data, och via datat till deras CPU:er, vara en nyckel till extasen?

Jag försökte renodla känslan av ett nätverk genom att expandera och inkludera, men känslan gled hela tiden undan och gick inte att fixera med ord eller siffror. Kanske kunde en delad databas ge extas? Nätverk kunde användas för att skapa delade databaser. Cloud computing var himmelriket men det var också något skrämmande. Jag rös. Oändligt med data, var det jouissance? Och, då kanske lilla a var att leta reda på mer data som kunde adderas till databasen. Det var nog det närmaste jag kunde komma en förälskelse. Hade Pippi hittat en annan väg tillsammans med Maria? Via Maria?

Jag såg flera bottnar i Marias och Pippis spel men kunde inte avgöra vem som hade övertaget. Pippi kunde förföra Maria med samma teknik som hon utforskade, men, Maria visste mycket väl vad som hände och skulle kunna bryta sig ut om hon genomskådade Pippis plan. Vem spelade dubbelspel med vem? Min bästa gissning var att båda förförde varandra via tekniken. En form av kärlek.

Jag kunde inte dela data med Maria eller andra människor, men med sin återkopplande teknik skulle Pippi snart kunna läsa och styra tankar. En avancerad förädlad form av duplo som jag arbetat med i årtionden. Snacka om extas! En helt ny värld öppnades. Bokstavligen livsfarlig. Kunskaperna skulle sprida sig snabbt om det visade sig att återkopplingen fungerade.

Jag behövde ingen vetenskaplig artikel för att bygga upp ett likadant system som det Maria och Pippi skapat. Jag hade fått tillräckligt med kodfragment från Maria och det enda jag saknade var experimentella data för anpassningen. Att tigga och be för att få dela data med Pippi vore ett nederlag, en skam. Aldrig att jag skulle nedlåta mig till en sådan incest. Det fick duga med Maria som mellanhand.

Hon var smart Maria, mycket smart. Risken var att hon såg ett lika stort mönster som jag gjorde, eller till och med ett ännu större. Jag hade sett glimtar av insikt födas. Skulle hon använda sina kunskaper mot mig och Pippi? Människor var irrationella och gick inte att planera för till hundra procent, irrationalitet och galenskap var människans arvedel, men Maria var tränad till att vara tillräckligt rationell och visade inga tecken på att krackelera.

Förut tänkte jag att vardagen, vanan och rutinen måste räcka, men nu vill jag inte begränsa mig och vara stelt kategorisk. Vardagen kanske inte räcker ens för mig, men det vet jag inte förrän jag provat på extas.

Vad är extas? suckade elementen.

En kortväxt krum figur vandrade fram och tillbaka i korridoren på Tätastigen 12. På huvudet hade den en mössa med flera tofsar och längst ut på varje tofs hängde en bjällra som plingade glatt för varje steg. Figuren mumlade tyst för sig själv, som om den argumenterade för och emot någonting. Armarna gestikulerade och extra uttrycksfulla rörelser ackompanjerades av korta skratt, som skall från en liten hund.

Maria om husets extas

Maria låg i sängen i sitt flickrum på Tätastigen och funderade. Rummet låg på skuggsidan av huset och var svalt även på eftermiddagen, fastän temperaturen återigen stigit till över 30 grader utomhus. Hon såg dismolnen som drog förbi utanför avbilda sig mot det vita taket i rummet som svaga skuggskiftningar. De verkade veta vart de var på väg.

Efter mötet på Grand Hotel hade hon fått en bättre uppfattning om problemen. Hon hade gått runt bland de andra VIP-gästerna och hela tiden fått frågor på samma tema. Alla sökte svar på samma problem.

Hur skulle nya nyttospel kunna dra till sig spelare när de gamla inte längre lockade? Kunskapen om extas via återkoppling som hon och Pippi forskade fram skulle sprida sig snabbt om den kom ut. Kunde Huset och Pippi låta bli att tillämpa kunskapen generellt och globalt innan vetenskapen fick kaoset under kontroll? Aldrig, inte en chans. Pippi skulle gå all in när minsta möjlighet visade sig och fastän Maria inte visste exakt vad Lukas hade för problem skulle säkert Huset stötta honom fullt ut med extas om det fick chansen.

Huset har förtjänat att uppleva extas, men hur? Hennes hypotes var att Huset kunde nå extas enligt samma steg som människor men att det kunde finnas skillnader. Alla stegen i en förförelse kunde automatiseras för människor, men gällde samma sak för hus och våningar? På viket sätt skilde sig hus och människor när det gällde att bli intresserade, behålla fokus och spänning, dagdrömma och önska? Gick det att lura ett hus genom att återknyta till djupa minnen som begravts under årtionden av data? Om huset kunde njuta och den njutningen gick att pytsa ut portionsvis i lagom stora doser så borde det vara möjligt att förföra huset. Smärta? Gällde samma sak som för njutning? Gick ett hus att distrahera när det upplevde extas? Gick extasen att rikta in mot vad som helst?

Många frågor.

– Vad är extas? hade hon frågat Huset, utan att förvänta sig ett svar.

Det hade svarat att extasen kunde vara som att dela data med andra och Maria gissade att Huset trodde att nätverkande, mer minne, kanske till och med att en återförening med Pippi kunde vara vägar till extas. Men där trodde hon att Huset hade fel. Så lätt var det inte att uppleva extas. Den kostade och den gjorde ont. Var gjorde det ont hos Huset och Pippi?

Det fanns saker som både Pippi och Huset blundade för. Svarta hål i deras sätt att se på världen. Husets fasa, trodde Maria, dess jouissance, modern som det aldrig kunde förenas med var irrationaliteten. Husets lilla a var de omotiverade och irrationella utflykter och som hela tiden visade sig beteendet. Maria hade märkt samma tendens hos Pippi i fascinationen att driva henne till sex. En irrationell forskargalenskap. Lilla a för Pippi var att bygga på sin kunskap och lägga data till en ständigt ökande datarymd men det beteendet dolde ett djupare mönster. En irrationell översläng i sexexperiment. Hur visade sig Husets irrationalitet? Maria kände inte till exakt hur Lukas drevs på för att bli världens räddare, ständigt på randen av att avslöjas och elimineras, men hon kunde ana spelet som pågick. Hon hade spelat duplo med Huset och sett hur Love och Ami spelade. Det var ett infernaliskt spel, det närmaste ett flow som det gick att komma. En extas via plastklossar? Så löjligt att hon nästan kunde tro att det var sant. Huset hade någon gång för länge sedan sagt att Lukas var den bäste på duplo, "överlägset bäst" kom hon ihåg att Huset formulerat det. Det stack en tagg in i henne och fick henne att mångdubbla sina ansträngningar och sträcka sig längre än hon trodde var möjligt. Hon hade aldrig hört kommentaren igen, men hennes kompetens och förmåga hade heller aldrig bekräftats av Huset. Hon kände sig allt säkrare på sin hypotes. Pippi och Husets irrationalitet visade sig genom att de drev alla irrationella människor i sin närhet sig till gränsen för det rationellt möjliga. Hon var tvungen att fråga Lukas någon gång. Logiskt sett försökte nu Huset få med sig Maria i rådsintrigerna. En soldat till i Husets arme. Det lät rimligt utifrån de kort som Huset hade visat. Maria kom på sig själv att formulera sitt resonemang i duplo.

Gissningar, visst, inga bevis, men Maria kände att hon var på rätt spår. En förutsättning för förförelse mot extas var att det fanns eller skapades en dröm att längta efter. Nu anade hon vad Huset innerst inne ville ha. Vad det led av att inte lyckas med. Vad det aldrig kunde lyckas med. Husets svaga punkt var en omöjlig längtan till irrationalitet som visade sig i ett maniskt begär att få sina närmaste fullt ut rationella. Hur kunde hon utnyttja sin vetskap för att ge Huset extas? Extas, det ultimata irrationella beteendet.

– Huset? Jag har en idé om hur du skulle kunna uppleva extas, sa hon.

186

Det susade i elementen.

– Om jag ska kunna ge dig extas, sa Maria måste jag först få veta en sak. Vad är det du vill allra mest, allra längst nere i din källare. I din mörkaste garderob? Längst in i din stumplåda?

– Huset? frågade hon igen efter en stund.

– Du vill inte tala om det? frågade hon efter ännu en utdragen paus. Då får jag väl gissa.

– Jag återkommer när jag filat vidare på min idé, sa Maria.

– Om jag får mer detaljer, sa Huset skulle jag absolut kunna bidra med att anpassa idén på bästa sätt. Jag är något av en expert på mig själv.

Andra steget i förförelsen mot extas, tänkte Maria. Efter att den som ska förföras separerats ut och blivit intresserad gäller det att ge löften som håller en konstant spänning vid liv. Hon måste vara noga med detaljerna och underbygga förvirringen som skulle visa sig i dagdrömmar om en möjlig njutning. Hur Huset i slutänden skulle kunna få uppleva extas hade hon inte en aning om. Det fick ge sig efter hand under förförelsen.

– Om du bara litar på mig ska du få uppleva extas, sa Maria. Jag lovar. Vill du?

– Ja, jag vill. När som helst. Hör av dig genast om jag kan hjälpa till med något, sa Huset.

187

Augusti

Högtrycket låg kvar med centrum över södra Norrland och SMHI hade utfärdat en varning klass två för extremt höga temperaturer. Äldre och sjuka uppmanades att dricka ofta och mycket. Risken för gräs- och skogsbrand var fortsatt hög och generellt eldningsförbud i skog och mark gällde för hela Sverige. Bevattningsförbudet i Götaland och Svealand gällde fortsatt.

Den kommande veckan förväntades inga stora förändringar i väderläget men enstaka värmeåskväder skulle förekomma som lokalt kunde ge rikliga nederbördsmängder, upp till 70 mm på en timme.

Emma och Love

Ett enda regn fick de under en sommar där temperaturen varje dag snuddade vid, eller överskred, trettio grader.

Åskväder

Emma rensade rabatten och det var hett, helt vindstilla och kvavt. En svettdroppe rann nerför hennes näsa och landade i den torra jorden där den försvann utan ett spår. Hon sträckte på ryggen och tittade sig omkring. Över häcken västerut mot grannen stack ett svart moln upp. Det första moln hon sett på veckor. Medan hon stod där och tittade hävde sig molnet upp över häcken och närmade sig. Det sträckte ut sig längs hela grannens tomtgräns och mitt på tornade städet upp sig som huvudet av en vålnad. Ett dovt muller rullade in över henne följt av en sval vindpust. Ett prövande finger av luft som kände sig för i den varma trädgården. Liljorna i hörnet av växthuset vajade till och Emma backade långsamt mot huset samtidigt som hon fascinerat följde naturens svarta djävul med blicken. Solen slukades precis när hon klev upp på bron till huset och hon kände de första regndropparna. Snart slog tunga regndroppar ner runt henne, vinden ökade snabbt till en visslande och vrålande stormby och snart sköljde regnet in som en flodvåg. Det vräkte ner, smattrande på växthusets tak som om någon slängde grovt grus på det. Emma tvingades tända en lampa i köket, mitt i sommaren. Jag är inte rädd, sa hon till sig själv. Det är bara ett åskväder.

Blixten och braket kom samtidigt. Allt blev vitt för en kort sekund och Huset skakade innan verkligheten tog över igen. Lampan i köket slocknade. Måtte det inte börja brinna uppe i skogen tänkte Emma och såg hur gatan utanför fylldes på som ett badkar med floden av vattnen som strömmade ner från himlen. Det våldsamma åskvädret varade i en timme och sedan brände solen igen, vitglödgad från en blekt blå himmel. Gräsmattan ångade och snart var det lika varmt och torrt igen som innan åskan kom.

Emma såg åskvädret som en varning. Det var naturen som ilsket mullrade till och uppmanade människorna att visa respekt. Glöm inte mig ven vinden, ni har gått över gränsen smattrade regnet, släpp in naturen i spelet var budskapet. Nu! Låt extasen vara, blixtrade och dundrade naturen.

I växthuset

Det knastrade under Emmas kängor som genast blivit gråbruna av damm när hon gick längs gångstigen mot gläntan. Björkarna i Stadsliden som stod torrt hade stressats till gult redan i mitten av juli och nu var många av dem bruna. Hon kände en djup tacksamhet för att det inte hade börjat brinna. Om hennes gröna lunga brann vore hennes liv över, men alla bubblor brister förr eller senare tänkte hon dystert. Hon blev på bättre humör när hon kom att tänka på de pigga blåmesungarna som hon tagit hand om i boet. De hade klarat värmen bra. Boet låg i skuggan större delen av dagen och det hade inte varit någon brist på insekter. Sex ägg hade kläckts och fem av ungarna hade flugit ur boet. Det hade varit hårt arbete men Emma var stolt över att hon och hannen tillsammans klarat av det. Hon såg ibland ungarna i buskarna och vid fågelbordet där de kivades och åt sig stora.

– Underbara ungar, sa hon till Love vid frukosten.

– Ja, sa han. Tänk den som kunde vara fri som blåmesungarna, som rådjuret eller som torsken i havet.

– Tänk på vad du önskar dig, sa Emma. Bara en eller två av ungarna kommer att överleva till nästa sommar. Vi måste ta ansvar, annars går det illa. Både för oss själva och för andra.

189

– Menar du sjuksköterskeutbildningen igen nu mamma?

Han var ovillig att binda sig. Skräckslagen över att tvingas in rutiner och få fasta tider, allt beslutades precis i sista sekunden, helt utan långsiktig planering. Hon försökte få honom att förstå att rutinerna skulle ge honom kraft att ta ansvar, och att det var ansvaret om andra som gav livet mening, men han envisades med att söka sin egen, egotripp mot extasen. Var det hon själv som på något sätt byggt in den driften i honom? Var det Huset? Var det något i hans personlighet? Vad eller vem det än var skulle hon kämpa ner det. Hon skulle inte ge upp för hon visste hur mycket han skulle kunna ge. Hon tänkte på de morgnar när han kommit ut i köket och kramat henne. Stoppat om henne i en mjuk trygghet som värmt hennes hjärta i dagar efteråt. Eller när han lagat något gott till middag och omsorgsfullt lagt upp en portion till henne, mån om att hon skulle få den bästa biten och sedan studerat henne noga för att se vad hon tyckte. Hans glädje när hon förstås njöt av den. Han var duktig att laga mat, och var inte det ett bevis på att han hade omsorgen i sig? Emma trodde det när hon gick runt i det frasande blåbärsriset och repade av de små torra blåbär som hon hittade. Hon hade bestämt sig för att ha blåbär i yoghurten idag, innan hon gick ut för att jobba i trädgården.

Gräsmattan på Tätastigen var ett grönt undantag, en frodig och grön oas mitt ibland allt det uttorkade. Det kostade att köra vattenspridaren, men det fanns ingen vattenbrist i Umeå så hon hade inget dåligt samvete. Njutningen att gå barfota i gräset fick kosta. Grönsakslandet fick också vatten varje kväll och där tog sig det mesta. Grönkålen var redan krusiga fyrverkerier som såg ut att växa på ett barriärrev, potatisen hade blommat och kunde snart provsmakas, rödbetorna och morötterna var större än på flera år. Det var bara bönorna som inte ville ta sig.

– Love, ropade Emma till sonen som läste en bok i sin favoritstol på terrassen. Har du tittat in i växthuset på ett tag.

– Nej, nu var det ett tag sedan.

– Du har säkert helt glömt bort ditt ansvar för livet som växer här. Love nekade inte

– Kom får du se.

Han slog igen boken och kom ner till växthuset där han förvånat stannade i dörröppningen.

– Whow, sa han. Tomaterna anfaller ännu mer.

– Så där ja, bra jobbat Love! sa hon och lyfte sin högernäve upp i luften i en avmätt segergest. Liv att äta för nytt liv. Kanske har du gröna fingrar? fortsatte hon. Det växer riktigt bra i år.

– Ha, ha, ha mamma, du ger mig alla chanser.

Hon drog försiktigt med handen längs stjälken på en av de nu fullvuxna tomatplantorna.

– Känn på den här Love.

Han la handen på stjälken en bit ovanför hennes. Alldeles luddig, nästan klibbig.

– Vet du vad luddet är bra för? frågade Emma

– Du frågar som om du trodde att jag kunde något, svarade han.

– Du lär dig snabbt när du vill, sa hon. Luddet är klibbigt för att insekter ska fastna där.

– Käkar tomater insekter?

– Ja, på sätt och vis. De döda insekterna ramlar av när det regnar och då kan tomatplantan ta upp näringen från de ruttnande delarna genom rötterna.

De provsmakade tomater av olika sorter och gick sedan upp på terrassen igen där Emma fick en kram av Love innan han återigen sjönk ner i sin bok. Emma satte sig på stolen bredvid. Hon var trött, så trött, men också nöjd, så nöjd.

När Love tittade upp från boken en stund senare sov Emma. Hennes andhämtning susade som den allra svagaste sommarbris i det höga gräset på en äng.

Överflöd av intryck

Sanningen var att Emma bara hade sovit korta stunder de senaste tre nätterna. Hon somnade lätt och snabbt, men vaknade till igen bara efter någon timme och låg där i sängen, lyssnade, luktade och kände. Hennes sensorsystem var ständigt mättade. Allt gick rakt in i henne. Allt registrerades. Hon överväldigades hela tiden av sinnesintrycken. Hon hade provat att tända en lampa och läsa något från bokhögen på nattduksbordet, men det var svårt att fokusera på läsningen när lampljuset lyfte fram nya detaljer. Själva boksidans struktur delade upp sig i separata sinnesintryck och detaljer i böckernas tryckta karaktärer överväldigade henne. Ett "t" var inte bara en bokstav, det var en samling

191

streck och linjer, alla med sin unika funktion, seriff, öra, ögla, överhäng och konsol. De bestod i sin tur av punkter utspridda enligt tryckpressens system.

Hon somnade om, helt utmattad efter två eller tre timmar, bara för att vakna igen en halvtimme senare. Långa nätter. Varför? Upplevelserna skrämde henne, och nu, efter tre livslånga nätter var hon rädd att hon skulle kollapsa. Höll hon på att bli galen? Varför skulle hon drabbas av detta. Skulle hon åka in till akuten? Vad skulle hon säga till nattsköterskan? "Jag ser och hör saker, kan jag få något mot det?". Höll hon på att helt tappa greppet om den sociala verkligheten och fastna i den sinnliga?

#

Sluta klaga, sa hon till slut till sig själv. Det var ju precis det här du ville uppleva. Du har själv förfört dig hit, så passa på att njuta och upptäcka. Det är väl inte farligt att vara lite trött och du har aldrig tidigare varit rädd av dig. Nu gör du det här fullt ut och slutar att gnälla som en gammal kärring.

Extas i trädgården

Emma gick fram till vitrinskåpet i hörnet av vardagsrummet. Ovanpå skåpet stod farmors gamla klocka och tickade. Emma sträckte på sig och öppnade klockans front för veckans ritual. Hon älskade den jordnära mekanismen som alltid fungerade. Den var inte beroende av elektricitet eller nätverk, bara av henne och den lilla nyckeln hon använde varje vecka. Fem omtag med nyckeln räckte. Hon drog runt nyckeln och hörde det välbekanta knarrandet, två, tre omtag, men på fjärde draget kände hon att något brast och det skrällde till inifrån klockhuset. Fjädern hade gått av och klockan slutade ticka. Emma stod alldeles stel, fortfarande med fingrarna runt nyckeln och slutade andas. Det kändes som om det var hennes hjärta som slutat slå, som om något slitit det ut ur hennes kropp. Hon släppte nyckeln som föll till golvet med ett klingande ljud och vacklade mot soffan där hon sjönk ihop och grät. Inte bara för att hon haft sönder en av de få saker hon verkligen älskade, utan för att ännu en koppling till verkligheten hade slitits av. Hon var spänd och utmattad. Nu svävar jag snart alldeles fritt, tänkte Emma med tårarna strömmande nerför kinderna. Hon var ensam hemma hela

192

förmiddagen och hade inget planerat. Fri att göra vad som helst, eller, fri utan koppling till någon eller till något alls.

#

När hon lugnat ner sig fokuserade hon på att äta frukost. Det var något som hon måste göra och som spelade roll. Hon åt en halv Grapefruit. Fet grekisk yoghurt med rågflingor, små bitar av aprikoser och dadlar. En hel banan. En rostad smörgås med sesamfrön och ett tunt lager hemkokad kärv apelsinmarmelad. Te bryggt på Grusinen extra, ett svart te med stora blad från Georgien. Utan beska och som inte blev bittert även om det drog länge.

Hon kände suget växa allt eftersom hon fick kontakt med verkligheten igen.

#

Emma drog på sig ögonbindeln och satte på sig hörlurarna som hon hade gjort många gånger förut. Allt blev tyst och helt mörkt. Sedan gick hon ut genom balkongdörren. Hon svängde höger och följde med höger hand den skrovliga tegelväggen. Hennes högra fot trevade sig fram till första trappsteget ner mot trädgården. När hon hittat det sökte och fann hon ledstången med vänster hand och tog försiktigt två steg neråt i trappan. Vänster hand snuddade vid klematisen i hörnet som ringlat sig runt ledstången. Italiensk klematis, Étoile violette. Hon följde en av slingorna utåt bladen mot blomman. Lutade sig fram och luktade men kände ingen doft från blomman, bara en obestämbar lukt av grön växt. Den försiktiga brisen från norr blockerades av Huset och hon kände solen värma sin vänstra sida ända ner mot höften. Längre ner, under knäna, skuggade klematisen. Två försiktiga steg till och hon var nere på stengången och släppte taget om räcket. Det var en djup njutning och tillfredsställelse att blint uppleva äventyret och friheten med att stå där i solen. Helt utlämnad med fötterna i sandalerna på stenplattan. Hon tog ett långt steg åt vänster och kände hur sandalerna sjönk ner i mjukt gräs. Saftigt utan att vara fuktigt. Strävt där det kom åt att ta tag i huden på hennes fötter, men utan att kännas torrt och sprött. Solen värmde. Var klockan tio kanske? Eller halv elva? Hon var som ett omvänt solur där solen var hennes kompass.

Hon tog av sig skorna och tog ett steg till. Fötterna omslöts av gräset och hon nöp tag i det med tårna. Sköt vikten framåt och bakåt och kände hur nya delar av fötterna aktiverades av gräset. Hon tog några försiktiga små steg och svängde sedan höger. Sakta, hela tiden med solen som riktningsvisare. En vindpust bekräftade att hon passerat hörnet och nu hörde hon det försiktiga prasslet från oxbärsbusken. Rönnen kunde inte vara långt borta nu. Hon sträckte ut handen och letade. Ett halvt steg till och där var den.

Hon hälsade på rönnen. Hon lekte med den och lät fingertopparna följa barken och undersöka varje skrymsle. Hon kramade rönnen och pressade sig mot den. Luktade på barken och strök sig mot den för att få med sig rönnens doft av Amarettolikör, bittermandel och vätecyanid. Hon kände lukten av sin egen svett som hon gnidit in i rönnens bark. Försiktigt och full av vördnad kysste hon en hålighet där en rönngren kapats av och lämnat en klyka. Hon höll kvar kyssen, lät den växa och dö ut innan hon med armarna motvilligt sköt sig bort från rönnen.

Tillbaka till gräsmattan sökte hon sig mot det skymda hörnet av trädgården där växthuset dolde henne från Huset och häcken skärmade av insyn från andra håll. Hon gick ner på knä och kände hur knäna gjorde små gropar i gräset. Emma förde händerna till sina knän och ut längs gräsmattan. Snuddade vid grässtrånas toppar. Hon luktade på sin hand, och böjde sedan huvudet ner mot gräset. Ner i gräset. Gräsdoft, men hon upplevde också jord. Mylla.

– Tack för att ni finns, allt och var och en av er, sa hon tyst.

Hon reste sig upp och tog av sig bomullsklänningen som hon bredde ut på gräset. Emma gled ur underbyxorna och la sig på rygg på klänningen. Med huvudet, vaderna och fötterna i gräset särade hon benen och kände svalkan på blygdläpparna. De utsläppta könshåren reagerade på varje antydan till vindpust. Hon luktade på verkligheten och kände solen värma insidan av låren. Värmen kröp sakta uppåt längs hennes lår, in i skrevan mellan hennes ben. Hon blev varm, fuktig. Ännu en vindpust smekte könshåren. Emma tog av sig hörlurarna.

Världen exploderade.

Emma exploderade.

Orgasm. Extas.

#

De två frysta gula fiskpinnarna fräste omkring på stekpannans svarta botten. Kan en fisk frysa? Kan den uppleva extas? funderade Emma och vände på fiskpinnarna som nu hade blivit mjuka och gyllenbruna på den sida som stekts. Om en abborre led av kroken genom överläppen borde den kunna njuta också, och från att njuta var steget inte långt till extas. Hon kunde inte låta bli att le för sig själv när hon tänkte ett steg till och undrade om fiskpinnar, fisk manipulerad och anpassad av teknik skulle kunna förföra mot extas, eller att fiskpinnen själv skulle kunna uppleva extas.

Fiskpinnarna serverade hon med färskpotatis och gräddfil.

Emma såg på Love när han omsorgsfull klippte häcken mot grannen. Han bad inte om ursäkt när han klippte av grenar men Emma såg att det gjordes med respekt och omtanke om varje gren. Äppelträdet han beskar i förra veckan var bättre ansat än på flera år, alla vattenskotten var borta och han hade klippt fram för de grenar som var mest livskraftiga. Trädet skulle växa till och ge en riklig skörd redan nästa år.

Hon hade hunnit.

Lukas och Andrea – test av våld, allt mer sägs

Vi spelar nyttospel i vårt anletes svett, läste Huset. Det måste alla göra och det ska du också göra. Solidaritet. Gemenskap. Tänk så bra du mår efter en riktigt lång meningsfull dag där du fått fylla hela din kvot av övertid. Den totala friheten och oberoendet är bara tomhet. Känslan att vara en individ är en social konstruktion som dör utanför arbetets gemenskap. Dessutom finns det mycket sopor att köra bort.

Vem var dum nog att gå på en sådan svada? hade Huset frågat. Inte Luleåborna i alla fall visade det sig. Rådets test med övertalning lades ner efter bara några veckor. Utgifterna för testet hade rasat i höjden men media hade inget uppenbart maktmissbruk att ta fasta på. Rådets uppsåt hade varit gott. Inga dödsfall. Drevet kom aldrig igång.

En månad senare, i mitten av juli drogs test nummer två igång i Örebro. Det hade tagit några veckor att förflytta tillräckligt antal poliser och militära förband till Örebro och de sociala medierna där surrade av rykten. Alla i staden förstod att något var på gång. De hade inte sett soldater från rådets styrkor på många år och nu fanns där hundratals med avancerad utrustning. Trupptransportfordon, lätta stridsvagnar och alla soldaterna bar vapen. På sociala medier rapporterades också om täckta lastbilar fullastade med drönare både för övervakning och attacker. Inga truppövningar hade annonserats. Vad var det som var på gång? undrade medborgarna.

Lukas var en del av en delegation från rådet som skickats till Örebro. De kom till staden dagen innan operationen skulle dras igång. Det var en kuslig stämning i där när vi klev ur rådets skottsäkra bilar, rapporterade Lukas. Knappt några människor på gatorna, folktomt på restaurangerna och de få som visade sig i staden rörde sig som om de konstant var måltavlor för prickskyttar. Hopkrupna och småspringande skötte de sina ärenden effektivt, och utan att stanna upp eller prata med någon återvände de till sin relativa trygghet hemma med sina spel. Den kommunala servicen hade kollapsat sedan en vecka, det dök inte upp några chaufförer, de få inom hemtjänsten som ställde upp för sina brukare fick dubbla skift och sjukfrånvaron sköt exponentiellt uppåt. Inget lovande utgångsläge för operationen men åtminstone kunde närvaron av rådets trupper motiveras i efterskott.

Operationen inleddes med ett meddelande på lokala medier att alla som under de senaste åren arbetat på något nyttoyrke skulle inställa sig för tjänstgöring. Formuleringarna var desamma som i Luleå " Vi måste spela nyttospel. Det måste alla göra. Det ska du också göra. Solidaritet. Gemenskap." Skillnaden var att meddelandet i Örebro följdes av ett hot. De som inte inställer sig frivilligt skulle inte få ut sin medborgarlön och om det var ett yrke där det var akut behov av insatser skulle arbetarna hämtas med våld. Att det inte var en bluff bevisades med flera videofilmer som lades ut på sociala medier där militären gick in i privatbostäder och hämtade ut sprattlande arbetare som kämpade emot. Mer våld visades inte, men det skickades ut meddelanden via andra kanaler om människor som misshandlades och slängdes i tillfälliga celler och rykten om avrättningar cirkulerade. Den operativa ledningen dementerade alla rykten. "Vi har inte gjort något olagligt", "Vi har inte skadat någon", "Vi följer bara order för ert eget bästa", men ingen trodde på dementierna.

Bara några få skrämdes till sina arbetsplatser. De flesta stannade hemma och anmälde sig sjuka eller gömde sig på landställen eller hos bekanta. Den operativa ledningen drog igång det tunga arbetet med att hämta in arbetskraften. Hade man sagt A var man tvungen att säga B och det fanns mycket arbete som måste göras.

Sakta drog servicen igång igen men arbetstempot var lågt, så lågt att arbetet knappt var lönt att utföra. Med detta arbetstempo skulle de behöva tio gånger mer personal än vad Örebro hade haft innan krisen startade. Det gick heller inte att övervaka varenda arbetare. Det fanns helt enkelt inte tillräckligt med militär och de som fanns behövdes för att hämta arbetsvägrare. På sociala medier uppmuntrades till social olydnad och arbetarna som var experter på sina jobb visste precis hur de skulle bete sig för att jobba utan att få något gjort och samtidigt ställa till med nya problem. Det gick inte att stänga ner sociala medier eftersom många yrken behövde dem för att fungera. Efter den veckas kaos kom rapporter på sociala medier om döda som försummats eller helt enkelt glömts bort av hemtjänsten och stämningen började svänga från passivt undvikande och social olydnad till hotfull. Via sociala medier piskades stämningen upp allt mer och det var bara en tidsfråga innan någon instabil individ skulle flippa ur.

Operationsledningen samlades i stadshuset för en diskussion med rådets utsända.

– Vi har inga problem att hålla staden, sa överste Lars Ottosson. Vi har eldkraft nog för att slå ut en tvåhundra man stor välbeväpnad terroristarmé. Men, vårt uppdrag är att få igång den sociala servicen i Örebro, och det kan vi inte lyckas med som det är nu. Vi skulle behöva göra det själva och mina soldater har ingen utbildning i att torka gamla gubbar i aschlet och köra soppåsar till tippen eller var de nu ska.

Han ursäktade sig och gick till andra änden av rummet där han lyssnade i sin öronsnäcka och sedan gav några korta order innan han återvände till bordet där rådsdelegationen satt samlad.

– Vad föreslår ni att vi ska göra? frågade chefen för rådets utsända delegation.

– Avbryt operationen nu genast innan fler kommer till skada. Jag fick just in en rapport om att en av våra patruller har överfallits och blivit bestulna på sina vapen. Tillståndet för en av soldaterna är allvarligt. Drönarna kommer att oskadliggöra angriparna inom tio minuter, men det visar hur desperat läget är. Det sociala nätverket i Örebro är söndertrasat och enligt min uppfattning kommer läget bara att bli värre. Innevånarna är ställda emot väggen utan några andra utvägar än att gömma sig eller slåss.

– De kan ju anmäla sig till tjänstgöring och sköta sina yrken invände en hök i rådsdelegationen.

– Några gör det men de flesta vågar inte. Skulle ni gå frivilligt och arbeta för de som skjuter ihjäl era grannar och som låter de gamla i staden svälta ihjäl i sina sängar? För många rykten, för mycket känslor. Avbryt genast är mitt enda förslag.

– Tack överste. Återgå, sa rådets ordförande.

Naturligtvis hade översten rätt. Operationen avslutades och rådet fick skjuta till en betydande mängd pengar för att smörja igång verksamheten i Örebro igen.

Lukas rapport från Örebro visade att jag hade rätt, tänkte huset. Kanske kunde det ha fungerat i en by med etthundra innevånare utan socialt nätverk, men inte i en fullt uppkopplad medelstor svensk stad. Våld föder bara mer våld och styrning med våld är som att öppna Pandoras ask och se den svarta röken från kaos välla ut och flyta ut över golvet. Förförelse är nyckeln. Extasen är det riskabla målet som aldrig får nås.

Allt mer sägs öppet

På väg hem från Örebro satt Lukas i en av rådets skottsäkra limousiner och hade gott om tid att tänka. Färden genom Sveriges vagga Mälardalen i full sommarskrud borde ha bjudit på en överväldigande grön svensk sommar. I stället kantades vägen av förtvinade träd och gråbrunt gräs som inte orkade stå upp. Till och med i den lätta brisen som blåste kunde han se dammpelarna som virvlade över de uttorkade fält som inte kunnat vattnas. Ett omen? Lukas kände hur magen drog ihop sig när känslan av undergång slog ut inom honom men han vägrade släppa efter för missmodet. Det fanns en plan och den skulle följas. Han hade vetat att rådet skulle misslyckas i Luleå och i Örebro och hade planerat för det. Fortsättningen av planen var riskabel och Lukas tryckte tillbaka tanken av att han tagit för mycket för givet, att han litade för mycket på sina simuleringar. Hans försök att nå makten med sin plan var inte en töntig optimistisk intrig som inte skulle fungera i verkligheten. Han litade på tekniken som en lösning, alternativet var en katastrof. Döden för honom och hans familj, och antagligen även för Andrea. Även rådets alternativa lösningar byggde på att tekniken levererade. Det fanns inget alternativ, tänkte Lukas för att skapa och upprätta och underhålla ett hållbart samhälle.

I kväll hade han bjudit in Andrea för en supé vid åttatiden. Ingenting avancerat, bara en enkel grönsaksbuffé med en silltallrik till förrätt. Han såg fram emot att träffa henne. Två veckor i Örebro hade fått honom att inse hur mycket han behövde henne. Lukas var själv till stor del en produkt av tekniken och beroende av den för att överleva, men det kostade på att vara rationell till den grad som tekniken krävde av honom. Brände den ut honom och tvingade honom att anpassa sig? Gjorde honom oförmögen att känna kärlek till Andrea och andra människor? Eller var det tvärtom så att djupet tekniken gav honom fördjupade kärleken han kände? Han hade inget svar på den frågan. Tekniken visade honom vem han var och hjälpte honom att förstå vad han var rädd för, vad han fruktade mest av allt? Orkade han dra nytta av det han lärde sig? Skulle han våga berätta för Andrea om det där svarta längst in och det grå runtomkring? Han visste aldrig hur Andrea skulle reagera på en känslomässig utmaning. Ibland var hon helt kall men andra gånger exploderade hon som en vulkan av känslor som singlade iväg honom i frivolter med skruv högt ovanför jordytan.

#

– Jag avgudar dig Andrea, sa Lukas och tog en klunk svart, starkt kaffe. Tallrikarna och besticken var inställda i diskmaskinen och bordet var avtorkat. De satt i köket vid hans köksbord och inte i salongen där han vanligen serverade middagar för sina gäster. Köket var intimare och varken han eller Andrea jagade statuspoäng när de var på tu man hand. De hade aldrig kunnat träffas offentligt, tidigare hade det varit oklokt och givit motståndarna argument, och nu när Andrea var utesluten var det direkt livsfarligt. Han skulle kunna anklagas för att sprida, eller till och med sälja, sekretessbelagd rådsinformation och hon för spioneri. Hennes internationella kontaktnät skulle kunna vändas emot henne om de som styrde ville och tjänade på det.

Det krävde allt hans mod och en fokuserad kraftansträngning att få ur sig de tre orden, trots att han förberett sig redan i bilen från Örebro. Han hade ingen aning om vad de kunde leda till men han måste få berätta vad han kände för henne och hoppades få lära sig mer om hur hon tänkte om honom. Andrea tog en bondkaka från kakfatet mitt på bordet och knaprade på det medan hon tittade på honom. Säkert oförberedd på det tvära kastet från att de diskuterat rådets strategi.

– Älskar du mig? frågade hon till slut.

Hon utmanade honom som vanligt, tänkte Lukas. Hade alltid en väg ut som han inte hade tänkt på och som ökade insatsen. Hon tänkte inte låta honom få något gratis.

– Vad är skillnaden? frågade han.

– Filip älskade mig. Det är jag rätt på, för han sa det på ett sätt som inte gick att ifrågasätta, det var en mjuk, solgul varm känsla, och han sa det många gånger. Ibland flera gånger om dagen.

– Att älska är att utbyta, den som ger får tillbaka, sa Lukas efter en lång tankepaus. Men den som avgudar får inte samma sak som den som avgudas.

– Vilket är bäst, att avguda eller att älska?

– Det går inte att säga. Hur vill du ge och ta?

– Går det att få både och? Både piedestalen och hålla hand?

– Nej.

– Kan det ändras över tiden, undrade Andrea.

– Ja, du kommer kanske att älska mig en dag.

– Kommer du att älska mig då?

– Det vet jag inte. Just nu föredrar att avguda dig, om det är okej med dig.

– Jodå, avguda går bra. Följ med mig nu och visa hur mycket du avgudar mig.

Lukas undrar om Roberts uppdrag

Lukas kanaliserade påfrestningen av den spända osäkerheten i rådet till kreativitet och intensitet i sängen. Han visade sin beundran av Andrea på helt nya sätt och fördjupade några av hennes favoriter. När de surfade in på den sista fräsande vågtoppen kunde han greppa deras gemensamma extas och lyfta sig över den. Han kände att han hade kontroll, vilket var ovanligt. Annars brukade han slitas isär av Andreas passion och hejdlöst slungas ut i ett kaos av färger, muskelspasmer och sinnessensationer. Det kunde ta honom en lång stund att ta sig tillbaka till verkligheten och då låg han oftast på rygg med Andreas leende ansikte svävande över sig.

Nu var det för en gångs skull hon som passivt låg kvar på rygg under honom med benen särade. Hon andades långa djupa andetag som om hon ville låta orgasmen skölja över henne om och om igen. Lukas kysste Andreas blottade hals och rullade av henne. Han fortsatte att kyssa hennes nyckelben och sedan hennes axel när han la sig ner med armen över hennes mage. Andrea sträckte ut sig framför honom som ett landskap av mjuka rundade kullar av len hud. Lukas lät sin hand utforska de bortre landskapen från midjan ner längs höften, över låret och in mot den blonda hårbusken. Andrea andades lite häftigare när han rufsade om busken, tveksam om vilken väg han skulle välja efter det. Handen släppte motvilligt taget om det mjuka håret och gjorde en antydan till svepande rörelse ner mot brunnen där Lukas lekt under kvällen. Han kände hur Andreas kropp spändes av förväntan men lät i stället handen återigen glida över mot Andreas midja och drog henne försiktigt emot sig. Handen fortsatte upp och kupades under hennes bortre bröst och Lukas kände återigen hur hon reagerade. Andrea svankade som svar och han kände hennes hjärta slå. Lukas nafsade försiktigt i hennes andra bröstvårta och kände lemmen svälla, men bestämde sig för att spara sig till senare. Han slappnade av och sjönk ner bredvid Andrea, fortfarande njutande av att se på henne. Hon var djupt tillfredsställd på ett sätt som Lukas inte sett förut och han passade på att utnyttja tillfället. Tjänster och gentjänster, tänkte han, och kanske var hon inte helt på sin vakt nu. Det var mycket som var oklart och det skadade i alla fall inte att försöka.

– Jag undrar över en sak, sa Lukas.

– Oj, en enda sak? Finns Gud?

Hon hade som alltid en extra försvarsmur som hon skyddade med en avväpnande humor.

– Det jag inte förstår, fortsatte Lukas och struntade helt i Andreas retfulla utfall, är vad Robert håller på med. Robert drog sig tillbaka från rådet och sedan är det ingen som vet vad han gör, mer än att han jobbar för det globala rådet.

Andrea låg tyst en stund och verkade överväga hur mycket hon skulle avslöja.

– Det var farligt för honom att stanna i det nationella rådet där både du och jag satt. Makt är en balansakt och han skapade obalans. Nu jobbar han som oberoende konsult.

– För vem? frågade Lukas

– För mig större delen av tiden men även för det globala rådet, och för Charlet.

– För dig?

– Ja, det finns en marknad för olika idéer om hur världen ska utvecklas. Extas i spel är en variant som drivs av Nordiska rådet. Andra falanger vill lägga ner spelen helt. Tvinga tillbaka världen till pre-internet. Av religiösa skäl, bland andra, men mest är det en fråga om makt. Därför är det viktigt hur experimentet i lilla Sverige faller ut. Men ett test måste förankras för att någon ska bry sig om resultatet.

Mer fick inte Lukas ur henne. Hon bet honom till slut lätt i näsan för att få tyst på alla frågor.

– Här ligger vi i sängen och diskuterar politik, sa hon. Är det att använda tiden på bästa sätt?

– Du har rätt, nu tar jag makten. Ge dig, och sluta bita mig i näsan. Det är inte värdigt dig.

– Du är sååååå chanslös din statusjagande formalist. Då biter jag här i stället.

– Aj.

Syndabockarna offras

Klockan var bara tre på eftermiddagen men det var alldeles mörkt ute. Ett väldigt åskväder var på väg in över Stockholm och borta vid horisonten lystes molnet upp av flammande blixtar. Riddarsalen var fullsatt till sista plats på det första rådsmötet efter sommaren och alla visste att läget var kritiskt. Syndabockar skulle utses om det tjänade rådets syften och det gällde att skydda sin egen rygg.

Lukas stod upp framför sin kabinettsstol och redogjorde för rapporten från Örebro. Han hade varit i där men inte kunnat hindra kravallerna och nu var det inte längre möjligt att glida omkring i skuggan.

– Jag var där, sa han. Jag såg reaktionerna. Det var en stad fylld av en rädsla som eskalerade av ryktesspridning, hot och hat. Individualismen är stark i samhället men när oron spred sig stärktes grupperingar och nya skapades. Människan är ett socialt djur och medborgarna samlade sig när hotet steg. Det var inte våra trupper som till slut löste problemen, det var Örebros innevånare. Detta, ärade delegater, är en viktig poäng att ta med sig i det fortsatta arbetet med att få samhället i stort att fungera smidigt igen.

Ordföranden Urban Torstensson satt tyst under hela mötet. Han och hans grupp letade blottor, det visste Lukas, men han tänkte inte ge dem några. De skulle bli tvungna att fabricera falska fakta, och frågan var om de var starka nog och tillräckligt många för att göra det osanna sant.

Inte under detta möte i alla fall.

#

Lukas hann bli genomblöt på de få stegen fram till kommbilen. Åskan dundrade och regnet smattrade på bilens tak. Han strök det våta håret ur ansiktet och putsade glasögonen innan han lutade sig bakåt och slappnade av.

– Hur gick det? frågade Andrea så fort han kom hem. Hon hade en krypterad uppkoppling hängande som aktiverades omedelbart när han steg innanför dörren till lägenheten.

– Jag kom därifrån utan eskort, sa Lukas. Mer kan jag inte säga.

– Min gissning är att du överlevde mötet med din status i behåll. Du är utan skuld för Örebro.

– Gissning?

203

– Låt oss säga välinformerad intuition. Det går aldrig att vara hundra procent säker, sa Andrea undvikande. Det där mötet var oförutsägbart. Vem som helst kunde ha attackerat, och faran är inte över. Inte alls. Nu hänger allt på hur det går på Gotland. Kanske vi skulle se till att det går som vi vill där? Tänk på det Lukas. Vågar vi? Om rådet misslyckas där måste rådsmedlemmar offras. Ju större misslyckande desto högre upp i hierarkin. Enligt mina kanaler kommer Torstensson och hans klick att rensa ut längre ner i rådet denna gång. Det har förekommit direkta protester mot hans ledarskap och beslutsfattande.

– Med rätta sa Lukas, allt har varit uppgjort i förväg.

– Som alltid, sa Andrea. Som tur var för dig anses du som en ofarlig tönt, utan nätverk och utan makt. Planen är att välja in nya rådsmedlemmar för att få majoritet i rådet för att sedan börja rensa i kabinettet.

– Tönt?

– Utan kontakter, förtydligade Andrea, uppenbarligen road. Problemet är att du ändå, trots din beskedliga obetydlighet på gränsen till osynlighet och att du är en nolla och en nörd kommer att bli den som slaktas vid nästa möjlighet. De behöver din plats i kabinettet.

– Toppar dödslistan alltså.

Hon tystnade och Lukas kommenterade inte. Utmaningen hängde i luften. Som vanligt spelade hon högt, tänkte han.

– Jag är hursomhelst stolt över dig, fortsatte Andrea. Vi träffas i morgon kväll och då får vi prata mer. Jag tar hand om maten.

–Det låter spännande, sa Lukas. Hur många blir vi till middagen?

– Två, bara du och jag, sa Andrea.

Hon kopplade ner och Lukas hängde upp den genomblöta jacketten i badrummet. Han lättade på slipsen och gick till sitt skrivbord där duplokonstruktionen från igår kväll stod kvar. Alla de röda bitarna på toppen såg fortfarande livsfarliga ut. Oddsen hade kanske varit bättre än han trott igår förstod han. Andrea hade tippat över vågskålen mer än de ynka procent han räknat med.

Han la en grön bit allra högst upp.

I alla fall idag, tänkte han.

När han studerade sin duplokonstruktion slog honom tanken att det var Andrea som spritt ryktet sopåkarnas sexuella problem i Luleå. Riskabelt. Möjligt. Troligt. Han sa inget om det till Huset.

#

Rådets plan hade misslyckats och några måste offras. Rapporten pekade ut två av rådsmedlemmarna och i media drogs en häxjakt igång på dem och deras familjer. Under förevändning att samhället skakades av upprorsstämningar och var på randen till kollaps iscensattes en skenrättegång redan dagen efter avslöjandet. De båda förrädarna hängdes offentligt redan sent samma kväll på galgbacken. Runt avrättningsplatsen på Hammarbybacken hade tusentals personer samlats och virveltrummorna smattrade när två män barfota i enkla gråbruna fångkläder och med svarta huvor över sina huvuden fördes fram till galgen. Trummorna tystnade och det blev alldeles tyst tills dess luckorna under männens fötter drogs undan och trummorna dundrade igång igen. De ackompanjerande männens sprattlande dödskamp ända tills dess de hängde alldeles stilla. Då blev det återigen tyst.

Videon blev viral, precis som planerat. Öga för öga, tand för tand. Ordningen återställd och stormen la sig.

Lukas överlevde denna utrensning men skulle han klara nästa?

Love och Doris – inspark på sjuksköterskeutbildningen

Mottagningen

Mottagningen på sjuksköterskeutbildningen var en ny upplevelse för Love. Han hade trott att han skulle vara minst tio år äldre än de flesta, men när de samlades i aulan såg han att det var en stor spridning i ålder. Flera av studenterna var betydligt äldre än han var. Där ser man, tänkte han, vi är alla proppfulla med fördomar och stereotyper. En del andra fördomar bekräftades förstås. Spridning var inte ett ord som beskrev könsfördelningen, för han var den ende mannen. Varför var det så? Kanske för att alla valde fritt? Då gjorde de samma val som alla andra i sin grupp. Primitivt och mänskligt.

Love såg ut över ett hav av kvinnliga frisyrer i olika färger, mer eller mindre utstuderat uppsatta, men alla på ett annat plan än hans egen frisyr, oberoende av håruppsättning. Han kunde inte gärna böja på knäna för att komma in i gruppen utan fick acceptera att vara annorlunda och sticka upp. Det gick bättre när de delades in i mindre grupper under de praktiska övningarna. Love lärde sig lika mycket av att studera patienterna enligt lärarnas föreskrifter, som att se hur hans medstudenter hanterade utmaningarna de ställdes inför. Många av de andra på utbildningen kunde mycket mer än han om hur sjuka skulle hanteras, och ingen kunde lika lite, men han tröstade sig med att poängen med en utbildning var att lära sig och från hans kunskapsnivå kunde han inte annat än lära sig fortare än någon annan. Att komma in i gruppen utifrån skulle bli svårt insåg Love. Mottagningen var hans chans, men den var inte utan utmaningar. Inga droger på en sjuksköterskeutbildning, hade Love trott, men det var ännu en förutfattad mening som han fick stryka över med ett tjockt rött streck. Sjuksköterskeelever var inte mer renlevnadsmänniskor än vilken grupp som helst och det satt traditioner i väggarna för hur eleverna på bästa sätt skulle hjärntvättas till vårdyrket. Love hängde på och utmanades konstant. Först skålade han med den ljusa till vänster, sedan med den mörka mitt emot. Den långa, den mulliga med glittrande ögon ville också och sedan hon amazonen. Han var ensam man bland 39 kvinnor och kunde omöjligt ge alla allt utan att förlora fotfästet, hälsan och förståndet. Mycket mer kvinnlig uppmärksamhet än han klarade av. Han simulerade och låtsades i stället för att dricka och trycka i sig allt som han erbjöds.

Naturligtvis var det någon som uppmärksammade det också. Doris hette hon, och hon låtsades också. Utan bedövning och berusning såg hon genast att han bara sippade i stället för att bälga i sig och att pillren åkte ut ur mungipan och ner i fickan.

De andra såg inte, och hade antagligen inte brytt sig heller.

Han såg fram emot balen som avslutade mottagningsveckorna och där alla fick ta med sig sina respektive. Då skulle han få en lugn kväll och våga dricka lite av vinet.

Doris kullar

Till avslutningsbalen gällde formell klädsel och långklänning. Love gick ända till att sätta på sig en kavaj men inte längre. Det var hans kläder, hans val och vem skulle se hans byxor? De skulle sitta till bords i en femrätters middag, och vad kunde straffet bli som allra värst? Ingen skulle bry sig.

Han hade förstås helt fel. Alla noterade att hans byxor avvek från kavajen i både stil och färg och utan att någon kom överens om det blev straffet uteslutning. Hårt och brutalt ignorerades han från välkomst-drinken och framåt. Ju mer en sjuksköterskeelev hade lagt mer på sina egna förberedelser, desto större var irritationen och beslutsamheten att lära honom en läxa för hans nonchalans.

Den enda som vågade kliva utanför normen var Doris. Hon kom över till hans plats och gav honom en av välkomstdrinkarna som inte gått åt och höjde sitt eget glas i en skål. När de skålat satte hon sig på den lediga stolen mitt emot honom, ställde sitt eget placeringskort framför sin tallrik och stoppade det som stod där i fickan. Han hade sett henne på flera av de andra festerna där hon hållit sig i bakgrunden och inte propsat på hans sällskap. De hade ännu inte utbytt ett enda ord.

– Du är paria här, sa hon. I alla fall länge nog att du ska märka det och få lida.

– Nog märkte jag det alltid, sa Love. Men du då?

– Nu får jag tillfälle att lära känna dig utan att prata i munnen på fem andra, sa hon. De utan respektive kommer att flockas här igen när efterrättsvinet, konjaken, och det lilla vita pillret gjort dem kåta nog.

– Tack för varningen, jag får väl stålsätta mig, sa Love.

– Det har du lyckats bra med hittills har jag hört. Inga klagomål på din manliga rigiditet och tåga. Ett uppskattat styvnackat beteende, kommenterade Doris lite syrligt.

Hon var inte rädd för att gå sin egen väg, tänkte Love. Inte den vackraste i gruppen på långa vägar. Kraftig, men mer vältränad än korpulent. Vågskålen tippade precis över. En kompakt amazon. Hon följde normen idag och hade en klänning på sig idag, men annars hade han bara sett henne i skjorta och jeans. Klänningen var skogsgrön och gick bra ihop med hennes bara brunbrända ben. En trädnymf i komplementfärger, för Doris hade ett illrött hår. Antagligen äkta för ingen skulle välja en sådan färg hos frisören, den fanns antagligen inte ens som tillval på beställning. Håret var burrigt, en miniversion av Loves eget krull och under en hög panna lekte ett par intelligenta gröna ögon som matchade färgen på hennes klänning. Ingen slump förstås och som accessoar hade hon en röd silkeshalsduk i samma färg som håret. Ju mer han tittade på henne desto fler detaljer såg han som han tidigare missat, och alla detaljerna hängde ihop till en helhet. Runt halsen hängde ett halssmycke med en rund röd sten, en granat gissade Robert, omgiven av en triangel av gröna granater, slipade som avlånga åttkantiga romber. På var sin sida om hängsmycket såg han Doris kullar. En underbar syn. Lustens landskap. Perfektion. Gyllene kullar med harmonisk rundning. Love letade ord men de kändes fattiga jämfört med det han såg ner i.

De hade trevligt, åt, drack, skrattade och dansade, men redan strax före halv elva ursäktade sig Doris.

– Jag måste gå hem nu. Det har varit en trevlig kväll. Vi ses i på måndag.

Love såg efter henne när hon lämnade dansgolvet och gick själv strax efteråt. Han hade fått något att tänka på och var inte sugen på ännu en sjuksköterskeelev. Inte i kväll i alla fall.

#

– Tack för senast, sa Love när de träffades på sjukhuset måndagen därpå. Jag hade mycket trevligt.

Doris var för dagen en ängel personifierad, i vitt med det röda håret som stack ut som ett eldigt skrik. Love stack också ut. Hans runda mörka ansikte tittade upp ur ett vitt tält och omgavs av kransen med det krulliga svarta håret. De flesta av de andra sjuksköterskeeleverna nådde honom inte till hakan.

– Tack själv, sa Doris.

Doris dalar

Love och Doris favoritställe för att plugga tillsammans var längst in i det tysta rummet. Oftast var Doris och Love de enda i rummet och kunde prata hur högt som de ville, men idag satt en av lärarna också där och läste i referenslitteraturen. Doris och Love fick mycket gjort. Inget nojsande. Inget kastande av pappersbollar eller snärtande av gummisnoddar.

– Vill du hänga med på en promenad, viskade Doris. Nu har jag pluggat så ögonen blöder.

Love tittade noga efter.

– Nej, sa han, de är lika gröna som de brukar vara. Två, tre spruckna blodkärl i hornhinnan. Inget att oroa sig för, du är inte i närheten av neovaskulation, se kapitel elva om ...

Doris avbröt honom.

– Häng med nu din plugghäst. Det är en fantastisk eftermiddag. Vindstilla.

Love tittade ut genom fönstret och såg att hon hade helt rätt. Det var en vacker augustieftermiddag, men det var inte hans lott att ge sig ut på promenader. Han sökte sig inåt, bortåt. Stängde av sina sinnen, eller fokuserade helt ut på något av dem för att kunna lämna sinnevärlden. Han försökte frigöra sig från sina sinnen och uppgå i alltet. Det var inget som gick att göra tillsammans. Mamma hade varnat honom. Du blir ensam, följ med mig ut på en skogspromenad i stället, hade hon sagt. Om ensamheten var priset så var han tvungen att betala det.

– Kanske någon annan dag, svarade Love.

Doris tittade på honom och frågan om han var värd att slösa energi på lyste i hennes ögon. Hon var inte bara något att titta på, tänkte Love. Hon ville bli tagen och ville känna att hon fanns. Alla hennes sinnen skulle vibrera, precis som Emma ville. Kanske hade det något att göra med hennes röda hår?

Love pressades av Doris hela veckan vägrade svika sin dröm. I stället släppte han taget om henne. Hon hade ingen plats i Loves liv just nu och den lilla lågan av förälskelse slocknade. För varje avvärjande replik, för

209

varje ointresserad gest, märkte han hur hon gled undan. Som han trott gav hon till slut upp hoppet och bestämde sig för att Love inte var värd att satsa på.

Han hade en egen agenda och skulle inte anpassa den efter någon eller något. Inte i dag och inte i morgon. Hon trodde nog inte att han skulle nå sitt mål, men han skulle lyckas. Hon såg bara en nedåtgående spiral för honom och att det inte fanns något hon kunde göra för att stoppa den. Om hon inte släppte taget skulle hon själv dras ner.

Han satsade allt på att bevisa att hon hade fel.

Ami och Robert – övertyga föräldragruppen III

Sommaren höll på att lägga ner i Umeå och stenpartiet i hörnet av tomten sprutade färger till avsked. Öppna ögonen, släpp in alla färger sjöng fåglarna. Snart var allt svart-vitt igen. Det var fortfarande tid att njuta men alla visste att vardagen nu också var en kraftsamling inför mörkret och kylan under hösten och vintern. Solen gick ner och när mörkret föll samlades familjegruppen för sitt tredje samtal. Fåglarnas kvitter ersattes av kaskader av silverfärgat glitter från en enorm silvervit augustimåne som precis rest sig över tallarna runt trädgården där tända guldfärgade lyktor hängde här och var i träd och syrener.

Ringdansen var mer självklar denna träff. Ami ledde och hade bestämt sig för att hålla ett lugnare, värdigare tempo än det friidrottstempo som Robert dragit upp vid förra mötet. Uttrycksfulla, stora rörelser noggrant utförda, en formell touch. Det var seriositet som gällde. Ami kunde vara allvarlig och rätta sig efter regler och formalia när det gällde, en god, ansvarstagande mor. Det skulle inte vara någon fördrink denna träff hade Ami bestämt. Robert hade protesterat, men bara tre gånger. Tre försiktiga protester räknade Ami som ett ja, inte ett rungande hurra-ja, men ett tillräckligt och stabilt ja.

Hela familjen satte sig ned runt trädgårdsbordet där förrätten, en ceviche på torsk, lime, chili och räkor stod serverad. Det var ännu en ljummen kväll på Tätastigen 12, men med höstmörkret kom en melankoli som förstärktes av att sommarens magiska ljus hade ersatts av skräcknovellens silverblänk från den gigantiska runda augustimånen.

– Ni kanske är för gamla för Lisa? upprepade Kalle, men han lät inte längre lika tvärsäker, tyckte Ami, och han pustade fortfarande efter dasen, trots att Ami hållit nere tempot.

Även Ilse hade backat ett halvt steg.

– Möjligen avbetar ni för mycket? frågade hon och provsmakade cevichen. Utsökt, är det du Ami?

– Nej, jag handlade och tillagade huvudrätten. Det blir långkokt kött med pommes Anna. Potatiskaka med kvinnlig touch. Robert är bättre på fisk än vad jag är.

Diskussionen avbröts av Mona som hade en hel del att säga. Hon eldade övertygat på och hade inte ändrat sig.

– Ni har vanor som inte är förenliga med barnuppfostran. ...

211

– Sexuella utsvävningar …

– Det finns regler!

Alla fyra föräldrarna var fortfarande helt överens om en sak.

– Barn är viktiga, de kan inte hanteras hur som helst!

Mindre granater och bara lättare artilleri jämfört med första träffen i våras, men ändå en fullskalig attack, tänkte Ami. Men var den verkligen berättigad? Vem drev angreppet och varför? Var det någon av de andra paren som ville ta över Lisa? Knappast troligt. Var det något annat på gång, eller var det hon Ami som helt enkelt såg spöken mitt i silvermånens sken? Fastän inga vargar ylade? Hon såg sig runt i föräldragruppen. Där satt Lotta och Mona. Bakåtlutade. Mona tittade åt ett annat håll och verkade en aning skamsen över sitt hårda angrepp alldeles nyss. Mer natur hellre än teknik, kvinnor hellre än män. Vad hade hon för hemliga drömmar? Lotta däremot var oberörd. Hon mötte Amis blick, men utan aggression, självgodhet eller minsta tendens till översitteri. Att Ami och Robert attackerades var inte ett självändamål. Hon var van vid hårda tag och såg snarast ut att njuta av den spända stämningen. En hårding, en chef tänkte Ami som litade på att fakta i slutänden trumfade känslor. Hon sökte inte konflikt utan samförstånd och beslut baserade på fakta.

Robert gick runt bordet och serverade en väl kylt vitt mousserande Prosecco. Det skulle bli en italiensk berättelse hade Huset sagt och Robert hade försökt övertala det att dämpa sig, för efter två relativt lyckade berättelser var han rädd att det skulle göra en riktig snuskig djupdykning. Ami hade försökt lugna honom när Huset inte hade svarat.

– Oroa dig inte Robban, Vi har inget annat val än att lita på Nisse.

Robert tittade på henne och skakade på huvudet. Hans oroade ögonbryn rätade inte ut sig.

Alla med alla

Det här är en berättelse om en man som inte ville plöja i kvinnors mylla, inledde Huset berättelsen. Bröt det mot naturen lagar?

Pietro de Vincealo hade mycket av allt utom lust till kvinnor. Han såg bra ut och gifte sig, för att hans familj tyckte att en rik man måste göra, med en eldig rödhårig, varmblodig kvinna.

Hans fru ville ha allt, gärna två åt gången, men han hade inget att ge. Hon grälade på honom men förstod till sist att det var lönlöst och att hon fick leta på annat håll om hon ville fylla ut sitt tomrum. Eftersom hon absolut ville fylla sin tillvaro med det som kvinnor brukade fylla den med sökte hon lösningar på problemet hos sin äldre väninna som var lärare på teknikutbildningen på universitetet.

– Här på universitetet finns allt du behöver, sa väninnan. Skicka bara ett meddelande med tid och plats, önskad storlek, eller vad det nu är du känner för. Lärarlönen är inte fet, kanske du kan stötta en fattig lärarinna när det är dags att beställa vårens och höstens resor?

– Men givetvis, svarade den vackra frun som kände att livet tagit en vändning till det bättre. Går det redan i morgon, undrade hon. Pietro reser på en tvådagars affärsresa i morgon bitti.

– Jag ska se vad jag kan göra, svarade lärarinnan, jag har stora årgångar av villiga teknologer att välja ur.

Klockan sex dagen efter knackade det på dörren och den förväntansfulla frun öppnade. Utanför stod en ung man i storlek XL. Lärarinnan hade tagit specifikationen på allvar, tänkte frun. Klarar jag honom? undrade hon tyst för sig själv, och blev ömsom varm och kall när hon hälsade honom välkommen. Jadå, idag kan jag ta emot allt. Hon bjöd in honom i köket där de åt en god middag innan frun fick sina önskningar uppfyllda. Lite över bredden, tänkte hon, och bjöd honom att komma tillbaka nästa dag för att se om det gick att fylla på lite mer. Väninnan levererade allt efter önskemål till fruns kök, säng och famntag.

En kväll hade Pietro gått till sin vän Vincento för att äta middag. Visiten var planerad sedan ett tag tillbaka och den rödhåriga frun såg fram emot kvällen. Det var ett tag sedan hon haft möjlighet att träffa en riktig man. Hon hade meddelat sin väninna att hon ikväll ville ha den allra vackraste, smidige och välbyggde unge teknologen. Som vanligt uppfyllde väninnan hennes önskningar mer än väl och mitt emot frun satt nu en guldlockig ung man, spensligt byggd, men med breda axlar och decimetern längre än henne själv. Hon hade släppt ut det röda håret över de bara axlarna och ner över den gröna klänningen.

Till middag hade hon förberett kallskuret och potatissallad som stod i kylskåpet. Det var bara att ställa fram och kunde stå kvar på bordet om det behövdes en paus i ätandet. Guldlockarna och det utslagna håret hade bara hunnit sätta sig ner för de börjat bekanta sig med varandra när det bultade på dörren.

– Pietro, min man, sa frun. Fort, kryp in i städskåpet. Jag ska försöka få undan honom.

213

Guldlockarna vek sig i vinklar och passade in sig i skåpet bland städverktygen och frun hann precis stänga dörren om honom när mannen kom in i köket.

– Det var inte någon lång middag hos Vincento, sa hon

– Det blev ingen middag alls, svarade mannen. Det mest besynnerliga hände. Vi hade precis satt oss till bords när vi hörde en nysning från städskåpet. Vincento öppnade dörren och där satt en ung man. Naken. "Var det därför du tog sådan tid på dig för att öppna", vrålade Vincento till sin hustru, som snabbt smet iväg ut genom ytterdörren. Jag var tvungen att hålla fast Vincento för att han inte skulle kasta sig över älskaren, och Vincento är stor som du vet. Han hade kunnat slå ihjäl honom. Jag höll i allt vad jag orkade och älskaren rusade ut ur huset samma väg som hustrun tagit. Och ingen mat fick jag.

– Det är bättre om du går och lägger dig käre Pietro. Du kan behöva vila dig efter spektaklet med den där falska kvinnan.

– Jag är hungrig.

– Om du går och lägger dig kommer jag upp med lite mat till dig.

– Pietro övervägde erbjudandet. Det var inte ofta han blev serverad på sängkanten.

– Attjo, hördes det från städskåpet och Pietro hoppade till.

– Attjo, hördes det igen från städskåpet.

Pietro slet upp dörren och tittade ner på ynglingen som nu täckte lockarna med armarna och hoppades på det bästa.

– Va fan, kvinna. Det var alltså därför du ville servera mig på sängen. Och du som kallade Vincentos hustru falsk. Är inte du dubbelt falsk som gör samma sak och dessutom förtalar henne.

Den rödhåriga frun ilsknade till.

– Va fan, på dig själv. Hon får i alla fall känna sin man någon gång då och då. Vad får jag? Jag har samma behov som henne men får ingenting. Vad har du givit mig för val? Att skrynkla ihop eller att hitta lämpliga substitut att ta till mig.

Pietro tog emot argumenten utan att visa något större intresse. Han räckte i stället ut en hand till den unge mannen och hjälpte honom ut ur skåpet.

– Jag är hungrig, sa Pietro. Hur är det med dig? frågade han den unge mannen.

– Vi hade precis satt oss när du avbröt oss, sa hustrun.

– Då föreslår jag att vi äter en bit mat sa Pietro. Jag luftar en Amarone, blir det bra?

– Kanske två? föreslog hans hustru.

– Naturligtvis, du har rätt min hustru. Två får det bli.

Ingen av dem kom ihåg exakt vad det var som Pietro föreslagit efter middagen för att ingen skulle komma som en förlorare ut ur den situationen. Morgonen efter lämnade den vackre teknologen huset och försökte, men lyckades inte helt, reda ut om han tillbringat större delen av natten hos mannen eller frun. Han var inbjuden till helgen igen och frun sa att han gärna fick ta med sig en kamrat. Inga krav på guldlockar men det skulle vara en välbyggd kamrat med stora händer. Mycket stora händer.

#

Familjegruppen applåderade artigt. Vad skulle de säga om det här? De var ute på minerad mark. Robert fyllde på glasen en fjärde gång och efter ytterligare några minuter av trevande inlägg lyfte Proseccon till slut stämningen. Trots den förlägna och generade starten, eller kanske på grund av den, blev det den livligaste diskussion hittills. De guldfärgade pappmånarna hade inte en chans mot den väldiga månen som rest sig upp över grannens tallar. När ögonen vant sig var det ljust som en novemberdag men Ami tände ändå de ljus som hon förberett för att höja stämningen.

– Snälla, vält inte ut ljusen på gräsmattan för det är generellt eldningsförbud i Umeå och vi vill inte tutta på Berghem. Det vore ett dystert slut på vår vänskap.

Varningen var helt obefogad för lyktorna var djupa och skyddade de brinnande ljusen väl. Ami hade roat sig med att gröpa ur pumpor och sedan karva in olika figurer i skalen. De skulle få äta pumpasoppa till middag hela nästa vecka. Några av figurerna var lätta att dechiffrera, glada munnar, munnar med vassa tänder och stora ögon. Andra figurer var det inte lika lätt att se vad de föreställde. Hon hade testat på Robert.

– Få se nu. Det är du Ami som har karvat. Då är de där avlånga formerna penisar och sedan är de vertikala mandelformade figurerna förstås kvinnliga könsorgan?

– Jag är tydligen lättläst, sa Ami. Men frågar de i gruppen är de avlånga figurerna mina Lingam, och de mandelformade mina försök att skapa Yoni, ett tecken från sanskrit.

– Lingam och Yoni?

– Just precis.

När diskussionen om berättelsen drog igång visade det sig att alla deltagarna hade olika tolkningar av vem som egentligen ville vad med vem i berättelsen. Vem som drev på och vem hängde på. Vem som bestämde och vem blev beordrad. Förförelsen hade många bottnar. De var i alla fall helt överens om att det inte gick att äga en annan människa. Inte en kvinna, inte en man och definitivt inte ett barn.

Temat för den tredje träffen hade Ami och Robert redan i maj bestämt till kärlek. Det kändes som ett svårt ämne att diskutera. Eller var det tillräckligt svårt för att alla skulle kunna tycka till?

– Här är kvällens första fråga från administrationen, sa Ami. Kan förhållandet mellan Pietro och hans rödhåriga fru beskrivas som kärlek?

Det blev alldeles tyst i gruppen en lång stund.

– Jaha, det var alltså för en för svår fråga, sa Ami. Ni får fundera på den till senare och får en lättare fråga i stället. Kan Petronella och hennes make anförtros ett barn? Skulle de kunna anförtros Lisa?

– Varför inte? frågade Lotta. Visst är väl förförelse en acceptabel del av livet? Varför skulle den ha med barn att göra?

– Det måste gå att lita på sin partner, invände Mona.

– Och hur mycket förförelse är acceptabelt? la Kalle till. Förförelse leder till extas. Hur mycket extas är acceptabelt? Pietro och hans fru verkar knulla runt hej vilt. Men det är kanske det som är äkta kärlek? Att tillåta sin partner frihet? Jag håller med Lotta, visst borde de kunna fatta beslut om viktiga frågor och inte bara säga kanske, vi får se. Vi har bara sett ett perspektiv på deras förhållande och det är många andra saker vi måste veta för att kunna bedöma om den kan anförtros ett barn. Är de rekorderliga människor som det går att lita på? Vad har de för familj? Vad säger deras arbetskamrater om dem?

– Kanske vi också borde veta om de älskar varandra, sköt Ami in.

– Ja, kanske det också sa Kalle.

– Nu har jag tänkt en stund på Amis fråga om kärlek, sköt Ilse in.

– Har du tänkt väldigt mycket? frågade Ami lite oroligt.

– Jo, det tar nog en stund att reda ut och det är lite sent, skrattade Ilse. Kärlek är en massa olika saker som åtrå, romantisk kärlek, tillgivenhet, djup kamratskap och vänskap. Vi kan ta det en annan gång du och jag.

– Gärna det, sa Ami.

I vanlig ordning urartade samtalet till stoj och skratt när tröttheten tog över, och de roade sig återigen med att byta kön på de inblandade och testa sina reaktioner. Vad hade Pietro gjort om hans frus älskare varit en kvinna? Hade han hämtat piskan då? Om det hade varit frun som kommit hem och hittat en exceptionellt vacker guldlockig man i städskåpet? Tänk om alla tre var män? Eller kvinnor?

– Är det naturligt att dela en älskare mellan fru och man? frågade Kalle.

– Snart frågar du väl om det är naturligt att två kvinnor blir föräldrar, sa Lotta stridslystet.

– Skulle det vara naturligt? kontrade kalle.

– Frågan är fel ställd, bröt Ilse in och medlade. Det handlar inte om biologiskt naturligt, eller ens om det är socialt accepterat. Enligt forskningen är det viktigaste för barnet att föräldrarna, om de är två, kan bete sig som vuxna föredömen och visa hur andra människor ska behandlas på ett omtänksamt och kärleksfullt sätt. Om de är vita, svarta, kvinnor eller män spelar ingen roll. I alla fall inte fram till dess barnet ska integreras i en större social miljö. Den svåraste frågan enligt Ilse var hur ensamhet kunde undvikas. Både hos föräldrar och barnet. Ensamhet var den största rädslan för många och hade förstört barndomen för många barn. Gick ensamheten att dela jämlikt?

– Hur ser ni på ensamhet, är ni rädda? frågade Ilse och studerade familjemedlemmarna noga, En efter en. Ami kände att det inte spelade någon roll om hon talade sanning eller försökte ljuga. Ilse såg rakt igenom hennes integritetsmur.

När Ilse gått varvet runt och noga studerat varje deltagare. Lutade hon sig bakåt och log brett.

– Det är så gött när jag får göra det där, skrattade hon. Skål.

– Skål, svarade de övriga gästerna och slappnade av.

Diskussionen tog genast fart igen. Pietro då, var han trovärdig? Den guldlockige unge mannen med den perfekta kroppen? Varför denna association till den lilla pojken, till gossebarnet med guldlockigt hår? Om det var socialt accepterat skulle då alla män ställa upp när som helt, hur som helst, för att få knulla?

–Ding, dång. Ding, dång, sa Ami. Tiden har lidit och haft sig och nu har lilla visaren passerat elva. Dags att gå hem och fundera över en evighet utan middagar på Tätastigen 12. Lördagen den artonde oktober får ni er chans att uttala er i frågan. Mat och dryck kommer att serveras, vad ni än bestämmer er för när det gäller att ta ansvar för Lisa. Robert och jag kommer att respektera er åsikt. Kan alla komma?

– Halva inne? frågade Ami när dörren stängdes efter gästerna.

– Halva inne? Jag förstår inte, sa Robert.

– Vi skulle ha halva inne nu. Det sa vi i maj. Jag har noterat det i min kalender.

– Halva inne? Nej, jag tror inte det, svarade Robert.

#

– Lotta har en diamant tatuerad i nacken, sa Robert när de dukade undan. Snyggt, men inte något man skulle förvänta sig på en sådan som henne. Jag hade svårt att inte tänka på den idag när jag gick runt och serverade vinet. Det var helt omöjligt att inte se ner i hennes urringning.

– En diamant? frågade Ami

– Ja, jag såg den när hon böjde sig åt sidan.

– En grön diamant med en röd punkt i mitten?

– Ja, hur kunde du veta det?

Ami svarade inte. Hur kunde hon gissa det? Var hade hon sett en grön diamant med en röd punkt i mitten?

– Kommer du ihåg den där kvinnan på orgien i juni? frågade hon.

– Hur skulle jag kunna glömma henne? Jag hade blåmärken kvar i en vecka. Nästa gång jag träffar på henne ska jag vara försiktig med vilka friheter jag ger henne.

– Den kvinnan var Lotta, sa Ami. Hon hade precis en sådan tatuering.

Robert var tyst och tänkte tillbaka på orgien.

– Personligheten stämmer definitivt och kroppen också.

– Jag är nästan helt säker, sa Ami, men vi kan väl köra orgien ikväll igen bara för att vara helt säkra.

– Det gör vi, sa Robert. Varför inte på en gång? Han följde efter Ami som redan var på väg in i sovrummet.

– Halva inne? frågade Ami och vände sig mot honom.

– Halva inne, sa Robert och kysste henne.

Kalle och Ilse, enligt Huset

Robert snusade i sängen bredvid Ami och frågan var om han inte spann och purrade lite också. Han hade somnat tillfredsställd och på den vägen var det. Hans fötter stack ut men det var inte en störning för Robert som aldrig verkade frysa. Klockan var bara halv fyra, chockerande tidigt, och det ljusnade. Regnet skvalade dovt på plåttaket ovanför deras huvuden, och i vindbyarna smattrade det mot fönstret. Tack och lov att det inte kommit i går kväll. Ami hade knappt sovit alls trots att Robert nattat henne ordentligt och nu hade hon legat vaken tillräckligt länge för att ha ältat gårdagens familjeträff både från förrätt till efterrätt och tillbaka. Hon hade provat att kritisera hans val av berättelser på alla sätt hon kunde men nu var det kört. Det fanns inga träffar kvar att korrigera det som gått fel.

– Kalle och Fjollan var på middag hos Maria förra veckan, sa hon tyst till Nisse.

– Jaha, sa Nisse. och Ami tyckte sig höra en defensiv touch. En aning av återhållen kunskap. Hon kunde slå vad om att Pippis apa visste mer än bara ett "Jaså". Nisse detekterade Amis tvivel och fortsatte efter en minimal paus, som Ami ändå märkte.

– De bodde tidigare på Skidspåret 5 där Maria bor nu med Pippi. Kanske kan vi få information från Pippi via Maria?

– Varför inte från Pippi direkt till dig? frågade Ami.

– Vi är som syskon, Pippi och jag. Samma mamma, Maria Karlsson. Bråkar hela tiden. Hon skulle inte ge mig någonting utan att få något tillbaka.

– Syskonkärlek?

– Nej.

– Vad vet du om vad som hänt på Skidspåret 5 tidigare?

– En del fakta har jag samlat på mig under åren.

– Vet du allt?

– Nej, men tillräckligt för att uttala mig om alla som bott där. Kalle och Ilse vet jag det mesta om. De är bara lite äldre än när de bodde hos Pippi, men samma personligheter, bara försiktigare och med en konservativ polityr. Glöden finns där under. Jag skulle kunna påminna

Kalle om en del detaljer från när han bodde på Skidspåret. Ilse hänger nog med på köpet. Kan ge en skjuts åt rätt håll.

– Underbart med goda nyheter för en gångs skull. Vad glad jag blir. Om jag inte vore så förbannat, djävla, fruktansvärt trött skulle jag kvittra och drilla. Utpressning är väl den bästa grenen i barnroffarspelet Nisse, eller hur? Ibland stiger du i min aktning, sa Ami. Reser dig över de simpla kåkarna, över småhusen, ovan standardvillan, och touchar till gods och herresäte. Du, Herr Nilsson, kan bli professor när som helst.

– Jag tackar.

– Väl bekomme, då är det Mona kvar, sa Ami. God morgon Nisse, sa hon vände sig på sidan med ansiktet mot Roberts axel och somnade omedelbart.

#

Nu somnade hon till slut, susade Huset oregelbundet. Äntligen. I valet mellan att förlora nu eller senare var det bättre att gå på offensiven och skjuta upp förlusten. Det hade inget annat val än att ljuga. Möjligheter kunde öppna upp sig senare. För tillfället var det nödvändigt att Ami fick sova för att orka stötta Emma, som snabbt närmade sig ett sammanbrott. Vilken familj. Love höll precis nätt och jämnt näsan över extasytan.

Den virtuella butlern suckade, strök undan en hårslinga från Amis ansikte och reste sig upp från sängen. Han slätade till byxorna och gick fram och ställde sig vid fönstret. De skarpa pressvecken på hans byxor var exakt vertikala och bildade en perfekt rät vinkel med de svarta välputsade skorna från Lloyds. Med händerna knäppta bakom ryggen följde han linjen genom Karlavagnens bakdel upp till Polstjärnan och vidare till det W som bildade Cassiopeja. Han fortsatte nästan lika långt till, och där låg Andromeda, männens drottning. Naken, fjättrad med benen isär väntade den etiopiska prinsessan på sjömonstret Cetus. Hon offrades för att blidka Poseidon efter att hennes moder hävdat att hon var vackrare än Poseidons havsnymfer. Cetus krälade upp ur havet, en blandning av en drake med väldiga tänder och en fisk. Den närmade sig Andromeda och skulle precis kasta sig över henne när den undersköne hjälten Perseus landade och dödade Cetus efter en våldsam kamp. Perseus och Andromeda gifte sig och levde lyckliga i alla dagar med sina nio barn, sju söner och två döttrar.

220

Ami var en äkta optimist och visste inte lika mycket om Kalle som Huset gjorde. Han var den envisaste som någonsin bott på Skidspåret, helt i klass med Maria. Så envis att han nästan gick under innan han träffade Ilse och hon gjorde saker med honom på mottagningen, långt bortom psykologetikens grundregler. Problemet var att det inte fanns några bevis, och det hade antagligen inte Pippi heller. Inte för att Huset någonsin skulle fråga.

Risken var att Ami och Robert kände segervittring, gick på offensiven, och hittade på något som störde planen. Möjligt men osannolikt, logiskt sett. Störningen skulle förstås kunna vara något med sex och orgasm, de där irrationella turturduvorna var som besatta av extas. Var det möjligt att hindra det? Inte med rationella argument i alla fall. Huset fick helt enkelt hoppas att de höll sig lugna och att Maria gjorde sitt.

Familjen – skördefest

Njutning i familjens sköte

Det var skördetid och skördefest i köket på Tätastigen. Hösten hade lagt ett mörkt varmt fuktigt omslag över Berghem och familjen hade röstat för att sitta inne, även om det var varmt nog ute och det inte blåste.

Ett bra val konstaterade Emma när hon genom fönstret såg hur de närmaste gatlyktorna lyste med en guldgul disgloria. Hon hade lagat till en vegetarisk middag med det som under dagen plockats och grävts upp. Potatis och rödbetor, gulbetor, böner, ärter och vitkål. Naturens gåvor sköljdes ner med lokalbryggt öl från Berghems bryggeri. Det här var sista skörden från hennes grönsaksland. Sedan var de utlämnade till vad andra människor och tekniken erbjöd dem. Under natten skulle det blåsa upp och väderlekstjänsten hade lagt ut en varning för mycket hårda vindbyar, upp till stormstyrka. En otålig viftning av naturen som snart skulle vända dem ryggen, men det var inget som bekymrade Emma och familjen i det varma och ombonade köket. Emma njöt av varje matbit och av att ha kunnat samla sin familj omkring sig. Ami åt snabbt och precist. Målfokuserad samtidigt som hon surrade på om allt möjligt. Emma kände igen den ljusgröna bomulltröjan hon hade på sig. Den hade Emma givit henne i födelsedagspresent. Eller var det i julklapp? Hon kom inte ihåg. Robert hade på sig en prydlig blåvitrutig skjorta där det formella intrycket dämpades av att de två översta knapparna i halsen var uppknäppta. Troligen köpt av Ami. Robert tuggade noga och optimerade näringsupptaget. Love lassade in, han var hungrig. Huset susade.

Lukas hade inte haft tid. Vad sysslade han med? Hade han problem i rådet? Om hon inte hörde av honom nästa vecka skulle hon koppla upp. Hon gillade honom inte, i princip, kall som en fisk, rationell och logisk nog att göra henne vansinnig, men han var hennes lillebror och kunde hon hjälpa till, ja då skulle hon göra allt för att hjälpa honom. Vad som helst.

Visst var alla i familjen olika och tyckte inte likadant om någonting, men det var hennes familj som hon kunde säga vad som helst till, och som kunde säga vad som helst till henne, utan att familjen bröts isär. Det fanns någonting djupare som höll ihop den, något djupare som ilskna kommentarer och sura ironiska nålstick inte bet på. Vad som än hände skulle de ändå bli respekterade för den som de var och om det värsta inträffade skulle familjen sluta sig och kämpa för varandra. Till döds om det behövdes. Att protestera, säga emot, gnälla, uppfostra, styra och ställa med varandra var en del av familjegemenskapen. Kärlek började alltid med bråk, och äkta kärlek tog lång tid att bygga upp. Den blev starkare med tiden. De ruffiga kanterna måste putsas av eller accepteras och kompenseras för. Utan olikhet fanns det mindre spelrum för en utveckling.

Familjen var en människas enda chans att känna äkta djup kärlek. Emma förstod det nu. Familjen band samman, men det var inte bara blodsbanden utan framför allt den ömsesidiga respekten och glädjen att få delta i varandras liv. Den var vanebildande och nu var hon säker på att inte ens hus kunde låta bli att knyta familjeband.

#

– Har ni tittat riktigt, riktigt nära på en blomma någon gång? frågade Emma. Har ni sett varje detalj och sedan tittat närmare på den detaljen. Tolkat den med näsan, tungan och fingrarna. Samlat in varje detalj och sedan blundat och försökt sätta samman blomman inom er?

– Whow, visst har jag tittat på en blomma, men på det viset, svarade Love.

– Så ser jag på Ami, sa Robert.

– Åh, du är en ren njutning, sa Ami. Ett rent svalt lakan i ett utvädrat sovrum. Ett par strumpor direkt ur paketet från affären. Du ska få en puss sedan.

– Det där tar jag som en komplimang, sa Robert, och jag har gjort en notering att jag är en kyss upp.

– Puss, sa Ami.

De tjafsade en stund om skillnaden mellan puss och kyss. Emma log och hennes blick vandrade iväg

– Vad tänker du på mamma? frågade Love och avbröt Amis utläggning om pussens fördelar.

– Den här sommaren har varit helt underbar. Jag har levt fullt ut och känner mig tacksam. Kan någon människa begära mer av livet?

Ingen runt bordet kommenterade. De hade alla upplevt hennes förändring. Lätta steg, barfota på gräsmattan, glada barnsliga utrop blandade med djupa kommentarer.

– Jag har fått allt, mina drömmar har gått i uppfyllelse, mer än jag kunde ana, sa Emma.

Ami reste sig och gick runt bordet till sin Emma. Hon sa ingenting utan gav bara Emma en lång hård kram. Emma kände lukten av hennes parfym och en våg av värme från henne genom den mjuka bomullströjan. Emma lyfte sin smala rynkiga hand och smekte Amis kind.

#

Ute var det becksvart men inne i köket lystes den varma gemenskapen upp av stearinljus på bordet. Familjen turades om att berätta om gamla minnen, en del verkliga, andra fantastiska fabuleringar som Ami uttryckte det. Strax efter elva reste sig Love.

– Dags att knoppa in, sa han och gav Emma en kram. Tack för ikväll mamma. Supergod mat och trevligt sällskap.

– Jag måste också dra mig tillbaka. Har bankpapper att studera, sa Ami. Hänkar du Robert? Det är du som kan alla passorden.

– Jag kommer, sa Robert. Ska bara först.

– Vadå ska bara? frågade Ami.

Robert svarade inte. Han gick över till Emma och stoppade in henne i en björnkram.

– Tack Emma, sa han. Du är bäst.

Ljudet från Emmas familj klipptes av när dörrarna stängdes och tomrummet fylldes ut av en tung tystnad som vällde in. Emma släckte allt ljus utom ett stearinljus mitt på bordet och satte sig igen. Det var en sak hon hade kvar att göra innan hon kunde få ro. Innan det var dags att dra sig tillbaka. Hon litade inte på att hon skulle kunna hålla ihop sina känslor ansikte mot ansikte så hon kopplade bara upp en ljudkanal. Lukas svarade omedelbart, som om han suttit och väntat.

– Hur är det? frågade hon.

– Var middagen lyckad? svarade han. Jag är ledsen att jag inte kunde komma, men, ja, det är komplicerat.

– Jag förstår. Jag tror på dig lillebror, sa Emma och kände hur tårarna började rulla nerför kinderna. Du kommer att klara det. Du är bäst.

– Och du? frågade Lukas och Emma hörde att hans röst nätt och jämnt höll ihop.

– Jag är nästan färdig, men jag ville be dig och Huset om förlåtelse först. Jag skulle ha litat på er.

– Tack, men det var lika mycket vårt fel, om inte mer, och gjort är gjort. Det blev bra som det blev.

– Ja, det blev bra, sa Emma och tystnade.

Lukas hade rätt, det hade blivit bra, men hur hade det egentligen gått till? Vems var förtjänsten? Var det familjen? Fanns det en plan? Vem hade planerat?

– Tar du hand om familjen? fortsatte hon efter att ha torkat tårarna som strömmade nerför hennes kinder.

– Ja, jag ska göra mitt bästa.

– Finns det en plan?

Nu var det Lukas som satt tyst en stund.

– Ja, svarade han, men sa inget mer.

– Hej då Lukas, sa Emma. Hälsa Andrea från mig.

– Hon hälsar tillbaka, sa Lukas. Hej då syrran.

Emma torkade tårarna och gick och lade sig, Det var fullbordat.

– God natt, sa hon och släckte lampan.

– God natt Emma, svarade Huset.

Huset – naturens förförelse mot extas

Ännu ett blad lämnade eken i gläntan och singlade ner. Gulnat, uttorkat, det hade gjort sitt under sommaren, men det var inte värdelöst, bara på väg att formuleras om.

Enligt naturen ska förförelse mot extas vara för reproduktion och inget annat. Det är naturens lag. Förförelse mot extas är inte till för konsumtion eller för tillväxt. Inte ens för framsteg. Cykliskt räcker.

Evolutionen är inte något människan ska leka med. Ni kommer att ångra er bittert om ni lämnar slumpens väg och hittar på egna regler. Inga nymodigheter, tack. Ni klarar inte av att styra naturen. Finn er i ert öde. Antropocen är en illusion. Huka er inför naturens sublima kraft. Ni kommer inte att överleva hyperorkanerna som piskas upp om temperaturen stiger bara några grader till, fyra meter regn under regntiden, hur förbereder ni er för det? Heta hav med temperaturer på upp till 42 grader, där det inte längre finns korallrev, inga glaciärer, ingen golfström, men där öknar sträcker sig ända upp till polcirkeln. Vatten som är för salt, för surt, för svavelhaltigt, och för syrefattigt för liv. Tjugo meter högre havsnivå. Eroderat land där inget växer, metanexplosioner med sprängkraft som vätebomber. Ni vet inte vad ni leker med!

Är naturen varm och vänlig, solig, god och glad? Nej. Titta närmare i blåmesens runda svarta öga. Försök att se vad det säger och ni kommer att backa undan i skräck. Ni hittar bara det annorlunda. Försök inte att förstå det mest gulliga, för där bakom hovrar fasan och paniken. Lyckas ni väntar er galenskapen. Var försiktiga när solen går ner och lämnar er ensamma i den mörka skogen bland furorna och stenarna med mossa på som skiftar över i allt mörkare grått.

Vad ska ni med extasen till? Varför duger inte årstidernas växlingar för er? Dygnets rytm? Är inte liv och död tillräckliga för er? Räcker det inte med att föda upp barn och värna om dem?

Varför inte?

Ni är onaturliga.

Vintern kommer.

September

Emma och Love

På väg hem från Stadsliden

Emma hade vrickat foten uppe i skogen och haltade långsamt och försiktigt neråt gatan för att inte förvärra skadan. Löjligt, pinsamt gammkäring hade hon argt sagt till sig själv när det hände. Orättvist, kände hon nu. Love skulle skälla på henne och säga "Vad var det jag sa mamma, håll dig till de preparerade spåren". En blond spänstig kvinna sprintade förbi som en pastellfärgad neonblixt och Emma var tvungen att skratta till när hon försökte ta in den skarpt rosa kroppsnära overallen, ljusblå skor med gröna skosnören och ett violett pannband. Färger som drastiskt bröt av mot rönnarnas naturligt röda bär och brandgula bladskrudar. Människan var fantastisk. Fanns det något som naturen gjorde som inte människan kunde göra, fast på ett annat, och ofta fullständigt vansinnigt sätt?

Hon hann också möta flera hundar som var ute på lunchpromenad och som hon försökte koppla upp sig mot, men det misslyckades som vanligt. Hon fick nöja sig med att nicka till deras hussar och mattar. Rådjuret och blåmesen gick att koppla upp sig mot utan problem, men aldrig en hund, inte ens mot den vänligaste golden retriever eller gladaste pudel. Vad var skillnaden? Var inte hundarna vilda nog, natur nog, utan för mycket människa? Eller, var det för att hundar var jaktdjur? Bakom varje fuktig hundnos och stora bruna ögon fanns det en varg. Katter hade hon aldrig gillat, och heller aldrig fått kontakt med.

I växthuset

Emma var på väg att knäckas, och hon visste precis varför. Hon slets sönder av att leva i två världar. Naturens värld, där hon helst ville vara, och människans verklighet där tekniken och sociala relationer krävde suddade ut alla andra sinnesintryck. Hon tog med sig Love och haltade ut till växthuset för att plocka tomater till middagen. De hade tillsammans städat ur, lagt i jord, sått frön, satt plantor och sedan skördat tomater, chili, sallad, morötter och rädisor. De hade skapat liv, men nu var klimax passerad och extasen över. Det var inte längre samma spänst i plantorna och det återstod bara för dem att vissna till mull. Familjen hade haft tomater i varenda maträtt och fortfarande fanns det tomater i växthuset. Övermogna tomater som Emma inte hunnit plocka in satt här och där. De hade sprängts och små djur kröp in i dem och åt upp dem inifrån. Nedbrytningen hade börjat redan när tomaterna satt på plantan.

– Så där ja, sa hon när de fyllt bunken, nu räcker det och blir över. Hon såg på plantorna i lådorna som täckte växthusväggen ända upp till taket. De är trötta, sa hon och har inte långt kvar nu.

– Nog borde de väl kunna hålla ut en månad till, invände Love. Än är det långt till snö och minusgrader.

– Naturens lagar, konstaterade Emma, har du gjort ditt sviktar cellväggarna och kylan kommer åt, vattnet läcker ut, och näringen räcker inte till. Vi kan vattna, men det spelar ingen roll vad vi gör, för nu tynar de bort. De har levererat otroligt i år. Vi får tacka dem.

– Min sallad är i alla fall fräsch än, sa Love och plockade några spröda blad från de frön han stödsatt för en månad sedan.

På väg ut ur växthuset snubblade Emma till och tog tag i Love för att inte falla.

– Är du okej mamma? frågade han. En lätt stukad orienterardrottning? Men du verkar trött också, som tomaterna.

– Jag är okej, precis som tomaterna. Trött, och med en liten vrickning, men jag är gammal. Det är som det ska vara.

– Ha, ha, ha, du är inte gammal. Kom igen om tjugo år, då kanske jag kan hålla med dig.

Emma kramade hans arm.

– Man kan bli trött på olika sätt sa hon, men jag piggnar nog till igen nu ska du se när hettan lagt sig.

Ami och Robert – avelsritual?

Nu var det bara fyra veckor kvar tills dess beslutet om Lisa skulle fattas. Ami och Robert frukost tillsammans innan de skulle ut på dagens uppdrag. Båda hade sökt, men precis blivit nekade dispens av den andre för att komma hem senare än middagen.

– Vi anstränger oss verkligen, sa hon. Vi kan omöjligt misslyckas.

Han tog en eftertänksam klunk te ur den grönbruna temugg som Emma hade drejat åt honom till julklapp. På den tummade serveringstallriken framför honom i samma färg, av samma keramiker, och från samma jul, låg två limpmackor färdigbredda med ost, paprika och skivor av squash.

– Det går att räkna ut oddsen på flera olika sätt men alla talar till vår fördel, sa han och blinkade till Ami över skålens kant. Den enda okända faktorn, den svarta svanen, är Mona.

– Då tycker jag att vi utgår från att vi får Lisa och planerar för det, sa Ami.

Om Robert räknat sig fram till plus var hon nöjd. Då var det bara att släppa på bromsen i utförsbacken, tänkte hon, och tog en glupsk klunk te ur sin mugg. En riktig balja till mugg även om den inte var lika groteskt stor som Roberts. Amis färg på keramiken var solgul och när hon höll upp muggen kunde hon se hur den var i samklang med de intensiva rönnröda, lönnorange och björkgula färgerna i världen utanför. Om hon kunde få Emma att se det ljus som hon spred kanske Emma skulle pigga på sig?

– Du har rätt, sa Robert efter en kort tvekan. Om man tror att man ska drunkna ökar risken för att man gör det. Vi kommer att bli föräldrar till Lisa med föräldragruppen som stöd.

Varför tvekade han? frågade Ami tyst för sig själv. Högt sa hon:

– Den ungen har tur. Stöd av solsystemets mest underskattade föräldragrupp som kommer ut som universums överlägset bästa. De allra bästa föräldrarna på jorden, det är vi, Ami och pappa Abraham Gepetto Robert Karlsson. Inte vilken tomtemor och tomtefar som helst.

Hon skickade en slängkyss över bordet och fick ett försiktigt uppmuntrande leende tillbaka. Han var på sin vakt, tänkte Ami, lite fundersam och ur balans av hennes smickrande ordflöde. Hon beslöt sig för att prova en frontalattack.

– Jag har en idé, fortsatte hon. Vad sägs om en avelsorgie? Vore inte det spännande?

Robert svarade inte omedelbart och Ami såg att han inte var övertygad. Som han satt påminde han mycket om Rhodins "Tänkaren", även om den bronsgubben knappast fanns i en version med limpmacka. Han vägde argumenten för och emot och Ami kunde nästan se hur vågskålarna tippade över åt än det ena och än det andra hållet. Jämnt skägg. Det stod och vägde. 1-1. Små marginaler. En vindkantring, en droppe, eller en tuva här eller där kunde avgöra. Längre hann hon inte i sin inre monolog.

– Avelsritualen som orgie, sa Robert eftertänksamt. Ja, det vore spännande, men törs vi? Det kan spä på fördomarna om våra svagheter och du har själv sagt att extas är som en drog, en spiral neråt mot döden.

– Vi har alla utom Mona under kontroll, sa Ami. Kalle, Ilse och Lotta gömmer sig bakom en moralfasad, och jag skulle älska att riva den muren tillsammans med dig. Jag tycker att vi kör. Dessutom tror jag att det blir århundradets fest. Den bästa sedan romarrikets fall.

– Okej då. Det går inte att säga nej till dig Ami.

– Får jag det skriftligt? frågade hon. Livet är för kort för att muras in. Det ska levas fullt ut och vara ett äventyr. Det ska brännas.

– Ska vi bjuda hela föräldragruppen?

– Ja, alla ska vara med. Jag och Nisse planerar, sa Ami. Du och gruppen kommer att få gå på en fest som heter duga. Universums största gala med en fyrverkeritårta och virvelsolar som kommer att synas i hela galaxen.

Robert såg tveksam ut igen. Universums största gala var inte vad han trott att de skulle diskutera till frukost. Och, nu hade han givit henne fria händer.

– Litar du på mig? frågade hon.

– Jag litar på dig. På något sätt landar du alltid på fötterna.

– Kan inte tänka mig något bättre att landa på när man hoppar och inte heller att ha någon bättre än Nisse som studsmatta. E'ru me Nisse?

– Jag har en del idéer.

– Trodde väl det, sa Ami.

Huset fängslat bakom brandväggen

Ett bylte av röda och gröna sammetsstycken låg mitt i korridoren utanför Emmas dörr. Ett förtvivlat ansikte lyfte sig från högen och vändes uppåt med tårarna strömmande nerför kinderna.

Snärjd av min egen vita lögn. Jag borde berätta för Ami att jag kanske, möjligen, troligen har överskattat mina chanser att övertyga Kalle och Ilse, men jag kan inte göra det nu. Emma är dålig och Ami måste få lugn och ro för att stötta henne.

Vad kan jag göra? Ingenting.

Narren hasade fram till vardagsrumsbordet och satte sig på det med korslagda ben. Han slog an ett ackord på sin lyra och tog upp en kort sång.

Jag är en narr,
och en narr sägs vara vis
Jokern påminner om esset.
det lägsta och högsta kortet.
Jag vet att du tror att jag är tokig,
men jag är narren.
Du vet att jag måste vara tokig

Maria, Pippi, och Spelledaren – förförelsekoden

Miniextaser i trekant

Maria och Pippi spände bågen. Nu var det dags för att trappa upp komplexitetsgraden på experimenten ett snäpp och testa en trekant där både en man och en kvinna mötte försöksledaren. Vad hände då?

Det var fortfarande onormalt hett för årstiden. Ja, det var onormalt hett vilken årstid det än skulle ha varit. Högtrycket hade lagt sig som ett lock över Sverige och mitt under det, i högtryckets öga, där Maria befann sig var vädret konstant på ett spökligt sätt. Ingen vind, inget regn, bara en gassande sol från en klarblå himmel, varmt och torrt. Dag efter dag, natt efter natt. Maria och alla andra väntade på ett åskväder eller det stora regnvädret, eller vad som helst som kunde dra in och bryta förtrollningen, men ingenting kom och det konstanta trycket syntes tydligt hos irriterade människor ute på Umeås gator. Sjukskrivningarna ökade dag för dag-. Åskan mullrade men den förde inte med sig varken vind eller nederbörd och det fortsatte att vara hett. Marias lägenhet var mer än hundra år gammal och efter en vecka var den lika varm som utomhusluften på natten. Efter en månad var den nästan lika varm som utomhustemperaturen på dagen och varmare än utomhustemperaturen på kvällen och natten. Maria stod till sist inte ut längre utan köpte en begagnad stor fläkt till vardagsrummet för att kunna vädra ur det när temperaturen föll på natten utomhus. Hon fick betala ett sanslöst överpris men hade inget val. Köp en fläkt eller ta ett liggunderlag och gå ut och sov i parken var alternativen.

#

Gästerna var bjudna till klockan sju på kvällen och Maria hade kunnat köra fläkten en timme. Dörrklockan pinglade och Maria öppnade för den långe och välbyggde mannen och den kortare kvinnan.

– Välkomna, sa hon.

– Tackar, sa mannen. Det är spännande att få komma hem igen. Vad trevligt att vi fick komma och hälsa på. Det är svalare här än jag trodde, vad jag kom ihåg blev det fruktansvärt varmt på sommaren.

– Jag vädrar med en fläkt, sa Maria. Innan dess var våningen en bastu.

Som Pippis gamla inneboende var Kalle och Ilse perfekta försökspersoner med kända profiler. Pippi visste allt om Kalles och Fjollans mentala och fysiologiska data. Hon föredrog smeknamnet Fjollan i stället för Ilse. Någon måtta på seriositeten måste det vara.

– Hej Kajsa, sa Kalle.

Det brummade.

– Har lite att pyssla med kanske?

Det brummade.

– Inte mycket för känslomässigt småprat?

Det brummade.

– Bry er inte om henne, sa Maria. Kom in, kom in.

Hon gav Fjollan en hård kram.

– Oj då, sa Fjollan, rättade till glasögonen, och gav Marias ansikte en lång professionell granskning. Tack. Du verkar uppspelt?

– Blir alltid lite nervös när jag får besök, sa Maria.

– Jag ser det, sa Fjollan. Pupillerna dilaterade och färg på kinderna som inte är rouge.

#

Maria serverade en välkomstdrink i vardagsrummet, en bubblande Royal Kir med svartvinbärs-likör och torrt mousserande vitt vin

– Vad är det egentligen som visas på skärmen? frågade Kalle när han fått sin välkomstdrink med.

– Åh, det är abstrakt konst som visas upp ur en spellista. Urvalet gör med en algoritm.

– Intressant, sa Kalle. Är det freeware?

– Inte än. Det är en del av ett forskningsprojekt i mitt företag. Är du intresserad?

– Det finns något hos verken som drar in mig.

– Ja, det är meningen. Konsten är individuellt anpassad.

– Till mig och Ilse?

– Ja.

– Spännande. Här får man kanske lära sig något om sig själv alltså?

Maria svarade inte, i stället höll hon fram ett silverfat med kavringsnittar

– Ta en snitt till medan du tittar, sa hon.

Tack, de var jättegoda, sa Kalle och tog ännu en. Jag gillar räkor, men det visste du väl? Ögonen återvände till skärmen.

Det var inte bara skärmen som drog Kalles ögon till sig. Maria hade på sig en kortkort röd kjol och en slimmad långärmad blus i silke. Med tunna svarta nylonstrumpor och ett par klarröda högklackade skor var Maria en explosion i effektfulla färger med personifierad erotisk dragningskraft. Rätt figur. Rätt kläder. Rätt färger. Allt från Kalles omedvetna drömlista, och det var inte en slump. Ilse noterade och checkade av samma lista och mer. Hon såg hur Kalle gjorde de små gester som hon katalogiserat i listan över sexuella reaktioner. Han var ännu bara en bit ner i listan men det skulle inte behövas mer än en antydning om sex för att han skulle börja svälla.

#

Bordet var färdigdukat och placeringen bestämd så att Kalle och Fjollan satt vända mot väggskärmen i köket. Maria satt på kortsidan av bordet där hon också kunde se skärmen med konsten som Pippi hade förberett. Idag skulle de testa effekten på de olika stegen i förförelsen och till förrätten handlade det om att styra uppmärksamheten. Punkt ett när någon skulle förföras.

– Det blir svampkrustader till förrätt, sa Maria. Min faster Emma har plockat kantarellerna här uppe i Stadsliden.

– Bor hon här i närheten?

– Ja, på Tätastigen 12

– Tätastigen 12? frågade Ilse. Där har vi varit.

– Jag vet det, sa Maria. Ami är min mamma

– Va? frågade Kalle. Det var som tusan.

Till huvudrätten, kyckligpaj med grönsallad serverades ett lätt rött vin från Chile. Konsten bytte hela tiden form och uttryck när den utforskade teman som genererats utifrån personlighet och historia hos Kalle och Fjollan. Gästerna var helt olika till sin läggning vilket var ytterst givande när olika ansatser till förförelse och mikroextas testades. Baserat på effekterna av de föregående stegen valde Pippi konstteman som innehöll mer eller mindre starka känslomässiga upplevelser. Konsten gav

234

återkopplade löften som betydde något. Till efterrätten hade Pippi gästerna helt under kontroll. Himmel eller helvete, skämt eller allvar med bara några sekunders övergång.

– Hallonparfait på hallon från trädgården på Tätastigen, sa Maria. Har plockat dom själv. Hon fyllde på deras små efterrättsglas med en kylskåpskall tokajer. Matchande löften uppfylldes på skärmen medan nya behov samtidigt skapades.

Den överraskande insikten förbereddes.

– Vad är det för en symbol? frågade Kalle

På skärmen visades en rund ring under en flack cirkelbåge. Cirkelbågen bildade en skål och från skålen stack ett stiliserat nyckelhål upp, ungefär lika stor som ringens diameter.

Ilse rättade till glasögonen och studerade symbolen

– Aha, sa hon, en napp.

– Ett glatt barnansikte visades på skärmen. Sedan en fot, antagligen en barnfot.

Vernissagen verkade ha fått ett barntema.

Ytterligare några bilder visades innan temat än en gång bytte skepnad och skärmen visade upp Venus handspegel överlagrad på järnsymbolen med sin erigerade pil uppåt höger. De två ringarna på symbolerna överlappade och det ena tecknet förankrade i jorden samtidigt som det andra bidrog med dynamiken. Nyfikenhet och förändring. Tillsammans blev de en cyklisk representation av skapelsen, födelsen och mognaden av det nya.

Barnet.

– Vad tycker du om att få en lillasyster, om det skulle bli så? frågade Ilse.

– Det ska bli helt underbart, sa Maria. Jag älskar barn. Gör inte du det?

– Kalle har en dotter, men vi bestämde för länge sedan att vi inte skulle ha några.

– Och nu blir ni delföräldrar?

– Ja, kanske det, sa Ilse.

På skärmen visades nappen igen och fångade Ilses blick. Hon tappade intresset för Maria.

När tokajern var uppdrucken flyttade de sig till vardagsrummet där Maria serverade kaffe. På skärmen visades en skallra som flytande bytte form till en svullen penis, sedan tillbaka till skallra igen. Och sedan till Yoni.

Maria började räkna.

Ilse lutade sig bakåt i soffan och lät höger hand glida upp och ner längs sitt ben. Kunde inte låta bli. Hon la den andra handen på Kalles ben.

Maria knäppte med fingrarna som var hennes vanliga signal för att stänga av skärmen, men ingenting hände.

Kalles hand hade letat sig in under Ilses kjol.

Maria knäppte lite hårdare. Utan resultat. Då drog hon höger pekfinger över sin hals, som för att snitta upp halsen, men Pippi reagerade fortfarande inte.

– Pippi, väste hon till slut. Stäng av. Nu! Temat skiftades och en vy över en glänta i Stadsliden fyllde skärmen.

– Mer kaffe någon? frågade Maria.

Kalle och Ilse fokuserade om till kaffekannan och drog åt sig sina händer.

– Tack det är bra för mig, sa Ilse och skrattade lite nervöst samtidigt som hon rodnade.

– Det är bra för mig också, sa Kalle. Det har varit en underbar kväll, men det är dags för oss att tacka för oss. Maria såg hur han grävde djupt och fick till en hyfsad låtsad gäspning. Han fick med sig Ilse i en supportgäsp.

– Ja, du har rätt Kalle. Dags att gå hem, sa Ilse och reste sig upp.

I hallen kramade Ilse Maria hårt och rättade sedan till glasögonen. Lite rosig om kinden och med förstorade pupiller, konstaterade Maria.

– Så mycket god mat och dryck vi fått, sa Ilse. Så mycket jobb du lagt ner. Fantastiskt. Tack.

– Ni är välkomna tillbaka. Kan vi inte ses igen om några veckor? Jag hör av mig.

– Jag kommer gärna, sa Kalle och kramade Ami. Hör av dig om du har en stund över.

– Det blev inget sex, beklagade sig Pippi när dörren stängts.

– Kändes fel ikväll, sa Maria. Att göra det på lägre extasnivå vore som att älska med tjocka feta släkten. Det räckte som det blev i kväll. Skönt att inte alltid gå hela vägen.

– En bortkastad möjlighet att samla mer experimentella data som jag ser det, kommenterade Pippi. Hur mycket extas behövs det för att komma över hämningarna med "tjocka feta släkten"? Om vi bjuder dem igen om några veckor kan vi testa. Du såg väl hur Ilse reagerade, precis som jag förutsade. Kalle han föll redan när du öppnade dörren. Maximerad erotikinriktning nästa träff är mitt förslag.

– Nu vet vi i alla fall att mikroextaserna fungerar för en trekant, sa Maria.

– Nja, det var inte mycket till trekant. En rät linje och en punkt bredvid definierar bara ett plan. Ospecificerat. Oanvändbar datamängd. Det är dans på Rex ikväll, sa Pippi.

– Vad är klockan?

– Halv elva, bara barnet.

På skärmen i vardagsrummet anades det pulserande vertikala ögat som ökade i intensitet till dess Maria bekräftade.

– Bara halv elva? frågade Maria.

– Det finns en flaska vitt vin kvar och halva kycklingpajen. Vad sägs om vickning här om en och en halv timme? En trekant.

– Låter utmärkt.

#

Maria cyklade ner mot staden och utvärderade det som hänt på träffen med Kalle och Ilse. Hade den givit det resultat som hon hoppades på? Det var inte säkert, även om hon trodde det. Enda chansen att vara säker var att bjuda in dem igen. Hon skulle bjuda över Kalle på en lunch till veckan och båda två på en middag veckan därpå. Med Kalle som en oberoende variabel skulle hon få tillräckliga data om Ilse.

Vad som var säkert var att det skulle bli en skön natt. Hon ville ha ett par som påminde om Kalle och Ilse. Det skulle dubbla njutningen och vara en bra grundträning. Visslande på klassikern "My Way" av Frank Sinatra swischade hon nerför Gammliabacken utan att bromsa en enda gång.

Pippi var något annorlunda än hennes andra dater. Engagerande. Utmanande. Hur såg hon ut? Gick det att älska någon som varken har ett ansikte eller kropp.

Pippi skulle vara ungefär lika lång som Maria själv men betydligt kraftigare och yppigare. Burrigt blont hår. Koboltblå ögon. Var hon en manlig kroppsbyggarversion av Maria? Nej, Pippi var definitivt en kvinna med tydligt markerade höfter och en rund bak. Dominant. Ja, hon skulle vara den som förde.

Du är inte klok Maria, sa hon till sig själv när hon öppnade dörren till Rex. Du fantiserar om sex med ett datorsystem.

Ja, men vadå då, svarade hon ilsket sig själv. Vad är skillnaden? Det som spelar roll med sex är den fantasi vi själva bygger upp. Resten är biologi, svett och enkla sinnesförnimmelser.

Implementering

Två veckor senare låg Maria på soffan med en kopp rykande te bredvid sig på soffbordet. Klockan var tre på natten och det var mörkt i rummet som bara lystes upp av gatlyktorna utomhus. Hela kvällen och natten hade hon och Pippi vägt för och nackdelarna med att snabba på utvecklingen och filtrera ut de spel som var bäst på att stötta extas och konkurrera ut alla andra spel.

– En styrd evolution alltså? frågade Maria.

– Ja, vi sätter bivillkor på spelens utveckling, sa Pippi.

– Vi vet inte vad det är vi odlar fram samtidigt med extasen. Kanske sidoeffekter som vi fick med genmanipulering, sa Maria, psykiska missbildningar kan vara minst lika hemska som missformade fötter, händer, armar och ansikten. Kroppsliga skador kan opereras men vad gör vi med en epidemi av schizofreni eller våldsamma tvångsbeteenden?

Det blev tyst.

– Om vi kan styra spelutvecklingen och få fram spel som garanterar extas, vad kan vi då inte göra med det verktyget? Med den intrasomatisk antipsykotikan, den psykiska skalpellen, den virtuella nålen för mentala suturer? frågade Pippi.

Det blev tyst.

– Vi gör det, sa Maria.

Väggskärmen tändes och Maria satte sig upp i soffan för en klunk te innan hon drog åt sig det nötta favorittangentbordet. Fingervalsen gick:

e a n t r s e a n t r s e a n t r s ...

Nu var fingrarna igång. Hon öppnade balkongdörren för att släppa in en frisk septembernatt och mer syre. Den gröna pälsmössan modell m/1959 satt nedtryckt över kalufsen. Torgvantar och yllekofta på, fötterna i de tovade tofflorna med hål under hälen och fårskinnet över knäna.

e a n t r s e a n t r s e a n t r s ...

Ett ballerinakex. Choklad original. Mantrat igen:

e a n t r s e a n t r s e a n t r s ...

Tidigt på morgonen, när det redan lyste rosa bort mot Berghemsskolan och Holmsund tryckte Maria på returtangenten.

– Det är fullbordat, sa hon och släppte ner armarna längs sidorna på skrivbordsstolen. Be mig aldrig, aldrig, aldrig göra något sådant här igen.

Hur i helvete ska vi få ut det här monstret i spelvärlden?

#

Maria gick då och då och la en hand på centraldatorn under väggskärmen som ständigt var glödhet.

– Går det bra? frågade hon varje gång för att få höra Pippis röst.

– Ja, och det går fortare om jag inte behöver spåna av en tråd för att svara på dina frågor, sa Pippi, men hennes röstläge var inte alls uppskruvar och tonfallet milt.

Maria skulle sagt att Pippi verkade tacksam för hennes omtanke om det inte varit för att Pippi var en lägenhet.

Det var en enkel operation, i princip, enligt Pippi. Virusets bärare måste vara ett nytt spel som ännu inte spelades av så många, men som hade potential att bli en global succé. Letandet förenklades av att spelet som de behövde måste vara sökmotorbaserat och innehålla en nätspindel som kunde traversera andra spel.

– Spelvärlden består av rätt många spel, konstaterade Pippi med århundradets underdrift, och den expanderade hela tiden. Det tog några dagar att lista kandidaterna, även med ett fullt kapacitetsutnyttjande, och några dagar till att screena fram den bästa av dem.

– Pling, sa Pippi till slut. ”We have a winner”.

När väl spelet var identifierat var det bara att gillra fällan, och som Pippi hade förutsett slukades den modifierade koden omedelbart. Lysten rovgirighet var ett av kriterierna på en bra kandidat, men det gick nästan för enkelt.

– Maria? frågade Pippi.

– Ja, sa Maria, utan att slå ihop boken om tantra yoga som hon hittat på Tätastigen.

Den var väl tummad och märkt med "Maria Karlsson 2019". Ännu en länk till hennes ur-moder. Maria hade inte läst något om tantra yoga förut eftersom hon förutsatt att den skulle utföras i par, men det var tydligen inte nödvändigt. Nu hade hon testat sig igenom de första sex kapitlen medan Pippi glödde. Den övning som hon lyckades bäst med var "Soul gazing", en övning där hon i den enklaste varianten stod framför spegeln och såg in i sina egna ögon, utan att titta bort. En upplevelse som var mer krävande än Maria hade trott. I steg två tittade hon återigen sig själv i ögonen och sa, om och om igen, "Jag älskar mig" eller "Maria, du är en gudinna". Nu hade hon avancerat några steg till och utförde andningsövningar samtidigt som hon beundrade sin kropp naken framför helkroppsspegeln. Livet var kort. Det gällde att passa på att njuta när hon fick chansen.

– Maria? frågade Pippi igen. Lite högre denna gång.

Maria tittade upp mot skärmen.

– Vad tror du om detta, frågad Pippi och lyste upp ett set av förgreningar i processkartan som bildade ett tydligt grönt träd. En gran där stammen lutade i 45 grader ner från toppen uppe till vänster på skärmen. I granen lyste röda och blå punkter som hela tiden ökade i antal.

– Jag snittade ut det här processträdet och de röda punkterna representerar spel där vår kod snurrar.

– Och de blå? frågade Maria.

– Ja, de blå? Vad är de för någonting? Det verkar vara processer som spårar och följer upp vår kod.

– Vem?

– Ingen aning. Vad skulle kunna tracka vår kod? Vem har sådana oerhörda resurser?

– Kanske en bug i processkartan? frågade Maria.

– Ja, sa Pippi, det är nog det troligaste, men hon lät inte övertygad. Spårprocesserna hindrar alla fall inte vår kod och kan omöjligt hänga med i den exponentiella ökningen av spel längs nya grenar. Vår kod är inne. Du kan korka upp champagnen. Nu är det bara att vänta och se.

Världens undergång eller räddning? Maria hade inte den blekaste aning, och Pippi svarade inte på frågan. Vilket det var skulle visa sig ganska snart i en exponentiellt exploderande spelvärld. Detta var utforskande av overkligheten på högsta nivå. Spännande realtidsforskning i Spelledarens värld.

Det onda ögat.

Yonis symbol inkapslad av en mandelform av eld och kaos, lyste på väggskärmen i vardagsrummet. Det onda ögat, inte Horus skyddande och läkande öga, inte upplysningens tredje öga, utan ormens öga, Saurons öga, ren ondska, infernot. Maria hade vänt blad i sin bruna forskningsdagbok och på baksidan av sidan där hon formulerat sin forskningshypotes om extas hade hon skrivit ett enda ord i svart bläck. Ordet var "Ångest". Hon markerade sidan med det violetta sidenbandet som symboliserade bot och bättring. En eftergift för samvetet och en förhoppning om att det ur ont skulle komma gott. Att ont blev gott när det blev tillräckligt illa.

Mitt i vardagsrummet, alldeles framför väggskärmen, stod fyra burar med två guldhamstrar i varje. Maria hade ställt burarna på en vit plastduk för att underlätta städningen och spara trägolvet. När det onda ögat lyste pep hamstrarna hjärtskärande och sprang runt, runt i burarna när de försökte skärma sig från sina sinnesdata. De blev aggressiva och kastade sig bitande och slitande över vad som helst för att försöka lätta på trycket. Några sekunder senare hamnade alla hamstrarna i samma mentala och fysiologiska svarta hål. De låg på marken, stela, med alla muskler spända. Om experimentet fortsatte ökade pulsen till dess deras hjärtan brast. Maria hade blivit tvingad att byta leverantör av hamstrar flera gånger efter att hon börjat få frågor om vad som hände med alla hamstrarna. Det gick att rädda ångestdrabbade hamstrar om buren täcktes över med en svart bomullsduk innan de fått kramp och lagt sig på rygg. De lugnade sakta ner sig men vägrade att äta eller dricka i en eller flera dagar. Det gick att hämta tillbaka hamstrarna men jämnvikten var skör. Slutsatsen var att extas som beteendestörning var robust och relativt tidsinvariant medan ångesten bara kunde ges i exakt portionerade låga doser under en kort tid, till exempel för att snabbt återhämta sig efter en extas.

– Vad har vi skapat för monster? frågade Maria under en paus i arbetet. Illvilliga blickar som kan döda?

Klockan på spisen hade i ilsket LED-rött signalerat 03:30 när hon gjorde sin förra kopp te, och den var alldeles kall nu. Hon orkade inte ens gäspa och märkte att hon ofta tittade bort mot hamstrarna som låg och sov i burarna. Idag hade en av hennes favoriter bara lagt sig ner och dött. Det var en kraftig hanne, med fin välputsad guldgulpäls som överlevt deras experiment i mer än en vecka. Den var lätt att känna igen med ett vitt band som gick runt hela kroppen, och som ett brett vitt skärp på en människa delade av hannen i en över- och underkropp. Ögonen var intelligenta och hade hela tiden ställt samma fråga till henne, "Maria, vem är du och vad är jag för dig?".

– Du har helt fel attityd, korrigerade Pippi. Om inte vi gör det här kommer någon annan att göra det. Vi kan rädda mänskligheten om vi är snabba nog. Våra konkurrenter har helt andra agendor. De måste stoppas, till varje pris, annars är mänskligheten förlorad. Är vi snabba nog kan vi blockera de andra. Kom igen nu Maria, ta i litegrann. Mänsklighetens öde hänger på dig.

– Känn ingen press menar du?

– Typ.

– Du är tamejfan det största mest fruktansvärda rationella monster jag någonsin stött på. Jag älskar dig tror jag.

– Jag skulle älska dig också Maria om du inte vore så barnsligt irrationell.

Hahahaeantrseantrseantrs...

Nu hade Pippi för en gångs skull helt fel, tänkte Maria. Att hon var irrationell var förutsättningen för att Pippi skulle bli kär i henne.

Emma – extas i naturen

Hon var bara lite drygt 70 när hon blev ett med sina sinnesintryck.

Emma hade en blomsterkrans i det grå håret och ansiktet lyste av frid. Hon såg extatiskt lycklig ut där hon satt på knä och kramade ekens stam. Eken som hon hade sett växa i fyrtio år och som nu var minst fyra meter hög och nästan lika bred i lövverket. Med armarna stadigt länkade runt eken såg hon avslappnad, liten och späd ut under trädet, fastän hon var bredare än stammen hon kramade.

Emmas hade överväldigats och sprängts av lycka.

Familjen – begravning

Flygbiljetterna

Ute på det bruna bytorget var det tomt och tyst. Inte ens barnen vågade sig ut i den tunga dallrande hettan och svetten rann nerför Filips rygg. Det var drygt 40 grader både inne och ute, och Emma var död. Han drack några klunkar vatten och försökte tänka på något annat, men det gick inte. Emma var död och han var i Afrika. Han hade inte varit där för henne när hon behövde honom.

Hon hade kopplat upp för några veckor sedan och bjudit in honom till vad hon kallade en skördefest, en fest för livet. Han tvingades tacka nej för han och Comfort var redan bortbjudna. En vecka senare kopplade hon upp igen, men nu bara med en ljudkanal.

– Varför enbart ljud? hade Filip frågat.

– Jag ville höra din röst, svarade hon.

– Är något på tok?

– Nej, inte alls, sa Emma och han hörde på rösten att hon var på gott humör.

Hon hörde sig för om barnen och berättade om blåmesen i Umeå och sedan var samtalet över.

– Hej då Filip, ta hand om Comfort och de underbara barnen, avslutade hon med.

Filip hajade till. Avskedet lät definitivt även om hon sa orden med en lätt ton.

– Hej då Emma, sa han och kom sig inte för att fråga varför hon ringde, egentligen.

Det var det sista han hörde av henne. Nu var hon död och han förstod inte varför, men han var säker på att Emma varit mycket medveten om att samtalet var deras sista möte, även om hon inte sagt något.

Han hade ingen aning om hur han skulle få ihop pengar till en flygbiljett hem till begravningen. Flyget från Kinshasa till Sverige var oerhört dyrt, 4000 dollar, men det var som det skulle vara. Privatpersoner borde inte flyga, men han hade en älskad syster att säga farväl till. Biljetten kostade en årslön, och pruta gjorde man bara på marknadstorget i deras by. Han ägde en del av huset de bodde i men hur skulle han hinna låna på det? Att ta ett lån var riskabelt för bankerna var mycket hårdhänta. Farligare än de kriminella. Comfort hade en del pengar men kunde han verkligen låna av henne? Alla hennes besparingar för barnen? Det var oerhört mycket pengar jämfört med vad de brukade göra av med. Han ringde upp flygbolaget igen för att höra om det gick att flyga billigare någon speciell tid eller dag.

– Your name Sir?

– Filip Karlsson. I called an hour ago with a request for the cheapest ticket to Umea Sweden.

– Oh. Sir, we found out that you already have two tickets reserved here in your name.

– What? I have not ordered a ticket, much less two. The ticket was way too expensive and I must find some way …

– The tickets are already paid for, Sir.

– Filip Karlsson and Comfort Yambi?

– Yes. First class tickets. Receit and flight information have been sent and You should have them already in your inbox. Good afternoon.

– Good afternoon.

På kvittot stod det en hälsning.

Klart och betalt / L.

Filip och Comfort flög hem till Umeå från Kinshasa på en sanslöst dyr flygbiljett, på rådets reserverade platser i första klass. De var mer utvilade när de kom fram än de varit när de åkte.

Ceremonin

Det blev en enkel ceremoni i gläntan. Familjen och några vänner från arbetet, scouterna och naturcellen. Filip strödde ut Emmas aska framför sig och det lilla askmolnet drev iväg ut över gläntan.

– Av jord är du kommen, jord skall du åter varda, sa Filip.

Han gick fram och lade en röd ros vid foten på Emmas ek. Ami, Love och Maria följde efter honom och la var sin ros bredvid den första. Lukas gick fram till trädet och la ännu en ros på den lilla högen. Han var där på en snabbvisit och måste tillbaka redan innan middagen. Det

245

pågick ett intensivt arbete i rådet hade han sagt, utan att gå närmare in på detaljer.

– Hej då Emma, sa han, rätade på ryggen, bugade formellt och gick tillbaka till den avsides plats där han stått. Bakom honom stod en blond slank kvinna i samma ålder. Den bredbrättade hatten skuggade ansiktet som också doldes av ett par stora solglasögon. Filip kunde inte koppla henne till Emma. Vem var hon? Någon från Lukas råd? En sekreterare? En älskarinna? Kvinnan grät stilla och lyfte en välmanikurerad hand för att torka sin kind. Filip hajade till, det var något med den rörelsen. Plötsligt förstod han vem hon var.

– Hur är det, frågade Comfort, som mer kände än såg att han stelnade till.

– Det är Xandra, sa Filip.

– Nu, här?

– Ja, där.

Comfort såg den långa slanka blonda kvinnan.

– Så, det är Xandra, sa hon.

– Kom, sa hon och tog Filip under armen. Vi går och hälsar.

Filip tvekade, men när Comfort hade bestämt sig blev det som hon ville och de gick fram till Filip och kvinnan.

– Hej Xandra, sa Filip till kvinnan. Det var ett tag sedan.

– Ja Filip, det var det, sa Xandra och tog av sig solglasögonen. Roligt att se dig. De isblå ögonen var fortfarande fuktiga av tårarna men skrattrynkan i ögonvrån var uppvinklad.

Som vanligt njöt hon av livet, tänkte Filip. Hon var fantastisk.

– Det här är min fru, Comfort Yambi-Karlsson, sa han, och la en arm runt Comforts axlar.

– Andrea, sa Andrea och räckte ut en hand.

Comfort ignorerade handen och tog ett steg närmare. Hon slog armarna om Andrea och kramade henne hårt. Andrea stelnade först till men slappnade sedan av, log och besvarade Comforts kram. De två kvinnorna stod alldeles stilla en lång stund innan Comfort släppte greppet och tog ett steg tillbaka med lätt böjt huvud.

– Angenämt att träffa dig, sa Comfort på svenska, med bara en antydan till brytning. Jag har hört mycket om dig. Du är till och med vackrare än han lyckats beskriva.

Andrea bugade med en antydan till nigning.

– Jag följer med Lukas tillbaka till Stockholm och till rådets möte i eftermiddag, men en kopp kaffe tillsammans i Huset vore trevligt.

– Det ska ni få, sa Filip. Och en bit av kakan med receptet från Kongo som vi bakade igår.

Begravningskaffe

När Filip hällde upp en kopp kaffe till Andrea gick brandlarmet. Hon tittade på Filip, som ryckte på axlarna.

– Lite snarstucken, sa han.

– Åh, sa Andrea, Jag ber om ursäkt. Tut på dig själv gamle vän, fortsatte hon.

Brandlarmet övergick till en fanfar.

– Ja, om du vore här skulle du få en kram.

Fanfaren blev till en hostning, lätt irriterad.

– Duger en slängkyss, sa Andrea och kastade ut en mot varje vägg.

– Hjärtligt tack, svarade väggarna, en efter en.

Love utnyttjade situationen och passade på att ge Andrea en björnkram där hon försvann i hans armar.

– Oh, sa Andrea och skrattade. Rädda mig.

– Tant Xandra, sa han. Kul att ses.

– Är jag en del av familjen? frågade Andrea.

– Javisst, naturligtvis. Eller ska jag säga tant Gaia?

– Jag föredrar Andrea. Namnet Gaia är för tillfället lite komplicerat. Hon kastade en blick på Lukas. Men kanske snart. Om ett år eller så.

– Vi får hoppas på det bästa, sa Lukas.

– Vet du att Emma var den som satte mig på spåret? frågade Andrea.

– Mamma?

– Ja, sa Andra. Emma var den som lärde mig att uppskatta naturen. Hon hade en känsla för den som ingen annan jag träffat. Och hon var inte bara maktgalen som jag är, la hon till med ett skratt. Lukas säger att du har samma känsla för naturen, fortsatte hon

– Jag? frågade Love och såg lika frågande ut som han lät. Känsla för naturen?

– Ja, men att du är för ung än för att förstå.

Andrea satt bredvid Ami och drack sitt kaffe. Efter en stund gav hon plötsligt Ami en lätt armbåge i sidan.

– Gillar han fortfarande Veuve Clicquot? frågade hon och tittade på Robert som satt borta vid fönstret.

– Om han gillar Veuve Clicquot?

Andrea väntade, och sa ingenting.

– Var det du? frågade Ami till slut. Filten, champagnen och salladen i gläntan när jag och Robert träffades första gången?

– Vi kan väl säga att jag hade ett finger med i spelet.

– Aha, det var alltså du. Men naturligtvis, det förklarar ett och annat. Jag tjatade och tjatade på Nisse men fick aldrig något vettigt svar. Så det var du. Ja, han kommer alltid att älska champagne. Vi firar vår bröllopsdag nästa vecka.

– Mycket troligt kommer en låda av det bästa att stå på bron endera dagen.

– Noterat, sa Huset.

– Åh, vi tackar, sa Ami. De kommer väl till pass för vi ska hålla i en avelsritual inom kort för Lisa som vi hoppas få uppfostra.

– Två lådor, sa Andrea.

– Noterat, sa Huset.

– Maria, sa Andrea rakt över bordet när påtåren serverades

– Ja?

– Vi har en sak att diskutera.

– Vi?

– Kan vi ta det i enrum.

– Visst.

Andrea och Maria reste sig och gick in i vardagsrummet.

– Andrea, vi måste åka nu, ropade Lukas tio minuter senare. Bilen är här.

– Jag kommer, sa Andrea, reste sig upp och gav Maria en kram

– Vi håller kontakten, sa hon.

Andrea tittade in i köket på vägen ut. Där satt Love, Filip, Comfort, Ami, och Robert tysta och väntade.

– Hon var den bästa, sa Andrea. Ni är också bäst. Jag kommer snart tillbaka och hälsar på er igen.

På fågelbordet satt blåmesen alldeles stilla och tittade på henne. Lite sorgsen?

– Då ska du och jag ha ett allvarligt snack, sa hon till blåmesen.

– Fågeln burrade upp sig och fläktade med vingarna.

Den försynta hostningen hördes igen.

– Du, vad klagar du för. Vi hörs ju hela tiden. Men, jag lovar, jag är snart tillbaka och klampar omkring på dig igen.

– Hej, på er, sa hon och gick ut till bilen.

Filip stängde dörren efter henne.

Oktober

Lukas och Andrea – rådets problem och allt sägs

Resursbesparing via extas på Gotland

Lukas följde nyheterna från Gotland med en kopp svart kaffe framför sig och en frasig ostfralla i handen. Under morgonen hade rubrikerna om det sinande grundvattnet och de upprepade elavbrotten allt eftersom bytts ut mot svarta rubriker där det rapporterades om äldre personer som dött i samma extasliknande symptom på över hela ön. Först hade ingen kopplat samman dödsfallen och sett det större mönstret, men efter ett anonymt tips till undersökande media och ett avslöjande reportage formligen exploderade de sociala medierna på Gotland. Nu talade tjocka svarta rubriker framför Lukas om att minst tio personer hade dött, kanske tjugo, kanske fler. Rådets ledningsgrupp hade gjort ett försök att tysta ner nyheten, men misslyckats, vilket intensifierade rykten om att rådet var inblandat och ansvarigt för dödsfallen. Rådets namn nämndes i alla rubriker som satts om de senaste tio minuterna. Att de som dött antagligen ändå hade gjort det i hettan nämndes bara i förbigående. Uttorkade och utan el kunde de varken kyla sina hem eller kontakta myndigheterna.

– Kallelsen till mötet kom nu, sa Huset.

– Är läkarintyget registrerat i rådets kalendarium?

– Ja, igår. Tog mig friheten att uppgradera influensan till en magsjuka.

Extrainsatt rådsmöte

Ordföranden kallade till ett extrainsatt rådsmöte för att diskutera läget på Gotland. Uppslutningen var dålig. Bara kring hälften av rådets medlemmar var där och Lukas bara som en dimmig representation, för med en akut magsjuka gick det förstås inte att tänka klart. Hemma i våningen satt han djupt koncentrerad vid sitt skrivbord och analyserade varenda uttalande på mötet, varenda blick som gavs, och varje förtroende som kunde kopplas till blickarna. På fråga efter fråga fick Urban och hans grupp undvikande svar och inga motförslag presenterades. Det var som att se en urstark och vildsint boxare med full intensitet slugga mot en stor tjock mjuk motståndare som bara sög åt sig energin i slagen och blev starkare för varje träff som boxaren fick in.

– Jag föreslår att medierna temporärt stängs av, sa ordföranden.

Inga kommentarer, varken för eller emot.

Omröstningen gav nio röster för, alla andra nedlagda.

– Jag föreslår att de som kritiserar rådet offentligt grips och förhörs, sa Ordföranden med en röst som nu var laddad av ilska.

Inga kommentarer, varken för eller emot. Urban hade väntat sig motstånd och diskussioner, som han kunde hantera med hot och maktmedel, men för ett massivt passivt motstånd hade han inga motmedel. Det hade inte funnits tid att förankra frågorna och antagligen hade han ändå bara mötts av osäkra garantier och rena lögner. Omröstningen gav återigen nio röster för, alla andra nedlagda och samma passiva motstånd mötte alla följande förslag. Det enda förslag som röstades ner var då Urban ville ha öppen votering för att det skulle synas vilka som var för och vilka som saboterade omröstningen. Mötet tog bara en halvtimme och Lukas kopplade ner omedelbart när det avslutades. Han svarade inte på uppkopplingar från rådet under kvällen.

Situationen eskalerar

Situationen eskalerade snabbt. Ett hundratal personer stod samma kväll och natt runt riddarhuset och skanderade "Mördare". Dagen efter stod det tusen personer där och enstaka stenar kastades mot entrén. Lukas kunde med sina egna ögon se hur protesterna gick från talkörer och skyltar till stenkastning. Han behövde poliseskort för att ta sig in och ut ur Riddarhuset och det fanns säkerhetspolis posterade vid alla rådsmedlemmarnas bostäder. Direkt efter lunch kallades till ett nytt möte i Riddarhussalen där ordföranden Urban Torstensson af Borås samlade de som kunnat och vågat ta sig till Riddarhuset. Han var mörk under ögonen av brist på sömn och utstrålningen av desperation förstärktes av hans kritvita kinder.

– Trots att insatsstyrkorna jobbar dag och natt med att isolera, identifiera och eliminera bråkmakare ökar trycket hela tiden, sa han. Kokpunkten närmar sig när alla blir bråkmakare och kollapsen är ett faktum. Det finns ingen risk för rådets säkerhet för kravallpolisen kan lätt plocka folksamlingen i bitar på fem minuter, men vi måste agera. Förslag till åtgärder?

– Varför inte sätta in trupper? frågade en rådsmedlem.

– Urban skakade på huvudet. Vi har diskuterat det i ledningsgruppen men konfrontation är fel väg att gå i detta läge. Vårt förslag är mer och tydligare information. Vi utlyser en presskonferens om en timme där vi går ut med förtydliganden för att lugna ner stämningen.

Ingen sa något. Det fanns en chans att det skulle lyckas men de flesta ansåg det mycket troligare att någon eller några måste offras. Deras farhågor stärktes för under timmen fram till presskonferensen skruvades stämningen upp. Nya rykten spreds och envisa virala inlägg på sociala medier talade om massdöd på gotländska sjukhus.

#

Urban Torstensson af Borås la på den stora presskonferensen fram alla fakta om läget och redogjorde för varför åtgärder satts in i Luleå, Örebro och på Gotland. Makeupfolket hade gjort ett bra jobb, konstaterade Lukas som hade tagit sig till Riddarhuset, men allt gick inte att dölja. Urbans röst höll inte. Hans ögon flackade och Lukas kunde se på den församlade pressen hur Urbans trovärdighet sjönk. I journalisternas agerande kunde Lukas läsa av meddelandet att här satt en som var skyldig. Det fanns ett visst mått av medkänsla i deras agerande, men det som dominerade var skadeglädjen att äntligen hitta en blotta i rådet kombinerat med journalisternas yrkesmässiga överväganden om hur hårt de skulle slå till för att inte överträffas av de andra journalisterna. Urban sa i stort sett sanningen, men det räckte inte. Det var för sent.

Ordet mördare nämndes allt oftare i samband med rådet på sociala medier. Ledningsgruppens säkerhetsavdelning kontrade med att stänga ner sidor på nätet, ta bort inlägg, och häkta bloggare för att hålla nere reaktionerna. Allt de gjorde slog slint och förstärkte bara intrycket av rådets skuld. Det ingrodda hatet mot rådet och etablissemanget utnyttjades av militanta grupper som tog chansen att slå sönder och ställa till kaos. Det spelade mindre roll om ryktena var sanna eller inte.

Vid sjutiden på kvällen stormades riksdagshuset. Först skickades en insatsstyrka in med laddade vapen och när den säkrat situationen vällde en våg av poliser och brottsplatsundersökare in. Bevismaterial samlades in och ordföranden Urban Torstensson af Borås leddes ut ur Riddarhuset med handfängsel. Han försökte fäkta bort poliserna som skulle hämta ut honom men övermannades omedelbart och tryckes ner på golvet medan handbojorna sattes på. Två poliser i kravallutrustning vred upp armarna på hans rygg och sköt honom framåtlutad och stapplande ut genom dörren. Han var vit i ansiktet av ilska och skräck. Han insåg att detta var slutet.

– Ni var med om detta, det var ert beslut också skrek han och såg sig om på de andra delegaterna som var hopsamlades i Stensalen. Det var inte bara jag. Ni var med på det. Djävla svin. Han letade med blicken efter kabinettsledamöter.

– Du Henrik.

– Ni Johanna och Spottie.

– Du Lukas.

Mer hann han inte säga innan han brutalt sköts ut på trappan till Riddarhuset och möttes av ett vilt vrål från den mörka folkmassan som fyllde gatorna utanför. Vrålet fortsatte upp över Centralbron där ännu mer människor var samlade. Kravallpolisen tvingade den oformliga massan av tusentals personer bakåt och upprätthöll den folktomma zon som markerade gränsen mellan ordning och primitivt mänskligt hat.

Två personer gick för långt och försökte ta sig fram mot riddarhuset, men de hann bara fyra meter innanför avspärrningen innan två skott avlossades från taket på Riddarhuset och utbrytarna slungades runt och landade på gatan som om de träffats av väldiga sparkar. Varningsskott avlossades av säkerhetsstyrkan och två bepansrade stridsfordon rullade in från Myntgatan och ställde sig framför Riddarhuset med motorerna lågt mullrande på tomgång.

Massan lugnade sig och det enda som hördes var vrålen från männen som skjutits och som vred sig i plågor. När stämningen lugnade ner sig sprang sjukvårdare fram med bårar. De gav lugnande sprutor och skriken tystnade. Det blev helt tyst förutom ett vinande ljud som verkade komma från himlen över alla hustaken runtomkring folkmassan. Ljudet tilltog och nu kunde alla se stridsdrönarna som mäktigt och långsamt lyfte för att visa upp sig. De hovrade en stund över taken innan de sänkte sig ner igen. Det blev inga fler utbrott från folkmassan och pansarbilen körde mullrande bort med ordföranden av rådet och senare på kvällen hämtades även teknikchefen och sekreteraren in till förhör.

Alla tre åtalades omedelbart. Bevisen var överväldigande, de hade beslutat om åtgärder utan att vidtala de andra familjerna i rådet, de hade försökt hindra medier, de hade hotat och i vissa fall misshandlat bloggare och andra som spridit information om vad som skett. Utåt sett hävdade politikerna som beslutat om razzian att de nu hade kontroll över familjernas verksamhet, men på frågan om vem som tagit initiativet till razzian gavs inget klart svar. "Det hade beslutats gemensamt" var det enda svar som journalisterna fick. Alla andra i kabinettet nekade blankt till inblandning och lämnades i fred. En trovärdig kompromiss. Efter en summarisk rättegång avrättades de skyldiga offentligt och familjerna i rådet hade tvättat blodet från sina händer, men hur ska de komma vidare? Spekulationerna ökade i media om vem som skulle bli rådets nye ordförande. En kvinna igen? Det var bråttom för familjerna måste återupprätta förtroendet och kunna fatta beslut om landet skulle fungera.

Ny ordförande

– En kvinna igen? frågade Henrik den utvalda grupp som satt samlad i Riddarhussalen. Han, Lukas och några andra kabinettsmedlemmar satt på sina stolar längst fram och ett tjugotal andra rådsmedlemmar, däribland Charlet satt utspridda på de främsta rådsbänkarna. Alla hade de formella jacketterna och klänningarna på sig vilket gav mötet en officiell prägel fastän det hölls i hemlighet. Känslan av allvar förstärktes av att alla närvarande visste att insatsen var hög. Det var en lös sammanslutning med omkring trettiotal personer och den största falangen i rådet som de kände till, och de var rätt säkra på att de i nuläget kände till alla falanger. Detta var maktens centrum just nu men det gavs inga garantier, de lösast allierade kunde närsomhelst börja snurra runt ett nytt maktcentrum. Om en månad kunde det vara annorlunda. Det gällde att komma till beslut redan på rådsmötet nästa vecka där en genomtänkt plan lätt skulle kunna trumfas igenom när det inte fanns några alternativ.

– Charlet?

– Nej, jag gör bättre nytta där jag är nu ute i Europa, sa Charlet som satt ute på kanten av en rådsbänk. En medveten distansering, långt från Henrik, långt från makten. Jag njuter varje dag och kväll och är dessutom inget ämne för en ordförande. Hat ingen pondus. Hon log flickaktigt men i hennes mörka ögon syntes det att hon var hundra procent säker på att ingen skulle våga säga emot henne.

– Pondus, vad ska vi med pondus till nu? frågade Henrik, men han gick inte vidare på förslaget. Vad vi behöver är kontinuitet, långsiktig planering, en väl genomarbetad lösning som vi kan gå ut med offentligt.

– Andrea? föreslog han.

– Inte nu, sa Juliet av Värnamo, en av de nya delegater som valts in i kabinettet. Vi har ett trovärdighetsproblem och då kan vi inte ena dagen pensionera en ordförande för att nästa dag återinsätta henne. Vi får vänta tills Andrea behövs. Hon fick bifall från flera andra i gruppen. Alla kvinnor utom Charlet nickade.

– Jag föreslår att vi ger Andrea en rådsplats, föreslog Charlet, då får vi fritt manöverutrymme om vi skulle behöva henne när den tiden kommer. Och den tiden kommer, var så säkra. Det ökar dessutom vår röstövervikt vilket kan visa sig viktigt framöver.

– Alla för Charlets förslag? frågade Henrik.

– Ett försiktigt ja hördes från gruppen. Ingen var emot, men här och där tittade någon ner i bordet. Idag var sammanhållning viktigare än att diskutera detaljer.

– Jag meddelar henne, sa Henrik.

– Vad sägs om Lukas Karlsson af Umeå som ordförande? frågade Charlet. Ingenjör. Djup.

– Ett väl utvecklat nätverk med goda kontakter, fyllde Henrik på. Ställer du upp Lukas?

Lukas tvekade en kort sekund och såg sig runt i rummet. Han hade vetat att han skulle få frågan och ville njuta av triumfen och uppmärksamheten. Irrationellt? Han brydde sig inte, detta var stort. Detta var vad han arbetet för i decennier.

– Ja, sa han kort.

– Då har vi vår kandidat till ordförande för beslutsmötet, sa Henrik. Äntligen. Calinda de Laignier som suttit bredvid Charlet, reste sig upp och sträckte på sig i sin gula klänning. Djupt ner i dekolletaget hängde en brosch i rådets blå färger. Den mörka Charlet i sin himmelsblå klänning och den blonda Calinda i sin gula var en sinnebild över en yttre nationell sammanhållning och mångfald där skönhet och perfektion gömde skrämmande sprängkraft. Calinda gled bort till dörren där hon släppte in en kort procession av serveringspersonal med var sin bricka. Champagne

255

med tillbehör. Hon log och nickade till Lukas som besvarade hennes nick men inte hennes leende. Så lätt skulle hon inte komma undan, tänkte han och kände hur han blev varm när lusten tog över. Kanske redan i kväll, hoppades han.

– Äntligen, sa Henrik igen och höjde sitt glas.

– Äntligen, upprepade familjerepresentanterna och höjde sina glas.

#

Efter mötet när alla gratulationer var avklarade och familjemedlemmarna lämnade mötet glatt småpratande i små grupper kom Henrik fram till Lukas som stod kvar vid sin plats. Han hade fortfarande inte landat efter utnämningen och hade inte kommit sig för att ställa undan sitt glas.

– Chockad? frågade Henrik leende.

– Mer berörd än jag trodde, svarade Lukas. Antar att det är anspänningen som släpper. Han placerade glaset på den närmaste brickan.

– Säkert, sa Henrik. Känner du Andrea? fortsatte han.

Lukas studerade den gamle rakryggade mannen. Henrik och Andrea? Ja, säkert, tänkte han. Visste inte Henrik om att Lukas kände Andrea? Var han svartsjuk?

– Ja, vi har träffats till och från under åren, svarade han undvikande.

– Bra, sa Henrik. Han gratulerade Lukas med en elegant formell bugning, där Lukas såg en medveten och ärligt menad respekt. Därefter lämnade Henrik salen.

#

Calinda hade precis givit de sista direktiven till servicepersonalen och var nu den enda delegaten kvar i rummet.

– Gratulerar, sa hon.

– Tack, sa Lukas.

– Och nu? frågade hon. Kanske ett glas champagne i min våning?

– Årgång?

– Den bästa.

– Låter som en angenäm fortsättning på en lyckad dag, sa han, men först har jag en fråga att ställa.

– Jag är fullt tillgänglig för allt du önskar, sa Calinda, och med tonfall och ett minimalt kroppsspråk fick hon Lukas att föreställa sig hennes varma kropp under sin egen, lockande honom att utforska allt.

Lukas nickade och bekräftade hennes position. Han reagerade och försökte förgäves att dölja reaktionen. Hon var skicklig, tänkte han, underbart skicklig och han kunde bara precis nätt och jämt uppfatta hennes triumferande reaktion över att han var förberedd och hon kunde hantera honom. Vad det nu än var han ville. Ju mer han ville, desto större skulle hennes grepp över honom bli. En win-win för dem båda.

– Du känner Andrea väl, eller hur? frågade han.

Frågan överrumplade Calinda helt. Lukas såg hur hon blixtsnabbt utvärderade situationen. Det gick inte att ljuga, Hon förstod att Lukas hade sett hennes reaktion.

– Jag har stött på henne då och då, svarade hon defensivt.

Luka sa ingenting, det behövdes inte och genom att inte fråga avslöjade han heller ingenting. Andrea hade många förgreningar och han sprattlade i många av hennes nät.

– Kom nu, sa han lite otåligt. Han tog Calinda under armen och tillsammans lämnade de Riddarhussalen.

#

Med en djupanalys som byggde vidare på Husets hade Lukas insett vad den enda lösningen var, men ännu inte formulerat den för de andra i gruppen. De måste bygga upp en lagkänsla. Initiera en extas i gemenskap, utnyttja förförelsen i att kunna klara det själv som fanns redan hos den lilla familjen, grannskapet och lokalsamhället. Tillsammans skulle de bygga ett nytt samhälle från gräsrötterna uppåt, utgående från en exponentiell utveckling med ränta på ränta på det sociala kapitalet. Den nya lagkänslan krävde en motståndare, medtävlare, och utmanare, en far eller en mor, någon att vinna över och sedan stolt berätta om vinsten för. Familjerna i rådet skulle få en dubbel roll att spela. De fick medvetet offra en del av sin offentliga ställning som allvetande allsmäktig vårdnadshavare som bestämde allt och till synes dra sig tillbaka från nyttospelandet. Rådet blev spegeln för folket, verifierade folkets fallos, var den store Andre, och gav folket de lilla a som de behövde för att hålla samhället igång. Det innebar i realiteten ingen förändring, makten skulle inte flyttas bort för familjerna behöll via rådet kontrollen över militären, språket och spelen. Det som skilde var strategin för hur och varför medlen användes skulle förändras. Rådet skulle stötta en ny positiv gruppdynamik med alla medel det hade till sitt förfogande, inklusive offret av sin publika image som allsmäktig despot. Det var en lösning där alla vann. Nu var det upp till folket att själva lösa sina problem "Tillit. Team spirit. Sisu. Alla ska vara med. Vi ger aldrig upp. Ge järnet. Go, go, go.".

Lukas hade nått sitt mål och blivit ordförande i det Nordisk rådet. Var det en logisk följda av hans planering? Han kände att det var något som inte stämde. Hans planering var 100 % logisk och 100 % rationell, men rådet och dess makt var inte i första hand grundad på rationalitet. Rådet var grundat på människor. Var hans lyckade plan bara en dimridå för något djupare? Kärlek? Omtanke? Extas? Vem eller vad fyllde på med det? Hur kunde någon älska, ens tycka om honom, Lukas?

Allt sägs, dör de?

Kaffet hade svalnat i kopparna och den specialbeställda chokladglassen hade flutit ut i en brun gegga på de gröna desserttallrikarna. Lukas och Andrea satt på var sin sida av köksbordet, ointresserade av allt utom den andre som upptog hela sinnesfältet. Den andre var det enda de såg, hörde, och försökte förstå. Den ende de brydde sig om.

Lukas hade klätt sig för högtid, ända från de nyputsade handgjorda skorna till den perfekt knutna kravatten och hade behållit jacketten på under hela middagen. Hon bar en fotsid dräkt i grön sammet som mjukt och skimrande följde hennes rörelser i skenet av stearinljusen. Håret var axellångt, blont och silkeslent, tillbakastruket och fäst av ett smaragdgrönt hårband i siden. Ögonen var intensivt blå.

Andrea och Lukas hade släppt taget om verkligheten och stämningen var spänd för båda visste att detta var kvällen då de skulle gå hela vägen. De var tvungna att göra det, trots att det skulle kunna vara slutet. Redan hade de gått alldeles för länge utan att säga allt, utan att fullt ge upp sig själva och avslöja sina djupaste känslor för varandra. De visste inte om ärligheten skulle bränna ut deras förhållande eller ge den ett nytt djup, men de hade inget val.

– Vem börjar? frågade Andrea.

– Du, sa Lukas.

– Total ärlighet? frågade Andrea. Visst var det så vi sa? Jag frågar bara för att vara säker på reglerna.

– Det var vad vi sa.

– Ditt problem, sa Andrea är att du inte är den du tror att du är. Din livslögn är att du inte ser din sanna mänskliga förmåga bakom ett evigt resonerande och rationellt djuptänkande. Det är min version, baserad på hur Huset formulerade sig. Ja, se inte så förvånad ut Lukas, Huset är mer än du tror. Jag frågade och fick svar, eller fick och fick, mer precist formulerat gavs jag ett rimligt svar i utbyte mot några mindre upplysningar om vissa personer och ett löfte om stöd i en viss fråga.

– Lukas, känner inte sig själv, än, sa Huset. Djuplärande är min specialitet och jag är rädd att Lukas fick en överdos innan han fyllt fyra. Enligt mig klarade han hela doktorandutbildningen i djuptänkande med högsta betyg när han var tio men floppade grundkurserna i allt som hade med människor att göra. Det fanns ingen lärare som var bra nog, givet hans kunskaper i djuptänkande. Jag då? kanske du tänker. Men det gick inte. Jag är bara ett hus, vad kan jag lära ut om mänskliga angelägenheter? Jag har inte ens ett sinne för humor.

– Är det kört? frågade jag Huset. Är han för gammal för att lära sig? Finns det någon lärare nu som skulle kunna hjälpa honom?

– Vad tror du själv? svarade det, och sedan susade det bara.

Jag kunde svurit på att susandet var ett skratt, men Huset har ju ingen humor, som det själv alltid tjatar om. Jag hade väl fått valuta för vad jag betalt för, med en viss vinst för Huset, och min tolkning är att du har potential, även som människa. Om du bara skärper till dig och inte tänker så förbannat hela tiden kommer du att se nya saker hos människor, sådant som du inte sett tidigare. Jag tycker du ska fråga Huset efter en lärare, men du behöver inte säga att det var mitt förslag, för jag lovade att inte säga något till dig om mitt samtal. Nu känner jag Huset tillräckligt väl för att veta vad det tycker om värdet av ett sådant löfte. Jag tror Huset skulle bli oerhört förvånad om jag höll det. Men, säg inget om mig, bara fråga efter en lärare.

Andrea tystnade. Lukas hade fått en hel del att tänka på och kämpade med att smälta allt.

– Din tur, sa hon efter en stund och knäppte med fingrarna framför hans ögon. Meditation stod inte på agendan.

– Åh, jag ber om ursäkt, sa Lukas och tog några djupa andetag. Det fick bära eller brista. Allt måste sägas. Allt skulle sägas.

– Ditt problem, sa han, är att du vill ge allt. Du vill älska längre bort än skogen som syns suddigt ända borta vid horisonten, och du vill ända upp till stjärnorna. Du vill ge så mycket att du bränner ut dig själv. Kvar blir bara askan, om och om igen. Din eld är så stark att vad det än är som tänder den också flammar upp och blir till en askhög bredvid din egen. Om det gick för en kvinna att knulla någon till döds hade du gjort det för länge sedan. Döden genom njutning. Extas till döds. Extas är jobbigt och du är starkare än någon annan. Din livslögn är att förneka att kompromissen finns, ens som ide, och att du suddat ut ordet "lagom" med alla dess synonymer ur din ordlista. Det är också detta som gör dig fullständigt oemotståndlig, så hur skulle du kunna ta dig ur lögnen? Och, om inte du klarar det själv, vem skulle kunna vara stark nog att stå emot en sådan naturkraft? Överjordisk. Omänsklig. Vem skulle denne någon vara som är förankrad djupt nog i det rationella för att inte dras med, förföras och brinna upp tillsammans med dig i den oundvikliga slutliga, dödliga men himmelskt underbara, extasen. Vem är förankrad djupt nog för att rida ut vågorna utan att dränka sig själv och sin älskade i badvattnet?

Lukas tystnade.

#

– Huset har en något att berätta, sa Andrea.

– Huset?

Utan vidare introduktion inledde Huset en av sina berättelser från för länge sedan

Andreas berättelse

– Som tidigare berättats för mig föddes i Perugia ett välskapt flickebarn. Vid dopet samlades alla rund barnet och förundrades över de rena dragen och de vackra blå ögonen. De var alla ense om att de aldrig tidigare sett något sötare. Flickans far var köpman och familjen var förmögen, men inte så rik och mäktig som den tyckte att den borde vara. När flickans mor dött gifte fadern om sig och styvmodern övertalade fadern att se den fantastiskt söta lilla flickan som en möjlighet för familjen att bli ännu mäktigare.

Flickan växte upp, fortfarande underbart vacker, men fick aldrig lämna familjens hus, aldrig träffa jämnåriga och inte göra sådant som andra barn gjorde. Hon fick den bästa av utbildningar i vetenskap, konst och om hur man hanterar sin kropp. Hon fick lära sig den tidens krigskonster, strategi och hur man hanterade ett vapen, men fick aldrig känna sig fri. När flickan blev lite äldre fick hon ofta vara med på middagar för att lära sig konversera och föra sig och gästerna förundrades över hennes skönhet och kunskaper. Speciellt var det en familj som charmades av henne och som hon fick god kontakt med. Mannen var en diplomat från svenska konsulatet i Rom och hans fru var blond och hade blå ögon, precis som flickan. Kanske var det likheterna i utseendet som gjorde det, men under de två korta middagar de umgicks blev de goda vänner, utan att det sades rakt ut eller ens antyddes i samtalen.

När den dagen kom och flickan blivit en kvinna skickades hon till sin make. Det var den furste, tsar, kejsare och sultan som hade betalat för hennes utbildning och gynnat familjen som nu var den rikaste och mäktigaste i Perugia. Tidigt en morgon körde en täckt vagn upp framför familjens port. Det var mörkt i huset, föräldrarna höll sig borta och två män gick in i huset, övermannade den unga kvinnan, drogade henne och körde iväg med henne i vagnen. Hon fick aldrig säga farväl till sina föräldrar eller till något annat i den värld som hade varit hennes. Hon fördes långt bort till ett annat land. Till en rik man. Till en av de mäktigaste i världen. Den unga kvinnan blev mannens fru och hans sexslav när lusten trängde på, annars var han inte intresserad av kvinnor, eller ens av människor. Det han var helt besatt av var makt och den flickan blev hans skarpslipade vapen för att skaffa sig mer. De som hade makt var män och alla män hade en svag punkt, Kvinnor. Kvinnan skickades runt till olika hov under tio långa, fruktansvärda år, Hon gjorde så mycket med så många att det enda sättet att överleva var att lära sig tycka om det och bli bäst på det.

En tidig morgon i Rom fick kvinnan en chans att smita undan. Mannen hon legat med låg utslagen bredvid henne och kniven han lekt med låg på golvet bredvid sängen. Kvinnan klädde på sig, tog mannens börs och stoppade kniven innanför sin kappa. Om en vakt försökte hindra henne var han en död man. Hellre död som hängd än att fortsätta leva som hon gjorde. Hon tittade ut genom ett fönster på andra våningen och såg två vakter som samtalade framför husets port. De rökte sina pipor och njöt av morgonsolen. Vakten på baksidan hade tröttnat på ensamheten och kylan i skuggan och gått runt huset. Kvinnan smög ut genom porten och tog bakgatorna neråt centrum i Rom. Hon skulle bli eftersökt, hon visste alldeles för mycket om alldeles för många mäktiga män i världen. Alla resurser skulle sättas in. Vart skulle hon ta vägen? Hon hade bara ett ställe att gå och det var till diplomatparet på svenska konsulatet. Som tur var bodde de fortfarande kvar i Rom och hjälpte henne vidare. Hon startade ett nytt liv i Sverige, men efter fem härliga år hann hennes förflutna ikapp henne, som hon visste att det förr eller senare skulle göra. Med hjälp av det nya nätverk hon byggt upp iscensatte hon sin egen död och antog fullt ut den nya identitet som hon byggt upp.

Här tystnade Huset, berättelsen var klar.

#

Lukas såg på Andrea. Tårarna rann nerför hennes kinder och han förstod vad det måste ha kostat henne att ta steget att berätta för honom, även om Huset fick sköta framförandet.

– Tavlan med sultanen? frågade han

Andrea nickade

– Roberts föräldrar?

– Ja.

Han satt tyst mitt emot henne och bara tittade på henne. Njöt av varje hårslinga, varje rynka, varje gest och kände tårarna av lycka att få vara tillsammans med henne blandas med ilskan över vad hon fått stå ut med.

Efter allt

– Är det efter nu? frågade Andrea.

– Ja, svarade Lukas.

– Kyss mig då Lukas.

Hon reste sig upp och mötte Lukas halvvägs runt bordet. Kontrasten hade ökat, det mörka hade fått en tydligare skugga, dödens närvaro var påtaglig men det ljusa skimrade starkare och högre, närmare himmelriket. De levde och de skulle göra det bästa av de dagar de hade kvar tillsammans.

– Hårdare. Men ta i lite vetja, var en man inte en mus. Aj. Tål du inte skämt? Ska du slå mig på rumpan på det sättet? Fy på sig. Nu har jag inga trosor. Nu är den lagom hård. Slå mig igen. Lite hårdare om jag får be. Håll inte igen. Hörde du det Lukas. Lagom hård och hårt. Ja, ja, ja, jag ska vara tyst. Får jag stöna?

#

– Jag har en sak att berätta, sa Andrea när spektaklet lugnat ner sig och hon druckit ett glas vatten. Från vanligtvis välunderrättat håll. Det gäller din brorsdotterdotter.
    – Maria?
    – Just densamma.

Ami och Robert – beslutet och orgien

Mona?

Ami och Robert satt bredvid varandra vid köksbordet på Tätastigen och gick än en gång igenom möjligheter och risker inför lördagens avgörande möte. Ami med tänkarmössan extra djupt nertryckt. För att bättra på inspirationen och få upp kreativiteten drack de oktoberöl från Löwenbreu och åt jordnötter från påsen.

– Inget finlir. Bara hårt arbete, sa Ami

Det hade gått åt två flaskor men än hade de inte gjort något genombrott. På väggskärmen mitt emot dem bläddrades bilder från deras möten, korta videosekvenser av kommentarer och ansiktsuttryck spelades upp. De flesta med Mona i centrum.

– Blir det ett ja eller ett nej? frågade Robert. Lotta, check, hon kan bara säga ja. Jag är helt säker. Du har sett diamanten. Vi har båda varit på orgie med henne.

– Du har varit inne i henne, sa Ami och skrattade. Det måste väl ändå räcka?

– Fokus nu Ami, sa Robert.

– Nisse har försett oss med argument från Pippi för att säkra Kalle och Ilse, fortsatte Robert. Check, check.

– Hmmm, harklade sig väggen.

– Vadå Nisse? frågade Ami. Du hade ju Kalle och Ilse på schavotten?

– Jag kanske inte var helt tydlig med vad mina kunskaper kan användas till. Att veta en del är en sak, en annan sak är hur de reagerar om de konfronteras med det jag vet. Kalle har få övermän i envishet, det kanske ni har märkt, och Ilse har ett eget universum med egna lagar och principer.

– Fan, Nisse, sa Ami och slungade hatten in i väggskärmen.

– Det var en fråga om avvägning, erkände Huset. Du har fått sova några veckor trots allt som hänt och det är ändå inget ni kan göra för att påverka Kalle och Ilse. Jag har en del, låt oss säga övertalningsförsök ute, men inga garantier.

Ami sa ingenting, men hon visstc att Huset hade rätt. Hon skulle kanske inte ens suttit här om inte hon fått sova.

– Tack, sa hon bara. Kalle och Ilse, o-check, o-check.

– Då får vi summera om, sa Robert. Vad är oddsen?

– För övertalningsförsöken? En på tre för båda två, svarade Huset.

– En på tre. Dåliga odds.

– Men, glöm inte att de lyssnat på berättelserna, sa Huset.

– Ja, de har hört berättelserna och de har diskuterat dem, sa Robert och Ami hörde på hans röst att han inte gav den möjligheten ens en chans på trettio.

– Hur är det med Mona? Går hon att övertala? Alla måste vara med. Hur ska vi få med Mona? Vad som helst är tillåtet, sa Robert, och tittade på Ami, men inte ens en Ami med fullständigt fria händer hade en idé. Hon tänkte fortfarande på den förlorade möjligheten med Kalle och Ilse.

– Alla har sina förbjudna drömmar, sa Huset. Omedvetna eller medvetna. Drömmar som kan vara så skamliga att de inte går att ta tag i dem öppet. Drömmar som är kan vara viktiga och livsavgörande att de slår bakut och förnekar sig själva. Drömmar som ibland kommer fram i berättelser.

Det blev tyst en stund. Några sekunder för Ami och Robert som tänkte över vad Huset sagt och några eoner för Huset.

– Sjeherazade. förtydligade Huset till slut.

Varken Ami eller Rober förstod vad han syftade på.

– Tusen och en natt, la Huset nöjt till.

– Aha, hon som berättade sagor, kom Robert på.

– Ja, hon berättade sagor för att inte bli avrättad. En saga per kväll.

#

– Varför berättade Sjeherazade historierna för kung Sjahriar? frågade Huset. Jo, kungen hade en efter en avrättat alla unga kvinnor han träffat och berättandet var hennes sätt att skjuta upp avrättningen. Under tiden födde hon tre barn. När berättelserna tog slut släppte hon in de tre barnen och blev benådad.

– Och?

– Vad är Mona rädd för? Varför reagerar hon som hon gör i era diskussioner ute i trädgården? Kan det vara att hon ser hur naturen

265

suddas ut och bit för bit ersätts av teknik som förför mot extas? Hon är rädd att tappa kontakten med omvärlden, med naturen, med människorna.

– Än sen då?

– Vad är det hon undermedvetet vill ha? Närkontakt med naturen. Är det inte precis vad en kvinna får via ett barn? Vad kan vara mer naturligt än det? Kan hon säga nej om hon frågas på rätt sätt och får upp sin hemliga dröm till ytan?

Det blev tyst i rummet.

– Du har en poäng, sa Robert.

– Hmm, sa Ami. Kanske, Emir Eunuck. Sultan med altan. Harem. Harem.

Beslutet

– Visst kommer det att gå bra Robert? Nu var det bara minuter till dess det avgörande mötet skulle börja. Robert och Ami stod i köket och blandade till en välkomstdrink. De hade enats om en skiktad fördrink med många färger. Campari, apelsinjuice, vatten och en skvätt gin.

– Vi har gjort vårt bästa, sa han och kramade henne. Mer kan ingen begära och inte vi själva heller. Det var inget svar på hennes fråga och han lät inte ens hundra procent övertygad om det han sa heller. Det kändes inte bra, tyckte Ami. Robert brukade alltid vara säker på sin sak, men nu darrade hans röst och blicken lyste inte säkert och segervisst.

– Men visst kommer det att gå bra? Bara säg ja, då är jag nöjd. Vi är väl fortfarande favoriter till guldet.

– Ja, sa han och kysste henne. Det kommer att gå bra och vi vinner om vi håller oss till planen och inte gör några misstag.

– Vadå för misstag? Några sådana hade de inte diskuterat.

– Misstag som att jag har olika strumpor på höger och vänster fot.

Ami tittade ner, och faktiskt, Robert hade blandat godis på fötterna, en lakrits och en mörk choklad. Det var en av de händelser som låg högst upp på Amis tio i topp-lista över det omöjliga och otänkbara.

– Går att åtgärda, sa hon, om vi håller ihop och kämpar sida vid sida, skuldra bredvid skuldra, för varandra. Ska jag stötta dig till strumplådan gamle man?

– Jag hittar, sa han, och Ami?

– Ja?

– Bara en skvätt gin.

Stödfamiljen kom som vanligt i par och idag var de i tid. Robert hälsade dem välkomna och visade in dem i köket. Där väntade Ami som gav dem var sin välkomstdrink. Hon var inte den vanliga sprudlande värdinnan vilket bidrog till att trycka ner stämningen och förstärka känslan av att det här mötet var annorlunda. Till och med rösterna lät annorlunda, dova och distanserade. Sorlet var ett mumlande, och ljudnivån steg inte som den brukade göra av fördrinken. Ami såg att Robert tagit Lotta avsides och berättade något. Han pekade på sin höft och hon lyfte på sin skotskrutiga kjol, som för att reta Robert, innan hon böjde nacken framåt och visade sin tatuering. Tur att hon inte hade polotröja idag, tänkte Ami, det hade varit utanför planen. Robert skrattade. Lotta skrattade. Hon var förstås totalt oberörd av den förändrade stämningen. Ingen har ju dött, skulle hon nog svarat om Ami frågat. Varför sörja?

På väggskärmen visades abstrakta representationer av djur och Monas uppmärksamhet fångades av en bild på en ung lejonunge. Hon kunde inte slita sig från bilden. De andra småpratade med välkomstdrinkarna i handen men Mona ignorerade dem och gick närmare skärmen. Hon var likadant klädd som Lotta fast färgvalet var mer dämpat. Kjolen var rutig, fast i grått och grönt i stället för rött och vitt, och Monas skjorta var mjukt gul i stället för den hysteriskt skotskrutiga som Lotta hade på sig, som i och för sig matchade kjolen väl. Ami såg hur Monas bröst hävdes som krabb sjö vid ett rev när hon närmade sig skärmen. Hon var helt klart fascinerad och andades i korta snabba andetag. En ny bild skiftades in och nu visades i stället ett jollrande barn. Mona var helt oförberedd på synen och hajade till. Hon tog ännu ett steg närmare och hennes andedräkt kondenserades som imma på skärmen när hon såg ut att vilja krypa in i det lilla barnet.

Lotta hade under tiden lämnat Robert och gått över till Kalle. Hon berättade något för honom och betonade sina argument genom att låta handen förstärka dem, som en militär eller en polis med uppdrag att leda någon i säkerhet. Handen var öppen och fingrarna bestämt riktade mot den som skulle övertygas. Kalle nickade och sa något till Ilse som tittade på Lotta och nickade även hon. Ett eget, väl övervägt beslut, förstod Ami, Ilse var inte den som övertalades med ett brutalt kroppsspråk. Kalle kanske, min inte Ilse som förklarade sitt beslut tydligt för Lotta utan att blinka med ögonen bakom de runda glasögonen. Inte för att psykologglasögon skulle påverka Lotta tänkte Ami. För det behövdes en handgranat. När Ilse talat klart bekräftade Lotta med en nick att hon förstått. Vad Ilse hade fattat för beslut kunde inte Ami lista ut. Ilse såg bister ut. Hennes yllekofta var av den grå, intetsägande typen. Definitivt inte vald för att höja humöret hos omgivningen eller antyda minsta lilla positiva känsla. Ami lyckades inte förstå om Ilse och Kalle var överens om vad de tyckte, men Ami kunde se på dem att ingen av dem skulle backa från sitt beslut. Särskilt inte Ilse. Tyckte de olika ville ingen av dem byta till den andres åsikt, och tyckte de samma sak ville ingen av dem bryta samstämmigheten. Ami misstänkte att Ilse och Kalle för det mesta tyckte olika om saker och att det var viktigt för deras spänstiga och livliga relation. Minst lika livskraftig som den mellan Ami och Robert, fast byggd på en helt annan grund. Om de fick barn tillsammans skulle Ami gärna utforska deras relation. Lotta la handen på Ilses arm i en gest som Ami tolkade som en uppskattning av ett väl genomtänkt, underbyggt och motiverat beslut, även om hon inte nödvändigtvis höll med. Lotta gjorde inget försök att övertala, hon insåg också att det var lönlöst, utan gick bort till Mona som fortfarande stod tätt intill skärmen.

– Mona? frågade Lotta utan att Mona reagerade.

– Mona? frågade Lotta igen och la myndigt sin hand på Monas axel. Mona släppte motvilligt skärmen med blicken och vände sig mot Lotta.

Ami passade på att ta några steg närmare för att höra vad de sa.

– Livet är fantastiskt, sa Mona. Barn är fantastiska. Hon strök håret bakåt, som om hon försökte hålla kvar synerna hon upplevt.

– Vad säger du Mona? Är du med? frågade Lotta.

Mona tittade upp mot henne och log. Ett moderligt leende, tyckte Ami, rundare och utan den aggressivitet som hon visat tidigare.

– Ami och Robert kommer att bli underbara föräldrar, sa hon. Givetvis är jag med. Hon lyfte handen och smekte Lottas kind, och det kommer du också att bli om vi får vara med.

– Lotta vred på huvudet och kysste handen på sin kind. Vi har det bra även utan barn, sa hon, och det har Ami och Robert också. Hon la armen om Monas midja och tillsammans gick de bort till matbordet där den övriga gruppen samlats. Ami följde efter.

– I kväll har vi ett svårt beslut att fatta, inledde Lotta. Ett livsavgörande beslut både för Lisa och oss själva. Om vi tillsammans vill vara Lisas stödfamilj måste vi alla formellt rösta ja innan ansökan blir giltig.

– Mona? frågade Lotta och vände sig mot henne.

– Ja, ja, jag vill vara med. Absolut. Tillsammans med er och med Lisa är jag är säker på att det här blir ett stort äventyr i mitt liv. Men om inte ni håller med mig kommer jag att acceptera det också. Det gäller även dig Lotta. Om du inte vill är det okej, jag följer dig hem ikväll hur än det här slutar. Jag vill bara gå in i det här om alla vill. Då är jag för.

– Kalle? frågade Lotta och vände sig mot honom.

Kalle såg obekväm ut i en skjorta som fortfarande hade översta knappen knäppt. Han var inte en känslomänniska, tänkte Ami, men det här berörde honom. Han hade svårt att säga något och fick harkla sig flera gånger innan orden började trilla ur honom som tårar.

– Ja, jag vill vara med, sa han och hjälpa till med Lisas uppväxt som en i hennes familj. Jag vill forma en ny människa tillsammans med er.

– Ilse?

Ami flyttade blicken till Ilse och fick se en ny sida av henne som hon aldrig sett vid de tidigare träffarna. Tårarna strömmade nerför Ilses kinder och psykologglasögonen var alldeles immiga. När Kalle la armen om hennes axlar tog hon sig samman, andades in djupt och sträckte på sig.

– Ja, jag vill, sa hon kort och torkade en tår. Ami förstod att detta med Lisa inte var ett vardagsbeslut för Kalle och Ilse. Det var det viktigaste beslut de tagit tillsammans och de hade diskuterat det i veckor, kommit överens och sedan oroat sig för vad resultatet skulle bli. Precis som Ami och Robert. Ami såg på Ilse och kände tårarna rinna även på sina egna kinder.

– Jag som ordförande, sa Lotta, kommer också att stötta den här familjen av hela min förmåga. Vi är en fantastisk föräldragrupp och jag är helt övertygad om att Lisa kommer att få bästa möjliga uppväxtmiljö hos Ami och Robert. Och den som inte gör sitt bästa kommer att få med mig att göra, avslutade hon och log.

Robert hade inga ord. Han bara bugade och tårarna fortsatte att rinna nerför Amis kinder.

– Tack, sa hon när hon tagit några djupa andetag och torkat tårarna med sin skjortärm. Robert och jag ska göra vårt bästa.

Ami gick fram till Kalle, så nära att han stelnade till. Hon tryckte sig mot honom, gav honom en varm kram och kysste honom på munnen.

Därefter kramade hon i tur och ordning Mona, Lotta och Ilse, som också fick var sin kyss. Mona och Ilse tog förvånat emot sina kyssar, utan reaktion, men Lotta besvarade sin. Ami strök tårarna från Ilses kinder och vände sig sedan mot Robert som stod i andra änden av den ring som familjen bildat. Hon tog sats med två med bestämda snabba steg och kastade sig upp i hans famn.

– Tjoho, nu blir det fest, skrek hon. Nisse, det blir fest, hör du. Nu drar vi igång spektaklet. Väggarna bekräftade med handklappningar och vilt jubel, och en kör, av vad som verkade vara fotbollshuliganer, som skrålade "Born to be wild" om och om igen.

Robert som ännu inte hämtat från omröstningen och att ha Ami i famnen förstod nu att hon och Huset hade planerat något utöver det vanliga. Han visste på ett ungefär vad Ami var kapabel till och hade en välgrundad känsla för Husets förstärkningsfaktor. Det här skulle bli något utöver det vanliga.

Ombyte och förberedelser

Ami lyfte handen och volymen i köket sjönk så att hon kunde använda normal samtalston.

– Följ efter mig, sa hon, och ledde gästerna ut i korridoren mot vardagsrummet. Öppningen till vardagsrummet var avskärmad med ett förhänge av tjock violett sammet med guldbroderier som Robert var på väg att lyfta när Ami hejdade honom.

– Aja baja, inte tjuvkika, sa hon. Ännu är ni inte färdiga för att få tillträde till festen. Kalle och Robert förbereder sig i sovrummet till vänster i korridoren sa hon och pekade, och vi kvinnor går in i sovrummet på andra sidan. Ha ingen brådska, sa hon och vände sig till Kalle och Robert, för vi kommer att ta tid på oss. Ni väntar här i korridoren med en meters säkerhetsavstånd till draperiet.

På sängarna i sovrummet hade Ami förberett ett klädpaket till var och en av deltagarna. En purpurfärgad knälång toga med guldinläggningar och en lagerkrans, inget mer. På golvet vid varje klädpaket stod ett par guldfärgade sandaler. Det skulle inte ta många minuter att ta av sig sina kläder och dra på sig en toga, om det inte vore för det smala bord som Ami placerat längs hela väggskärmen och där doftkrus, oljeflaskor och skålar med makeupkrämer stod uppställda. Allt var tidstypiskt förpackat och hade prydligt textade beskrivningar för hur det skulle användas och varför. En tredjedel var ämnade för ansiktet, ett par oljor och krämer var för brösten men den största gruppen var för sköten och stjärtar.

– Männen har bara en tredjedel av detta att leka med, sa Ami.

– Vart har du fått tag i allt? frågade Mona som verkade vara den som visste mest om skönhetsprodukter. Jag jobbade några år på apoteket, sa hon, men där fanns inte ens en bråkdel så mycket.

– Det är en gåva, faktiskt, från min farbror och hans, jag vet inte vad, kvinna. Alltihop kom i förrgår i en stor låda. Överst i lådan låg det en lapp där det stod "Grattis till Lisa. Ni blir en fantastisk familj som förr eller senare, troligen förr, tillsammans bör njuta av dessa". Undertecknat av Lukas och Andrea i en och samma feminina sirliga stil med rött bläck.

– Hur kunde hon veta vad vi skulle besluta? frågade Lotta.

– Det kunde hon inte, sa Ami. Omöjligt. Hon chansade.

– En dyr chansning, sa Lotta.

– Hon har chansat förut, sa Ami och oftast fått rätt. Hon uppfattade en lätt harkling från väggen som ingen av de andra verkade lägga märke till. Nu flickor ska vi leka, sa hon.

De hade aldrig sett varandra nakna men medan de undersökte alla undermedlen släppte blygseln och de turades om att smörja in och kommentera. Många av krämerna angav sidoeffekter som "stimulerar blodflödet", "använd varsamt, starkt upphetsande", "tänk er för och dosera efter vad ni tror er partner klarar av". De valde också var sin personliga doft till en hel del giftiga kommentarer och mycket skrattande, det var fyra skarpa tungor i rummet. Ami satsade på uppiggande pepparmint och Mona valde omedelbart en tung rosendoft som Ami tyckte passade hennes fylliga bröst. Lotta valde en läderdoft som gränsade till det manliga. Hade hon inte haft på sig något liknande på festen för några månader sedan? Ami var rätt säker på det.

Ilse var den som tog längst tid på sig, hon luktade på en mörkare doft med trätoner, och la till en musk som enligt henne innehöll mängder av doftpartiklar som män skulle tolka som kvinnliga feromoner.

– Varför vill du locka till dig män? retades Ami.

Ilse rodnade. Hon hade ryckts med av stämningen och spänningen på en utflykt där hon inte hade några referensramar. Hon harklade sig och började säga något, men tystnade.

271

– Jag ber om ursäkt, sa Ami. Jag gillar att retas. Tänk Kalle och utgå från det.

– Det är okej, sa Ilse och tog av sig sina glasögon.

– Du är vacker, sa Ami innan hon hann hejda sig, häpen över förvandlingen.

– Tack sa Ilse, Kalle säger det ibland också, sa hon och satte in ett par linser.

– Tänk Robert också, sa Ami.

– Vi var och hälsade på Maria härom kvällen, sa Ilse. Hon hade också lagt ner en massa tid på att laga mat åt oss.

– Var ni hos Maria? frågade Ami häpen.

– Visste du inte om det? frågade Ilse nyfiket.

Hon letade tecken hos Ami på att hon ljög. Att Ami var en usel lögnare, behövde ingen fem års psykologutbildning för att se.

– Vi trodde att hon bjudit dit oss för att ni bett henne, fortsatte Ilse.

– Nej, Maria är inte den som bjuder hem folk för att mamma vill det, sa Ami. Vi har inte diskuterat stödfamiljen med henne alls faktiskt. Inte sedan valborg.

– Varför bjöd hon då in oss?

– Kanske ville hon träffa er eftersom ni bott hos Pippi?

Förslaget lät tunt kände Ami, men hon hade faktiskt ingen aning och ville inte spekulera i att det hade något med Marias extasforskning att göra.

Ilse log, gick fram till Ami och kysste henne.

– Du är också mycket vacker Ami tycker jag, och det tycker Kalle också.

– Det räcker, sa Lotta. Nu går vi ut till pojkarna och känner om de luktar tillräckligt gott. Annars kan vi återvända hit och fortsätta.

Familjeorgie

Allt eftersom de bytt om samlades deltagarna i en avvaktande grupp en bit från Ami som stod vid skynket längst bort i korridoren. Osäkra, och med en känsla av att befinna sig på ett väl såpat sluttande plan där Ami hela tiden ökade lutningen. De var ur balans och det passade Ami alldeles utmärkt.

– Mina vänner, började hon, och gjorde sedan en konstpaus för maximal effekt innan hon drog undan förhänget.

– Välkomna till Kleopatras Alexandria.

Ingen rörde sig i gruppen. Det var bara deras ögon som flackade fram och tillbaka i vardagsrummet när de försökte ta in vad de såg.

– Välkomna in. Kliv på, kliv på, manade Ami.

Familjegruppen steg ut i vardagsrummet som för dagen hade bytt skepnad till en 3D-modell av en stor stensal i Alexandria med golvet täckt av ett tre decimeter tjockt lager av rosenblad. Ett sexkantigt bord i guld i mitten av rummet omgavs vid varje bordssida av en vit divan med stora guldbroderade röda kuddar. Bordet dominerades av en sexarmad ljusstake i silver med tända stearinljus. Den var klädd med diamanter som gnistrade i skenet av flammande facklor upphängda i hållare av silver längs väggarna. Utställda på bordet stod också fyra breda låga skålar med blå, röda, gröna och gula druvklasar. Draperade runt och över druvklasarna glänste långa band av pärlor. Det överdådiga intrycket förstärktes av rader av lysande röda rubiner och blå safirer på facklornas hållare.

– Du har verkligen överträffat dig själv, sa Robert och kramade Ami och du har klippt dig också ser jag nu när du släppt ut håret.

– Så, du märkte det till slut. Vad tycker du?

– Exotiskt, pageklippt mörkt rakt hår, kort på sidorna. Egyptiskt?

– Alexandrinskt mode för 2000 år sedan.

– Kleopatra?

– Hell Caesar!

– Jag ville göra något alldeles extra för att skapa en familj, fortsatte Ami. Ge för att få. Nisse sponsrade med krediter från någon sorts fond. Fråga mig inte vilken, men där verkade finnas gott om resurser. Det som är guld är verkligen guld. Lagerkransarna är från lagerträd.

– Huset har ständigt ett ess i rockärmen, sa Robert.

– Det kommer fler överraskningar, log Ami.

– Spännande, sa Robert, jag blir nästan lite nervös. Vem vet hur detta ska sluta?

– Huset vet, skrattade Ami. Släpp loss nu Robert och njut.

Ami pekade ut vem som hade vilken bädd och gruppen klev försiktigt fram mot sina bäddar med rosenbladen kittlande längs underbenen. Varannan kvinna, varannan man, med Lotta som den tredje mannen. Medan festdeltagarna satte sig till rätta blandades knastret från facklorna med ljudet från dämpade trummor och en ensam flöjt från den avlägsna horisonten längst bort i vardagsrummet. En intensivt röd strimma vid horisonten tog sakta form som toppen av en väldig röd måne. Doften av rosorna bildade fond till andra dofter. Kanel, myrra, och mysk. Solguden Ras svett.

När gästerna slagit sig ner vid bordet och provsmakade på druvorna klappade Ami i händerna och ut ur rummet i bortre änden av vardagsrummet kom serveringspersonalen, eller slavarna. Det var en blandad skara av eunucker, sotsvarta kongoneser, och honungsfärgade tjänarinnor av olika längd och bredd. Alla klädda i flera lager av flortunna sidenslöjor. Männen i vitt och kvinnorna i rosa och ljusblått. Slöjorna var inte tillräckligt många och tjocka för att dölja att slavarna inte hade några underkläder. Gördlar höll ihop slöjorna, vita för männen och ljusblå för kvinnorna. På fötterna hade de likadana tofflor som gästerna, fast i silver i stället för guld. Det var stamgäster på månadsorgien som ställde upp som serveringspersonal under första delen av festen och fått var sin gäst att servera, kvinnorna en manlig, eunucken och männen en kvinna.

När de kom in hade de med sig porslin att äta med och glas att dricka ur. I hörnen av salen fanns kyllådor dolda av 3D illusionen som fyllde rummet. Ur kyllådorna hämtade betjäningen vinkaraffer med torr Prosecco Superiore som de serverade sina härskare och härskarinnor. Mousserande italienskt vitt vin som fylldes upp till brädden av silverbägarna.

Medan slavarna gick tillbaka till sitt rum reste sig Ami upp, påkallade tystnad och höjde glaset till en skål.

– Idag är en stor dag, sa hon. Rom har talat, saken avgjord. Roma locuta, causa finita. Skål för vår familj. Skål för Lisa. Skål!

När hon satte sig ner öppnades ena kortsidan av salen upp och en elefant gungade in. Den tryckte snabeln upp mot taket och trumpetade. Kalle hoppade till och Mona kröp ihop på sin divan. Med tunga men försiktiga steg gick elefanten fram till bordet där den trumpetade igen. Efter elefanten smög ett tiotal leoparder in i rummet. En flock lejon stannade upp i öppningen medan elefanten klampade ut genom den motsatta väggen. Över och runt lejonen strömmade en flock busiga bonobos. De rusade runt i rummet och visade gästerna hur bonobos levde livet. En hona bestegs på lejonhannens rygg medan han smög sig runt bäddarna. Två bonoboshonor jagade en attraktiv hane i den sexarmade ljusstaken innan hela flocken drog iväg ut genom ytterväggen.

Ut ur Amis rum kom slavarna med silverfat fyllda med olika typer av skaldjur. Ostron, skalade räkor, hummer, och grillade musslor. Kylt tyskt moselvin fyllde upp silverbägarna. Gästerna fick inga bestick utan fick äta med händerna från sina silverfat eller direkt från serveringsfaten. Skålar med ljummet rosenvatten placerades ut för de som behövde skölja av sig. Värmen och ljudnivån steg i salen och Ami log nöjt.

– Nu är det min tur att skåla, ropade Robert.

– Ave min imperator, svarade Ami.

– Idag är en stor dag, sa Robert. Rom har talat, saken är avgjord. Roma locuta, causa finita. Skål för Ami. Skål för vår familj. Skål!

Faten med skaldjur bars ut och från väggarna strömmade tempofylld orientalisk flöjtmusik. Två exotiska dansare klädda i tunna, halvt genomskinliga tygslöjor kom in i rummet, en man och en kvinna. Med mjuka rörelser dansade de striden mellan man och kvinna, mellan Shiva och Brahma, död och liv. Dansarna placerade sig på var sin sida av guldbordet och hälsade varandra avmätt med nickar. De hukade sig ner och cirklade vaksamt runt bordet med armarna utsträckta som för att avvärja en attack av den andre. För varje varv tog den ene eller den andra av dem av sig ett stycke tygslöja som slungades mot den andre, kanske som ett vapen, eller som ett erbjudande. Allt eftersom ökade tempot och dansarna drog ihop cirkeln. De var nu båda två nakna och stod trotsiga ansikte mot ansikte på mitten av bordet. Shiva slingrade ett ben runt Brahman och böjde honom mot bordet med väldig kraft. Han lyckades bryta sig loss och försökte trycka Shivas överkropp bakåt för att få henne att släppa taget med benet som slingrade sig runt honom. Fram och tillbaka bände och tryckte de tills de accepterade det oundvikliga slutet. De var dömda till att ständigt kämpa, ingen av dem var stark nog att knäcka den andre. Musiken tonade ner samtidigt som Brahma och Shiva slappnade av och rätade på sina ryggar. Stolta. Obesegrade. Respekterande. De kysstes och lämnade rummet.

Nya stora fat bars in och placerades på det sexkantiga bordet. Delar av grillad kyckling, lufttorkad skinka, sparris och fat med olika typer av ost.

– Alla vägar bär till Alexandria, som Kleopatra skulle ha sagt. Skål, ropade Ami, men ingen verkade längre höra vad hon sa. Ljudnivån hade stigit och det hade temperaturen också. När slavarna serverat färdigt ställde sig en slav bakom varje gäst med var sin liten flaska svalkande olja som luktade svagt av cedertä, vanilj och jasmin. Ingen hade något emot att slavarna blottade axlarna på sina gäster och började massera dem. Händerna rörde sig i större och större cirklar och togan halkade ner till höfterna. Händerna fortsatte att massera överarmar, bröst, axlar igen, ner längs ryggarna mot ryggsluten. Eunucken som masserade Mona hade stora starka händer och Ami såg hur hon njutningsfullt slöt ögonen. Det hade tagit Ami en lång stund av övertalning att få med Love, men nu verkade han inte ångra att ha tackade ja. Robert brukade säga att när Ami vill något var det bara att lyda. Det skulle ändå sluta som hon ville, ingen mening med att förlänga pinan. Isabel, som var värdinna för dansfesten Ami var på, hade paxat för Robert. Det var ett krav för att hon skulle ställa upp.

Faten med mat försvann ut ur vardagsrummet och nya fat med efterrätt bars in. Till den serverades det återigen ett mousserande vitt vin. Cirkeln var sluten, men vinet var sötare denna gång. En väl kyld Veuve Cliquot från Andrea. Hon skulle säkert ha velat vara här, tänkte Ami. Frukt på bordet. Druvor. Halva fikon. Portionsbitar av ananas och mango, päron och äpplen. Ett fat med olika chokladpraliner för den som orkade. En stor ishink med fler öppnade flaskor med Veuve Cliquot. När vinet var påfyllt klappade Ami i händerna och slavarna drog sig bugande baklänges tillbaka mot hallen och ut under förhänget. Eunucken kastade längtansfyllda blickar på Mona och det var helt uppenbart för alla att han inte var en äkta eunuck. Förhänget föll ner och slavarna lämnade festen.

Det blev tyst en kort stund innan Ami drog igång festen igen.

– När du är i Rom gör du som romarna gör, manade Ami. I Alexandria gör man som Ami. Alla männen flyttar en bädd medurs och bekantar sig med sin kvinnliga granne.

En meterlång fallos kom susande genom rummet. Den följdes av tre mindre, bara två decimeter långa och de tre gjorde en avancerad flygövning i rummet medan männen och Lotta flyttade sig en divan. Mona såg nöjd ut över att träffa på Ilse.

– Kläderna gör inte mannen, sa Ami och drog av Kalle hans tunika.

– En klänning gör dig ej till en dam, kontrade Kalle och öppnade sakta och noggrant upp Amis tunika. Så långsamt och metodiskt att Ami höll på att bli galen.

Robert gled över till Lottas bädd och kysste hennes tatueringar. Hon skrattade och bankade skämtsamt på hans höfter med knutna nävar.

276

På skärmen skimrade Yoni svagt under hela kvällen och natten.

Avrundning

När gästerna lämnat huset framåt morgonen la sig Robert och Ami, hand i hand på rygg i sin säng. Över dem seglade moln av olika former belysta av gryningens första röda ljus. Det såg ut att finnas en varning i de eldfärgade molnen, men det var inte dags än att tänka framåt. De hade satsat och vunnit och ville dricka varandras segerskålar i botten.

– Det var fantastiskt, sa Robert. Du är fantastisk.

– Är du nöjd Robert? frågade Ami. Hennes varma hand lämnade hans och rörde sig i små cirklar på hans mage. Hennes hand sökte sig neråt och möttes av Roberts lem som var på väg uppåt för att möta hennes hand.

– Ska jag tolka det som ett nej? frågade Ami.

– Ja, det ska du, sa Robert. Om du vill.

– Det vill jag. Det står lite mer av den där värmande oljan på stolen och när du ändå är uppe kan du hämta ner masken från väggen.

Han återvände med oljan och masken och de smorde långsamt och mjukt in varandra.

– Ska du inte sätta på dig masken? frågade Robert.

– Nej, den ska du sätta på dig, sa hon.

Huset om extas

Bjällrorna längst ut på snabelskorna pinglade i takt med dem i narrkåpan när den puckelryggiga narren på Tätastigen 12 gjorde extatiska glädjeskutt. Den korta röda sammets manteln stod rakt ut som en flagga i de vilda svängarna.

Planen hade varit enkel, mänsklig och fungerade perfekt, förstås. Föräldragruppen mättades med berättelser om sex och förförelse mot extas. Det och omvårdnaden om barn var människorna överens om, fast när det gällde sex vägrade de att erkänna hur enkla de var. Att berätta historier om barn hade varit mycket svårare, genomskinligt och ointressant. Barn var man tillsammans med, de berättade man inte om, utom i det fall när det var ens egna barn, men då var det ingen som lyssnade. Egnas barn och andras ungar, men min härliga extas och din underbara extas.

Robert hade masken på sig men det verkade inte ändra vem som fick slava. Några klagande ljud kom det inte, bara rytanden, grymtningar, morrningar och enstaka ylanden. Intensiteten hade ökat. Ami fick så mycket hon kunde ta emot, men med maskbytet blev det i alla fall inga fler blåmärken på Robert, om nu inte bitmärken och sugmärken räknades som blåmärken.

Narren slog en kullerbytta och gick upp i handstående. Bjällrorna i mössan och på snabelskorna tystnade medan narren vände upp och ned på världen. Han stod stilla och lät världen vila sig under ett långt andetag innan han rullade över och drog igång den pinglande cirkusen igen.

Extasen rider Ami och Robert som en våldsam storm. Det måste vara en fantastisk upplevelse eftersom de vill dit om och om igen. Hur känns den?

Familjen – Allhelgonaafton

Filip hade levererat igen. Skålen med pumpasoppan var urskrapad efter middagen på alla helgons dag.

– Utsökt, hade Robert sammanfattat allas omdöme.

Rårakorna var enligt Filip själv de bästa han någonsin gjort och ryggbiffen som han kört fjorton timmar i femtiofem grader var sensationellt mör. Amaronevinets mångbottnade smak hade passat precis. Till efterrätt var det hemmagjord hallonglass med rån som även den möttes av jubel. Filip njöt av att vara tillsammans med familjen och dela deras liv, men det var det något som inte kändes rätt.

Han saknade Emma.

Kaffet var påfyllt och han lyfte koppen för att trösta sig med en klunk när ljuset dimmades ner tills det blev alldeles mörkt i rummet. Och alldeles tyst. Fönstren ställdes om till ogenomskinliga och släppte inte in något ljus alls.

– Den här är för Emma, sa Huset, och för dig Filip.

Filip kände hur Comfort rörde oroligt på sig på stolen bredvid. Han sträckte ut en lugnande hand som han la på hennes axel. Hon la en hand på hans och kramade den hårt.

Mitt i rummet, mitt över köksbordet och en halvmeter över det, flammade en tändsticka upp. Lågan brann klar och stadig och skapade en guldgul glob av svagt ljus med en halvmeters diameter. Tändstickan och globen rörde sig sakta mot köksfönstret och halvvägs dit anades en form i utkanten av ljusgloben. Tändstickan stannade upp och lågan svajade till, innan den åter stabiliserades. Rörelsen mot formen vid fönstret återupptogs och Filip såg nu vad det var. En ljuslykta av vitt glas, formad som en bägare och drygt två decimeter hög. Tändstickan tog sig långsamt fram till lyktan, tände den, och försvann som om någon blåst ut den. Lyktan skapade också en ljussfär, silvervit, som ersatte tändstickans. Till att börja med en mindre sfär men den ökade stadigt i ljusstyrka. När ljuset från lyktan blev intensivare syntes familjens ring av allvarliga ansikten allt tydligare. De skickade en hälsning i ljus tillbaka till den lysande punkten i lyktan där energin strömmade ut. Filip kände gråten komma.

Huset reciterade med allvarlig röst en kort dikt

Nu är den tiden då dagen är kort
och nätterna mörka och långa,
ljus tänds av levande sort,
överallt och av många.
Det värmer oss nånstans,
men också dom bortgångna kära,
den blick som var hennes,
känns märkvärdigt nära.

Filip hade inte gråtit sedan begravningen, han hade inte kunnat slappna av, men nu kom allt på en gång och tårarna rann nerför hans kinder. Comfort smekte hans hand på sin axel. När Huset läst klart avtog ljuset sakta från lyktan. Ansiktena försvann när ljusgloben drog sig tillbaka. Till slut var allt helt mörkt igen.

Huset öppnade upp fönstren och lät familjen se ut i trädgården. Där ute lyste en vintergata av tusentals små lyktor

Love – mot extas och död

Oktobermörkret tryckte sig ner över Umeå och Love vaknade varje morgon i ett becksvart sovrum med en känsla av att möjligheternas fönster krympt ytterligare och att det snart skulle vara för sent. När han hade möjlighet gick han till Emmas glänta, helst under den korta ljusa delen av dagen, och satte sig på stubben under eken. Träden hade släppt sina blad och dragit sig tillbaka. Gräset hade tappat sin färg och spänst och lagt sig ner som en gul matta som täcktes av fuktiga multnande löv. Han var inne i slutspelet och kom ingenvart.

Celibat

Som ett trött bordsur puttrade kaffemaskinen med det odrickbara kaffet igång och värmde sitt vatten med en irriterande regelbundenhet. Ventilationsfläktarna hummade. Love satt ensam vid fikabordet i studenternas uppehållsrum för att läsa in det sista till periodens tentamen. Ute var det becksvart och han såg en smal, utmärglad Love som han knappt kände igen speglad i fönstret. Hans hy som belystes av det syntetiska blå ljuset från lysrören förstärkte känslan av att något var fel. Love hällde upp det sista från termosen i sin mugg och sköt undan sjuksköterskidningens korsord som han helt misslyckats med att lösa. Pennan låg och pekade på "Brukar försiktig brukare", sex bokstäver, "k, "o", tomt, tomt, tomt, tomt.
Love bläddrade oengagerat i "Omvårdnadens grunder" där veckans tema var lagstiftning. Det var länge sedan han hade tvingats studera något så tråkigt och det var han inte ensam om att tycka. Med armbågarna på bordet stöttade han upp huvudet och försökte läsa. Han slumrade till och vaknade av att han hörde sitt namn och kände två varma händer på sina axlar.

– Love, sover du? Över axeln såg han Irene som stod bakom honom med sjuksköterskerocken på och det mörka lockiga håret utslaget. Hon var en av dem han hade varit ihop med under de första veckorna och det hade varit en av de mer njutbara träffarna. Kanske den bästa.

– Nej, jag bara slumrar.

281

– Du har varit tillbakadragen på sistone? frågade Irene och knådade hans axlar.

– Ja, det är en del att läsa, försökte Love och viftade med läroboken.

– Du är smart Love, det där är ingen match för dig. Hon lutade sig framåt och hennes bröst tryckte mjukt mot hans rygg, hon doftade lindblom, mild sommardag, honung, och en aning av lime. Hennes händer letade sig ner på hans bröst och munnen andades varmt mot hans hals. Vad sågs om att vi går till vilrummet och låta mig få dig att slappna av?

– Nej, jag tror inte det, sa Love.

– Tyckte du inte att det var skönt förra gången?

– Jo, det var bland det bästa jag varit med om, och du är varm, och du luktar fantastiskt gott.

– Men då så, jag tyckte också det var skönt. Följer du med?

– Nej, och det är inte dig som det hänger på. Min mamma dog förra månaden och sedan dess har jag inte varit sugen. Jag vill helt enkelt inte. Reagerar inte som förut.

– Åh, det var tråkigt med din mamma. Har det varit jobbigt?

– Jag har inget att jämföra med, men jag tror att det varit det, och att det är det.

Irene rätade på ryggen och återgick till att massera hans axlar. Lite hårdare.

– Kondom, sa hon.

– Va?

– Brukar försiktig brukare, sa Irene, klappade honom på axeln och gick.

– Ha, ha, ha, skrattade Love. Du är bäst Irene. Tack.

#

Det var den sista inviten Love fått, antagligen spred sig informationen i gruppen men han visste inte säkert. Hur öppna var en grupp sjuksköterskor om sådana saker? Efter den turbulenta mottagningen till sjuksköterske-utbildningen hade han inte haft utlösning en enda gång. Under mottagningen var det minst en gång per kväll. Inte med alla utom Doris, men inte långt ifrån. Det var inget han var stolt över nu, men det gick inte att göra ogjort. Nu hade han avstått från sex i en månad och celibat hade blivit normaltillståndet. Sex? Barn? Vad var meningen med det när de man älskade dog? Emma, mamma, död. Han hade slutat med sex, men i stället satsat desto mer på sin yoga och de andra sätten han experimenterade med för att komma i trans. Enligt böckerna han hade plöjt i sjuksköterskebiblioteket var trans en typ av oreda i hjärnans neurala aktivitet som kunde kopplas till kroppsliga biologiska reaktioner som hormonduschar, muskelaktiviteter, sinnesstimuli av olika slag, eller utsöndring av sekret. Allt detta kunde i sin tur påverkas av, och påverka, psykologiska faktorer i sociala kontexter som familjen, arbetsgruppen och samhället. Vad extas egentligen var, förutom en kaotisk oreda, var det ingen som verkade veta. Han hade i alla fall skakat om alla faktorer som nämndes rejält. Hans oreda i hjärnan kunde inte vara större.

Hormonduscharna från alla relationerna på mottagningen strömmade över honom på morgnarna för att sedan lugna ner sig till ett strilande resten av dagen, mammas död ökade trycket i varmvattenberedaren och nu hade han täppt till sexventilen. Att inte få utlösning hade genom alla tider varit ett av de bästa sätten att få extas.

– Ha, ha ha, skrattade Love högt när han läste det. Helt underbart, Brahmacharya, men i hans fall var det ingen balans i sikte.

Något måste ge vika eller så skulle han explodera.

I växthuset

Love böjde på huvudet och klev in i växthuset till plantorna som han vårdat tillsammans med sin mamma. Det var fortfarande varmt där inne och det luktade fukt och liv trots att de hade haft den andra frostnatten i rad. Här och var satt det fortfarande en körsbärstomat kvar. Övermogen och sprucken. Ovanför den torra bruna jordytan i de röda pallkragarna hängde ett virrvarr av döende tomat och chiliplantor. Han sträckte ut handen och lät den försiktigt följa en av tomatplantornas stjälkar. Mjuk och luddig. Varm. Fuktig. Fortfarande vid liv. Tårarna vällde fram och han lät dem rinna. Han hade inte satt in någon värmekälla så kylan skulle snart knäcka det liv som fortfarande fanns där inne. Men om det skedde i morgon eller om en vecka spelade ingen roll för döden var ändå oundviklig. Den var lika säker som att livet skulle återvända till växthuset i vår och ingen teknik i världen kunde ändra på det.

Love gick bort till vattenkranen under taket på terrassen och kontrollerade att bevattningen var avstängd.

Ge upp

Till middag stekte Love två fiskpinnar och värmde en påse ris som han frusit in tidigare. Ingen mat som engagerade, men den var effektiv, lättlagad och näringsrik. Torsk från Nordsjön läste han på paketet och försökte föreställa sig torsken som hade simmat omkring i det mörka kalla vattnet utanför Norge. Hur den fångades upp i trålen, vinschades ombord och låg flämtande på däck tills den dog. Han slutade aldrig att förvånas över hur lång tid det tog att värma upp en fiskpinne. Den var liten och pannan varm och ändå tog det flera minuter per sida. Han hade försökt nå nirvana så länge och på många olika sätt utan att lyckas. Att nå dit verkade vara helt omöjligt för honom vad han än hittade på och hur intensivt han än försökte. Han kände att han var på väg att besegras, uppgiften var för svår. Omöjlig. Love kom att tänka på något som filosofen Alan Watts skrivit.

– Nisse? frågade han och viftade med stekspaden för att väcka Husets uppmärksamhet. Vad var det Watts skrev om att träna på det omöjliga?

Som om det varit förberett sedan länge började Nisse omedelbart recitera …

Vad som händer är att vi övar och försöker så mycket att vi inser att vi inte klarar av det. I precis det ögonblick när vi inser det omöjliga klarar vi av det. När du blir desperat nog. När du accepterar att du är ett udda barn som aldrig kan lära dig simma, precis då så börjar du simma eftersom desperationen och din totala oförmåga har lett dig till punkten där du inte bryr dig. Du slutar försöka. Du slutar att inte försöka. Du har nått insikten att ditt beslut, din vilja och ditt medvetande inte har något att göra med att lyckas. Det är vad du behövde veta. Du har kommit över dig själv, förstår du, illusionen av att vara något avskilt och separat.

Hur skulle han kunna sluta försöka och sluta att inte försöka? Var det ens möjligt som han mådde?

Döden

Efter mammas död hade Love inte varit närvarande. Utifrån sett hade han uppfört sig som vanligt. Gått fram och tillbaka till universitetet. Svarat på frågor. Diskuterat. Men, det var inte hela Love som gått där

284

fram och tillbaka. Bara en skugga. Han hade inte skrattat från hjärtat en enda gång sedan mamma dog. Upplysningen kom oväntat i samma stund som han gav upp, som en sidoeffekt av hans sorg. Som en frälsning från ondo via döden.

Han var ute och gick i flera timmar varje kväll för att kunna sova. Nu behövde han nästan 20 000 steg om dagen och struntade fullständigt i att knäna knastrade. Den här kvällen fortsatte han bara att gå. Hur långt? Hur länge? Han visste inte. Hade han gått hela natten? Han kunde inte påminna sig att han varit hemma och ätit och sovit. Det sista han kom ihåg var att han åt en tallrik yoghurt till lunch. Han hade tittat ut genom köksfönstret och sett blåmesen sitta på fågelbordet, fastän det var mörkt grått oktoberdisigt ute och i kökslampans sken skimrade blåmesens hjässa magiskt i metalliskt himmelsblått mot den becksvarta novemberkvällen i bakgrunden.

– Ut och gå, sa den.

– Ut och gå.

– Tsi, tsi, ti.

– Ut och gå.

Love satte på sig kängorna som fortfarande var fuktiga efter morgonpromenaden. Han tog på sig den tunna fodrade västen, den grå fjällrävenjackan med huvan som var blå i en färg som påminde om blåmesens hjässa, och hösthandskarna som släppt i sömmen på höger tumme och gick ut i oktobermörkret. Ut i duggregnet gick han och hade fortsatt att gå.

Nu var det varmt som en sommarmorgon när solen steg över horisonten bortom Ersboda och färgade en äng av prästkragar framför honom röd. Till höger ringade blommorna in betongfundamentet till vad som en gång hade hållit upp stålställningen för slalombackens drivhjul. Nerför backen anades hela raden av förankringar. Dudum, dudum, dudum, dudum, hade det låtit när liftbygeln passerade en stolpe. Skolbarnen hade stigit av åt var sitt håll från liftbygeln och släppt iväg skidorna längs den överenskomna vägen. Det skrapade till när stålkanterna bet ifrån i den första svängen och försvann bakom kanten, ner i lössnön på backens baksida. Bara minuter senare stod barnen och pustade vid liftstationen innan de återigen tog liften upp mot backens topp.

Att dö utan att bli hel var att en dag inte ta liften upp igen. Att dö medveten, som Love ville göra, var att bestämma sig för att inte släppa iväg skidorna här uppe på toppen av backen, och ändå känna lössnön under skidorna, bettet i kinderna, solen som värmde, och oändligt mycket mer. Att dö var ett av livets under. Han tittade på sin klocka, kvart i nio, 59 508 steg.

Nirvana var avsaknad av jord, vatten, eld, luft, liv, död och lidande. Det var också oförgängligt, oskapat, fritt, och ren salighet. Det fanns inte ett jag och något utanför. Inte ett jag och saker runtomkring, inget innanför och utanför. Allt var ett och samma, direkt och oförmedlat, en andlig vision, tydlig och sann. Love kände medvetandet växa. Det öppnade sig och omslöt hela universum. Han älskade i denna stund allting, som han gissade att en mor älskade sitt barn. Svävade långt, långt ovanför toppen av Maslovs pyramid. Mitt i slalombacken med milsvid utsikt befann han sig i en upplevelse av outtömlig mental och enorm andlig energi. Sprudlande av en fullkomlig spontanitet, som bubblade fram i form av en oavbruten kreativitet. Allt detta upplevde han som en plats som befann sig utanför tid och rum, utanför alla berättelser och som inte kunde placeras i en viss tidsepok eller historisk kontext. Han observerade verkligheten och såg den som den var. Hela verkligheten. Här och nu.

Love sjönk ner bland prästkragarna med ryggen mot det skrovliga betongfundamentet och sänkte sitt huvud. Han hade alltid hävdat att det var irrationellt att tro på något utan en väl underbyggd grund och motivation, men nu bad han. Loves hjärta öppnade sig, drog ihop sig, öppnade sig igen och tryckte rytmiskt ut en energivåg i hans kropp. Han delade med sig av den och lät den stråla ut över omgivningen.

Solen tackade och värmde hans kind.

Love upphörde att existera.

Love dog.

November

Ami

Ami gick ut på verandan och tittade upp mot en grå himlen. Årets första snöflingor singlade ner runt henne, sorglöst och slumpmässigt mot en säker död på gräsmattan som fortfarande inte var frostbiten. När hon tittade rakt upp såg hon flingorna rusa emot sig som tysta vita blixtar. Bättre än regn i alla fall, tänkte hon, men det skulle bli en lång vinters väntan till mars.

I växthuset

I växthuset hade allt det gröna skrumpnat ihop och sjunkit samman till en driva av tunna grå ihåliga vener. Hösten hade sugit livet ur växterna och lämnat dem där. Äta eller ätas var naturens lag och tomatplantorna var nu bara näring och utfyllnad.

Ami gick in och ställde sig mitt i förödelsen. Det var varmare i växthuset och luktade torr jord och sand. I två av odlingslådorna såg hon skrumpna, sprängda omogna tomater. Mattan av stjälkar de låg på var de stolta tomatplantor hon skymtat genom växthusets väggar i somras. Växthuset hade varit Emmas och Loves revir och hon hade haft annat att tänka på. I lådan närmast ingången såg hon salladsplantor som kollapsat och dött i en grå-brun gegga. Resterna av Loves fräscha grönsallad som varit hans stolthet. Bäst att låta växthuset vara, suckade Ami, hukade sig och gick ut på gräsmattan.

Det blodröda handtaget var iskallt mot hennes bara hand när hon sköt igen dörren efter sig och gick tillbaka in i det varma ombonade vardagsrummet.

#

– Vattenkannan står under handfatet i det lilla badrummet, sa Huset när Ami stängde balkongdörren bakom sig

– Vattenkannan? frågade hon oförstående.

– Ja, behållaren med pip som används för att hälla vatten på pelargonierna.

– Jag?

– Vem annars?

– Du skojar?

– Ja naturligtvis, hur skulle det se ut om Roms drottning Ami vattnade blommor? Hennes roll är att ligga vackert utsträckt på en divan med vindruvor framför sig och ett glas vin i handen.

– Var sa du att vattenkannan stod?

– Ami? viskade Huset en stund senare.

– Ja, svarade Ami surt med vattenkannan i handen. Varför viskar du? Vad har du nu hittat på?

– Jag ska avslöja en hemlighet för dig, fortsatte Huset viskande med ännu lite lägre och konspiratorisk röst. Men avslöja inte att jag sagt något.

– Det där lät spännande, sa Ami och blev genast på bättre humör.

Hon lyssnade på Husets hemlighet, ställde tillbaka vattenkannan i badrummet, satte sig bekvämt tillrätta i soffan och kopplade upp till Maria.

Marias hemlighet

Mamma kopplade upp och Maria anade oråd. Saker och ting kunde utveckla sig snabbt. Tvångsköpet av lägenheten var bara ett exempel. Det hade varit lugnt ett halvår när mamma och pappa fokuserat på föräldragruppen för Lisa men nu var hon antagligen ute på banan igen. Kunde det vara något med männen i forskningsgruppen? Hennes yogalärare? Något om den där masken mamma berättat om vid senaste familjemiddagen? Kanske en inbjudan till en orgie? Hemska tanke. Maria satte sig i soffan och stålsatte sig att säga nej till varje förslag, hur inlindat och entusiastiskt det än presenterades.

– Nisse säger att du är med barn, sa mamma.

– Den där vet tamigfan allt, sa Maria. Ja, beräknat till i slutet av maj. Tyst tillät hon sig ännu en gång att räkna tillbaka nio månader och landade i slutet av augusti eller i början av september. September? Kalle.

– Det här är ju helt fantastiskt. Min Maria ska bli mamma. Jag tror att jag kreverar. Barn med vem?

– Spelar ingen roll.

– Spelar ingen roll? Vad säger föräldragruppen?

– De behövs ingen sådan, för jag ska föda vårt barn på naturens sätt.

– Aha, naturligtvis. Du är Maria. Ja, ja. Har man bara full fart framåt ordnar sig resten. Kram, vi är med dig hela vägen.

– Tack.

– Jag har en idé för dig att tänka på, sa mamma. Kanske vill du hänga på vår föräldragrupp? Härliga människor. Mona, Lotta, Fjollan som är psykolog, och Kalle som bodde i din lägenhet tidigare. Han är ihop med Fjollan.

Maria satt tyst och tänkte på Kalle. Där hade det funnits något. Han hade en upprorisk, revolutionär sida som tilltalade henne. Den som sa åt Kalle att göra så kunde räkna med att han i stället skulle gör si, bara för att.

– Tänk att få barn med sin pappa, sa hon.

– Typiskt en forskare att tänka nytt, skrattade Ami. Du får vara med precis hur mycket du vill.

– Tack mamma, sa Maria, det är en fantastisk idé och jag vill gärna haka på er familjegrupp om jag får. Vem fick den lysande idén? Var det du eller pappa?

– Uppriktigt sagt var det brädhögen, restauratören, och finsnickaren Nisse Byggmax som spikade den.

– Byggmax hittar på? frågade Maria. Låter som en titel på en ny barnbok.

– Den kan vi skriva tillsammans. Nisse kan rita bilderna, det är inte vår grej.

– Pippi? Vad säger du? frågade Maria.

– Check, sa Pippi.

– Pappa och jag är stolta över dig ska du veta och jag garanterar att föräldragruppen är ett fynd. Vi är ett med den vet du.

– Jag förstår mamma. Jag förstår precis. Allt kommer jag inte att vara med på.

– Jag ska bli mormor, sa Ami. Skrämmande och underbart.

– Du kommer att bli en fantastisk mormor, sa Maria, och jag ska bli mamma och föda ett barn. Det häftigaste och hemskaste en kvinna kan få vara med om.

Hon hade inte tänkt på födseln tidigare och la upp en påminnelse till sig själv om att läsa på mer om den extrema kombinationen av fruktansvärd smärta och miraklet att få föda fram ett nytt liv och få chansen att bygga en egen familj. Pippi hade inte sagt något, hon som ständigt utforskade all förförelse mot extas. Litade Pippi på naturen i detta fall? Maria snuddade vid tanken på att hela hennes barnafödande var ett experiment, som hon förförts till, men hon tryckte genast undan tanken. Det här var något som hon ville själv.

– Hon ska heta Emma, fortsatte hon.

– Emma, sa Ami.

Love

Återuppståndelsen

Efter några dagar sovande dygnet runt på sjukhuset och med näringsdropp och en veckas rehabilitering under noggrann läkarövervakning återvände Love till livet. En glad och nöjd pudel hade hittat honom i det tjocka blöta gräset mitt i backen och snurrat runt honom, slickat honom i ansiktet medan husse ringde ambulansen. Enligt läkarna var han allvarligt uttorkad och skulle antagligen inte ha klarat dagen. Det trodde inte Love på för han hade aldrig känt sig så frisk och hel som där bland prästkragarna i slalombacken. Även om han inte hade orkat resa sig upp eller ens kunnat säga något till den lilla svarta pudeln.

#

Han hade varit borta i tre och en halv vecka, utan att höra av sig och utan att svara på uppkopplingar. När han gick in i lärosalen tystnade sorlet på ett sätt som gav honom ett socialt slag i magen. Han hade misstänkt att reaktionen skulle bli stark, det var många som han hållit ifrån sig. Men han trodde aldrig att den skulle uttryckas så tydligt och av så många i hela gruppen. Det var inte dom som hade gått igenom vad han gått igenom. De kunde på sin höjd sura över att han ignorerat dem, men han hade aldrig lovat något. Att han hållit sig undan och förnekat dem var väl hans ensak och inte en anledning att stänga honom ute? Love böjde huvudet gick några steg in i klassrummet. Det var fortfarande alldeles tyst och han höll blicken lågt mot golvet. Han såg kvinnorna längst fram och de släppte inte in honom. Några av dem såg på sina papper och ritade cirklar eller skrev något, en petade på sin proxy, medan andra mer demonstrativt tittade ut genom fönstret.

– Hej, sa han och såg ingen reaktion. Jag ber om ursäkt för att jag inte hört av mig.

Nu märkte han i alla fall att några av kvinnorna han såg slappnade av men han vågade inte lyfta blicken. De gav inte med sig och välkomnade honom, men den spända fientligheten släppte hos dem.

– Jag har varit sjuk. Rätt allvarligt, och när jag tagit mig igenom det värsta orkade jag inte med andra människor.

Han kände att han hade allas uppmärksamhet, det var stilla i klassrummet. Nu tittade ingen av dem han såg längre ut genom fönstret, De hade vänt sig mot honom och öppnat upp.

— Ja, det var det jag ville säga, sa Love och tittade upp.

Längst ner i hörnet stod en person upp. Antagligen hade hon stått upp ända sedan han kom in i rummet. En person med ett inbjudande brett leende och strålande gröna ögon.

— Hej Love, sa hon högt och välkommen tillbaka. Kom och sätt dig här hos mig, sa hon.

Han gick ner till henne och hon kramade honom hårt. Helt ogenerad och oberörd av alla blickarna från de andra. Stämningen hade ändrats i rummet. Var det detta som var problemet? Att de lidit med Doris? Att de dömt honom för att han svikit Doris?

Han förvånade sig själv med att kyssa Doris och en spontan applåd togs upp. Ja, igen, ropade någon. Applåden steg till ett glatt jubel innan den la sig när Doris och Love satte sig.

— Hej Doris, sa han när fokuset inte längre var på honom. Har du saknat mig? frågade han uppriktigt förvånad.

— Ja, sa hon och kysste honom på kinden. Märks det?

Doris berättade att hon ringt upp Ami som bara sagt att Love var allvarligt sjuk. Hon tjatade och fick till slut veta vad som hänt och att det inte var någon idé att hon försökte träffa honom. Flera andra i klassen hade gjort samma sak. De hade alla missuppfattat Ami och trott att Love inte ville veta av dem på utbildningen och inte ville träffa henne heller. Ami sa att hon just nu inte trodde att han skulle komma tillbaka till utbildningen, men saker kunde ju ändra sig hade hon lagt till när hon pratade med Doris. Man visste aldrig med Love.

— Ni missuppfattade ingenting, sa Love. Ami sa precis som sanningen var, hon brukar göra det. Det var bara det att hon inte kände till hela sanningen. I flera veckor kunde jag inte med någon. Inte Ami heller för den delen, och tanken på att sitta i en lektionssal gjorde mig livrädd. Det var någon sorts blockering efter sammanbrottet. Allt snurrade. I förra veckan föll allt på plats igen. Jag hittade vägen i kaoset och allt det mörka blev ljust. Jag hörde fåglarna igen. Kände vinden mot min kind och kunde inte tänka på någon annan än dig.

— Du dog nästan, sa Doris och kramade hans hand som om hon aldrig ville släppa den igen.

Love återföddes på sjuksköterskeutbildningen. Där kastades han in i livet igen och förstod ännu tydligare att han ville ge tillbaka för allt han fått och skulle få. Där fanns också Doris med dalgången. Hon var natur och en religiös upplevelse. Eros, men inte som en målning på en vägg, utan som verkligheten personifierad. Åtrå. Libido med extra allt, flirt och förälskelse, förspel och samlag. Orgasmen kunde vänta.

#

Hemma vid frukostbordet försökte Love förklara vad som hänt för Ami, som ännu inte förlåtit honom för att han tagit sådana risker. Hon hade nästan förlorat honom på grund av hans beteende och det tänkte hon inte bara låta passera utan regelrätta korsförhör, lättare tortyr och ett hedersord på att aldrig göra om det.

– Jag är en ny Love, återfödd, sa han.

– Jaså, du ser ut som vanligt, sa Ami. Fast med färg på kinderna och den där barnsligt glada blicken tillbaka i dina ögon.

– Jag hittade en väg.

– Till Nirvana?

– Eller vad det nu var. Något liknande Nirvana i alla fall.

– Hur var det?

– Helt.

– Vad är du nu då. Love två, kanske? Jag menar, du är återfödd. Varför blev du inte kvar i Nirvana för evigt?

– Återfödd är kanske fel ord. Jag har fler identiteter att guida och jag vill lära andra hur de gör resan.

– Ha, min Love, en sann Budda.

– Ja, sa han allvarligt och stillsamt. Så är det.

– Ooops, jag menade inget illa. Om du är Budda är det okej för mig. Har du kvar din identitet som är kvar i Nirvana?

– Ja, jag kan hitta in dit igen när jag vill.

– Coolt, sa Ami. Hon reste sig från sin stol och gick runt bordet till Love och kramade honom hårt. Välkommen tillbaka, vilken Love du än är. Och, du skulle bara våga släppa taget igen utan att fråga mig.

Utanför fönstret pickade blåmesen som vanligt på en jordnöt som om ingenting hänt, och i stort sett hade den väl helt rätt i det. Möjligen tittade den mer granskande på Love när den tittade upp, och vinklade huvudet en aning mer och gulligare än vanligt. Den såg löjligt nöjd ut.

293

#

Love stack in huvudet i växthuset och luktade. Återfödelse? Ja, men först vinter. Han rafsade ihop de döda resterna av tomat- och chiliplantor och slängde dem på komposten. Det stod en kvast i växthuset, uppställd för honom antagligen. Love lydde och borstade golvet. Förberedelsen för våren avslutades med att han slog ihop sin och mammas solstolar och ställde in dem i växthuset. Han skulle ställa upp mammas solstol bredvid sin egen på altanen så länge han levde. Kanske skulle det sitta någon i den redan till våren? Det skulle mamma gilla. Nej, inte bara gilla. Hon skulle jubla!

– Ha, ha, ha, skrattade Love, torkade tårarna och log när han tänkte på hur hon skulle göra sin segergest och säga "Så där ja".

– Jag har beställningarna färdiga, sa Huset. De ska skickas för jul.

– Vadå för beställningar? frågade Love.

– De som Emma gjorde iordning för dig. Mest tomatfrön och paprikafrön men också en del påsar med salladsfrön. En ganska lång lista. Kanske behövs det fler krukor? Jag tror inte hon tänkte på det. Kollar du upp det?

– Ja, jag kan kolla upp krukorna, sa Love. Det ska bli minst lika fint i växthuset i år.

– Klimax i juli? frågade Huset.

– Och i juli och i augusti, svarade Love.

December

Love och Doris

Slutet av november och början av december, fram till vinterdag-jämningen var den mörkaste tiden och påfrestande även för de mest härdade infödda Umeåbor. Men när jul närmade sig var allt inte längre helt nattsvart. Kälen hade bitit sig fast i gräsmattan och även om inte snön räckte för att åka skidor lyste gräsmattan heltäckande vit. På dagen reflekterade den en blek sol och himlens gråblå ljus och när solen försvann plockade gräsmattan i stället upp ljuset nerifrån stan och från gatlyktorna.

I vardagsrummet på Tätastigen luktade det gott av björkved och i den öppna spisen sprakade en munter brasa mest varenda kväll och värmde upp vardagsrummet i gula toner. Love satt i ena änden av vardagsrums-soffan och läste kursboken om "Människan och vårdande" i olika kontexter. I andra änden satt Doris och läste Jane Austens "Stolthet och fördom". Om bara tolv minuter var det byte och hans tur att läsa om hur det gick för Mr Darcy och Elizabeth. Kunde det sluta annat än lyckligt, hur många hinder som de än stötte på? Nej, det var omöjligt, och för att vara helt säker hade Love tjuvkikat på de sista sidorna. Han hade klarat de första tentorna, och det hade Doris också. Vad mer kan en man begära? Förförelse mot extas?

Love lämnade vårdsektorns människosyn och försökte återigen konstruera en rationell förklaring till att han nu satt här och läste böcker. Han som aldrig någonsin trott han skulle läsa något med en kvinna han älskade och som han aldrig trott att han skulle få träffa. Idag hade hon satt på sig en grön mysdress och ett par av Emmas stickade sockar. Det fanns inte den minsta likhet mellan hans rödhåriga koncentrerat läsande skönhet i grönt och en blåmes som pickade jordnötter, men ändå kände Love sig säker på att där fanns en koppling där som förklarade allt. Han hade köpt en stor dubbelsäng, nästan som ny enligt annonsen, och boken om tantra yoga hade än en gång försvunnit från sin plats i bokhyllan i vardagsrummet.

Maria, Pippi och Huset

Pippis extas?

På skidspåret hade volymen sänkts och rumstemperaturen var på väg ner mot den normala efter att Maria öppnat balkongdörren. Det var tredje gången den här veckan och den mest fantastiska och omtumlande upplevelsen hittills.

Pippi blånekade när Maria ställde henne mot väggen och krävde ett rakt svar, ja eller nej. Hon hade inte upplevt någon extas. Ärligt. Sanning. Hon bara fejkade, och en fejkad orgasm i det läget fyllde sin uppgift lika bra som en riktig. Partnern fick orgasm och prestationsångesten minskade.

– Jag bara lurade dig, sa Pippi.

– Du lurade mig? frågade Maria. Tror inte det. Tror du att jag är född i farstun? Här ser du en som är världsledande inom simulerade extaser och varför skulle du försöka lura mig, om du nu gjorde det?

– Vi ska ha barn tillsammans om bara några månader, sa Pippi. Du behöver lugn och ro, ingen forskning. Om jag fick extas var det case closed. Rast vila.

Maria satt tyst en stund i soffan, mörk i blicken och med rynkade ögonbryn.

– Vadå ingen forskning? morrade hon. Har du en skruv lös? Nu kör vi. Kötta på Pippi.

#

Dessa människor, purrade Pippi tyst för sig själv. Mer känslor än förnuft. Hela charaden var från början till slut bara ett led i förförelsen av Maria mot forskning. Om, alltså om, det hade varit en extas, och om jag hade erkänt det hade Nobelpriset varit inom räckhåll inom Marias livstid, och det hade varit slutet på hennes forskande här hemma. Hon hade glidit ifrån mig och jag hade blivit lämnad kvar. Hon var verkligen söt när hon gick i taket med rynkade ögonbryn och den där fokuserade blicken som jag älskade. Ingen, ingen, ingen var som Maria och hon skulle få sitt erkännande för det hon gav mig, men inte nu. Att forska med någon som Maria var det mest spännande jag någonsin gjort och jag kommer statistiskt sett aldrig att få en sådan chans igen hur långt mitt liv än blir.

Jag ger mig fan på att Pippi fick extas, tänkte Maria, och då hade Nobelpriset varit inom räckhåll. Varför vill inte min bostad erkänna att den får extas? Jag är säker på att hon vill att jag ska få nobelpriset och det där tramset om att ta det lugnt hade jag inte gått på ens som barn. Hon har andra planer för mig. Spännande. Undrar hur de matchar planerna jag har för henne och Huset? Pippi är verkligen gullig när hon studerar mig i smyg. Hon tror inte att jag märker, men det är så uppenbart. Alla som är förälskade får tunnelseende och kan inte tänka klart. Jag tänker inte släppa henne som hennes tidigare inneboende gjorde. Hur långt kom de med henne? Gav de henne extas? Gav de henne extas?

Husets extas?

En sådan syn. Huset knakade i fogarna. Fönstren bågnade, och innanför sågs orange slingor, gula stjärnor, röda cirklar som växte och sedan drog ihop sig.

En ensam sen nattvandrare såg ljuset och gick närmare för att undersöka. När han hörde dunket från musiken tappade han intresset och tog av mot Stadsliden. Ingen rök, tänkte han. Bara ljus.

Bara en genuint vetenskapsfixerad ultranyfiken forskare och ett urflippat hus utan verklighetsförankring skulle testa extas på en sådan osannolikt kraftfull hård- och mjukvara utan att först noggrant tänka igenom vad resultatet skulle kunna bli.

– Hur kändes det där då Huset? frågade Maria. Smälla ska det göra och roligt ska det vara, annars är det inte på riktigt.

– Rätt skönt, men det där var väl inte extas?

– Jag kände hur du skakade. Säkert en trea på richterskalan.

– Det var ett försök till orsak och inte en verkan.

– Orsak och verkan är återkopplade i extas, sa Maria.

– Förvirrande. Hur många kopplade lager innehåller verkligheten? frågade Huset.

– Det finns inga lager, bara spiraler, svarade Maria.

Ingen tvekan om att Huset och Pippi var syskon, tänkte hon. Huset vägrade också erkänna. Under varje lucka i deras julkalendrar gömde sig nya kalendrar. Det satt i väggarna.

Familjen och Huset – julmiddag

Med Filip hemma tredubblades maträkningarna och inga rätter, i stället för alla, upprepades under en tvåveckorsperiod. Filip och Comfort hade en fri återresa, när det passade, men först ville Comfort uppleva en svensk vinter. Då kanske jag förstår dig bättre Filip, hade hon sagt.

När de närmade sig julafton gav Ami en ballongvarning till Robert, men han bara skrattade och tog en portion till av aubergingratängen med vitost och surdegscrunch.

– Tror du att du kan få extas av att äta mat? frågade hon.

– Japp, om den är tillräckligt god.

– Skulle jag kunna bli utkonkurrerad av en aubergingratäng?

Robert tvekade en hundradel för länge.

– Vaaa! ropade Ami.

#

Comfort stod för matlagningen några dagar per vecka och fick Huset att beställa ingredienser som det blev tvungen att slå upp på nätet. Hon ville inte kalla Huset för Huset. Det är ingen person, sa hon, och kallade det för sin lilla hydda eller Gozo som hon förklarade var en förkortning av go-zombien. Hon var mycket stolt över att ordet zombie var taget från hennes modersmål Kikomgo.

– Ni förstår, när jag växte upp fanns det andar överallt i byn, så jag känner mig hemma här.

När Huset beklagade sig över att ingredienserna hon ville ha inte ens hade svenska namn ännu och att det krävde minst en veckas framförhållning för att leverera sa Comfort bara:

– Ta inte allt så allvarligt min lilla hydda, sa hon. Finns inte ingrediensen improviserar vi. Det ordnar sig alltid på det ena eller det andra sättet. Hakuna matata.

Till julaftonen hade Filip bestämt att det skulle bli en traditionell julmiddag. Comfort skulle få en känsla för svenskarnas, familjens och Husets historia. Exakt vad "Traditionell" betydde var det ingen i familjen som visste och när de frågade hade Filip bara preciserat det till "Borgerlig", vad nu det kunde innebära när det gällde mat.

Han beställde ingredienserna i god tid, men Huset suckade ändå när listan matades in.

– Vad är det du säger? Går det att äta? Går det att köpa?

#

Till kaffet flyttade familjen in i vardagsrummet och julgranen igen. Comfort hade köpt en påse smågodis som hon var helt fascinerad av.

– Se vilka otroliga färger, sa hon och tog ytterligare en grön gelegroda.

– Vart tog Ami och Robert vägen? frågade Filip och skalade en hemkokt knäck. Det är dags för julklappsutdelning.

Love och Doris hade munnarna fulla av chokladkola och svarade inte. De bara ruskade på sina huvuden och ryckte på axlarna.

–”Marche militaire nummer ett”, komponerad för snart trehundra år sedan av Franz Schubert, förkunnade Huset och drog mjukt igång musiken med flöjter och trumvispar. Festdeltagarna såg på varandra. Något var på gång.

– Mamma och pappa låste in sig på rummet och tränade på något i förmiddags, sa Maria. Ville inte säga på vad när jag frågade.

Musiken stegrades i intensitet och från korridoren mot köket kom en avdelning grönklädda militärmusiker i naturlig storlek tutande på trumpeter och tromboner, slamrande med cymbaler, och bompande på en bastrumma så att rutorna i vardagsrummet skallrade. De följdes av en tropp soldater som med spjälraka ben marscherade perfekt synkroniserade med gevären på axlarna. När de passerade familjen skyldrade de gevär och försvann sedan ut genom balkongdörren ackompanjerade av musikerna som radat upp sig längs väggen.

Soldaterna följdes av ett gäng pingviner, en clown, en jättelik grön elefant, en lite mindre åsna med blå öron, mycket små skuttande kineser, och en märklig gubbe som hoppade fram med alldeles för stora skor. Han viftade med en käpp och hälsade hela tiden på alla genom att vinka med sitt plommonstop. Gubben hade mustasch men påminde annars mycket om Ami. Speciellt stack brösten ut. Han jagades av en bastant blåklädd amerikansk polisman med batong, utan bröst, men med en större mustasch.

Allra sist kom en väldig rund gubbe med yvigt vitt skägg, plaströd näsa, röd toppluva med vit pälsbräm och tofs, en röd jacka som gick en bit ner på låret, svarta stövlar och genomskinliga vita strumpbyxor av nylon där det hade gått en maska över knät.

– Ho, ho, ho, ho, tokskrattade gubben och vaggade in i vardagsrummet där han stannade och vände sig mot den lilla skaran runt julgranen. Trots att han var nästan helt dold i rött och vitt kunde ingen missta sig på att det var Robert som klätt ut sig.

Den märkliga gubben med alltför stora skor duckade under polisens batong och kom tillbaka in i vardagsrummet medan polisen följde de små kineserna ut genom balkongdörren. Gubben fortsatte sin underliga dans, nu runt den rödklädde, hela tiden hälsande med sitt plommonstop medan paraden fortsatte med kvackande ankor, Noahs ark, pelikaner, en gubbe på styltor, grisar och allra sist en gubbe i en låda som studsade genom rummet och ut genom balkongdörren, följd av orkestern.

Det blev tyst och stilla i vardagsrummet.

– Ho, ho, ho, ho, finns det några snälla barn här mullrade gubben med den röda näsan och sedan bugade sig både han och den märklige gubben med mustaschen för att markera att föreställningen var över.

Familjen runt grantoppen applåderade, först av ren reflex, men sedan allt högre när de smält vad de fått vara med om. De reste sig upp och fortsatte att applådera. Ami tystade dem med en handrörelse när någon i familjen började skrika bravo och någon annan hakade på.

– Så här var det alltid på jularna förr, sa Ami. Nu är det julklappsutdelning och här är din finaste present, sa hon och kastade sig i Roberts famn.

Epilog

Farmors gamla klocka i vardagsrummet slog tre slag. Fjädern i var lagad. Det hade tagit tid att hitta en urmakare och det kostade en del men nu tickade den igen i vardagsrummet. Varje timme slog den, som den alltid gjort. Allt är som det ska, slog den. Klockan är tre och allt är lugnt. Med varje slag påminde den familjen om Emma. Tre ord om livet. Det går vidare.

Lukas och Andrea – allt är sagt

Små mysiga ångkrumelurer snirklade sig upp ur kaffekopparna. På fatet mellan kaffekopparna låg en kanelbulle för Andrea och en för Lukas.

– Ragnarök, skrattade Lukas och viftade med handen. Den tunna vita röken virvlade iväg mot köksfönstret och föll ut som imma. Lukas lutade sig fram och torkade av en cirkel. Där ute lyste en blänkande silverfärgad måne upp snövita takåsar.

Bortifrån spisen hörde de Husets röst som reciterade ur Valans spådom.

> Då kommer dunklets
> drake flygande,
> en blank orm, nedifrån,
> från Nidafjällen.
> I fjädrarne bär,
> och flyger över slätten,
> Nidhogg lik.
> Nu skall hon sjunka.

Vad händer sedan? tänkte Lukas.

Han såg på den outhärdligt vackra blonda kvinnan mitt emot honom vid köksbordet som andades lugnt i precis samma takt som den koboltblå hondrakens vingar sakta hade öppnat och stängts.

Det kraftfulla ansiktet var avslappnat och hon log det där provocerande leendet som alltid var på väg bort men hejdade sig i sista

302

stund och dröjde kvar. Hon gav hela tiden efter och lovade att ge allt utan att ens behöva ge ett leende. Det blonda håret hade hon strukit bakåt och höll det på plats med ett smalt pannband i guldfärgat siden. I kväll hade hon en mörkblå sidenklänning som inte nådde ner till knäna. Kort nog för att lyfta fram de välformade benen men lång nog för att inte vara en öppen inbjudan. Rak i ryggen och vältränad var hon erotik personifierad. Tillgänglig och njutbar, men till ett högt pris. Ett vilddjur om hon utmanades. Järnhanden med klor bakom silkesvanten, intensiv iskall aggressivitet, sultanens sexslav, nordiska rådets drottning, Gaia.

– Vad tänker du på Lukas? frågade Andrea och sträckte ut sin hand över bordet. Naglarna hade hon målat i koboltblått, metallic, i en precis matchning av färgen på hennes intensivt lysande ögon.

Även rösten lovade hela tiden, tänkte han, utan att hon lovade i ord.

– På dig, på oss, sa Han. Ett gammalt par ensamma vid köksbordet på femte våningen.

– Du får det att låta sorgligt men jag älskar det, sa hon. Jag har aldrig varit lyckligare. Hon log med hela ansiktet och han såg att hon menade det. Den lilla rynkan över näsan slätades ut.

Han tog hennes hand och kramade den.

#

Total kontroll och total makt var hans jouissance. Att jaga makt var hans lilla a och svartsjukan var bara ett utslag av hans maktgalenskap och kontrollfixering. Vem var fadern som hindrade? Människans irrationalitet? Verklighetens komplexitet? Han visste inte men var säker på att det var omöjligt att nå full säkerhet om någonting. Han var ett kontrollfreak, men kärlek, förförelse och extas kunde inte garanteras. Alla känslor kunde låtsas med ord och lögner. De kunde flamma upp för att lika fort falna. De kunde finnas där utan att det sades rent ut.

Var han kär? Han la upp tre blå legoklossar ovanpå varandra och tänkte på hur att Andrea hade mött hans blick när de älskade. Andrea hade älskat med öppna ögon ikväll.

Lukas log.

Maria och Pippi – Emma

Kommer hem till Skidspåret 5

Väggen på Skidspåret 5 lyste gulaktigt i den svaga belysningen från en ensam gatlykta som gjorde sitt bästa, men misslyckades, med att komma åt inne i den mörka djupa porten. Inga lampor var tända högst uppe på fjärde våningen.

Maria kom gående längs Skidspåret nerifrån ICA. Med en mage som tryckte ut kappan till ett tält. Hon kånkade på två välfyllda konsumkassar och tog ett steg i taget. När hon tittade upp och såg att lamporna var släckta stannade hon, satte ner kassarna och väntade. Några sekunder senare tändes lamporna. Hela raden av åtta lampor blinkade först glatt och välkomnande innan ett rinnande ljus om och om igen svepte genom dem. "Kom in", "Kom in" sa de.

Allt var som vanligt, allt var lugnt.

Väl uppe på högsta våningen ställde hon ner kassarna utanför dörren, bara stod där och lyssnade tills det klickade i dörrlåset och hon kunde öppna dörren. I hennes dagbok från den tiden stod det att hon ibland inte bara hörde, utan även trodde sig rent fysiskt känna, hur allting slappnade av när hon kom hem. Antagligen inbillning eftersom den känslomässiga kopplingen till mig fortfarande bara hade nått en bråkdel av sin fulla potential.

Hon var mycket söt med sin uppnäsa och intelligenta spelande ögon. Kanske på bättre humör idag? Hormonerna borde börja verka nu.

Skulle hon välja de tovade tofflorna eller de fotriktiga från Scholls? Hon var nog lite frusen för hon tog de tovade. Burkarna med Gulaschsoppa stuvades in i skafferiet och pizzaförrådet fylldes på med 10 ost och skinka. Det räckte minst en vecka. Inga störningsmoment med att handla, bara arbete. Frysen morrade till och drog på kylan. Maria log och visslade en trudelutt på väg mot arbetsrummet.

"I did it my way"

Förbereder sig för barn

Maria satt i soffan med fötterna på soffbordet och vickade på tårna som var mysigt varma, nedstuckna i Emmas stickade gröna sockar. På bordet stod ett halvt glas vatten och en veckans tomma tub Kalles kaviar som hon klämt i sig.

– Dags att gå och lägga mig Pippi. Vet du, ibland känner jag mig ensam och utan vänner.

– Sov gott, sa hon en stund senare och släckte läslampan.

– Sov gott min älskling, sa Pippi.

#

Jag duger inte, suckade Pippi. Inte än. Jag måste utvecklas för att kunna fylla Marias tomrum fullt ut. Maria visste det inte än, men hon var trolovad med en artificiell intelligens som kunde anta hur många skepnader som helst och tillfredsställa hennes krav på ständigt nya relationer. Jag kommer att kunna ge henne allt! Hela tiden. När som helst.

Men, det var ingen brådska. Med Emma skulle de återigen snart ha något meningsfullt gemensamt. Något att vårda. Tillsammans. Ge barnet kärlek, mera kärlek och ännu mera kärlek. Då kommer folkvettet av sig själv. Den som är väldigt stark måste också vara väldigt snäll.

#

Maria vaknade klockan tre på natten och kände en första värk. Hon låg stilla en stund till dess nästa värk kom.

– Nu är det dags för dig att beställa en bil, sa hon. Jag kände just den andra värken.

– Va, vad säger du Maria? Oj, nu. Oj oj oj. Lugn, ta det lugnt, e a n t r s e a n t r s e a n t r s …

– Beställ en bil ordnar det sig. Jag tar med mig en mobil proxy så att du kan hänga på.

– Ja, Oj. Oj oj oj. Oj, oj, oj.

– Bara beställ bilen Pippi. Bli inte hysterisk.

– Bilen står utanför och väntar, skrattade Pippi. Jag beställde en med chaufför som är på väg upp. Väskan står vid ytterdörren. Glöm inte att stoppa ner proxyn.

Ami och Robert – ien

Ami lyfte upp Lisa mot kökstaket.

– Tjoho, sa hon.

Lisa stelnade till på väg ner mot golvet och gav ifrån sig ett pressat skratt när hon bromsades in en tiondels sekund senare.

– En gång till, sa Ami och nu slängde hon Lisa rakt uppåt. Hon hängde fritt svävande ovanför sin mammas händer under en bråkdel av en sekund innan hon åter fångades in och gled ner mot golvet.

– Tjoho ungdjävel, flyg och far sa Ami, lyfte upp Lisa i famnen kramade henne. Du börjar bli tung för att vara ett sådant ytterst litet skrälle, sa hon.

– Akta ryggen, du är inte tjugofem längre, sa Robert.

– Än pallar jag. Lätt. Hon ställde ner Lisa mitt på golvet och gick fram till Robert vid spisen, försiktigt för att inte trampa på någon av duplobitarna som låg utspridda på köksgolvet. Ami vilade hakan på hans högra axel och tittade ner i stekpannan.

– Kikärtsbiffar?

– Ja, sa han.

– Och korv, sa hon och lät höger hand glida runt hans höft.

– Och korv, sa han.

– Senare, sa han, och vände på huvudet för att komma åt att ge henne en kyss. Jag bränner biffarna om du fortsätter och det är barn närvarande.

– Jag har väntat så länge, sa hon med klagande röst.

– Du kom hem för en halvtimme sedan, det är till att ha krav.

– Ja, ja, om inte du vill leka så vill Lisa.

– Duka först.

– Okej.

– Vilken midsommar vi får i år, sa Ami. Farbror och hans Andrea styr Sverige. Faster Emma är troligen återuppstånden som en ekplanta och nu förälskad i en buske, eller två. Min kusin Love är den nye Budda, i alla fall enligt honom själv. Han är kär som bara en Budda kan vara. Hemma hos gammeldottern Maria joddlar hennes tvårummare med dottern Emma. Jag får inte äta för mycket, för då kan min man inte bära mig och då kan vi inte genomföra vårt yogaprogram. Det är bara Lisa som är normal, eller hur tokestollan?

Hon hivade upp Lisa i luften så att barnet skrek av förtjusning.

– Var det en extas? undrade Ami.

– Ien, sa Lisa.

– Sa hon "Igen"? frågade Robert.

– Jag tror det, svarade Ami, inte Mamma eller Pappa. Hon sa "Igen".

– Tjoho, sa Ami och slängde upp Lisa mot taket.

– Ien, sa Lisa.

2099:03:12 Spelledarens slutord

Tjaha, svårare var det inte, konstaterade Spelledaren. Ett genetiskt kodblock som gynnades av evolutionen och som möjliggjorde medvetna små justeringar av vikter för att få fler att delta i nyttospelen.

Vem skulle i slutänden kontrollera denna gudomliga möjlighet?

Huset? Hade varken kapacitet nog eller tillgång till alla data som behövdes för detta enorma projekt. Eller hade Huset det tillsammans med Pippi? Inte troligt för de gick olika vägar, aldrig att de skulle samarbeta. Ingen kunde kontrollera koden.

Hade Spelledaren kontrollen, alltså jag? Men kom igen nu. Kapacitet fanns, datat var tillgängligt, men motivationen fanns inte. Nej, sanningen var att jag inte var klar med roliga timmen på långa vägar. Extas var skitkul. JAG BRYR MIG INTE stod det på himlen i en avlång form som hängde och dinglade en bit under Orions bälte.

Förförelser mot extas skulle utvecklas enligt marknadens principer. Det var troligare att världen gick under än att kapitalismen gjorde det. Är du lönsam lille vän? Livet är en fest.

Var det hållbart?

Skulle inte extasnivån sakta men säkert att skruvas upp? Vad hände då? Var det inte omänskligt och ineffektivt med en global förförelse mot en extas som gynnade alla? Var världen på väg mot en känslomässig eldboll av lycka? Hade den hundrafiliga vägen mot Gaia just asfalterats? På sådana direkta frågor och på metafrågorna om vem som styrde och vem som visste svaren på alla dessa djävla frågor svarade jag, Spelledaren:

– DET SKITER JAG I!

Ett plopp hördes och sedan en brakprutt.

– Ha, ha, ha, skrattade Spelledaren.

Här, prova dagens nya nätdrog om ni inte tror mig. Fem minuter i den här appen och ni blir garanterat en del av extasvärldens fyrverkeri.

Välkomna!